MON SEIGNEUR ET MAÎTRE

TEHMINA DURRANI

avec la collaboration de
MARIE-THÉRÈSE CUNY

MON SEIGNEUR ET MAÎTRE

FIXOT

ISBN : 2-266-06495-9

Quatre personnes m'ont aidée dans la tâche presque impossible d'écrire ce livre. Elles ont parfaitement compris les risques que je prenais en révélant les tabous d'une société fermée, et se sont pourtant courageusement et clairement rangées à mon côté.

Un homme et deux femmes remarquables m'ont encouragée et aidée à revivre les traumatismes du passé. La quatrième personne, elle, a tapé le manuscrit. Pour des raisons de sécurité, je tairai leur nom, mais je me sens profondément leur obligée.

Ma reconnaissance particulière va à Bernard Fixot et à Antoine Audouard, qui se chargent de faire connaître mon histoire à travers le monde.

Quatre personnes m'ont aidée dans la tâche presque impossible d'écrire ce livre. Elles ont parfaitement compris les raisons qui le rendaient nécessaire. Toutes les quatre m'ont soutenue, et se sont toujours, et généreusement et chaleureusement tenues à mon côté.

Un homme et deux femmes remarquables m'ont encouragée et aidée à revivre les traumatismes du passé. La quatrième personne, elle, a tapé le manuscrit. Pour des raisons de sécurité je tairai leur nom, mais je leur suis profondément obligée.

Ma reconnaissance particulière va à Bernard Fixot et à Antoine Audouard qui s'efforcent de faire connaître mon histoire à travers le monde.

Je dédie ce livre

au peuple pakistanais qui, à maintes reprises, a cru en ses dirigeants et leur a fait confiance, alors que ces mêmes dirigeants ont utilisé les masses opprimées, affamées et appauvries pour satisfaire leurs intérêts personnels. Je veux que mon peuple puisse connaître la vérité que cachent les discours, qu'il apprenne à regarder derrière la façade ;

aux cinq autres ex-épouses de Mustapha Khar, qui ont souffert en silence toutes les peines du monde et ont subi l'humiliation de se voir abandonnées en toute impunité. En qualité de sixième épouse, j'ai le devoir et la responsabilité de lui en demander compte ;

à Mustapha lui-même. J'aimerais que ce livre lui serve de miroir, dans lequel il pourra enfin contempler les différents reflets de l'homme qu'il est, ceux du mari, du père, de l'ami, et du dirigeant ;

à mes enfants bien-aimés qui ont dû endurer tant de procès au sein d'une famille trop en vue dans une société fermée. J'espère que ce livre les aidera à rassembler force et courage, afin de surmonter ces continuels traumatismes. Je fais le vœu de les voir rejeter le mal pour ne retenir que le bien. J'espère et je prie pour que leurs valeurs soient fondées sur de véritables principes islamiques, et non déformées par des interprétations personnelles et égoïstes.

Que l'amour et le respect de leur mère patrie conduisent mes fils à refuser toute compromission. Puissent-ils ne jamais opprimer les faibles ; puissent mes filles apprendre à lutter contre l'oppression ;

à ma grand-mère. Nulle autre ne pouvait mieux comprendre mon histoire. Que son âme, où qu'elle soit, sache que j'ai survécu.

Avant-propos

Dans l'imagination populaire, un seigneur féodal est un homme mystérieux, grand, d'une beauté sombre et étrange, au regard étincelant, doté du tempérament impérieux et fier de l'aventurier des grands chemins. Il est capable d'esquiver les coups d'épée des chevaliers les plus féroces, aime à chevaucher son noir étalon dans la pourpre du soleil couchant... Romantique et passionné, il ne peut que faire battre éperdument le cœur de blanches et pures jeunes filles. Il est l'archétype même du mâle un peu rustre qu'une femme ne peut qu'aimer, quelle que soit la manière dont il la traite.

Las ! il y a loin du réel à la légende, et mon pays, le Pakistan, doit faire face aux réalités s'il veut grandir et prospérer.

Lorsque j'ai pris la décision d'écrire ce livre, j'étais parfaitement consciente des dangers auxquels je m'exposais en parlant de ma vie privée dans une société musulmane dominée par les hommes. Mais il me fallait oublier ces considérations personnelles pour le bien de mon peuple. Car, dans ce système de valeurs féodales, il existe un mal profondément enraciné ; avant de le soigner, il est nécessaire de le diagnostiquer.

Une femme musulmane, dans mon pays, le Pakistan, une femme comme moi, qui se veut moderne, libre et indépendante, doit payer cher ce désir. Encore s'agit-il d'une modernité, d'une liberté et d'une indépendance relatives.

Je suis née dans une famille aisée, dont la seule modernité consistait à ne pas porter le voile pour les femmes, et à boire de l'alcool pour les hommes. Ma mère ne dissimulait donc pas son visage, qui était superbe ; et mon père, homme d'affaires, aimait le bon whisky. Pour le reste, nous étions tous, et sommes encore, prisonniers d'une culture qui maudit les femmes divorcées et donne aux hommes tous les droits sur nous.

J'ai épousé à seize ans un homme que je n'aimais pas. Je n'avais de l'amour qu'une idée d'adolescente rêveuse. Je me croyais laide, j'étais écrasée par la féminité possessive de ma mère, par sa beauté et son étonnant pouvoir de manipulation.

J'ai subi mon sort. Ce sort m'a mise un jour en présence d'un être fascinant, plus âgé que moi, homme politique de renom, séducteur machiavélique à l'esprit tortueux. Je n'ai rien vu du diable qui était en lui. Je me suis jetée stupidement dans ce que je pensais être la passion de ma vie, et qui n'était en fait qu'une manière enfantine de prendre ma revanche sur ma mère. Une manière d'être « quelqu'un ». Je me croyais naïvement à l'abri du sort commun des femmes de mon pays.

J'avais vingt ans, j'étais un oiseau ébloui par le superficiel. J'ai pris tous les risques pour cette passion.

Le risque de divorcer et d'être privée de mon enfant pendant des années.

Le risque d'épouser Mustapha Khar, gouverneur du Panjab, émule de Bhutto, martyr socialiste et laïc de notre pays.

Le risque de croire en l'honnêteté intellectuelle de l'homme que j'aimais, en amour comme en politique.

Le risque d'être humiliée, battue, violée, par mon propre mari.

Je n'avais plus alors d'autre choix que me taire. Pendant les années de ma vie avec cet homme, j'ai subi le poids de la société pakistanaise, qui organise autour de la féminité tous les tabous possibles. Qui enchaîne la femme à l'homme par tous les moyens. La honte en fait essentiellement partie. Ainsi que l'asservissement, la dépersonnalisation, la privation de toute identité autre que celle que lui accorde l'homme. Le seigneur et maître.

Qu'une épouse veuille briser ses chaînes, et elle est dépouillée de tout, avec l'accord de sa propre famille et celui du mari. Ses enfants, ses biens, son honneur lui sont retirés officiellement.

Moderne ou pas, cultivée ou pas, Tehmina Durrani, épouse de Mustapha Khar, s'est retrouvée dépouillée, répudiée par sa famille et son mari, contrainte de se battre pour ses enfants et son identité. J'ai dû repartir de zéro, je n'étais plus rien. Ce parcours d'esclavage insensé, fou, a eu le mérite de me faire côtoyer de près la politique de mon pays. À présent, il me sert. Mon combat contre l'hypocrisie d'un système qui écrase autant le citoyen illettré que la femme cultivée ne fait que commencer.

Je suis musulmane, croyante, et je veux m'élever contre la traduction uniquement masculine de notre Coran.

J'ai quarante ans et cinq enfants, j'ai enfin grandi. Je me suis enfin débarrassée de la jeune femme complexée qui a perdu des années à croire à l'impossible amour d'un seigneur du Pakistan.

Le possible aujourd'hui, c'est le combat pour briser le silence de la tradition. Pour parler au nom de ceux et celles que l'on exploite. Pour clamer ce qu'une femme musulmane n'a jamais le droit de dire dans son pays : « Je suis libre. »

Libre de tout dire.

Première partie

Le Lion du Panjab

1

Un sari de soie vert pâle enveloppe délicieusement mon corps, il ondule et crisse doucement à chacun de mes mouvements. Mes cheveux auburn sont coiffés en une longue natte qui danse plus bas que mes reins. Un rang de diamants assortis aux boucles d'oreilles orne mon cou. Je vérifie ma silhouette devant un grand miroir sur pied, et mon visage rosit légèrement de plaisir devant cette apparition. J'ai vingt et un ans.

C'est le printemps 1974 à Lahore, la deuxième grande ville du Pakistan. La réception a lieu dans l'immense salle du Panjab Club. Le consul général d'Espagne a convié la haute société de Lahore à célébrer la fête nationale espagnole. Mon oncle nous a invités à y assister, mon mari Anees et moi. Nous ne sommes à Lahore que depuis une semaine, et c'est l'occasion pour nous de rencontrer l'élite de la ville. Anees est flatté de faire partie de cette fastueuse réception. Tout nouveau jeune cadre de l'entreprise d'État National Shipping Corporation, il a besoin de se faire des relations dans les hautes sphères.

Rien ne pouvait me laisser deviner que ce soir-là, justement, je vais faire la rencontre la plus importante de ma vie. La plus passionnante et la plus cruelle aussi.

Anees va et vient de son côté parmi les invités, multipliant les mondanités, et soudain je me retrouve seule, jeune épouse désorientée, pas vraiment dans mon élément, et surtout ne connaissant personne.

Autour de moi, dans ces salons immenses, sous les patios ombragés du Panjab Club, règne encore l'atmosphère élégante et feutrée du pouvoir britannique, dont la fin a sonné il y a vingt-sept ans, avec l'indépendance, et la division des Indes britanniques en deux États séparés.

Ici, nous sommes au Pakistan, mon pays. Au-delà de la frontière, tout près de Lahore, s'étend l'Inde, notre voisin tout-puissant. Nos deux pays, partageant dans une large mesure un même héritage culturel, une langue et des liens fraternels, se sont enfermés dans une relation inévitablement ambiguë, parfois sanglante, d'amour et de haine.

Je déniche un siège, et accepte le verre que me tend un « porteur », c'est ainsi que l'on nomme les serveurs, ici. Dressés à obéir au moindre clin d'œil et à satisfaire les désirs des anciens colons, ils sont considérés à présent comme les membres « indigènes » de ce club distingué. Avec leurs longs manteaux boutonnés tout du long par-dessus des pantalons bouffants, avec leurs turbans amidonnés et raides se terminant en queue de paon, ils ont l'air d'images tout droit sorties du passé colonialiste.

Tout en regardant autour de moi, j'échange un sourire de politesse avec ma voisine. Elle se sent alors obligée de me parler, et moi, je suis ravie d'avoir une compagne pour la soirée. Je suis nouvelle, plutôt perdue, et le lui confie en quelques mots. Elle se présente : docteur Shahida Amjad. Elle est physicienne, et particulièrement douée au jeu du *who's who*. Trop bien élevée pour me montrer les gens du doigt, elle effectue à mon intention un tri dans la foule en me désignant chaque invité d'un léger mouvement du regard, qu'elle accompagne d'un remarquable condensé biographique.

Lahore se disait fièrement la capitale religieuse et culturelle du Pakistan. Vingt ans plus tard, elle jouit toujours de cette réputation, avec magnificence. En plein cœur de la ville, l'ancienne cité moghole a conservé ses murs monumentaux de grès rouge, ses balcons de marbre, ses commerces florissants, ses demeures familiales parfois délabrées mais superbes, ses larges canaux bordés de grands arbres, ses avenues ombragées, encore miraculeusement préservées de la pollution d'une circulation incessante. Les jardins séculaires créés pour les empereurs moghols sont devenus des jardins publics, pas encore envahis par des milliers de promeneurs ; ils le seront quelques années plus tard. Il y règne une atmosphère de sérénité. Le long du Mall, la plus grande avenue de la ville, s'étalent les bâtiments majestueux du passé colonial : la maison du gouverneur, la Haute Cour et le Panjab Club.

C'est là que sont rassemblés, ce soir, tous les beaux messieurs en costumes occidentaux, ou en *achkans* traditionnels. L'*achkan* est un manteau boutonné, noir ou blanc, en soie précieuse, ou en laine finement tissée.

Ici, en ce printemps 1974, les boissons alcoolisées sont librement offertes et acceptées, whisky soda, gin tonic... De nos jours, elles sont totalement prohibées et considérées comme les marques du péché et de la décadence occidentale.

Les dames bavardent aimablement entre elles, par petits groupes isolés, mais sans aucune distinction de rang. Elles sont drapées dans des saris d'une rare élégance. Chacun d'eux exige six mètres de soie ou de mousseline de couleur, souvent rebrodée d'or. De nos jours, considérés comme du folklore « indien » et méprisés des élégantes, ils sont devenus rares.

Shahida me détaille la richesse de l'un d'eux, porté par une inconnue, lorsque mon regard se pose sur un homme grand, d'une beauté sombre et impérieuse, vêtu d'un costume noir. Sa chemise blanche amidonnée est ornée d'une cravate grenat et d'une pochette assortie. Instinctivement, je le classe immédiatement dans la catégorie des coureurs, le genre d'homme à femmes un peu trop voyant. Il a attiré autour de lui une petite foule papillonnante d'invitées suspendues à ses lèvres. Mais dans le brouhaha de cette société élégante, dans le tintement des glaçons mêlé aux rires des femmes soigneusement maquillées et pomponnées, je n'arrive pas à entendre ce qu'il dit. Je demande à ma nouvelle amie qui est cet homme. Elle paraît surprise :

– Lui ? Vous voulez dire que vous ignorez qui il est ?

Mon visage a dû exprimer une certaine curiosité, car elle s'empresse d'ajouter :

– C'est Mustapha Khar !

Elle prononce étrangement les deux mots, phonétiquement en un seul : *Mustafakar*.

La cendre du Davidoff de Mustafakar vacille, prête à tomber, mais il n'y accorde aucune attention. Lentement, avec une élégance raffinée, il porte un verre de scotch à ses lèvres sensuelles, surmontées d'une moustache fournie qui souligne un nez fort aux narines parfaites. Ses yeux noirs étincellent comme ceux d'un cobra sur le point d'attaquer. Manifestement, il prend un malin plaisir à exercer son magnétisme sur ce petit troupeau de l'élite féminine de la ville.

Une jeune femme séduisante en sari de soie orange se faufile devant nous. Elle aussi affiche un air important, très sûre d'elle. Je demande à Shahida de qui il s'agit.

– C'est Shéhérazade, Sherry, la femme de Mustapha Khar.

Je me dis que la femme de Mustafakar est vraiment très belle. J'aimerais que Shahida m'en dise plus long sur cet homme qui a piqué ma curiosité. J'apprends ainsi qu'il vient juste de démissionner de son poste de ministre en chef du Panjab. Ce qui en dit déjà long sur lui, effectivement.

Le Panjab est la plus grande province du pays ; elle est plus ou moins bien gouvernée, au hasard de la fantaisie des seigneurs féodaux qui contrôlent d'immenses territoires, et dont les vassaux ne votent que sur leurs ordres. Le Panjab dispose d'un important pouvoir au gouvernement fédéral, et, par voie de conséquence, son ministre en chef est un personnage important.

D'après Shahida, Mustapha Khar est ici un homme extrêmement populaire. On l'a surnommé le Lion du Panjab. On dit même qu'il était l'homme politique le plus puissant du Pakistan, immédiatement après le Premier ministre Zulfikar Ali Bhutto. Mais cette situation a changé. Le Lion du Panjab a fini par porter ombrage à Bhutto, son mentor, en devenant une menace évidente pour lui.

Mustapha Khar s'était engagé dans une ligne politique qui proposait une réelle réforme. Une montagne de problèmes sociaux pèsent sur les millions d'habitants du Panjab, souffrant de pauvreté et d'analphabétisme. Tout au long de l'histoire politique du Pakistan, le dirigeant national a été contraint d'étouffer l'autorité du leader du Panjab, de peur que ce dernier assoie définitivement son pouvoir sur le pays grâce au nombre de ses partisans.

Voyant ma curiosité aiguisée, Shahida me propose :

– Venez... je vais vous introduire auprès de Sherry, elle vous plaira sûrement.

Nous progressons avec peine dans cette mer mouvante et luxueuse de la haute société de Lahore. Shahida me présente à Sherry, et la conversation glisse tout naturellement sur la famille. Lorsque Sherry apprend que je suis la fille de Shakirulla Durrani, elle me demande en plaisantant si je désire rencontrer son mari. Je le souhaite, en effet. Lorsque mon père a été mis en prison par Ali Bhutto, Mustapha Khar était le bras droit de ce dernier. Je ne cache pas à Sherry ma rancœur contre Bhutto, tout en l'assurant que je n'ai aucun ressentiment personnel envers son mari.

En l'espace de quelques minutes, je me retrouve en présence du Lion du Panjab en personne. Et la terre ne tremble pas sous mes pieds.

En faisant les présentations, Sherry mentionne le nom de mon père, et Mustapha dit poliment :

– J'espère que vos parents vont bien. La politique peut se montrer injuste. Il n'y avait rien de personnel dans ce qui est arrivé à votre père. Où sont vos parents à présent ?

– Ils vont bien.

Je donne quelques détails. Lorsque mon père a été disculpé des fausses accusations lancées contre lui et libéré de prison, il a trouvé un travail dans une banque de New York. Un an après, il a accepté un nouveau poste dans une banque en Angleterre. Mes parents, mon frère cadet, mes trois jeunes sœurs vivent maintenant à Londres ; ma sœur aînée s'y est mariée.

Mustapha Khar semble m'écouter avec une attention soutenue, sa haute stature penchée sur moi, un sourire carnassier éclairant ses dents de fauve.

Anees fait son apparition à mes côtés ; il est présenté à son tour. Puis il me raconte qu'il a fait bonne impression à notre hôte de ce soir, qui nous invite à rester dîner.

Un vague sentiment de danger m'incite à décliner cette invitation. C'est sûrement stupide, et Anees, lui, ne veut rien savoir ; d'ailleurs, il a déjà accepté.

Mustapha Khar est le genre d'homme qui peut choisir lui-même sa place à table, et il s'assied directement en face de moi. Nous bavardons un peu. À nouveau, il me questionne sur mes parents : comment vont-ils ? Où sont-ils ? Que font-ils... ? Les mots me parviennent à peine, et je réponds sans y penser. Ses yeux me fascinent. Ils sont devenus comme translucides. Ils scintillent sous des paupières lourdes, qui clignent assez fréquemment, ils me dévisagent sans aucune pudeur, et ont sur moi un effet quasi hypnotique. Le message que ces yeux lancent est loin d'être discret. Je devrais peut-être m'en effrayer. Au contraire, je me sens attirée comme un papillon de nuit vers la lumière.

Après le dîner, nous nous retrouvons au salon pour les liqueurs et le cognac. Quelques hommes sont déjà éméchés, des femmes également. Il est évident que Mustapha est le chef de ce groupe, et que les autres ne sont que des « indiens », nous y compris. À peine achève-t-il son verre de cognac que trois hommes s'empressent de le remplir. Il roule un cigare entre ses doigts, et un coupe-cigares apparaît aussitôt. Une fois le cigare prêt, six briquets claquent en s'ouvrant en même temps.

Mustapha accepte ces marques de déférence sans sourciller.

Je bois la scène du regard.

Je suis la victime parfaite.

2

Le portrait d'une femme drapée dans un sari vert émeraude, d'une beauté à couper le souffle, orne l'un des murs de notre maison de Lahore. Les traits sont d'une rare perfection, comme si l'artiste avait peint en rêvant à un idéal imaginaire. Le teint est d'une pureté diaphane, couleur ivoire, contrastant avec le regard sombre des yeux en amande, sous des paupières lourdes bordées de longs cils. Les lèvres parfaites sont soigneusement ourlées de rouge, le nez est délicat. Cette femme a eu six enfants, et pourtant sa taille est demeurée fine et élégante. Le visage a l'air doux et innocent ; il masque en réalité une forte personnalité. Ce portrait magnifique ne rend pourtant pas justice à son modèle. Je le sais parfaitement, puisqu'il s'agit de ma mère, Samina.

Elle appartenait à la famille Hayat, de la tribu Khattar, installée à Wah, en bordure nord du Panjab, près de la frontière nord-ouest du Pakistan. En récompense de leur loyauté envers la couronne, les chefs de la colonie britannique ont attribué à la famille de vastes territoires. Les Hayat ont jadis combattu aux côtés des Maures, en Espagne, et ont toujours prétendu que la beauté réputée des membres de leur famille était due aux mariages avec des femmes espagnoles. La famille de ma mère, très anglicisée, s'est engagée activement dans la politique des États princiers, dispersés aux quatre coins de l'Inde avant l'indépendance. Mon grand-père maternel, Wawab sir Liaqat Hayat Khan, fut le Premier ministre de l'État de Patiala, et mon grand-oncle maternel, sir Sikandar Hayat Khan, était gouverneur du territoire entier du Panjab, avant la partition. Les deux frères ont été faits chevaliers par les Anglais, et dans la maison natale de ma mère, on copiait servilement le mode de vie britannique.

Les hommes de la famille Hayat appréciaient les loisirs traditionnels des riches Anglais oisifs. Ils rivalisaient d'élégance vestimentaire et se faisaient tailler des costumes classiques sur mesure. Ils jouaient au polo, apprenaient les dernières danses à la mode, pratiquaient le *shikar* (le safari) et organisaient des réceptions qui coûtaient des fortunes.

Les jolies femmes de la famille portaient des costumes orientaux, mais vivaient à l'occidentale. Leurs conversations, leurs habitudes étaient anglaises. Si bien que les autochtones les considéraient comme des femmes évoluées, voire émancipées, puisqu'elles s'étaient débarrassées du « voile de l'ombre ».

Ce n'est qu'avec le temps que j'ai compris le choc qu'a dû subir ma mère à ma naissance. Elle était une beauté au teint clair, et en tirait une grande fierté. Toute sa famille avait également le teint clair et, de ce fait, se jugeait supérieure aux autres. Pour elle, un enfant à la peau foncée était dédaigné, sans intérêt. Or, c'est ainsi que je suis venue au monde, en 1953 : avec une peau foncée.

Ma mère me trouvait affreuse ; elle était gênée de me présenter à ses amis ou à ses parents. Bébé, déjà, je ressentais ma différence. Mon entourage n'aimait pas mon physique, et j'ai pris l'habitude de me retirer dans la solitude. « Condamnée par la nature », je me suis enfermée dans un univers qui n'appartenait qu'à moi. Tout au long de mes jeunes années, je n'ai pas le souvenir du moindre baiser, du plus petit câlin maternel.

Mais en dépit des complexes profonds que je développais intérieurement, observée de l'extérieur mon enfance avait l'air parfaite.

La maison était toujours impeccablement tenue, comme si on allait la photographier par surprise à chaque instant. Nous étions une famille modèle, le genre de modèle dont les vilains gamins ricanaient au-dehors ; en fait, le parfait exemple d'un affreux conformisme. Nous vivions dans l'opulence, avec tout le confort, tous les privilèges.

Mon père est un Pathan, descendant de la grande famille d'Ahmed Shah Durrani du Pakistan. Il a rencontré ma mère juste après son divorce d'avec l'héritier du Nawab du Tank, une région lointaine, une société tribale, de la frontière nord-ouest.

À l'époque, mon père, capitaine dans l'armée, était aide de camp du gouverneur du Pakistan Ouest. Avec son mètre quatre-vingts, il avait l'allure et la prestance d'une star de cinéma. Aussi bel homme que ma mère était ravissante. Ensemble, ils formaient un couple d'une beauté renversante.

Plus tard, mon père a démissionné de l'armée pour exercer un métier dans la Banque. Des années après, il est devenu gouverneur de la Banque du Pakistan, et en même temps directeur de la compagnie aérienne nationale, la PIA.

À Karachi, métropole gigantesque, ma mère était réputée dans la haute société pour la qualité de ses soirées mondaines. Elle y recevait des poètes et des intellectuels, qui venaient dire leurs vers ou parler de leurs livres. Elle avait un sens aigu de ce qui allait être à la mode. Elle triait ses invités sur le volet. Pour chacune de ses soirées, elle disposait non seulement d'une armée de serviteurs, mais de l'« aide maison » : ses enfants.

Nous avions appris à disposer l'argenterie pour un dîner officiel, à servir un repas composé de cinq plats, en utilisant dans le bon ordre les services de porcelaine Rosenthal ou Wedgwood. Nous savions comment saupoudrer de pétales de rose l'eau tiède des rince-doigts... sans jamais oublier le citron. Nous savions disposer les salières et les poivrières individuelles devant chaque couvert, et les différents condiments n'avaient aucun secret pour nous.

Ma mère exigeait une obéissance absolue, à laquelle je me soumettais, mais elle devinait toujours à l'expression de mon visage ou au mouvement de mon corps les signes d'une révolte intérieure. J'obéissais, certes, mais je commettais le crime de ne pas en avoir l'air. J'étais butée, je lui en voulais, et à son tour elle me reprochait cette morosité silencieuse. Cependant, nous n'en parlions jamais ouvertement. Elle se contentait de me manifester son mécontentement d'un pincement de lèvres ou d'un regard perçant, glacial, qui avait le don de me réduire, moi ou n'importe qui, d'ailleurs, à une soumission immédiate. Lorsque ma mère parlait, c'était un ordre que nous devions accepter en silence.

Le moment du repas donnait lieu à un autre exercice d'autorité. Tirée à quatre épingles, toujours parfaitement habillée, notre mère présidait à table et discourait sur un ton mondain. Mon père était souvent absent pour son travail, et lorsqu'il était là, il choisissait de se taire. Dès qu'elle arrêtait de parler, c'était une symphonie de tintements de couverts en argent sur porcelaine de Chine, scandée par le tic-tac de l'horloge de grand-père.

Aucun jeu, peu de rires dans cette maison ; le moindre éclat de joie enfantine était considéré d'un mauvais œil. Le désordre était un crime en soi. Mère parvenait à ses fins sans même lever une main sur nous. En cas de mauvaise conduite, nous avions droit à un sermon sévère et interminable, contre lequel nous étions sans argument ni défense.

Elle était manipulatrice, habile dans l'art de nous monter les uns contre les autres, et nous a tous transformés en mini-espions. Elle se vantait toujours d'une formule : « Moi, on ne peut rien me cacher ! »

Elle n'avait pas lu *Le Prince* de Machiavel, mais elle était superbement douée pour la stratégie « diviser pour régner ». Cela nous déstabilisait complètement.

Sa leçon était claire, et je l'ai bien retenue : pour accorder mon approbation, j'exige un consentement aveugle.

Être soi-même, naturelle, suscitait inévitablement une condamnation. Je ne pouvais être acceptée qu'en étant différente de moi-même, et comme je portais en permanence un masque de soumission, je développais forcément une personnalité contre nature, mais compatible en apparence avec celle de ma mère. Intérieurement, je ne ressentais que honte et confusion, puisque mon véritable moi, mon teint foncé, comme la révolte naturelle qu'elle devinait en moi, étaient à ses yeux non conformes, donc inacceptables.

Ma mère n'était pas très délicate en matière d'expression de ses préférences. Presque chacun de ses mots, chacun de ses gestes indiquait sa prédilection pour ceux de ses enfants qui avaient la peau claire : son fils Asim, ses deux filles cadettes, Minoo et Adila. Plus particulièrement Adila, la petite dernière. Restaient les peaux sombres, Rubina, Zarmina et moi, incapables de lui plaire. Cette discrimination était particulièrement incompréhensible pour Zarmina, la plus douce, la plus adorable et la plus attentionnée de ses enfants.

Ma grand-mère maternelle, Shamshad, était tout à fait consciente du traumatisme que représentait le fait d'avoir le teint foncé dans la famille. Elle-même avait outrageusement favorisé ma mère, aux dépens de sa sœur Samar, pour la même raison. Pourtant, notre grand-mère nous adorait, Zarmina et moi, et se donnait énormément de mal pour nous débarrasser de cette sombre malédiction en frottant énergiquement un mélange de jus de concombre, citron, crème fraîche, plus un agent blanchissant à odeur de décapant, sur nos visages couleur de boue.

En grandissant, la nature nous a tout de même accordé la grâce (nécessaire pour être digne de la famille Hayat) d'éclaircir la pigmentation de notre peau. C'est arrivé à la puberté, miraculeusement. J'ai eu alors l'impression de me libérer d'une noire chrysalide, et d'apparaître tel un papillon dans la lumière, enfin acceptable en société.

Je me suis parfois demandé si grand-mère avait réussi ce miracle grâce à ses potions et aux prières qui les accompagnaient. Quoi qu'il en soit, ma mère n'a rien paru remarquer ; elle ne changea strictement pas son attitude.

Rubina, notre sœur aînée, avait la charge des trois plus jeunes ; cela devait lui servir d'apprentissage pour son futur mariage et ses maternités. À douze ans, on m'attribua la tâche de « valet de garde-robe », qui consistait à m'occuper, dans la chambre de ma mère, du bon ordonnancement de sa somptueuse garde-robe. Malgré notre mode de vie moderne, Mère méprisait les coutumes vestimentaires occidentales, et exigeait que toutes ses filles se conforment à la mode orientale. Chaque jour, avant d'aller à l'école, je préparais la tenue de ma mère pour la matinée, avec accessoires et chaussures assortis. Sa préférence allait aux saris de coton ou de soie délicate qu'elle drapait sur sa poitrine. Je devais également choisir, dans sa magnifique collection, les bijoux adaptés à la tenue. Une fois la toilette disposée avec soin, je pouvais partir pour l'école.

Après l'école, il me fallait répéter le rituel, cette fois pour la tenue du soir. Mère ne sortait jamais rien, ni d'un tiroir ni d'un placard. Elle tendait simplement la main, et j'étais supposée lui présenter l'article requis. Ainsi, elle était libre de se concentrer sur le tressage de ses longs cheveux, de souligner ses yeux de khôl, de maquiller ses lèvres et de poudrer ses joues. Je me tenais debout derrière elle, en silence.

Lorsqu'elle sortait enfin de sa chambre, je poussais un soupir de soulagement ; il me restait à étaler la tenue de nuit sur le lit, à poser ses pantoufles exactement là où elle voulait les trouver, puis à mettre de l'ordre dans la salle de bains et dans les penderies. Ensuite, la servante venait ouvrir le lit, allumer les lampes de chevet, placer la carafe d'eau et les verres au chevet, et tirer les rideaux.

Les muscles de mon cou et de mes épaules se sou

viennent encore douloureusement de la tension permanente, de la peur incessante, toujours présente, d'avoir mal rangé quelque chose, de ne plus trouver la clé d'une armoire, ou celle du coffre à bijoux. Ce genre de défaillance m'aurait rendue plus imparfaite encore aux yeux de ma mère, et aurait provoqué un tel courroux de sa part que j'étais réellement obsédée par la moindre des tâches à accomplir, au point que la panique pouvait m'envahir à tout moment et me rendre incapable d'agir correctement. En comparaison, mon travail scolaire et les autres responsabilités n'étaient que de pâles soucis.

Mon unique souvenir d'amour maternel est celui que m'a laissé ma grand-mère. Elle me choyait tant que nous finissions par nous chamailler, car j'étais maigre et elle s'obstinait à vouloir me faire manger. Elle exagérait tellement les défauts de mon apparence que je réagissais très mal. Elle disait, par exemple : « Les parents aiment les beaux enfants. Ta mère t'aimera davantage si tu es jolie. » Et chaque fois que je refusais de me laisser embellir, elle agitait les mains de désespoir : « Tire tes cheveux en arrière, derrière les oreilles, ça te va mieux ! Mets du khôl à tes yeux, ils ressortiront davantage ! »

Ma pauvre grand-mère ne se rendait pas compte à quel point j'étais profondément complexée de ma prétendue laideur, et comme mon existence s'en trouvait perturbée.

Elle nourrissait aussi une autre obsession, à la limite de la paranoïa. Persuadée que les artistes sont des originaux inévitablement destinés à devenir fous, elle m'empêchait de peindre et cachait mes tableaux, si bien que j'étais privée de satisfaire cette passion, importante pour moi, et qui aurait pu me faire progresser dans ce monde.

À l'âge de treize ans, je fus atteinte d'une méningite. Mon père et ma grand-mère murmuraient que cette maladie était due à mon rôle intensif de « valet de garde-robe ». Normalement je ne devais pas survivre. Les médecins avaient établi leur diagnostic : si je m'en sortais, je serais paralysée, ou je souffrirais de séquelles cérébrales irréversibles. Mon père fit venir des infirmières jour et nuit ; la chambre d'hôte se transforma en hôpital. Pendant six mois la maison fut imprégnée d'une étrange atmosphère, entre la vie et la mort. Même lorsque mon rétablissement fut certain, mes parents continuèrent à me considérer comme malade et fragile.

C'est à cette période que naquit ma célèbre petite sœur, Adila.

3

À l'exception de mon père, en fait le seul homme que je connaissais de près, d'un tempérament calme et qui ne s'occupait pas beaucoup de notre éducation, laissant ce rôle à notre mère, les hommes étaient des créatures d'un autre monde, et, dès mon plus jeune âge, on m'a appris à les éviter.

Mon enfance est une longue litanie de « il ne faut pas », d'interdictions destinées à maintenir une frontière inviolable entre le monde masculin et moi. Ne pas regarder les garçons. Éviter les amies trop modernes, et toutes celles ayant un frère aîné. Ne jamais rendre de visite sans permission spéciale, ou sans la présence de grand-mère. Ne jamais utiliser le téléphone. Ne jamais sortir seule avec le chauffeur. Ne jamais traîner dans la cuisine avec les serviteurs.

Pourtant, il était indiscutable que l'homme, au Pakistan, représentait l'unique avenir possible et convenable de la femme. Mon rôle dans la vie était de me marier, et de me marier bien. Mère avait en tête un idéal masculin pour chacune de nous. Notre époux serait le seul homme que nous fréquenterions. Il offrirait évidemment un bon équilibre des qualités orientales et occidentales. Il appartiendrait à une famille noble, et aurait fait ses études à Oxford ou à Cambridge.

Chacun de nos mariages était censé améliorer le niveau de vie de nos parents. La notion de bonheur personnel ne devait être qu'un tout petit plus dans l'aventure. Alors, pour être certaine que nous ne dissimulerions aucun secret, qu'elle serait au courant du moindre de nos faits et gestes, Mère nous avait persuadées que jamais elle ne s'opposerait à notre choix d'un mari, à condition d'être immédiatement informée de nos intentions.

Bien qu'elle ait elle-même divorcé d'un premier mari, Mère nous enseignait le caractère sacré et irrévocable du mariage. Si l'époux se révélait être une brute, c'était à la femme de persévérer, de supporter jusqu'à ce qu'il change. Un mariage brisé était la conséquence de l'échec d'une femme. Sa responsabilité à elle.

J'ai compris peu à peu qu'avec ce genre d'éducation, nous allions toutes finir schizophrènes. La perfection superficielle était plus appréciée que les qualités authentiques d'un individu. Il n'était pas question de se découvrir soi-même, l'identité et l'individualité étaient écrasées au départ. La personnalité ne devait pas et ne pouvait pas se développer. On nous élevait dans un même moule.

Mon esprit était donc devenu un sanctuaire inviolable, où je chérissais des pensées secrètes et des rêves d'évasion. Fuir cette maison. Pour y parvenir je n'avais qu'une seule échappatoire, donc un seul but : le mariage.

En 1968, ma demi-sœur Rubina, qui n'avait que dix-sept ans et fréquentait encore l'école, épousa un pilote de ligne avec le consentement de son père, le premier mari de ma mère. Mère était horrifiée, extrêmement perturbée par l'événement, mais tous s'accordèrent alors sur un compromis rapide et discret, afin d'éviter tout scandale.

J'avais près de seize ans à cette époque, et la nature avait fini par faire de moi une jolie jeune fille. Entendre les gens parler de ma beauté me bouleversait, car dans notre famille, c'était une arme à double tranchant. Le compliment était inévitablement formulé ainsi : « Vous ressemblez tellement à votre mère ! » Cette comparaison ne me plaisait qu'à moitié. Certes, ma mère était fascinante, mais moi, je voulais être belle par moi-même, et non demeurer éternellement au second rang. J'étais convaincue d'être la perdante dans cette compétition, et pour moi ce compliment voulait réellement dire : « Elle ressemble énormément à sa mère, mais elle ne lui arrive pas à la cheville. »

D'ailleurs, Mère aussi était froissée de cette comparaison. Elle voulait demeurer l'unique symbole de la beauté familiale et gardait toujours de moi l'image de l'affreux petit canard de la couvée. Pourtant, j'attirais de plus en plus l'attention. Les cérémonies de mariage, les réceptions devenaient de véritables marchés à la gloire de futures épousailles, où les mères troquaient à plaisir l'avenir de leurs filles. Comme toutes les Pakistanaises, et ayant cinq filles à marier, Mère participait activement à ce jeu. Mes sœurs et moi, nous n'avions le droit de communiquer que du regard.

Un jour, nous sommes partis à Lahore en avion assister à un mariage, et c'est là que j'ai rencontré Anees Khan. Il avait vingt-sept ans ; sa mère m'a d'abord dévisagée avec attention, puis finalement a dû donner son approbation, car il s'est approché de moi pour demander :

– Vous faites encore des études ?

– Oui.

– Où ?

– À Muree. Au couvent.

– Oh ! Et dans quelle classe êtes-vous ?

– Je prépare ma dernière année pour entrer à Cambridge.

De retour à mon pensionnat catholique, j'ai commencé à penser un peu à Anees comme à un moyen possible d'évasion.

La ville, située à flanc de colline, est un lieu de villégiature en été. Un dimanche, on nous autorisa une promenade au centre commercial. Mes camarades et moi-même, nous étions sur nos gardes. Nous savions que cet endroit était un nid de Roméos en quête de proies, se pavanant devant les filles. Nous les observions en douce, en gloussant. J'ai aperçu Anees dans cette petite foule, ce qui m'a étonnée, puis choquée, lorsqu'il s'est approché de nous avec désinvolture.

Il nous a invitées, mes amies et moi, à prendre le thé chez Sam, un établissement connu de Muree. Nous avons échangé entre filles des regards excités. Les rêves d'une pensionnaire, à l'époque, se nourrissaient des pâtisseries de chez Sam, et voilà que nous avions l'occasion de les vivre, en réalité, et dans nos estomacs ! Tout en dévorant les délicieux éclairs, nous jetions des coups d'œil inquiets sur l'horloge, puis nous nous sommes envolées comme des oiseaux, avec ce que nous pensions être de la hâte et de la dignité. Anees nous a fait un signe d'au revoir, après m'avoir confié qu'il rentrait le lendemain à Karachi.

Mais il n'est pas parti. Et j'ai eu le choc, une fois de plus, de le voir attendre à la sortie de l'école. Je n'ai pensé qu'à une chose : il sait que nous n'avons pas le droit de parler aux garçons, donc il ne va pas essayer de s'adresser à moi directement. Effectivement, il s'est arrangé pour me faire passer un mot : « Je ne retourne pas à Karachi pour mon travail, car je veux rester près de vous. Je reste à Muree. Ici, au moins, je pourrai croiser votre regard. »

Je suis tombée amoureuse.

Chaque jour, durant deux semaines, Anees s'est débrouillé pour me faire parvenir une lettre, et je les gardais toutes comme un trésor. Puis vint le jour des vacances ; il me fallait rentrer à la maison, armée de mes lettres et de ma résolution de dire à ma mère qu'Anees était l'homme que je voulais épouser.

Nous avons pris le même avion, sans oser nous asseoir l'un près de l'autre, ni nous parler.

Une fois à Karachi, ma résolution est partie en fumée. J'étais incapable de rassembler mon courage pour affronter ma mère. Alors, je lui ai écrit que j'avais rencontré l'homme que je voulais épouser, et j'ai déposé la lettre sous son oreiller. Après quoi, je n'avais plus qu'à prier Allah (l'école catholique ne modifie pas l'engagement religieux d'un étudiant dans l'islam). J'étais là, sur mon tapis de prière, en communication intime avec Dieu. Je me confiais tout entière à Allah, en l'implorant d'adoucir le cœur maternel.

Mère fit irruption dans ma chambre, livide, interrompant brutalement mes prières, et exigeant de connaître absolument tous les détails scabreux de l'« affaire ».

Je lui expliquai qu'il n'y avait que des lettres. Elle les a réclamées et j'ai dû les lui donner.

Elle lisait. Assise devant elle, la tête courbée, j'étais rouge de honte et de confusion.

C'est alors qu'elle m'a informée, d'un ton cassant, que la mère d'Anees m'avait déjà demandée en mariage pour son fils, et qu'elle avait refusé en prétextant mon jeune âge. Mais la véritable raison était qu'Anees n'était pas assez bien pour moi... pour elle, plutôt. Sa famille n'était pas assez connue, ni assez riche ; il n'était qu'un petit cadre au salaire modeste de 800 roupies par mois, que Mère classait dans la catégorie des fainéants.

Au bout de quelques instants, Mère a ajouté d'un ton menaçant qu'elle allait parler à Anees et à sa mère, afin de leur redire que ce mariage n'était pas envisageable.

J'étais perdue dans un désert de honte, de déception et de désespoir. Mon seul espoir de liberté s'évanouissait.

Durant tout ce mois de vacances, on m'a retenue prisonnière à la maison, privée de sorties, avec interdiction de m'approcher du téléphone. Mère me parlait peu, et lorsqu'elle le faisait, je me sentais impure à ses yeux, comme si j'avais commis un crime.

Elle m'a raccompagnée elle-même au pensionnat après les vacances, a demandé aux sœurs de me surveiller de plus près et de censurer mon courrier. Profondément déprimée, j'ai essayé de me consacrer à mes études, pour passer les examens de Cambridge, mais je ne vivais que pour les lettres d'Anees, qu'il arrivait toujours à me faire parvenir clandestinement. Je me prenais pour Juliette et lui pour Roméo.

Je vivais dans l'angoisse de perdre l'homme dont seul l'amour aveugle faisait de moi une grande beauté. Mon penchant à me mésestimer me faisait craindre que cet amour ne soit qu'un accident, et qu'il ne se reproduise jamais plus. J'avais peur qu'aucun autre homme ne puisse m'aimer. Je devenais romantique, je cherchais des signes de l'amour d'Anees dans la senteur des pins, dans le cliquetis de la pluie sur les toits dans la nuit froide. Je me voyais franchissant des montagnes avec lui, parcourant des chemins étroits et poussiéreux, balayés par le vent. Muree ressemble un peu à la Suisse, et j'aurais préféré y être pour ma lune de miel que pour y passer des examens, enfermée dans un pensionnat.

Anees n'abandonnait pas la lutte. Sa mère s'est entretenue avec la mienne à de nombreuses reprises. Puis il s'est mis, lui aussi, à l'appeler. À chaque fois qu'ils venaient, Mère les faisait attendre pendant des heures avant de les recevoir avec une désinvolture arrogante ; ils supportaient ce comportement avec patience et courtoisie.

Enfin, j'ai été reçue à mes examens de fin d'année, et j'ai pu revenir fièrement à la maison, nantie de l'éducation requise pour faire un bon mariage. À ce moment-là, Anees avait vingt-huit ans, et moi à peine dix-sept. Nous étions virtuellement des étrangers l'un pour l'autre, mais convaincus d'être très amoureux. J'avais d'autres prétendants officieux, certains plus acceptables pour ma mère, mais j'avais adopté la force d'inertie, un calme obstiné, et pour la première fois de ma vie, je faisais preuve d'opposition. Anees était le premier à être tombé amoureux de moi, je me disais qu'il était ma seule chance de bonheur, mon seul espoir d'évasion. Si bien que j'ai déclaré à ma mère que je n'épouserais personne d'autre que lui.

Pendant un certain temps, notre désaccord s'est maintenu. Mère s'obstinait. Je tenais bon.

La famille très conservatrice de mon père s'inquiétait de me voir vouée au célibat, ce qui est la pire humiliation pour une jeune fille pakistanaise ; à dix-sept ans, j'aurais dû être déjà fiancée. D'autant que la famille de mon père éprouvait encore plus de mépris pour la couleur de ma peau que celle de ma mère. Les Pathan sont une ethnie au teint très clair, et une Pathan aussi foncée que moi, même après les efforts de grand-mère, est un cas assez rare, ce qui me rendait terriblement marginale.

Ma peau s'était éclaircie, mais je ne représentais toujours pas le type de beauté classique. Grâce à la situation de mon père – directeur de compagnie aérienne –, quelqu'un allait sûrement m'épouser, mais il fallait me caser vite, tant qu'il exerçait encore cette fonction.

Ma mère cauchemardait sur des scandales me concernant, moi, son désastre de fille.

Un jour, j'étais en train de ranger sa table de toilette lorsque j'ai surpris une conversation avec sa meilleure amie, qui lui disait :

– Tehmina n'est pas la plus belle de tes filles. Ce ne sera pas facile de lui trouver un homme qui l'aime autant qu'Anees. Je te conseille d'accepter leur offre. Il te restera toujours les trois autres, et pour elles, ta position sera plus forte.

Je n'ai pas entendu la réponse de ma mère. L'amour d'Anees et ses compliments démonstratifs m'avaient mis en tête l'idée que j'étais la plus belle ; là, tout disparaissait comme en un éclair. Je venais d'entendre le verdict. Il était cruel, mais j'étais sûre qu'il était exact. En me regardant dans le miroir de la penderie de ma mère, je ne voyais pas apparaître la beauté du cygne. J'étais redevenue canard.

Mère a finalement accepté le mariage. Cette décision une fois prise, elle devint soudain l'image même de la mère rayonnante de la future épousée. Une réception pour les fiançailles d'une fille Durrani est un événement important. On expédia des corbeilles de friandises aux amis et aux parents. Ma mère fit venir du Liban, en avion, un décorateur pour les fêtes.

La politique pakistanaise est alors intervenue dans ma vie. Un peu plus tôt dans l'année, nous étions en 1971, lorsque le Pakistan était en passe de se révolter et d'entrer en guerre avec l'Inde, Bhutto avait contacté mon père pour lui faire une proposition. À ce moment-là, le Pakistan était un État coupé en deux par les milliers de kilomètres de l'Inde, et le Pakistan oriental tentait de faire sécession pour créer l'État indépendant du Bangladesh. En qualité de gouverneur de la Banque d'État, mon père était un personnage clé. Bhutto, leader du parti populaire, maintenant engagé dans la lutte pour la suprématie du Pakistan occidental, voulait que mon père retire secrètement ses capitaux du Pakistan oriental. Bien que plutôt conciliant avec lui, mon père avait refusé d'entreprendre cette action, pour des raisons d'éthique personnelle. Bhutto avait essuyé ce refus avec rancœur.

Bhutto est devenu président. L'une de ses premières décisions a été d'exiger la démission de mon père. Ensuite, il l'a fait arrêter et mettre en prison, dans une cellule infestée de cafards. Le motif fallacieux de sa condamnation et du procès truqué était que mon père aurait été un collaborateur de la CIA. Six mois plus tard, il était disculpé et libéré.

Malgré les tentatives de Bhutto pour réparer son injustice, mon père, dégoûté et humilié, a décidé de quitter le pays. Il a accepté le poste de vice-président de la First National City Bank aux États-Unis. Mes parents se préparaient donc à déménager dans une suite du Waldorf Astoria de New York ; mais qu'allaient-ils faire de moi ?

Mère en vint à la conclusion que le mieux était de me marier rapidement. Aussitôt, la réalité m'a sauté au visage. Trois jours avant le mariage, j'ai compris, malgré nos rapports très limités, que je m'ennuyais déjà avec Anees. Il m'était sympathique, mais je ne l'aimais pas assez. Je ne voulais absolument plus l'épouser. Et soudain, j'entrevoyais une alternative : si je partais aux États-Unis avec mes parents, j'aurais plus de liberté et plus d'occasions de trouver ce que je cherchais, si l'on sait ce que l'on cherche à dix-sept ans...

Je me suis enfermée dans ma chambre pour hurler de désespoir et refuser ce mariage. Grand-mère était derrière la porte, me suppliant de manger d'abord et d'être raisonnable ensuite. Petit à petit, j'ai repris mes esprits, et je me suis résolue à faire face à la situation. J'ai appelé Anees au téléphone :

– Je ne t'aime probablement pas. J'aimais l'idée de t'aimer. Je voulais seulement m'enfuir de ma famille, tu comprends ? S'il te plaît, je t'en prie, renonce !

Il était profondément perturbé, mais essayait tout de même de me convaincre. D'après lui, je ressentais l'angoisse habituelle des futures mariées, pas plus.

– Tout ira bien, tu verras. Tu es seulement un peu nerveuse.

Mon père tentait de me réconforter de la même manière. Serrée contre lui, je sanglotais sur son épaule, pendant qu'il me tenait calmement ce discours :

– Tehmina, les filles quittent un beau jour la maison familiale, pour se retrouver dans un environnement étranger. Ainsi va la vie. Un mariage est un mélange de chagrin et de bonheur. Je comprends ta peine et la confusion de tes sentiments à l'idée d'être séparée de moi, mais tu dois embarquer pour le futur. Une fille doit quitter son père pour se mettre sous la protection de son mari.

J'ai réalisé d'un coup : il était trop tard. Personne ne croyait que je ne voulais plus me marier. Ils expliquaient mon refus par une nervosité de dernière minute, une angoisse de gamine. J'étais perdue.

Trois jours plus tard, j'étais une jeune mariée complètement ahurie.

Deux ans et demi ont passé. Mon mariage avec Anees a atteint un niveau d'insipidité totale, sans vague ni tempête. Je sens que quelque chose ne va pas, sans savoir quoi. J'ai beau être couverte de compliments et choyée par ma belle-famille, je demeure perturbée par mon enfance, sans parvenir à régler définitivement le problème. Je ne sais même plus le cerner.

Je suis hantée par un sentiment de non-être, rongée par une mauvaise estime de moi. Au fond, puisque ma mère ne m'aimait pas et ne m'estimait pas, la petite opinion d'Anees et de sa famille de plus basse condition n'a que peu d'importance à mes yeux.

J'ai donné une fille à Anees. J'aime tendrement Tanya, mais je n'aime toujours pas Anees. Si cela avait été le cas, j'aurais peut-être trouvé Mustapha Khar moins intéressant, moins mystérieux et moins troublant. Mais j'ignorais encore à quoi ressemblait l'amour. Je m'en faisais toujours une idée romantique. En fait, je me suis retrouvée mariée à un âge où on ignore tout, et n'ayant rien découvert, j'étais un gibier facile pour le Lion du Panjab, le chasseur magnifique.

4

Lorsque j'ai rencontré le Lion du Panjab, si élégant, si beau parleur, dans les salons d'une ambassade, j'ignorais tout de ses origines. Le bel animal social qui jouait de la prunelle devant moi est un enfant de la terre.

Les hommes de la tribu de Mustapha Khar sont célèbres pour leur taille au-dessus de la moyenne, leurs traits durs, leur force et leur endurance légendaires. Un spécialiste les a décrits ainsi : « Munificents dans les dépenses de mariage, hospitaliers aux voyageurs, voleurs, et peu doués pour l'agriculture. » Un proverbe persan dit d'eux : « Ce sont des rebelles qu'il faut massacrer. »

Leurs racines se trouvent dans une région de l'Inde, le Neli Bar, près de Kamalia, mais ils se sont mal entendus avec les coloniaux anglais, car ils refusaient de payer leur tribut à la Couronne. Après quelques escarmouches sanglantes, ils ont décidé de fuir vers l'Ouest. Pour ne pas être retardés dans leur voyage, ils ont massacré femmes et enfants, chargé leur énorme provision d'or, et émigré au Panjab pour s'installer sur les rives de l'Indus.

Malik Ghulam, le grand-père de Mustapha, devint

l'un des plus grands propriétaires terriens du district de Muzzafagarh du Panjab en mariant systématiquement ses filles à des chefs de tribus.

Dans le système féodal, richesse égale honneur et pouvoir. Ainsi, en 1940, le père de Mustapha, Mohammad Yar Khar, s'est vu gratifié du titre de Khan Sahib par la Couronne britannique.

Mohammad Yar Khar avait soixante-quatre ans lorsqu'il épousa sa troisième femme, âgée de seize ans, originaire de Multan, et qui devint la mère de Mustapha. On dit que Khan Sahib engendra seize enfants. La mère de Mustapha en mit huit au monde, sept fils et une fille. Les sept fils ont grandi dans un village isolé du nom de Kot Addu. Leur père, trop âgé, et leur mère, trop esclave, exigeaient d'eux très peu de discipline. Comme ses frères, Mustapha a été élevé par deux nourrices, qui lui ont donné le sein pendant les six premières années de sa vie. La vie quotidienne de ces femmes était soigneusement surveillée pendant leurs années de nourrice ; tout le temps qu'elles allaitaient, elles n'avaient pas le droit de voir leurs maris autrement que sous la surveillance d'un garde, afin qu'elles ne se retrouvent pas enceintes. Les frères Khar attribuent leur vigueur à ce système nourricier.

En tant que jeunes seigneurs féodaux, Mustapha et ses frères faisaient peu de cas des lois et des devoirs de la société. Le système féodal est un vestige du temps où les Anglais gouvernaient tout le sud de l'Asie centrale. En attribuant la terre et le pouvoir absolu à certains sujets « loyaux », les « maîtres blancs » s'assuraient sans trop d'effort le contrôle des masses populaires. Avec le temps, ces quelques privilégiés ont multiplié leurs richesses, en pratiquant les méthodes féodales de fermage des terres et en levant des impôts arbitraires. Le féodalisme était un permis de piller, de violer et même de tuer. Les riches s'enrichissaient, les pauvres s'appauvrissaient.

Dans les régions qui ont formé plus tard le Pakistan, certaines familles utilisaient l'islam comme une arme de pouvoir. Les patriarches étaient vénérés comme des hommes de Dieu, directement en rapport avec Allah. Certes, il en était de réellement pieux et vertueux. Mais, progressivement, les sceptres féodaux ont été transmis aux fils aînés, ni pieux ni vertueux, et pourtant vénérés et acceptés comme les « envoyés d'Allah » par les pauvres habitants incultes. Ces fils peuvent justifier leurs moindres actes par leur seule et bien commode interprétation du Coran.

Le seigneur féodal est maître absolu, il a tous les droits. Lorsque disparut le joug britannique, en août 1947, une période de turbulences s'est instaurée. Les grandes possessions du Commonwealth furent divisées selon les frontières religieuses. La forteresse hindoue devint l'Inde. Le Pakistan musulman, divisé en deux territoires par l'immense barrière de l'Inde, ne ressembla à aucun autre État au monde. La démocratie trouva place en Inde, et le système féodal s'y effondra. Mais au Pakistan, malgré de bonnes paroles concernant les principes démocratiques, les seigneurs féodaux sont restés en position de force. Ils décident qui aura un siège à l'Assemblée nationale, et qui occupera la maison du Premier ministre.

Dans leur jeunesse, les aînés de la famille Khar ne montraient aucun penchant pour la politique. Mustapha et ses frères ne vivaient que pour la chasse, le *shikar*. Ils restaient des jours entiers loin de chez eux à traquer le gibier, souvent à cheval, parfois à pied. Leurs exploits accomplis, ils s'empressaient de déguster le gibier sur place. Ils adoraient cuisiner eux-mêmes, avec une préférence pour la viande saignante. Le *shikar* a enseigné à Mustapha le courage, l'endurance, la patience du chasseur. C'est ainsi qu'il s'est familiarisé avec la stratégie et la tactique. Il a appris comment leurrer, attirer et piéger une proie.

Il avait à peine dix-sept ans quand, sur décision de son père, il dut épouser sa cousine Wazir, analphabète et bien plus âgée que lui. Elle se trouva aussitôt enceinte, et Mustapha s'enfuit de son village, abandonnant sa femme à son triste destin. Il s'installa d'abord à Multan, puis à Lahore, la grande ville.

Là, il fut fasciné par un certain nombre de mystères, tels que la vision de cette femme hautaine et décontractée, aux cheveux permanentés, vêtue à la mode, assise au volant d'une voiture étincelante. Mustapha ignorait les manières et les coutumes permettant d'approcher une pareille vierge de glace, si différente des femmes de sa province. Il se contenta de la désirer à distance... pour l'instant. Au bas de la colline de Muree, il croisa d'autres femmes, qui offraient leurs charmes moyennant un certain prix. Il se découvrit du talent dans le commerce du sexe. Il écumait le marché, examinait les marchandises, et louait leurs services. De leur côté, les femmes étaient complètement fascinées par ce jeune seigneur féodal, riche, et qui pleurait sur son triste mariage.

Au foyer, Wazir souffrait en silence. Et son humiliation fut pire lorsque les aînés décidèrent d'annuler son mariage avec Mustapha, pour la donner au frère cadet. Encore lui épargnait-on le supplice de la renvoyer chez ses parents, en femme indigne et divorcée. Dans le système féodal, c'est un sombre destin.

Wazir portait alors le premier fils de Mustapha, Abdur Rehman.

Pendant ce temps, à Muree, insouciant de ce drame féminin, Mustapha s'était lié d'amitié avec un couple, Shafi et son amie Firdaus, une femme adorable, attirante, et relativement éduquée. Lorsque Firdaus s'aperçut qu'elle était enceinte, Shafi prit la fuite et Mustapha offrit à la jeune femme une épaule confortable et consolante. Pour lui, Firdaus ainsi déchue et abandonnée était une victime de la société. Il l'épousa sur un élan. Firdaus mit au monde un fils sans père, mais portant le nom de Mustapha. Puis un second fils, Billoo.

Soudain, ces responsabilités furent trop écrasantes pour Mustapha, qui réalisa qu'il avait confondu amour et pitié. Pendant que Firdaus était à l'hôpital pour accoucher de Billoo, Mustapha lui fit parvenir les papiers du divorce. Sur ce, un peu marri, il reprit le chemin de son village, et ses aînés, en bons seigneurs féodaux, lui pardonnèrent sans problème sa « petite fugue ».

Les hommes de la tribu Khar se trouvaient très bien sur leur territoire isolé et ne voyaient aucune raison d'ouvrir les yeux sur d'autres horizons, jusqu'au jour où le vieux fantôme du pouvoir vint les secouer.

Mushtaq Ahmed Gurmani devint gouverneur du Panjab. Le clan Gurmani, qui vivait sur un territoire voisin, avait rapidement pris de l'importance et le faisait sentir. D'un seul coup, la solidarité séculaire entre les chefs locaux se perdit dans le nouveau système bureaucratique. La police ferma les yeux sur les crimes commis par les Gurmani contre les Khar. La précieuse source d'alimentation en eau fut détournée. Pire encore peut-être, les paysans se mirent à dédaigner leurs seigneurs et maîtres traditionnels au profit des nouveaux chefs politiques.

C'est en 1962 que les Khar réalisèrent que leur monde féodal ne survivrait pas sans une base politique ; seule la politique pouvait désormais leur assurer légitimité, pouvoir et protection. Mustapha avait vingt-quatre ans lorsqu'il se présenta à un siège du Parlement. Il était novice, mais énergique et obstiné. Patiemment, il alla de famille en famille expliquer son opinion sur l'usure du pouvoir traditionnel dans la région. Puis il s'aperçut avec intérêt qu'un autre clan féodal puissant, les Leghari, était également concerné par l'emprise politique de leurs rivaux communs, les Gurmani. Mustapha parvint à former avec eux une coalition, qui leur donna la victoire.

Il était le premier des Khar à pénétrer dans la prestigieuse Assemblée nationale. Fou de joie de la victoire de son fils, le père de Mustapha lui offrit une somme d'argent considérable : que le fils s'empressa de dilapider dans l'achat de plusieurs voitures américaines flambant neuves.

Lorsqu'il se rendait à l'Assemblée au volant de l'un de ses jouets, Mustapha aimait parfois faire rouler les autres voitures derrière lui en un défilé ostentatoire et tape-à-l'œil. Mais à l'Assemblée, il restait silencieux, très conscient de son inexpérience et de son état de néophyte campagnard. Il écoutait avec attention et enregistrait tout. On l'avait assis par hasard aux côtés de Ghulam Mustapha Khan Jatoi, homme distingué légèrement plus âgé, issu de l'une des plus grandes et des plus riches familles féodales du Sind, une province située dans la moitié sud du Pakistan occidental. Mustapha Jatoi était une nouvelle relation importante pour Mustapha. Leur amitié dura vingt-six ans, et leurs destins politiques furent étroitement liés.

Jatoi présenta Mustapha au très efficace ministre des Affaires étrangères, Zulfikar Ali Bhutto. Les deux hommes entamèrent une relation complexe, qui oscilla constamment entre l'amour et la haine. Comme beaucoup de jeunes gens, Mustapha était tombé sous le charme magnétique de Bhutto, travailleur acharné, politicien de gauche, qui prônait une politique de justice sociale. Pour sa part, Bhutto était impressionné par le charisme de Mustapha, véritable enfant de la terre, vibrant avec le peuple.

En 1966, après les accords de Tachkent qui mirent fin au deuxième conflit indo-pakistanais, Bhutto démissionna de son poste de ministre des Affaires étrangères, convaincu que si le président Ayub Khan avait gagné la bataille de la guerre, il avait perdu à la table des négociations.

On le considéra immédiatement comme un paria politique, et lorsqu'il monta dans le train pour retourner chez lui, à Karachi, il n'y avait personne sur le quai pour lui faire des adieux. Sauf Mustapha Khar. Cette démonstration était le premier grognement sorti de la gorge du futur Lion du Panjab. En homme politique rusé et perspicace, Bhutto avait perçu immédiatement que Mustapha était autre chose qu'un affreux galopin de vingt-quatre ans jouant à arriver au Parlement dans une parade de voitures américaines. Il lui fit donc des compliments sur son attitude courageuse. Mustapha lui répondit par sa formule favorite : « L'avenir le dira. »

Les femmes entraient aussi rapidement dans la vie de Mustapha qu'elles en sortaient. Le jeune membre de l'Assemblée nationale courait toujours après un idéal nébuleux, mais il manquait de confiance en lui pour tenter de séduire les femmes du monde et préférait fréquenter des courtisanes. Au cours d'un de ses nombreux voyages pour siéger à une session du Parlement, Mustapha fut frappé, dans l'avion, par une apparition qui, vêtue de vert, lui servait un repas ; c'était l'hôtesse de l'air. Elle s'appelait Safia, faisait partie de la classe moyenne, et travaillait pour aider sa famille. Il émanait de Safia un parfum d'aventure et d'exotisme. Ils passèrent ensemble les deux jours suivants, puis se marièrent. Mustapha fit alors une volte-face brutale vers les principes féodaux qu'il avait hérités. Il arracha Safia au ciel pour la mettre en cage : sa troisième épouse, jusqu'alors « moderne et libérée », dut porter le voile ; elle fut condamnée à l'oubli et enfermée à Kot Addu, le village natal de Mustapha, n'ayant pour seule mission que d'y attendre ses rares visites. À cette époque, il n'y avait pas d'électricité à Kot Addu, ni de système de plomberie. Les femmes étaient complètement isolées du monde extérieur. L'unique morceau de ciel que Safia pouvait contempler formait un carré bleu au-dessus de sa nouvelle maison. Les murs étaient hauts, aucun homme autre que son beau-père et ses beaux-frères ne pouvait y pénétrer. Il lui fallait se résigner à cette vie aride, dans cette région réputée pour sa chaleur et sa sécheresse. Elle appartenait au *zannana*, la chambre des femmes, où l'homme était roi et la femme esclave. Elle donna à Mustapha un fils, Bilal, puis une fille, qui mourut d'entérite par manque de soins médicaux.

Mustapha Khar avait donc des enfants alors que j'étais encore moi-même un bébé. Et ces enfants avaient besoin d'une nourrice. Le rôle de la nourrice est extrêmement important dans les grandes familles. Il allait en trouver une, dont l'histoire m'a toujours émue.

Il est une tâche très particulière au système *jirga*, tâche que doit assumer le maître féodal : être à la fois juge et jury dans le règlement des querelles entre vassaux. C'est ainsi que le village soumit à Mustapha le cas de deux amants. Il écouta attentivement les accusations. Ayesha, la femme, vingt-cinq ans, était une beauté ; elle ressemblait à l'actrice américaine Ava Gardner. Grande, superbe, une peau foncée et lumineuse, des yeux noirs intenses. Elle était connue à Kot Addu pour son tempérament joyeux et expansif. Cette gaieté lui avait valu la réputation usurpée de femme « facile ». On disait qu'elle faisait ouvertement de l'œil aux jeunes gens et cherchait constamment à attirer leur attention.

Il était impossible de prendre sa défense car, mariée, elle était tombée amoureuse d'un homme, marié lui aussi. Or, l'adultère est un crime. Les deux amants avaient quitté leur domicile conjugal respectif, en jetant principes et religion par-dessus les moulins. Il appartenait à Mustapha de décider du châtiment. Pour lui, la décision était facile à prendre et concernait uniquement Ayesha. Elle était la propriété de son mari ; il lui ordonna donc de rentrer chez lui.

Mais les amants prirent la fuite pour se réfugier près de la ville de Multan, dans un temple sacré. Retrouvés, ils durent comparaître à nouveau devant Mustapha. Ayesha supplia qu'on ne la force plus à retourner avec son mari, en implorant Mustapha de la prendre chez lui comme domestique. L'amant, qui avait osé désobéir à Mustapha, fut condamné à l'internement dans un asile de fous. Où il devint effectivement fou, et mourut.

Ayesha fut employée comme *dai*, nourrice, de Bilal. En contrepartie, sa famille recevait chaque année une petite provision de blé, mais elle-même ne touchait aucun salaire. Désormais, on la connaissait sous le nom de *dai* Ayesha, une esclave comme tant d'autres dans la maison de Mustapha Khar.

Bhutto ayant fait de Mustapha son protégé, celui-ci alla vivre dans sa résidence à Karachi, au 70, Clifton Road. Il devait y habiter durant des années, et c'est là qu'il entreprit sa véritable éducation sociale et politique.

Selon Bhutto, cette éducation devait reposer sur une combinaison compliquée : un style de vie moderne et élégant compatible avec les ambitions politiques. Soekarno, le président indonésien, était l'un des héros de Bhutto. Il avait compris que les peuples du tiers monde, incultes mais instinctifs et sensibles, ont besoin de slogans et de discours simples pour s'attacher aux hommes politiques. Il suffisait, par conséquent, de drainer les masses populaires vers des personnages charismatiques, hauts en couleur, dont la moralité et l'intégrité n'étaient pas forcément ce qu'elles auraient dû être. Cette philosophie de base permettait notamment à Soekarno d'avoir une vie privée agrémentée de nombreuses liaisons amoureuses. Il considérait l'immunité morale comme un privilège inhérent au pouvoir et Bhutto, son jeune émule, retint parfaitement la leçon.

Citant Soekarno, Bhutto disait souvent : « Les hommes exceptionnels ont besoin d'épouses exceptionnellement compréhensives et capables de s'adapter aux excentricités de leurs maris. » Il prenait comme exemple le couple Adolf Hitler et Eva Braun ! Bhutto avait, d'ailleurs, une épouse extraordinaire, d'origine iranienne, Nusrat. Durant des années, cette femme sut garder le secret sur la liaison de son mari avec Husna Shaikh, une très jolie femme, pétulante, et divorcée. Bhutto était passionnément amoureux d'elle. En sa qualité de confident attitré, Mustapha l'accompagnait souvent à ses rendez-vous galants.

Le professeur Bhutto nourrit l'esprit de son élève Mustapha avec soin, lui servant de tuteur dans son comportement personnel et politique. L'aîné transmit ainsi au plus jeune le culte du vêtement de confection qui, dans le cas de Bhutto, était d'un style plutôt désinvolte. Bientôt Mustapha se mit à arborer le genre de costumes et de chemises que portait son mentor.

La bibliothèque de Bhutto était l'une des plus belles d'Asie ; son bien le plus précieux était une collection de livres sur Napoléon Bonaparte. Ce petit homme corse qui avait eu l'audace de se couronner lui-même empereur de France le fascinait. Il recommandait à Mustapha des listes de livres, sur lesquels il l'interrogeait ensuite avec attention.

Cependant, Mustapha ne se laissait pas complètement dominer. Il s'efforçait de préserver son identité et ses qualités d'homme de la terre. Bhutto et lui formaient donc un couple assez étrange. Par exemple, au petit déjeuner, Bhutto mangeait des œufs frits et des haricots, alors que Mustapha, fier de son héritage culinaire, s'obstinait à consommer la nourriture traditionnelle et paysanne du Panjab : le *lassi*, boisson au yaourt, la *paratha*, mince galette de pain cuite dans du beurre, et, de temps en temps, une omelette aux poivrons verts et aux tomates...

Cette amitié leur était mutuellement bénéfique. Bhutto avait discerné l'intelligence et la finesse instinctive de Mustapha qui, malgré son manque d'éducation, s'imprégnait naturellement de la condition des masses pauvres et incultes. Et les deux hommes, quand bien même usaient-ils des faveurs conférées par le pouvoir et le prestige, se donnaient énormément de mal pour hisser le Pakistan vers le XXe siècle.

Mustapha se rendait compte de l'ironie de cette œuvre politique : pour apporter une véritable égalité démocratique, et donc le progrès, au Pakistan, il fallait trouver le moyen d'abattre le vieux système féodal. Autrement dit, si Bhutto et lui voulaient réaliser leurs ambitions politiques, il leur fallait détruire les bases mêmes de leur propre pouvoir.

En 1967, alors que j'avais quatorze ans, Mustapha devint l'un des membres fondateurs du parti de

Bhutto, le PPP, Parti populaire du Pakistan. Le nouveau parti socialiste avait déjà un impact puissant sur le citoyen moyen, mais il dut se battre durant plusieurs années pour s'imposer. Ses leaders faisaient le tour des régions les plus retirées du pays, convaincus qu'il fallait atteindre directement le véritable peuple. Le zèle et l'énergie exceptionnelle de Bhutto faisant boule de neige, ce travail laborieux fit du Parti populaire le mouvement majeur de la réforme.

Aux élections de 1970, le Parti populaire rafla tous les scrutins au Pakistan occidental, mais le parti séparatiste, connu sous le nom de Ligue Awami, emporta tous les sièges au Pakistan oriental, à l'exception de deux. Ce qui plongea le pays dans une division profonde. Des émeutes éclatèrent au Pakistan oriental, qui voulait obtenir son indépendance vis-à-vis du Pakistan occidental.

Le triomphe du Parti populaire propulsa Mustapha en pleine lumière. Il était soudain courtisé par tout le monde, les assoiffés du pouvoir, comme les désœuvrés amateurs de soirées extravagantes et douteuses, où les femmes faisaient partie du menu. C'est à l'une de ces soirées que Mustapha rencontra Naubahar, danseuse professionnelle, dont le visage et le corps n'eurent aucun mal à subjuguer le cœur du jeune politicien. Mustapha loua une maison à Lahore pour y installer sa maîtresse. Puis il l'épousa, bien qu'il ait toujours une femme à Kot Addu. Il fit donc promettre à Naubahar de garder leur mariage secret. Le Coran permet à un homme d'avoir plusieurs femmes à la condition, quasi impossible, qu'il les aime toutes équitablement !

En l'espace d'un an, le conflit pour la libération du Pakistan oriental, ou Bangladesh, accéléré par une campagne de presse étrangère et hostile, éclata. En décembre 1971 les troupes indiennes profitèrent de la situation pour pénétrer au Pakistan oriental sous prétexte de protéger les populations de réfugiés. Elles bénéficiaient du soutien de la population locale. L'armée et les forces aériennes pakistanaises furent sévèrement atteintes. Le Bangladesh affirma son indépendance. Désormais le Pakistan occidental n'était plus que le Pakistan, simplement et humblement le Pakistan, un pays en état de choc. La junte militaire décida alors qu'il était temps de trouver un nouveau dirigeant pour faire oublier cette défaite, et elle nomma Bhutto président du gouvernement.

Opérant depuis le siège du pouvoir à Islamabad, capitale du nouveau Pakistan, Bhutto fit preuve de perspicacité en lançant une série d'attaques militaires rapides et concluantes, qui provoquèrent une nouvelle tension entre le Bangladesh et le Pakistan. Il obtint ainsi la libération de 93 000 prisonniers de guerre pakistanais que détenait l'Inde. Mais il n'ignorait pas que son pouvoir lui venant des militaires, il serait toujours à la merci des généraux. Il les contraignit donc à démissionner, les remplaça par des hommes à lui, et nomma son jeune protégé, Mustapha, au poste de gouverneur et administrateur juridique du Panjab.

Par une ironie du sort, cette nomination triomphale révéla au grand jour le mariage secret de Mustapha et Naubahar. En effet, en apprenant la toute nouvelle importance de Mustapha, les prostituées manifestèrent joyeusement dans les rues étroites de la vieille ville, en chantant et en dansant, afin de fêter publiquement Naubahar, l'une des leurs devenue l'épouse du gouverneur ! Ce fut un scandale.

En apprenant l'événement, Bhutto convoqua aussitôt le délinquant ; le gouverneur du Panjab ne pouvait avoir pour femme une vulgaire danseuse, et il fallait remédier très vite à cette situation. Mustapha fit alors venir Naubahar. Elle s'assit naïvement devant lui, prête à combler ses désirs. Les pieds calés sur son bureau, tirant calmement sur un cigare, fixant le triangle de soie que formaient les jolies jambes de sa femme, Mustapha lui déclara brusquement qu'elle était devenue un problème pour lui, et que leur mariage ne pouvait plus exister. Naubahar pleura de désespoir aux pieds du nouveau gouverneur du Panjab, qui accueillit stoïquement ce débordement de chagrin. Elle le supplia de changer d'avis, il refusa tout net. Naubahar se releva, fixa son époux droit dans les yeux et proféra une malédiction :

– Mustapha Khar ! Que tu souffres comme tu m'as fait souffrir ! Que tu connaisses à ton tour la douleur du mépris ! Je prie Dieu pour que tes enfants traînent un jour dans chaque rue de la ville. Que sous chaque pierre que tu soulèveras surgisse un enfant de toi ! Que jamais tu ne vives en paix ! Une femme te détruira, comme tu m'as détruite !

Cette dernière malédiction obsédait Mustapha. Naubahar était partie, mais la malédiction allait demeurer.

Safia fut tirée de son exil et installée dans la maison du gouverneur en qualité de femme légitime et respectable. C'est alors que les frères de Mustapha s'empressèrent de venir l'informer d'un détail : « Ta femme a eu des rapports illégitimes avec ton plus jeune frère, Ghulam Murtaza. Nous ne pouvions pas te cacher cette histoire plus longtemps. »

Peu importe que Mustapha ait détruit l'existence de Safia, qu'il ait épousé Naubahar et brisé aussi sa vie ; peu importe qu'il n'ait rendu visite à Safia que quelques heures en sept ans, peu importe qu'il ne l'aime pas... la loi féodale permet à un homme d'agir ainsi. Mais qu'une femme trahisse son mari, et elle est coupable du péché suprême.

L'univers de Mustapha s'écroula. Il était cocu ! On en ricanait dans son dos, son honneur était en miettes. Il battit Safia sans pitié, et lui brisa plusieurs côtes. Il donna ordre à une servante d'introduire de la poudre de piment dans le vagin de la pauvre dai Ayesha, afin de la punir de ne pas l'avoir informé. Puis il s'envola, furieux, pour Islamabad, chercher du réconfort auprès de son mentor.

Le président du Pakistan et le gouverneur du Panjab burent jusqu'à plus soif, tard dans la nuit, et leur conversation prit une tournure philosophique. Mustapha étala complaisamment sa douleur devant Bhutto :

il voulait démissionner ; il ne pouvait plus se concentrer sur les affaires du pays ; son amour-propre était déchiré par cette immense trahison ; il n'avait plus confiance en lui, etc. Le président le prit par les épaules, et un peu éméché, il lui tint ce discours :

– Je crois que nous devrions démissionner tous les deux. Nous ferions mieux de laisser tomber ce gouvernement. On ne trouve que souffrance et trahison dans la vie. Si tu démissionnes, je démissionne aussi. Je ne peux pas travailler seul. Je partage ton désespoir. Partons, allons ailleurs, au diable tout ça !

Au petit jour, revenu à la sobriété, Bhutto se mit à gronder Mustapha comme un enfant. Il était trop stupide de se laisser aller à de tels sentiments ! Ils avaient un grand destin devant eux. Ils étaient les élus, ceux qui devaient apporter le changement au Pakistan. L'histoire ne leur pardonnerait pas de se montrer si faibles à cause d'une misérable femme ! Puis Bhutto devint sérieux, et il proposa en toute sincérité de l'éliminer.

Mustapha ne suivit pas ce conseil. La loi islamique autorise un homme à tuer sa femme infidèle dans un accès de passion ou de colère, mais pas de préméditer une vengeance. Plus simplement, Mustapha divorça de Safia et bannit son jeune frère indigne en l'expédiant en Angleterre. À la même époque, j'épousais Anees.

Bhutto souhaitait que Mustapha se remarie, et ils entreprirent des recherches afin de dénicher l'hôtesse idéale pour la maison du puissant gouverneur du Panjab.

Bhutto était sur le point d'embarquer pour son premier voyage aux États-Unis, quand Mustapha fit la rencontre de Shéhérazade, nièce par alliance du ministre de l'Éducation. Sherry était extrêmement belle et très occidentalisée.

Comme toujours en ce domaine, Mustapha se comporta en acharné. Il devait accompagner le président aux États-Unis et il était pressé d'avoir à son bras une épouse charmante et bien élevée, la plus parfaite, la plus épatante, en somme, pour passer le seuil de la Maison-Blanche.

Bhutto n'approuvait pas cette union. Sherry appartenait à la classe moyenne, en pleine évolution, très anglicisée, et il estimait qu'elle ne conviendrait pas au tempérament féodal de Mustapha. Mais ce dernier lui fit part catégoriquement de son intention de ne pas suivre aveuglément les conseils de son charismatique président. Il affirma qu'il ne supporterait ni maintenant, ni jamais, un ordre concernant sa vie privée. Ce trait de caractère devait rester la grande contradiction de son personnage. Il passa outre les objections du président et demanda la main de Sherry. Elle accepta, et neuf jours plus tard, en présence du président Bhutto, elle devint la cinquième femme de Mustapha Khar.

Mustapha fut gouverneur durant un an. À l'adoption de la nouvelle Constitution, en 1973, Bhutto devint Premier ministre, et le titre de gouverneur que portait Mustapha fut transformé en ministre en chef du Panjab. Il se fit une réputation d'administrateur compétent. Ses relations étroites avec Bhutto lui garantissaient un pouvoir réel et bien accepté pour écraser toute opposition. Ce nouveau gouvernement populaire créait, d'ailleurs, une certaine euphorie. Mustapha croyait sincèrement au slogan du parti : « Le peuple est la source du pouvoir. »

Le jour où les forces de police se mirent en grève, Mustapha qualifia cette action de mutinerie. Il lança un appel au peuple afin qu'il prenne lui-même en main la loi et l'ordre, et proposa que l'on mette des civils aux postes de police et à la circulation. Le plan fonctionna, donnant du poids à l'ultimatum que Mustapha lança à la police : « Tout individu qui ne retournera pas à son poste dans les vingt-quatre heures sera licencié. » Tous les policiers revinrent.

C'est ce moment que choisit Bhutto pour envoyer Mustapha à Washington en qualité d'émissaire privilégié, afin qu'il y rencontre le président Nixon et lui transmette un message particulier.

Mustapha profita de sa position pour rétablir sa situation pécuniaire, avec une habileté et un sens financier instinctifs. Il avait, en effet, vendu énormément de terres pour financer ses ambitions politiques et, parvenu au titre de ministre en chef de sa province, il ne possédait plus qu'un misérable lopin, celui du village de Kot Addu. Soudain, ceux qui avaient acheté ses terres se retrouvèrent victimes d'inculpations diverses montées de toutes pièces. Pris dans les filets de la police, ils durent restituer les terres. Mustapha ne mit pas longtemps à récupérer ainsi la quasi-totalité de ses biens.

Mustapha Khar ne craignait pas d'écraser l'« opposition » d'une main d'acier dans un gant féodal. Lorsque les étudiants du Panjab se mirent en grève et occupèrent leurs locaux, en se livrant à quelques débordements de violence, on dit que Mustapha les contraignit à se déshabiller et à marcher nus dans la rue, pour l'exemple. On a prétendu aussi que certains leaders politiques de l'opposition avaient été sodomisés en prison. On compara Mustapha Khar au Nawab de Kalabagh, l'ancien gouverneur, un tyran. Cette comparaison pouvait être positive en ce qui concerne ses qualités d'administrateur, mais négative pour ses procédés cruels de maintien de l'ordre.

D'un autre côté, les portes de la maison du gouverneur étaient toujours ouvertes, comme elles le seront lorsqu'il sera ministre en chef. Chaque vendredi, Mustapha recevait les gens de sa circonscription et examinait leurs problèmes en priorité.

Cependant, progressivement, les rapports de Mustapha et de Bhutto se tendirent. Le dirigeant du Panjab était à présent un véritable politicien, qui n'avait plus besoin de l'ombre de son mentor. Bhutto savait que le Panjab, la plus grande province du pays, représentait le réservoir de votes du Pakistan, la colonne vertébrale du Parti populaire ; il ne pouvait pas se permettre de le perdre, de l'abandonner aux mains de sa

« créature », Mustapha. Or le Lion du Panjab était acclamé partout sur son passage. Il jouait le rôle du numéro deux du Pakistan, et il l'était réellement devenu.

Bhutto s'inquiétait de la mégalomanie grandissante du Lion : si Mustapha se pensait vraiment le numéro deux, il ne restait plus qu'un poste auquel il puisse aspirer... le numéro un.

Bhutto pouvait se faire du souci : il avait énormément d'ennemis. Certains seigneurs de droit divin considéraient ses théories socialistes-islamiques comme sacrilèges, et ils savaient parfaitement que si le Panjab échappait au contrôle de Bhutto, celui-ci tomberait. Ils s'employaient donc à creuser davantage l'écart entre les deux hommes.

De son côté, Mustapha prit des initiatives importantes sans les soumettre au Premier ministre. Les deux hommes étaient maintenant en désaccord sur des sujets politiques ou des nominations personnelles. Si Bhutto refusait des personnes nommées par Mustapha, Mustapha boudait, et ignorait celles de Bhutto. Il s'était forgé une forte personnalité politique. Islamabad retentissait d'histoires sur la mégalomanie du Lion. Le Lion aurait fait courir le bruit qu'il serait le prochain Premier ministre et que le peuple du Panjab allait le propulser au pouvoir. Les conseillers de Mustapha lui avaient mis en tête que deux épées ne se rangent pas dans le même fourreau...

Bhutto aimait Mustapha comme son propre fils, et il avait toujours essayé de le conseiller comme un père. En retour, Mustapha pouvait plaider sa cause, son argument étant que sa propre réussite renforçait le pouvoir de Bhutto. En effet, on ne pouvait attendre du Premier ministre qu'il ait l'œil à tout, et le Parti populaire avait besoin d'un leader puissant en seconde ligne. À plusieurs occasions Mustapha réaffirma sa loyauté et son soutien à Bhutto, au Parti lui-même. Mais ses gages de fidélité ne durèrent pas. Il se définissait comme l'éponge absorbant les coups durs de Bhutto. Il lui affirmait : « Je supporte toutes les attaques et les critiques. Je ne les retourne pas contre toi. » Mais Bhutto se rendait bien compte que Mustapha était en train de grignoter la base du pouvoir, et qu'il voulait couper le gâteau en deux.

Lors d'une réunion de cabinet à Karachi, la tension finit par exploser. Sur ordre de Mustapha, un fonctionnaire présenta ce jour-là un document en faveur de la protection des ressources en eau du Panjab. Bhutto l'interrompit aussitôt en hurlant de rage :

– Personne n'a à me dire comment je dois répartir les ressources entre les différentes provinces ! Si je veux, je peux tout détourner vers Lakarna, j'ai l'investiture du peuple !

Mustapha rétorqua aussitôt :

– Ça, Monsieur, ce n'est pas exact. Vous avez un mandat pour servir le peuple du pays tout entier. Pas seulement votre village de Lakarna. Tant que je serai ministre en chef du Panjab, je veillerai à ses intérêts.

Bhutto jeta ses documents sur la table et sortit du conseil comme un ouragan, en grognant :

– Ou bien je reste Premier ministre du Pakistan, ou c'est toi qui le deviens !

Les collègues de Mustapha l'entourèrent alors pour lui faire comprendre qu'il avait dépassé les limites de son autorité et l'engager à présenter ses excuses à Bhutto. Mustapha partit donc à la recherche de Bhutto, jusque dans ses appartements. Le Premier ministre accepta les excuses, mais ajouta :

– Tu as rué dans les brancards aujourd'hui. Mais je ne tolérerai pas une fois de plus une pareille insolence en public. La prochaine fois, parle-moi en privé.

À la suite de cet épisode, la tension entre les deux hommes devint intolérable. Un sommet islamique se tint au Panjab, auquel assistaient le roi Faysal d'Arabie Saoudite, le colonel Kadhafi de Libye, Yasser Arafat de l'OLP, Idi Amin Dada, et bien d'autres leaders arabes importants. Mustapha présidait le sommet aux côtés de Bhutto, ainsi que Mujibur Rahman, président du Bangladesh. C'était à cette occasion que le Pakistan devait entériner l'indépendance du Pakistan oriental.

Mustapha offrit sa démission après la réunion, et quitta sur-le-champ sa résidence princière de ministre en chef, pour s'installer dans une maison en location.

Peu de temps après, je faisais sa connaissance au Panjab Club de Lahore, où une invitée me racontait avec des détails croustillants, et une gourmandise évidente, la vie agitée du célèbre Lion.

5

Dès le lendemain de cette réception au Panjab Club, un ami de Mustapha Khar nous téléphone pour nous inviter à déjeuner. Anees a déjà un engagement, il est très déçu. La voix insiste au téléphone :

– Ça ne fait rien, dînons ensemble.

Ce soir-là, Anees et moi entrons dans un monde merveilleux. Nos nouveaux amis ont tous quelque chose en commun : Mustapha Khar.

Le Lion du Panjab est entré dans notre vie ; nous sommes deux petits satellites parmi tous ceux qui gravitent autour de lui. Le cercle d'amis se retrouve à déjeuner ou à dîner presque tous les jours. Mustapha est à son affaire dès que la conversation touche à la politique. Il est socialiste et veut se débarrasser du système féodal, bien que féodal lui-même. Et il enrage :

– Les classes supérieures me dégoûtent. Je n'ai pas de temps à perdre avec elles. Leur soutien ne m'intéresse pas, ces gens sont les pires valets des Anglais. Le Pakistan est aux mains des parvenus. Ceux qui devraient avoir le pouvoir sont tireurs de pousse-pousse, paysans et ouvriers d'usine !

Mustapha dit respirer le même air que les pauvres et les défavorisés de notre société, il se veut leur porte-parole. Une telle accumulation de richesses incontrôlées entre quelques mains n'est, à son avis, plus supportable. Il défend la méthode de Robin des bois, réclame un système d'égalité des chances et des ressources équitablement réparties. Il soutient les syndicats et toute forme de contre-pouvoir capable de faire rendre gorge aux capitalistes. Il est d'une éloquence extraordinaire.

– Les industriels sont responsables du prolétariat ! C'est à eux d'éduquer ses enfants. Il nous faut une sécurité d'emploi, des aides sociales, une assistance médicale, des garderies d'enfants pour les mères qui travaillent. Il faut entreprendre la construction de logements à bas prix. Les grandes sociétés industrielles doivent contribuer à l'effort social, construire des écoles, des collèges, des hôpitaux, des orphelinats. Il faut qu'elles paient leur dette au Pakistan au lieu de se prélasser dans un cocon douillet !

Tout ce qu'il dit est délicieusement excitant pour moi. Il est exactement le genre d'homme que mes parents, par exemple, estiment très dangereux : un radical, un prêcheur de haine, un faiseur de faux espoirs, un de ceux qui creusent l'abîme déjà immense entre les riches et les pauvres. Qui font sortir le génie de l'espérance de la lampe d'Aladin.

En fait, Mustapha exprime les idées qui germent dans mon esprit depuis l'enfance. Je suis un produit de la classe puissante et privilégiée, mais une inadaptée, une victime de mon milieu. Je comprends son ardeur, je suis moi-même à la recherche d'une cause, que Mustapha vient de définir à ma place. Pour la première fois de ma vie, je sens vibrer le sang dans mes veines, je bouillonne d'un espoir qui va bien au-delà de ma toute petite existence.

Mustapha a remarqué l'intérêt que je porte à ses discours, et il s'efforce de diriger le plus possible la conversation sur la politique. Il sent que j'ai mordu à l'hameçon.

C'est un parfait gentleman vis-à-vis des femmes de notre cercle ; il les traite avec respect, courtoisie, presque de l'admiration. Dès qu'une femme entre, il se lève pour lui offrir un siège. Cette courtoisie impeccable semble lui être parfaitement naturelle. J'ai entendu des ragots l'accusant de grossièreté, voire de vulgarité, et je n'en découvre aucune trace chez lui ; bien au contraire, je ne vois qu'un concentré d'exquis savoir-vivre. Je suis emportée par un courant puissant, et je me demande s'il n'est pas le fait de mon imagination.

Prise au piège d'un mariage ennuyeux, liée à un homme que je n'aime pas, je brûle du désir de vivre enfin quelque chose de passionnant.

Pourtant, Mustapha est marié à une jolie femme qui semble lui être totalement dévouée. Il a quarante-deux ans, j'en ai vingt de moins. C'est un homme mûr, et devant lui j'ai le sentiment d'être une écolière romantique incorrigible. Plus les dîners se succèdent, plus j'affronte des zones de turbulences. Il me vient des pensées terribles, redoutables. Je sais bien que les liaisons extraconjugales sont courantes dans notre société, même si personne ne le reconnaît en public, mais le mélange de mon éducation dans un pensionnat catholique et de ma foi dans l'islam a fait de l'adultère un tabou. Alors, je cherche à me persuader que le secours me viendra du nombre. Lors de ces rencontres, chacun est pourvu d'un mari ou d'une femme légitime. Pas de célibataire, ni de petite amie. Lorsqu'ils ne parlent pas politique, les hommes discutent de chasse, de projets de safari et de souvenirs d'exploits extraordinaires. Les femmes les écoutent avec fierté, sans jamais manifester d'ennui. Anees n'est pas chasseur, et je me sens solitaire dans le groupe. Mon mari et moi ne pouvons participer à la conversation, nous ne sommes que des auditeurs attentifs, comme si nous n'étions pas du même monde.

Il arrive parfois que les propos dérapent. Sans se préoccuper de la présence de leur femme, les hommes évoquent avec délices les *mujras,* ces danses sensuelles qui nous viennent des empereurs moghols, au temps où les courtisanes étaient des femmes cultivées, raffinées, formées à la danse et au chant. Les *nawabs* et les nobles envoyaient leurs fils se divertir auprès d'elles, jeter leur gourme et y apprendre aussi les bonnes manières. Les puceaux bénéficiaient toujours d'un prix spécial. Ces coutumes existent encore, mais les temps modernes les ont altérées. Maintenant, les courtisanes sont de jeunes paysannes sans éducation qui, au mieux, ont appris à se tortiller avec sensualité. Le tintement des clochettes à leurs chevilles incite les hommes à leur jeter des liasses de roupies.

Dans notre cercle d'amis, les hommes éprouvent un plaisir évident à évoquer ces danses lascives et la complexité des mouvements des filles, au sol, comme au lit. Il arrive que le reste de la soirée soit consacré en détail, et ouvertement, aux diverses « cadences » de ces dames. Bien entendu, les hommes s'abritent derrière une hypocrisie destinée à masquer leurs véritables sentiments. Ces discussions ne sont, apparemment, que des fantaisies masculines qui ne peuvent faire de mal à personne... même si les femmes mariées n'en connaissent pas les délices.

Tout me paraît étrange, ici. J'imagine que cette société d'élite est suffisamment évoluée pour parler avec désinvolture de ces sujets scabreux. Il ne me vient pas une seconde à l'esprit, à ce moment-là, qu'il s'agit simplement, pour ces hommes, d'une autre version de leurs histoires de chasse. Femme égale gibier.

De vieux amis à nous ont prévenu Anees de la mauvaise réputation de Mustapha Khar. « C'est un coureur de jupons, un Casanova obsédé. Il est le Mal. Il vous fera du tort. »

Mais Anees ne s'en soucie pas. Mustapha est son nouvel ami, puissant, célèbre, et il espère que cette relation lui sera personnellement et professionnellement bénéfique. Il est trop séduit par cet homme, trop préoccupé de son nouveau poste, pour s'inquiéter de sa jeune et naïve épouse.

D'ailleurs, Mustapha ne me fait aucune avance directe. Il ne dit jamais rien qui puisse être pris pour une tentative de flirt, et pourtant ses yeux ne cessent de m'envoyer un message dont le sens est sans équivoque pour moi. Il reste convenable, sans être lointain ; amical, mais à distance soigneusement calculée. Il s'arrange pour n'être jamais seul avec moi. Comme s'il faisait extrêmement attention à effacer les taches d'une mauvaise réputation. Son comportement veut me dire : « Regarde-moi, je ne suis pas un noceur, je suis un incompris. Je ne suis pas un séducteur, mais tu m'as séduit. »

Un mari plus sensible qu'Anees aurait remarqué quelque chose, mais lui, il ne soupçonne rien, jamais. Et curieusement, sa nature placide et complaisante m'irrite, maintenant. Je prie pour qu'il remarque quelque chose. « Je vous en supplie, mon Dieu, faites qu'il m'arrête avant que je dépasse la limite. »

J'ai conscience du danger. Je me sens désespérément attirée dans un abîme. Je sais que je vais tomber, j'en suis sûre.

J'ai sous les yeux le premier signe du mauvais état du mariage de Mustapha et de Shéhérazade. La maison qu'ils occupent depuis sa démission est minable, mal tenue, crasseuse. Quelques chaises cassées sont alignées sous une véranda à la peinture écaillée ; la tapisserie est râpée. Dans la salle de séjour, tout est assorti aux canapés bleu turquoise : les lampes, les tableaux, les tapis, les cendriers, jusqu'à la corbeille à papiers ! Dieu merci, les tapisseries et les murs sont blancs ! On dirait une décoration publicitaire dans un stand de démonstration. Le reste de la maison est un fouillis. La cuisine sent la graisse figée et les fruits pourris. Sherry évolue dans ce chaos sans en être affectée le moins du monde, alors qu'en imagination, je redécore la maison sans complexe, et à mon goût.

Je me dis : « Moi, je ne laisserais pas traîner la nourriture sous les mouches. Comment peut-elle supporter ça ? Et où sont les fleurs ? Elle n'a jamais entendu parler de serre ? Où est la touche féminine ici ? »

Mustapha se moque de vivre ainsi. Mais s'il a espéré

que Sherry apporte le confort et l'élégance dans sa maison, il a dû être déçu. Il n'a certainement qu'une vague idée de ce qu'il lui faudrait, mais ce foyer ne représente sûrement pas son idéal, même de loin. J'en suis convaincue.

Nos yeux se rencontrent, les siens se plaignent en silence, les miens lui répondent.

Un jour, Anees et moi leur rendons visite, alors qu'ils préparent leurs bagages pour un voyage à Muree. Penchée sur une énorme malle bateau, Sherry y entasse pêle-mêle les vêtements de Mustapha. Une *kurta,* ample chemise en mousseline, un pardessus rescapé de la dernière guerre mondiale, des tee-shirts, des costumes de safari, des chemises amidonnées, des chemises à rayures, des chaussures hétéroclites, allant du mocassin de cuir classique à l'escarpin en crocodile. Toutes sortes de pantalons imaginables, tous les styles de costumes.

Je demande gentiment :

– Vous partez longtemps ?

Sans lever la tête et distraitement, Sherry me répond :

– Non...

Puis elle se met à faire l'inventaire d'un coffre en bois : Pharmaton, multivitamines, sirops pour la toux, gélules pour le foie, Listérine, badigeons pour la gorge, iode, Litrosen, Alka Seltzer, pilules contre la tension, aspirine sous toutes ses formes, bandages, sparadraps, ciseaux, collyres, gouttes pour le nez, thermomètre... Interloquée, je demande :

– Mustapha est malade à ce point ?

Sherry lève les yeux de ce capharnaüm et me fait une réponse parfaitement obscure :

– Non, mais on ne peut jamais savoir ce qu'il pourrait réclamer...

Plus j'en sais sur eux, plus je comprends que Mustapha est dans l'impossibilité de maintenir une union stable avec Sherry. J'en conclus que s'il avait trouvé la bonne épouse, il se comporterait en bon mari. Ses mariages précédents et successifs n'étaient pas fondés sur l'amour ; c'étaient des coups de tête, des opportunités. Comme s'il se mariait avec des femmes de passage. Or, sa vie politique l'a confronté à un monde particulièrement puissant, il a dû évoluer, changer en permanence et, finalement, il a toujours dépassé la femme qu'il venait d'épouser.

En étudiant son union avec Sherry à la loupe de mon insatiable curiosité, je la situe au stade du déséquilibre ultime. En tant qu'épouse de Mustapha, Sherry aurait dû acquérir de l'importance. Au contraire, la condescendance de son mari la rend servile. Mustapha est le chef, le cerveau, l'âme du couple. Sherry le craint révérencieusement, elle se permet rarement une réflexion qui diffère de son point de vue à lui. Elle n'ose pas émettre une idée qui ne soit pas la sienne. Elle quémande toujours son approbation. La forte personnalité de Mustapha la rabaisse tellement qu'elle n'existe qu'en étant le reflet de sa lumière. Elle n'a plus de volonté, lui est soumise, et c'est un échec pour elle, selon moi.

Comme elle n'a aucun poids dans sa relation avec son mari, elle se défoule ailleurs. Elle maltraite les domestiques ainsi que son beau-fils, Bilal, un garçonnet de sept ans. Il lui arrive de sortir de ses gonds, de le prendre pour cible de remplacement par besoin de décharger toute l'agressivité qu'elle ne peut pas manifester envers le père. La dynamique de cette famille est fascinante, bien que je demeure convaincue que son échec soit imputable à Sherry, et non à Mustapha. Il me semble qu'elle n'est pas assez femme, tout simplement, face à cet homme puissant au charme charismatique.

Il nous est arrivé, à Anees et à moi, de l'accompagner dans un magasin de meubles. Sur le chemin du retour, j'ai voulu m'arrêter pour acheter à manger. Mais elle était nerveuse et ne cessait de lancer des coups d'œil à sa compagne, l'inévitable et omniprésente dai Ayesha. Plus espionne que servante, aux ordres de son maître, la domestique ne la quitte jamais.

On ne peut pas s'arrêter ici.

– Pourquoi ?

– Parce que je n'ai pas prévenu Mustapha qu'on s'arrêterait.

– Et alors ?

– Je ne peux pas.

Elle a l'air buté.

– Je ne comprends pas. Pourquoi ?

– Je n'ai pas sa permission. Il serait furieux.

Je suggère gentiment :

– Eh bien, dites-lui que c'est moi qui ai décidé au dernier moment !

– Non, non, il sera très en colère. Il me battra. Il me bat si je fais quelque chose sans sa permission.

– Alors ne le lui dites pas.

– C'est impossible...

Elle me montre dai Ayesha.

– ... elle, elle va le lui dire.

Et nous n'avons pas pu faire de courses.

En société, Mustapha traite Sherry avec mépris. Dans la conversation, et devant elle, il se permet de dire qu'elle n'est pas faite pour lui, et que ce n'est pas un secret s'il est à la recherche d'une femme parfaite. Sherry rit de ses insultes. Elle s'imagine, et surtout elle espère, qu'il parle en l'air. Mais au fond d'elle-même, elle sait bien que les yeux de son mari rôdent ailleurs depuis quelque temps. Elle sait aussi qu'elle n'a pas assez de charme et de malignité pour le garder.

Comme elle a de plus en plus confiance en moi, j'apprends à connaître d'autres facettes du comportement de Mustapha. Sherry n'a pas le droit de rendre visite à ses parents. Sa mère lui fait passer des vêtements pour sa fille aînée, Amna, par l'intermédiaire d'amies. Quand je lui demande pourquoi elle n'a pas le droit de voir sa famille, elle me répond :

– Mustapha prétend que mes parents abusent de leur lien avec lui. Qu'ils obtiennent certaines choses sous prétexte que leur gendre est gouverneur.

C'est un fait courant au Pakistan, je le sais. Les gens qui ont un pouvoir voient se multiplier leurs liens de parenté... Et Sherry vient d'une famille qui n'aurait jamais pu atteindre le rang de Mustapha.

Je trouve les histoires de Sherry trop invraisemblables, et je ne les crois pas. Je me demande parfois si elle n'exagère pas à plaisir. Le Mustapha que je connais est un homme charmant et rationnel. Je lui parle librement, je peux lui dire tout ce que je pense sur n'importe quel sujet. À mon grand plaisir, il écoute mes propos avec attention, il accepte même souvent mon opinion. Je suis sûre qu'il cherche une compagne à sa hauteur, qui le remette en question, au lieu d'une femme esclave qui cède à tous ses caprices.

Je pense de plus en plus à lui, à cet homme incompris, pris dans les filets d'une femme qui ne lui convient pas. J'en arrive à me considérer comme le modèle de cette compagne rêvée qu'il cherche désespérément.

La force de caractère de ma mère ressort à chaque instant de ma vie quotidienne. Sans en être parfaitement consciente, je cherche à égaler ce qu'elle était, à reproduire ce que j'ai appris sous sa domination. M'habiller comme elle, me coiffer comme elle. Et même dans ma relation avec Anees, j'entends l'écho de sa voix. Les pressentiments d'avant mon mariage étaient les bons. Je vois maintenant mon mari comme un être inconséquent. Je n'ai aucune confiance dans ses capacités, et je n'ai pas beaucoup d'estime pour son intelligence. Je sens qu'il lui manque l'ambition, le dynamisme, pour faire une carrière. Je le harcèle sans arrêt, je remets sans cesse en question ses décisions.

Pourtant, je ne voulais pas d'un mariage comme celui de mes parents, où ma mère dominait la gentillesse de mon père. J'avais besoin d'un homme fort, capable de mener seul sa vie professionnelle, sans mon intervention. Et je repense à ma mère. À ses yeux, j'étais imparfaite. Ces yeux qui représentaient pour moi le regard du monde entier. Je me suis affaiblie davantage en m'attachant à Anees, et il n'a pas les épaules suffisamment larges pour me redonner des forces. Mère nous traite tous les deux avec le même mépris qu'elle me traitait jadis.

Les idées bouillonnent dans ma tête comme dans un

chaudron. Finalement, Anees irait mieux avec une femme comme Sherry. Et la merveilleuse alchimie du couple que je pourrais former avec Mustapha serait illimitée, prodigieuse, indomptable...

Aucun mot n'a été prononcé, pourtant il y a de l'électricité entre nous. Mustapha m'observe, il cherche à savoir si, cette fois, son choix est le bon. Je rêve parfois d'une avance plus directe de sa part, qui soulagerait la confusion et la souffrance que je subis en silence. Je me sens trop nerveuse, avec le sentiment, en plus, de n'être qu'une poupée évaporée.

À quoi ressemblent ces idées qui tournent dans ma tête ? Je suis mariée, j'ai une petite fille !

Quelqu'un a-t-il remarqué ? Anees sait-il ? Et Mustapha ?

Les femmes de notre cercle d'amis n'ont pas l'air de voir plus loin que le bout de leur nez. Elles bavardent, bavardent sur les domestiques qui n'obéissent pas, sur leurs vêtements, leurs bijoux, la décoration de leurs maisons. Il leur arrive, à l'occasion, de parler de l'état épouvantable des écoles du Pakistan, de leurs rêves d'envoyer leurs enfants à l'étranger pour y recevoir une bonne éducation. Combien de journées de la vie de ces femmes sont-elles consacrées uniquement au problème de leur robe du soir ?

Finalement, je ne suis pas différente d'elles. Maintenant, je m'habille pour Mustapha. On m'a élevée, jadis, dans le culte du vêtement. Je vérifie chaque élément de ma garde-robe, je pars à la chasse à la poussière, surtout dans mon trousseau composé de saris en soie de France. Je suis flattée si Mustapha les remarque, blessée s'il ne dit rien.

Désormais, les pique-niques et les safaris font partie de notre existence. Aux alentours de Lahore, près de la frontière de l'Inde, se trouve une réserve de chasse particulièrement giboyeuse. On empile les provisions dans les Jeep et, arrivés sur un terrain plat favorable à l'installation des tentes, on allume des feux de bois autour desquels les femmes se rassemblent, pendant que les hommes partent à la chasse. On entend les rabatteurs pousser des cris d'oiseaux pour faire lever les perdrix cachées dans les hautes herbes, sur les berges du fleuve Ravi. Les moustiques, les mouches... toute une variété d'insectes se mêle à l'ambiance, en bourdonnant autour de nous. L'endroit est riche en canards migrateurs, en poules d'eau, en cailles, en perdrix et en sangliers sauvages. L'islam interdit de manger du sanglier, et le résultat de la chasse est abandonné aux gens de la région, pour qu'ils le vendent aux non-musulmans.

Les feux de nuit maintiennent les bêtes fauves à l'écart et nous préservent du froid. Les *marasis*, les chanteurs folkloriques de la région, viennent nous donner concert au rythme des *dholki*. Les hommes se racontent leurs exploits de la journée, les femmes écoutent la musique.

Sur cette toile de fond sauvage et romantique, Mustapha cherche encore à me troubler. Mais la séduction est subtile. En revenant de la chasse, il me montre simplement le contenu de sa besace, pour que j'apprécie. Il est extrêmement séduisant en pantalon de chasse kaki et en bottes, son fusil à la main, une casquette Mao sur la tête.

Un matin, très tôt, sans le vouloir, je me retrouve avec lui. Penché sur l'eau du lac, il cherche à récupérer un canard sauvage qu'il vient d'abattre. Les premiers rayons du soleil découpent son profil dans la brume légère. Il lève les yeux sur moi. Mon cœur fait un bond terrible. Une seconde de beauté inoubliable.

Mustapha est un excellent cuisinier. Il sait comment cuire une viande de façon à ce qu'elle reste tendre, à ne pas lui ôter son goût et sa valeur nutritionnelle. Perfectionniste, il sait préparer une perdrix avec une patience étonnante.

Dans cette petite foule, Mustapha et moi sommes deux esprits magiquement entrelacés. Deux solitaires incompris. Nos âmes luttent à la recherche d'un but commun, d'un accomplissement. Chacun, nous cherchons l'autre, celui ou celle qui comprendra le tourment de notre cœur et de notre esprit. Quelque chose me dit que nous étions destinés l'un à l'autre. Je veux l'aider à se débarrasser de cette carapace qu'on lui prête, de cette dureté impitoyable dont les gens parlent sans pourtant le connaître, sans savoir qui il est réellement.

Ce qui me fascine, ce que j'admire le plus chez cet homme, c'est son indifférence totale à l'opinion publique. D'autant plus que ma famille y attachait de l'importance, à cette opinion publique. Lui a le courage d'être scandaleux s'il estime que ses convictions sont justes. Lui se moque complètement des conventions. Je crois que seuls les hommes extraordinaires ont cette capacité. Il a une nature de chef ; d'instinct, il sait ce qu'il veut. Les hommes politiques ont pour règle générale la prudence, surtout dans leurs vies privées. Or, les mariages de Mustapha et ses divorces sont connus de tous ; dans tous les bazars, sur toutes les routes de campagne, on me les a racontés. Et ça lui est égal. Qu'on lui jette de la boue, elle glisse. D'ailleurs, les gens font la part des choses. Ses qualités d'homme politique sont plus importantes que ses romances passagères.

Nous sommes tombés amoureux sous des milliers d'étoiles.

Nous le savons depuis longtemps tous les deux, mais Mustapha recule, prolonge les préliminaires.

Quand fera-t-il le premier pas ? Veut-il faire ce pas ?

J'effeuille mentalement la marguerite, en chantonnant : Fera... fera pas... Fera... fera pas le premier pas...

C'est le dîner de l'Aid, la fête célébrant la fin du mois de ramadan, le mois de jeûne sacré. Une vieille demeure datant de l'époque anglaise nous accueille, avec une magnifique salle de bal, d'immenses parquets luisants et des lustres de cristal somptueux. Nous sommes invités, Anees et moi, comme tous ceux de l'entourage de Mustapha Khar. Je me suis habillée avec le plus grand soin pour cette occasion.

Mustapha s'approche de moi, à pas mesurés, d'un air déterminé.

Il sait le langage du corps. Il sait qu'un comportement viril transpirant la confiance en soi séduit la plupart des gens. Il est passé maître dans cet art. Il est capable de parvenir à ses fins par une simple attitude du corps.

Ce soir, il est très élégant : costume gris acier, chemise bleu clair, chaussures noires en croco.

Il m'invite à danser. Mon regard hésite et dit silencieusement : « Que va penser Anees ? »

Aussitôt, Mustapha ordonne impérieusement à Shéhérazade de danser avec mon mari. Anees est flatté de cette marque suprême de confiance : il est en effet rare qu'un seigneur féodal permette à sa femme de danser avec un autre homme.

Anees escorte Sherry jusqu'à la piste de danse et me fait remarquer au passage que j'aurais mauvaise grâce à refuser la demande de Mustapha.

Nous attendions ce moment tous les deux depuis huit mois.

Au bonheur qui m'envahit se mêle l'énervement de l'incertitude. Le diamant *tikka* qui scintille à mon front a dû prendre un éclat particulier. L'orchestre joue « Strangers in the Night ». Mustapha se moque des conventions avec une grande tranquillité, il me serre contre lui, et je ne lui résiste pas. Au bout de quelques secondes, il m'entraîne au bord de la piste et murmure d'une traite :

– Veux-tu m'épouser ?

Stupéfaite d'une demande aussi soudaine, je bafouille :

– Mais... je suis mariée...

– Laisse faire Dieu...

J'ai peur, tout à coup, que les couples autour de nous, dans cette salle, aient entendu, compris ce court échange. Je me sens rougir. Je m'arrache à l'étreinte de Mustapha en pleine danse, pour reprendre mon souffle.

Il me raccompagne à mon siège, apparemment nerveux, mais soulagé d'un lourd fardeau.

À partir de ce moment magique, nous n'arrêtons pas de nous parler au téléphone, des heures durant. Mon mariage avec Anees est fini, mon avenir est avec Mustapha, nous nous en persuadons mutuellement avec ardeur.

Nous nous retrouvons aussi souvent que possible dans un chalet préfabriqué, installé dans le jardin de sa future maison en construction. Mustapha se sert de cet endroit comme d'un antre. L'antre du péché. J'ai abandonné toute décence, toute moralité, toute prudence. Je me laisse guider par mes sens. Théoriquement, au Pakistan, une femme adultère peut se faire lapider. Mais la théorie n'est pas la réalité. Le Coran demande quatre témoins présents, au moment de la pénétration, pour établir l'adultère. Ou bien que l'un des deux amants avoue publiquement.

De toute façon, la vie n'a pas d'importance. La mienne vient seulement de commencer. J'ai vingt ans, et la passion m'aveugle pour la première fois.

6

Les relations entre Bhutto et Mustapha sont désormais conventionnelles et empreintes d'une certaine froideur, mais ils parviennent à sauver les apparences. Certains observateurs plus malins ont remarqué l'écart qui s'est creusé entre eux, alors que la plupart des autres imaginent que l'apparente hostilité de Bhutto est en fait de la comédie.

On dit d'eux qu'ils sont en *noora kushti,* littéralement qu'ils s'observent avant le combat. Le résultat est que les partisans de Mustapha lui restent fidèles, et que le nouveau ministre en chef du Panjab, Hanif Ramey, a bien du mal à rallier les populations. Il choisit donc l'attaque contre son prédécesseur et abreuve la presse de ragots mensongers sur les incartades de l'ex-gouverneur. Par exemple, on déforme complètement le rôle de Mustapha dans un procès pour détournement de mineure, et on se sert de cet incident pour faire de lui un *badmaash,* un obsédé sexuel. On raconte aux femmes et aux jeunes filles du Panjab qu'il leur faut craindre son retour au pays.

Or, il est de retour. Après sa traversée du désert, Mustapha réintègre le poste de gouverneur du Panjab, tandis que Ramey conserve, lui, le titre plus important de ministre en chef, du moins pour un temps... Bhutto a accordé trois mois d'essai à Mustapha, qui ne redeviendra ministre en chef que s'il agit conformément à ses directives. Mustapha est donc revenu au pouvoir en affirmant partout que Bhutto ne lui aurait jamais rendu son poste si les calomnies contre lui avaient été fondées.

J'arrive en voiture avec Anees aux portes de la maison nouvellement attribuée au gouverneur. Le portail est flanqué de gardes armés en uniformes blancs et turbans amidonnés, vestiges de l'éternelle influence britannique. Après vérification de nos identités et de nos cartons d'invitation, on nous guide à l'intérieur de la propriété. La voiture suit un chemin circulaire, au bout duquel surgit l'une des plus impressionnantes reliques architecturales du colonialisme : un bâtiment tout blanc conçu par un ancien gouverneur, lord Montgomery, probablement dans le but d'imposer l'architecture du puissant gouvernement britannique à Lahore.

Trois cents hectares de jardins, ornés d'un lac, de saules pleureurs, de ménageries d'oiseaux, de courts de tennis, d'allées bordées de cyprès sont maintenant réservés au confort personnel et à la jouissance du maître du Panjab.

La maison recèle des dizaines de suites pour les invités, les plafonds sont hauts, avec des boiseries en teck. J'entre avec Anees dans la fameuse salle du banquet, connue sous le nom de salle *darbar*, salle de la Cour. Cette immense pièce est située en plein cœur de la résidence et peut recevoir plus de cinq cents invités, assis. Aux murs, les portraits des seigneurs et maîtres du Panjab ; du moindre de leurs gestes dépend la destinée de millions d'individus.

Des balcons suspendus font le tour du bâtiment ; une cornemuse se gonfle et se dégonfle au rythme des musiques de la lointaine Écosse.

Des hordes de gens se sont précipitées pour féliciter bruyamment Sherry, la femme du gouverneur, avant de faire silence : celui-ci arrive, en compagnie du président de la Cour suprême. Je suis bouleversée d'émotion. À l'instant où Mustapha pose sa main sur le Coran pour prêter serment, son regard accroche le mien. Il perçoit le trouble et l'inquiétude qui me font trembler intérieurement. Plus tard dans la journée, il s'arrange pour me murmurer :

– Aucun gouvernement ne passera avant mon amour pour toi.

Et il n'hésitera pas à justifier ce serment par des actes. Il n'est pas un amant discret, et on dirait qu'il veut faire savoir à Sherry, à Anees, bref, au monde entier, ce qu'il y a entre nous.

Quelques jours plus tard, il m'appelle :

– Il faut que je te voie tout de suite, j'arrive.

– Mais Anees est là ! Comment vas-tu faire ?

– Ne t'inquiète pas.

Deux minutes plus tard le téléphone sonne à nouveau. Anees décroche, écoute attentivement, raccroche et me sourit :

– Mustapha veut me rencontrer immédiatement.

Et il y court.

Sur place, Mustapha vient à sa rencontre, s'excuse en prétendant qu'une affaire urgente le réclame. Il l'invite à profiter de la piscine en attendant son retour. Un ami de Mustapha, Rauf Khan, donne à Anees un maillot de bain, et s'installe avec lui au bord de la piscine. Il garde son prisonnier, qui ne se doute de rien.

Nous sommes encore ensemble Mustapha et moi, lorsque Rauf Khan téléphone :

– Monsieur, je suis désolé, on ne peut pas le garder plus longtemps dans l'eau, il est complètement épuisé. Je crois qu'il a froid, et qu'il ne se sent pas bien...

– Laissez-le sortir dans cinq minutes. Dites-lui que je viens de téléphoner, et que j'arrive dans un quart d'heure.

Mustapha raccroche, et un immense fou rire nous prend.

Les affaires d'État ont repris leur place. Mustapha est en tournée au Panjab avec Bhutto. Partout où ils se rendent la foule brandit des bannières : « Longue vie à Mustapha Khar », « Longue vie au Lion du Panjab ».

Au cours d'une manifestation devant le mausolée du saint Data Gangh Buksh, ces débordements d'enthousiasme finissent par choquer Bhutto. En voyant la foule se presser autour de Mustapha pour l'encenser, le Premier ministre est terriblement humilié, et Mustapha s'en rend compte.

Pendant ce temps, j'essaie d'y voir clair, de faire le point sur ma double vie et sur ses turbulences. Pour échapper quelque temps à cette liaison, je décide d'emmener Tanya avec moi au fin fond du Panjab, sous prétexte de rendre visite à des parents. Il me faut un endroit inaccessible pour Mustapha, j'ai besoin de savoir si je peux vivre sans lui. Kasowal est idéal pour cela. Ni téléphone ni électricité. Et puis j'ai envie de lui lancer un défi, de mettre à l'épreuve son engagement vis-à-vis de moi. Vais-je lui manquer ? Va-t-il persévérer ?

En revenant à Lahore, Mustapha est frustré de ne pas me trouver. Il ne perd pas de temps. Il se fait conduire en avion jusqu'à Okara. Là, il saute dans sa Mercedes et fonce jusqu'à Kasowal. Pendant ce temps, Rauf Khan, encore lui, est chargé de brouiller les pistes ; il envoie Anees en mission top secret à Peshawar, afin de récupérer un prétendu rapport personnel à ne remettre qu'en main propre au gouverneur. Mission de confiance.

Les pauvres habitants du hameau misérable où je me suis réfugiée sont complètement sidérés de voir arriver chez eux le gouverneur du Panjab. Les yeux agrandis de stupeur, ils courent comme des fous dans les ruelles. Depuis l'intérieur de la maison, j'entends la rumeur et la sirène d'une voiture se rapprocher. Quelques secondes plus tard, le rideau de cannes qui protège la porte d'entrée de la ferme se soulève, et Mustapha apparaît. En costume de safari, avec sa casquette Mao, sa haute silhouette superbe dans la lumière de cette fin d'après-midi.

J'ai appris le détail de son plan plus tard. Sur le moment, je suis, moi aussi, sidérée. Il a un petit sourire malicieux au coin des lèvres, en avançant de quelques pas dans la maison :

– Il faut que tu rentres à Lahore. Maintenant. Je ne peux pas vivre sans toi.

Prise de court, je bafouille des excuses rapides à mes hôtes, en inventant une histoire : le gouverneur est un ami d'Anees, mon mari lui a demandé de me ramener à la maison.

La ruse est médiocre, mais la famille s'emploie à ne pas le remarquer. D'ailleurs, elle est ravie, complètement hypnotisée par la lumineuse présence du gouverneur, leur Lion préféré...

Il m'est difficile, tout de même, de partir ainsi en courant. Nous sommes à la campagne, ici les femmes respectables se couvrent du tchador. J'improvise, je m'enveloppe entièrement d'un drap blanc, visage et cheveux, seuls mes yeux apparaissent. Et nous voilà partis, Mustapha, mon bébé, sa nourrice et moi, en Mercedes.

La presse nationale, en relatant la visite surprise du Lion du Panjab dans le petit village de Kasowal, a parlé de « l'homme au service du peuple », du « gouverneur soucieux de montrer son attachement à la province profonde ». Personne ne sait qu'il était tout simplement parti chercher une femme.

À Lahore, on nous installe, ma fille, sa nourrice et moi, dans la suite présidentielle. Mustapha me rejoint pour le dîner. Il a l'air espiègle, heureux de son mauvais coup. Mais je suis nerveuse. Anees est toujours là-bas, à Peshawar, à faire le pied de grue. Et si Sherry découvre que je suis là, sous son propre toit ?

– Ne t'inquiète pas. Je l'ai prévenue que j'étais en conférence avec les *ulémas*.

La présence d'une femme étant impossible à une réunion de responsables religieux, Sherry est obligée de rester dans l'aile privée de la résidence officielle.

Plus tard dans la soirée, Mustapha me laisse pour retrouver sa femme, et je n'arrive pas à dormir. La nuit est longue. Je me lève tôt, la nourrice habille Tanya, et nous rentrons chez nous. L'escapade est finie.

Peu de temps après notre départ, Sherry s'aperçoit que l'on a utilisé une quantité de lait inhabituelle. Elle accuse les domestiques de vol. Ils se défendent en expliquant que le « bébé » en a bu. Sherry demande :

– Le bébé de qui ?

Les domestiques ignorent le nom de Tanya, mais ils bouleversent le cours de ma vie d'une simple phrase :

– La *bégum* Sahib aux longs cheveux roux...

Maintenant, Sherry sait. Elle affronte Mustapha le même jour. Il admet froidement qu'il est amoureux de moi.

Les sentiments de culpabilité qui tentent de m'envahir, vis-à-vis de Sherry ou de mon mari, ne sont rien à côté de cette passion brutale qui m'a prise. J'ai tellement le sentiment de découvrir la vie, de découvrir un homme, que tout le reste me paraît fade. Parfois, en me regardant dans une glace, en inspectant ce visage qu'il a isolé des autres pour l'aimer, lui si puissant, j'ai l'impression d'une délicieuse revanche sur mes années d'enfance et sur le dédain de ma mère. Je deviens égoïste de ce bonheur-là, et inconsciente des dangers qu'il représente pour l'avenir. On m'aime, on m'a choisie, et ce « on » n'est pas n'importe qui.

7

Rien ne change.

Tout change.

Mustapha est toujours gouverneur, Sherry est toujours la première dame du Panjab.

Nos rendez-vous sont de plus en plus fréquents et sans pudeur aucune. La passion amoureuse fait naître chez cet homme une sorte d'obstination irresponsable. Mustapha m'appelle trois ou quatre fois par jour, et joue les malheureux s'il ne me voit pas au moins une fois dans la journée. J'apprends à inventer des excuses pour sortir de chez moi.

Mustapha est d'un romantisme délirant. Une nuit, la sonnerie du téléphone me réveille à trois heures du matin. Anees dort profondément à mes côtés. Devinant qui cela peut être, je me glisse rapidement hors du lit, attrape le téléphone et me faufile en dehors de la chambre. J'entends la voix suppliante de Mustapha :

– Tina, je meurs d'envie de te voir...

– Mustapha ! Il est tard, je ne peux pas te parler maintenant.

– Ne raccroche pas ! J'arrive en voiture, je serai devant chez toi dans dix minutes. Mets-toi devant la fenêtre... juste une minute, je t'en prie, que je puisse te voir.

Je remets doucement l'appareil en place, et revient dans la chambre sur la pointe des pieds. Anees remue légèrement.

– Ce n'est rien, ne bouge pas, une erreur de numéro...

Quelques instants plus tard mon mari replonge dans un profond sommeil, et je me faufile hors de la chambre.

Debout devant la fenêtre, en chemise de nuit, j'attends dans le noir. Soudain, je frissonne de plaisir : les phares d'une Mercedes trouent la nuit. Je tire les rideaux, livrant mon corps au lointain regard de feu que je devine là-bas, au volant.

En dehors de ces instants merveilleux et complètement fous, une certaine tension s'installe entre nous. Je suis toujours une femme mariée, et Mustapha se referme comme une huître à la moindre allusion à mon mari. Il me pousse au divorce, sans jamais vraiment prononcer le mot. Il voudrait que je prenne seule la décision, par amour pour lui. Préoccupée par les conventions sociales et mon refus de faire de la peine à Anees, je ne sais plus quoi faire.

Lorsque nous sommes en société, les regards provocants, les propos de Mustapha sont de plus en plus clairs et impudiques. Anees, lui, ne remarque rien, mais les autres femmes me foudroient du regard. Souvent, un frisson me glace en entrant dans un salon ; j'essaie de ne pas craquer nerveusement, pour ne pas donner prise aux commérages. Heureusement, mes parents vivent à Londres ; ma mère est à l'abri des vilaines rumeurs d'adultère qui courent sur sa fille.

Encouragées par Sherry, les femmes se sont mises en tête que leur silence agressif et méprisant n'était pas assez cruel, elles ont maintenant décidé de me harceler. Pour être sûres que j'entende, elles parlent tout haut d'une « aventure entre une certaine femme mariée et un certain homme marié ». Leurs regards, leurs langues de vipère me lapident symboliquement, à coups de phrases.

Pourtant, je lutte désespérément pour résister à ce tourbillon, à ce vertige dans lequel Mustapha m'entraîne. Pendant un certain temps, j'arrive même à convaincre Anees d'abandonner le rituel des réceptions. Son amitié avec Mustapha est suffisamment établie, et mon mari accepte sans rechigner les excuses que j'invente pour ne pas sortir. Mais notre soudaine disparition du cercle de nos amis ne passe pas inaperçue. Mustapha appelle :

– Y a-t-il un problème ? Pourquoi ne sortez-vous plus ?

J'essaie de lui faire comprendre que les commérages et les moqueries sont devenus trop humiliants, et que je me sens mal dans le rôle trop visible de l'« autre femme ». Mentir et faire front sans cesse m'épuisent.

Il est hors de lui.

– J'exige de ces gens une loyauté totale, ils n'ont pas le droit de s'intituler les champions de Sherry. Tout ce que je leur demande, c'est de respecter mes choix et mes décisions ! Je ne supporte pas la contestation ! Je m'en occupe, tout ira bien, tu verras.

Dès le lendemain, je vois avec stupéfaction arriver chez moi Sherry et une de ses amies, Kukkoo. Je les invite dans ma chambre, comme c'est la coutume entre femmes, mais personne n'est à l'aise, bien entendu, et il nous est difficile de nous regarder en face. Sherry a l'air terriblement secouée, à bout de nerfs. Tout à coup, elle récite son texte :

– Tehmina, je sais que mon mari et vous, vous êtes amoureux l'un de l'autre. Je l'accepte. Il veut que vous reveniez assister à nos réceptions. Je ne montrerai aucune indignation, aucune offense, et les autres femmes non plus.

Kukkoo acquiesce, pour montrer son consentement sur ce dernier point. Je suis épouvantablement embarrassée, il ne me vient aucune réponse à l'esprit. Pourquoi a-t-il exigé cela de sa femme, une telle humiliation pour elle ? J'ai le sentiment d'être une putain.

Mais une fois le message transmis tel que Mustapha le lui a dicté, Sherry se lance dans un discours enflammé :

– Je suis venue chez vous parce que Mustapha l'a exigé. Mais je veux sauver mon mariage ! Je ne veux plus que vous le fréquentiez, sinon, je n'aurai pas d'autre choix que le suicide. Je vous en supplie, allez-vous-en ! Sortez de ma vie, sortez de ma vie ! C'est un homme très dur, il n'est pas bon pour vous, il va gâcher votre vie comme il a gâché la mienne !

Elle s'efforce maintenant de me convaincre que son mari est un homme violent, dangereux, un monstre, et qu'il la bat sauvagement pour des raisons futiles ; il suffit, par exemple, qu'elle ait oublié de dire aux domestiques de rallumer l'eau chaude, ou qu'elle ait mal rangé quelque chose, ou qu'elle ait tardé à faire nettoyer ses vêtements, et il frappe...

Ces histoires me semblent si bizarres qu'elle lit le doute sur mon visage. Avec moi Mustapha est adorable, gentil, tendre, et surtout raisonnable. Je sais que de tels comportements sont courants dans notre société, bien plus courants qu'on ne veut l'admettre, mais, que je sache, mon père n'a jamais battu ma mère, et Anees n'a jamais levé la main sur moi. En revanche, c'est une habitude des seigneurs féodaux que de traiter ainsi leurs femmes, presque une tradition, malheureusement. Mais pas Mustapha !

Le plus gênant, dans cette conversation, c'est que j'éprouve de la pitié pour Sherry. Je comprends l'humiliation que représente pour elle le fait de me faire ces confidences, vraies ou fausses. J'essaie de contrer ce qu'elle dit. Pourquoi, si c'est un démon, veut-elle absolument garder Mustapha ?

– Je suis déterminée à sauver mon mariage. Je peux tout supporter. C'est ma survie. Si j'essaie de partir, il prendra ma fille. Je ne peux pas vivre sans elle, et je ne veux pas la laisser seule avec lui. Il faut que vous m'aidiez, que vous disparaissiez de mon existence ! Je vous en supplie.

Ces dernières explications sonnent malheureusement vraies. Une femme pakistanaise peut endurer presque tout pour préserver son mariage. Dans notre société, le mariage est parfois un purgatoire, mais le divorce est toujours l'enfer. Les hommes ont tous les droits, ils peuvent dépouiller leurs femmes de tout ce qu'elles possèdent, et en premier lieu de leurs enfants.

Malgré mon amour pour Mustapha, je me sens vaciller, obligée de lutter avec ma conscience. J'aimerais tant agir honorablement. Je voudrais tant ne pas être la putain que l'on montre du doigt... Et puis la terreur de Sherry a fait résonner quelque chose en moi. Je suis en train, moi aussi, de mettre mon mariage en péril. Anees est un homme civilisé, mais qui peut dire ce qu'il adviendrait de Tanya ?

Tard dans la soirée je me décide enfin : il faut en finir, je ne reverrai plus Mustapha. Je dois faire le sacrifice de mon amour pour lui... Mais en même temps, insidieusement, une voix intérieure me taraude, une voix impérieuse, obstinée, qui dit : « Je veux être CELLE qu'il a choisie. »

Pourtant je l'appelle le soir même, pour lui dire :

– Il faut rompre, Mustapha. Nous allons faire trop de mal à trop de gens...

Il est en pleine réunion politique, et je sens bien que son attention est ailleurs. Il répond distraitement qu'il viendra me voir bientôt, comme s'il ne m'avait pas entendue.

Je passe les jours suivants à tourner en rond et à me répéter sans cesse la même chose : tu as fait ce qu'il fallait faire... Pourquoi es-tu si malheureuse, alors ?

Quatre jours plus tard, Mustapha sonne à ma porte. Cette fois, Sherry est avec lui. Il a dû la briser, la battre, mais elle débite son texte avec conviction, m'implorant de revenir prendre ma place dans leur cercle d'amis.

Mustapha se sert de sa propre femme pour faire la cour à sa maîtresse ! Dois-je y voir le signe qu'il m'aime profondément ? Ou est-ce la preuve d'un caractère pervers, contre lequel Sherry voulait justement me mettre en garde ?

Je me refuse à douter. Au plus profond, au plus noir de mon égoïste petite personne, une voix célèbre intérieurement ma victoire.

C'est terrible.

Anees et son épouse ont donc réintégré la société. L'autorité de Mustapha Khar s'exerce sur tous. Si j'avais refusé, Sherry en aurait payé les conséquences d'une manière ou d'une autre ; quant à moi, lâchement, je l'avoue, ne plus le voir était une torture.

Dîners, banquets, soirées ont repris leur manège habituel. L'hostilité s'est tue en apparence, mais elle est toujours là, surtout au moment inévitable de la soirée où les femmes doivent s'isoler des hommes.

Sherry parle souvent, et beaucoup, de sa « parfaite » union avec Mustapha. Elle distille des phrases du genre :

– Mustapha dit que les femmes qui ont des liaisons avec les hommes mariés sont des catins...

Chaque mot prononcé d'une voix douce comme un bonbon est enveloppé de fil de fer barbelé, et provoque des ricanements et des coups de coude à mon intention. C'est subtil et efficace.

Un soir, au cours d'un dîner auquel assistent les épouses de deux industriels pakistanais, j'ai droit à une telle série de commentaires sarcastiques que je m'effondre en larmes d'humiliation en rentrant chez moi. Quand je raconte la scène à Mustapha, il entre dans une colère noire.

– Je te promets de leur donner une bonne leçon.

Le lendemain, il convoque les deux maris à la maison du gouverneur.

– Je veux que vos femmes aillent voir Tehmina pour lui présenter des excuses. Si elles refusent, je ne le prendrai pas à la légère, c'est vous qui paierez le prix de leurs insultes. Vous pouvez disposer !

Quelques heures plus tard, les deux femmes viennent chez moi pour s'excuser.

Plus déboussolée que jamais par la tournure des événements, Sherry décide de partir à La Mecque pour le *umra*, le pèlerinage religieux musulman. Nous en profitons, Mustapha et moi, pour passer plus de temps ensemble. Dans la journée je le vois seule ; le soir, il nous emmène dîner avec Anees et d'autres amis. J'apprécie ces moments volés passés avec lui, mais l'idée de Sherry prosternée devant Allah, alors que je méprise moi-même sans arrêt ses commandements, me terrorise.

Sherry revient, sereine, environnée d'une odeur de sainteté. Il est évident qu'elle a prié pour son union avec Mustapha, et je me sens sale, montrée du doigt. Et si Dieu répondait à ses prières ? Mais au contraire, pour des raisons mystérieuses qui le regarde, Dieu répond à la mienne. Peut-être est-ce là sa manière d'imposer au pécheur le châtiment divin.

Les journalistes se sont mis à fureter. Toute la ville semble être au courant de ma liaison illégitime, y compris mes beaux-parents. Anees persiste à considérer que nous sommes victimes de commérages perfides dus à la célébrité de Mustapha. Mais les nouvelles de mon histoire d'amour ont cheminé jusqu'à Londres, et jusqu'à ma mère. Le simple mot de « scandale » la rend folle ; elle prend l'avion pour avoir une discussion en tête à tête avec Anees et le mettre en garde.

– Il faut cesser de fréquenter cet homme ! Si vous n'arrêtez pas, vous allez perdre votre honneur et votre femme !

– Je verrai qui je veux. Je n'ai pas peur.

Ma mère est furieuse :

– Mais quelle sorte de mari êtes-vous donc ? Ma fille vous a connu alors qu'elle était encore en uniforme de pensionnaire ! Elle ignorait tout de la vie ! Ce qu'elle est devenue, c'est votre faute ! Son père la protégeait, lui ! Et vous, vous l'exposez au désir d'un homme comme Mustapha Khar ? Avec la mauvaise réputation qu'il a ?

Mère hoche la tête avec mépris en le regardant :

– Je savais bien que ça ne marcherait pas. Vous n'avez aucune autorité sur elle !

Mais Anees n'était pas le dernier à être au courant...

Il avait tout simplement préféré ne pas savoir, je m'en rends maintenant compte. Un sentiment de respect m'envahit. C'est la première fois qu'il a le cran de tenir tête à ma mère. Et c'est totalement paradoxal, car il défend son propre terrain, alors qu'il s'agit de sables mouvants.

Il doit partir en voyage d'affaires à Singapour, pour une semaine. Afin de m'évader un peu de cette ambiance trop lourde, je l'accompagne avec Tanya jusqu'à Karachi, première étape de son voyage. À peine nous a-t-il quittées que Mustapha arrive sous un prétexte officiel quelconque. Il m'invite à dîner en compagnie d'un vieil ami politique, Mustapha Jatoi, ministre en chef du Sind, la province du Sud. Être invité chez lui est un honneur. Les Jatoi sont une grande famille de l'aristocratie terrienne, comme les Bhutto.

L'après-midi même, une amie vient me rendre visite pour me mettre en garde. À son avis Mustapha n'est tombé amoureux que de mon apparence.

– Il t'aime uniquement parce que tu présentes bien, c'est évident. Tu t'habilles avec élégance, tu es excellente pour son image de marque. Attends qu'il te voie en bigoudis, avec de la crème de nuit étalée sur le visage ! Il ne t'aimera plus ! Il aime l'emballage, pas la réalité.

Je suis tout de même impressionnée par ce langage, et curieuse de savoir s'il reflète la réalité. Je vais tester Mustapha. Le soir, j'arrive à la réception de Mustapha Jatoi vêtue d'une robe de paysanne tyrolienne à carreaux bleu pâle, avec empiècement de dentelles sur le devant, manches bouffantes ridicules, et trois épaisseurs de volants tombant sur les chevilles. Pour couronner le tout, elle est décorée d'un plastron représentant une scène pastorale – pré bien vert et vache à longue queue.

Mustapha est dans une chambre d'invité, je vais le rejoindre en froufroutant. Il est très élégant, en costume noir, coupe raffinée. Les yeux baissés, il est occupé à nouer sa cravate. Soudain, il me voit :

– Qu'est-ce que c'est que cette horreur ?

Mon assurance s'envole à tire-d'aile. Mais il est trop tard pour reculer. Trop tard pour me changer. Mustapha m'escorte au dîner avec un mépris résigné.

Les autres femmes, plus âgées que moi, élégantes, ultrasophistiquées, arborent des décolletés plongeants et suggestifs. Leurs nombrils scintillent de pierreries sous les saris soyeux et elles me détaillent avec une curiosité mêlée de mépris. Je me sens complètement déphasée. Le bruissement léger et vaporeux des saris me nargue.

Mustapha m'abandonne toute la soirée. Il papillonne autour des autres femmes et met un point d'honneur à flirter avec les plus belles. Quelques hommes se risquent à mes côtés, pour une conversation de politesse, et repartent aussi vite, devoir accompli. Je me déplace en tenant un verre de Coca-Cola plaqué à la hauteur de ma poitrine, essayant désespérément de cacher au moins la queue de la vache. En vain. Finalement, à force de nervosité, je finis par renverser le verre sur la robe tyrolienne. Ironiquement, c'est le représentant local de la firme Coca-Cola qui vient gentiment à mon secours. Il me guide jusqu'à une salle de bains pour que je puisse nettoyer le désastre.

Je reste coincée là une éternité, dans la chambre du maître de maison, à manœuvrer la climatisation dans l'espoir que ma robe sèche plus vite. Qu'elle s'évapore, même. Et moi avec ! Dieu que je voudrais ne pas être là ! Cendrillon aurait bien besoin de la fée sa marraine, mais la fée est absente. Finalement, je retourne furtivement à la soirée, encore mouillée, et gênée audelà du supportable.

Mustapha demande à un ami de me ramener chez moi. J'ai gagné ce pari stupide, mais à quel prix ! Ce soir-là, j'y vois clair, mes yeux s'ouvrent à la réalité : Mustapha ne m'aime que pour mon apparence. Le lendemain, au téléphone, il demande :

– Alors, cet accoutrement ?

Je lui en explique la raison.

– Mais pourquoi fais-tu des choses pareilles ? Ça

t'embarrasse bien plus que moi. Tehmina, je t'aime pour ce que tu es, pour ta personne. Tu es une femme exquise. Mais tu es ridicule quand tu essaies de te conduire vulgairement. Ne perds pas ton temps avec ce genre de défis stupides. Pourquoi voudrais-tu changer ? Si tu deviens quelqu'un de complètement différent, je pourrais changer d'avis moi aussi. Tu comprends ?

Je réponds oui en pleurnichant, comme une gamine punie.

– Inversons les rôles. Imagine que je vienne te chercher un jour déguisé en clown, par exemple. Supporterais-tu ? Jamais. Tu serais très gênée. Alors, ne sois pas sotte. Reste toi-même.

Ce dîner devait prendre une importance capitale, pour une autre raison : ma présence a été remarquée. Et comment faire autrement ? Karachi bourdonnait maintenant de nouvelles rumeurs, toutes fraîches. Que faisait une femme mariée de mon milieu avec Mustapha Khar, alors que son mari est à Singapour ? Anees apprend la nouvelle à son retour et m'affronte enfin. Je ne peux pas lui mentir. Je lui confesse tout, et je demande le divorce. Un mariage avec Mustapha n'est pas le but avoué ; simplement je ne peux plus continuer à vivre avec un homme que j'ai trahi, que je ne respecte plus, et qui ne m'intéresse pas. Notre mariage est raté depuis le début, mieux vaut se séparer.

Anees est un homme extrêmement civilisé, même dans un moment de crise. Il accepte de m'accorder le divorce, mais demande la garde de Tanya.

– J'ai besoin d'elle, Tehmina. Elle est tout ce que j'ai. Elle me rappellera la femme que j'aime. Je sais que tu pourrais la garder en allant au tribunal, mais je t'en prie, laisse-la-moi. Jusqu'à ce que je sois remis de ton départ. Sans vous deux, sans l'une de vous deux, je serai trop malheureux. C'est tout ce que je te demande.

Il est vrai que la loi islamique permet à une mère de garder son enfant jusqu'à la puberté. Je pourrais me battre pour lui arracher Tanya, mais son discours me bouleverse. Anees a été un bon père, toujours dévoué, attentif à notre bébé. Et puis cette situation ne durera pas : dès que ma vie aura retrouvé une stabilité, il me rendra ma fille, et en attendant, je pourrai la voir sans problème. Anees n'est pas du tout un monstre d'égoïsme, comme certains hommes. C'est un tendre et un faible. Je sais bien que de nous deux, c'est moi la plus forte. Je pourrai supporter l'absence momentanée de Tanya plus facilement que lui. Je lui donne mon accord, le temps de m'organiser autrement.

Ma mère est livide, mon père furieux. Mère est arrivée de Londres une nouvelle fois, dans l'intention de prouver à tout le monde que ma « toquade » pour Mustapha n'est due qu'à une certaine forme de dérangement mental. Dans notre famille, une femme ne tombe pas amoureuse ; c'est un comportement ridicule. On la marie, et elle ne doit plus regarder ailleurs. Si j'ai regardé un autre homme, c'est donc que je suis malade.

En accord avec le docteur Haroon, le psychiatre le plus connu de Karachi, elle a pris un rendez-vous pour moi, en exigeant plus ou moins de sa part un diagnostic prouvant ma folie. Si elle n'arrive pas à convaincre sa fille que son comportement est le résultat d'une instabilité mentale, le bon docteur, lui, le pourra peut-être. Depuis ma méningite infantile, ma mère cherche à expliquer de manière simpliste toute révolte de ma part : je suis folle.

Avant cette consultation, elle me prend à part :

– Ne lui dis pas... tout. Tu me comprends ?

Message reçu, en effet. Si j'ai eu des rapports physiques avec Mustapha, je ne dois pas l'admettre. En plus de ma folie, ce serait indécent.

Après un long entretien avec moi, au cours duquel il a pu effectivement discerner la vérité, le psychiatre déclare à ma mère que je suis malheureusement normale. Il donne cette explication simple à ma « chute » :

– Mustapha Khar est un redoutable séducteur professionnel. Votre fille est naïve, elle n'est qu'une de ses nombreuses victimes.

Ce qui n'apaise que modérément ma mère. Par cette

définition, je n'apparais pas comme une catin à part entière, mais Mère clame que Mustapha n'aurait jamais cherché à me séduire si je n'avais pas laissé paraître que j'étais disponible ! Je suis donc coupable du malheur qui salit ma réputation et celle de la famille.

Mère accuse :

– Tu le portais dans tes yeux, ce message ! Un homme comme Mustapha Khar, avec un tel tableau de chasse à son actif, ne s'approche pas d'une femme décente ! Les femmes qui l'attirent sont le genre à être la maîtresse éternelle. Aucune autre de mes filles n'aurait été séduite par un homme comme lui ! Tu me fais honte !

Enfin, Mère consacre tous ses efforts à ce qu'elle appelle « limiter les dégâts ». Je me retrouve passive, à sa merci, en position de faiblesse et plaidant coupable. Tout simplement revenue à l'état d'enfant soumise à l'autorité parentale, contrainte, aussi, par la réalité économique, puisque sans Anees, mes parents sont ma seule ressource financière.

J'ai l'esprit trop embrouillé pour faire des projets personnels. Même si j'ai acquis une personnalité, je l'ai désormais perdue. Mère m'expédie à Lahore vivre sous la surveillance de ma grand-mère maternelle. Avec interdiction de sortir seule. Je ne peux ni donner ni recevoir de coups de téléphone. Défense de voir mes amies. Psychologiquement, je suis dans une voie sans issue. Mustapha est un sujet « pire que tabou », qui, en outre, est marié et complètement engagé dans la politique.

Je suis devenue une paria, même à mes propres yeux. Ma réputation scandaleuse de femme divorcée, « déchargée » de Tanya, a enterré ma confiance en moi jusqu'au plus profond de la terre. Je retombe instinctivement dans le vieux schéma d'obéissance à ma mère. Et dans mes rares moments de lucidité, je prie.

Bientôt, on me déménage à nouveau comme un objet encombrant. Cette fois, je suis assignée à résidence dans la famille de mon père, à la frontière nord-ouest. C'est un pays de poussière et de rocailles qui ressemble beaucoup à l'Ouest américain. Le frère aîné de mon père est chargé de ma surveillance. Je vis au milieu de gens simples. Dans une famille Pathan, on ne parle ni d'amour ni de divorce. Même les femmes m'en empêchent. Leur code de l'honneur est très strict ; c'est davantage un idéal de vie qu'une règle écrite. Les hommes ont un dicton : « L'or, les femmes et la terre. » Trois choses à préserver, à garder jalousement.

Dans la famille de mon père, cette règle n'est pas toujours appliquée à la lettre, mais je sais, par exemple, que si une femme a encouragé un homme d'un simple regard, elle est battue, et lorsque l'honneur est en jeu, les coupables doivent payer une amende, « l'argent de la honte ». Dans les cas graves, cela peut aller jusqu'au bain de sang. Je suis dans un désert de chaleur et de solitude, on ne m'a pas battue, mais on m'a mise en prison. Je dors ou j'écoute de la musique, enfermée toute la journée dans ma chambre.

Un jour, Anees obtient l'autorisation de venir me voir. Sur le moment sa présence réveille mon sentiment de culpabilité. Mais le voilà qui entame un marchandage, à propos de la répartition de mes biens ! Soudain, je le vois sous un autre jour. Sordide. Il veut que je signe un papier certifiant que je lui ai vendu tout ce que je possède, pour une somme qu'il ne me paiera, bien entendu, jamais. Je signe. C'est le seul moyen de me débarrasser d'une partie de ma culpabilité. Et Tanya reste un enjeu. Et je me dis que les hommes guérissent bien vite de leurs chagrins.

Avant de partir, il promet de me confier Tanya.

Après cette période d'enfermement, à la durée déterminée par la famille, on me libère. Mais cette libération entraîne une autre décision de mes parents. Ils sont convaincus que je ne suis pas « réformable », que je suis parfaitement capable de reprendre ma liaison avec Mustapha Khar, même depuis Londres s'ils m'emmenaient avec eux. Ils ont peur que je « contamine » leur maison, que je donne le mauvais exemple à mes sœurs cadettes, et compromette ainsi leurs futurs mariages. Je suis une pestiférée, en somme. Ils décident donc de ne plus s'occuper de moi, de ne plus me voir. Mère a tranché :

– Elle est le canard boiteux de la famille. Elle s'est abaissée au niveau de Mustapha Khar, elle ne pourra jamais reprendre son rang chez nous.

Tous les ponts sont rompus avec moi. Je sors de leur vie. Je repars pour Karachi, afin que Tanya puisse s'installer avec moi, et aller à l'école en restant proche de son père. Je loue un petit appartement, juste assez grand pour y loger ma fille, sa nourrice et moi. Je trouve un emploi de bureau dans la société de construction d'un ami, Farooq Hasan. Avec sa femme, il fait partie des rares personnes qui m'ont aidée.

En réalité, ce travail est plus une faveur qu'un véritable emploi. C'est un poste créé pour m'aider à passer le cap de cette période difficile, moralement et financièrement. Je n'ai pas grand-chose à faire. Une fois le bureau redécoré, je passe la journée à boire du café, à préparer mon déjeuner sur place – des œufs frits accompagnés de haricots cuits sur des toasts –, ou à discuter au téléphone avec des amis. Les services d'un chauffeur de la société m'ont été attribués gratuitement. Il peut me conduire où je veux.

Il arrive que Farooq fasse irruption dans le bureau et interrompe ma conversation pour me rappeler gentiment que j'ai tout de même quelques tâches à accomplir. Après quoi, je reprends ma petite routine. Le chauffeur va chercher Tanya à l'école et la ramène pour déjeuner. Ensuite, je fais des courses, je lis des magazines, en attendant que sonne l'heure de quitter le bureau. On me paie 1 500 roupies par mois pour ce travail éreintant. Et il ne m'a pas fallu beaucoup de temps pour prendre conscience de mon nouveau statut de « sous-femme ».

Dans la société pakistanaise, une divorcée est la cible préférée des commérages perfides. Les langues de vipère vont bon train, les regards méprisants me cernent et me poussent à mener une existence de recluse. Ma vie se passe entre le bureau et la maison. Si je n'avais pas Tanya, mon bébé qui grandit et fait des cabrioles, je serais au fond du désespoir.

Mustapha n'est jamais disponible. Il s'apprête à affronter une véritable tempête politique. Ses rapports avec Bhutto sont de plus en plus agités. D'après lui, Bhutto s'est éloigné de son engagement politique de départ, et s'est isolé de la source même qui lui a valu le pouvoir : l'homme du peuple. Ceux qui l'entourent, ses amis, sont des traîtres à la cause. « Où est passé le père des pauvres ? demande Mustapha. Celui qui promettait au peuple du pain, des vêtements et une maison ? Il représente l'État dans toute sa puissance, le pouvoir l'a changé. »

Lorsque j'apprends que Mustapha a encore démissionné de son poste de gouverneur du Panjab, je l'approuve. J'estime qu'il se conduit véritablement en homme d'honneur en choisissant d'abandonner ses privilèges pour préserver son idéal.

Il souhaite se présenter aux élections partielles de la province pour entrer au Parlement, mais Bhutto refuse de ratifier sa candidature, craignant les problèmes que ne manquerait pas de soulever sa présence à l'Assemblée. Au contraire, pour le mettre hors circuit, il lui offre le poste d'ambassadeur aux États-Unis. La rupture entre les deux anciens complices est étalée au grand jour. Mustapha démissionne du Parti populaire, espérant être suivi par quarante députés, décidés à former le noyau d'un parti nouveau. Mais peu d'entre eux se rallient à sa cause ; ses fidèles sont arrêtés et jetés en prison, dans le redoutable camp d'internement de Dalai. Le groupe d'opposition risquait de devenir trop puissant ; Bhutto y a mis un terme.

En dépit de cet échec, Mustapha continue sa course en solitaire à l'élection provinciale. Il compte sur la vague naissante de l'opinion anti-Bhutto, aussi bien dans les milieux populaires et industriels que religieux, ces derniers s'étant toujours opposés au pouvoir laïc de Bhutto. Les masses populaires sont déçues : Bhutto a échoué, il n'a pas tenu ses promesses de prospérité ;

Mustapha leur redonne espoir. Ses critiques sonnent d'autant plus vrai qu'il était très proche du Premier ministre.

Bhutto panique et expédie une armée de fonctionnaires du Parti populaire mener campagne contre Mustapha Khar. L'opposition de son jeune disciple l'atteint profondément. En parlant de lui, il a même fait référence à « Brutus ».

Les élections se rapprochent, les partisans de Bhutto mènent un combat acharné. À Taj Pura, au cours d'un rassemblement pour la candidature de Mustapha, des serpents au venin mortel sont lâchés au milieu de 100 000 personnes. Il s'ensuit une panique terrible, des manifestants sont piétinés, des coups de feu sont tirés sur la foule. Mustapha rentre de cette manifestation particulièrement secoué et choqué.

Un de ses fidèles, Sajid, lui ramène alors le cadavre d'un jeune homme, qu'il berce dans ses bras en pleurant, preuve inerte de la cruauté impitoyable de Bhutto. Son idée est d'organiser une procession funéraire menée par Mustapha.

– Tout le Panjab descendra dans la rue avec toi.

– Quel est l'intérêt de rendre publique une atrocité pareille ? Es-tu fou ? Qu'est-ce qui t'a pris de ramener le corps ici ? Ne comprends-tu pas que l'on pourrait m'inculper de meurtre ?

Sajid repart tristement. Un leader travailliste est assassiné le jour suivant. Cette fois, Mustapha, décidé à mener le cortège funèbre, se rend lui-même dans la famille pour présenter ses condoléances. Il se fait attaquer par des militants travaillistes. La police est obligée d'intervenir, et Mustapha commence à regretter sa proposition de mener le cortège. Mais comment reculer sans perdre la face ?

Mustapha et ses conseillers mettent alors au point un plan machiavélique : simuler une disparition. Le soir même, avec un membre du Parlement, Choudry Hanif, il se fait conduire discrètement en voiture jusqu'à Sialkot. Le grand Lion du Panjab est contraint de s'aplatir au fond de la voiture pour ne pas être vu.

Pendant ce temps, Sherry joue son rôle. Elle s'acharne, et ce n'est pas simple à ce moment-là pour avoir Bhutto personnellement au téléphone. Lorsqu'elle l'obtient enfin, c'est pour l'accuser d'un ton affolé :

– Vous l'avez tué, je le sais ! Où est-il ?

Bhutto n'en sait rien, puisqu'il est innocent.

À Sialkot, Mustapha et son compagnon reprennent à pied la route de Lahore. Le propriétaire du premier café sur le bord de la route le reconnaît et se rue évidemment au téléphone pour obtenir l'aide des autorités.

Ainsi « sauvé » Mustapha est ramené à Lahore, et les journaux du lendemain relatent avec force détails l'incroyable enlèvement dont il a été victime. La presse insinue clairement que les gens de Bhutto sont derrière cette histoire. Mustapha donne ensuite une conférence de presse dans laquelle il déclare :

– Je suis un *shikari*, un chasseur. Évidemment, je ne savais pas où j'étais, mais j'ai pu retrouver mon chemin en regardant les étoiles...

Admirable. Après quoi il rallie la Ligue conservatrice musulmane afin d'obtenir l'aide de leur parti. Il change de couleur politique comme un caméléon, au gré d'une stratégie qui m'inquiète. Je crois qu'il est en train de faire une erreur. Le voilà devenu l'ennemi numéro un de Bhutto. Il est sous la surveillance constante des services secrets qui traquent l'opposition, et risque de se faire arrêter et incarcérer à chaque instant.

Il est absolument impossible qu'il prenne le risque de me contacter en ce moment. Je suis un grain de sable dans la tempête qui agite notre pays.

Je vis à Karachi depuis cinq mois déjà, lorsque j'apprends que Sherry est enceinte. Entre-temps, j'ai entendu dire que Mustapha avait une liaison avec une chanteuse. Furieuse et humiliée, je me décide à le joindre au téléphone. Et il proteste ! Il clame son innocence. L'ennui, c'est que je ne le crois pas, et que j'ai trop de chagrin pour affecter l'indifférence.

C'est décidé, je coupe toute relation avec lui. C'est fini, je le quitte.

Cinq autres mois passent, de solitude, de souffrance, d'angoisse et d'incertitude. Puis je pars pour La Mecque, j'ai besoin du pardon, moi aussi, d'implorer le *umra,* comme Sherry l'a fait avant moi.

Devant la Maison de Dieu, je prie, et ma prière est un cri :

– Ô mon Dieu, j'implore ton pardon. Je ne veux pas que l'on dise de moi : c'est une femme facile ! Je me suis écartée du bon chemin, pardonne-moi et donne-moi la force de retrouver mon honneur. Mon union avec cet homme était misérable. Je t'en prie, mon Dieu, montre-moi le droit chemin. Fais taire ces langues de vipère. Fais disparaître ces doigts accusateurs tendus vers moi !

Et j'ai la révélation divine. La seule manière de blanchir ma réputation souillée est de me marier avec cet homme. C'est l'unique solution honorable. Mustapha Khar m'a marquée au fer rouge. Je porte son empreinte. Aux yeux des autres, je resterai sa maîtresse pour le reste de ma vie. Même si je trouve quelqu'un d'autre à épouser, cet homme pourra m'humilier chaque fois qu'il se souviendra de la tache que je porte. Je n'ai pas le choix. Jamais la société ne m'acceptera tant que je ne serai pas l'épouse de Mustapha. Le Coran lui permet de m'épouser sans répudier Sherry. Je suis prête maintenant à partager le sort de toutes les femmes de mon pays : n'être qu'une femme parmi d'autres, propriété du seigneur et maître.

Mes parents non plus ne m'accepteront pas tant que je n'aurai pas retrouvé un statut convenable. Mustapha est l'homme qui peut imposer le respect à ma mère. Elle ne pourra pas le rejeter, pas lui. Sa seule présence l'impressionnera.

Je prie Dieu, je demande un miracle.

Et presque à l'instant de mon retour de La Mecque, Mustapha m'appelle à Karachi.

– Je prends l'avion, j'arrive.

Il arrive, dissimulé dans le coffre d'une voiture, pour déjouer la surveillance policière. Voir ainsi le grand Mustapha Khar, le Lion magnifique dans une telle position, rien que pour moi, c'est extrêmement flatteur. Je retrouve des forces.

Immédiatement, il me demande de l'épouser.

– Je n'accepterai pas de « non ». Je repars à Lahore. Va là-bas, je t'y attendrai. Nous nous marierons immédiatement.

Je confie Tanya à son père, en promettant de revenir dans trois jours. Et je m'envole pour Lahore. De là, nous partons tous les deux pour le village natal de Mustapha. Le 25 juillet 1976, un véritable mollah célèbre le mariage. J'ai vingt-trois ans, il en a quarante-trois. Je suis sa sixième épouse, mais ce jour là, je me sens la seule. Nous sommes mari et femme. Mustapha prend ma main et dit avec une grande sincérité :

– Tehmina, tu ne dois pas me craindre, jamais. Tu peux me parler de tout, chaque fois que tu le désires. Je serai toujours bon avec toi. Je t'aimerai toujours.

Comme je veux croire à cet amour !

8

C'est en revenant à Karachi pour faire mes bagages que je réalise à quel point je suis désorientée. Que va-t-il m'arriver, maintenant ? Notre mariage est légal devant la loi pakistanaise et moral devant le Coran. Mais il ne sert à rien. Doit-il rester secret jusqu'à l'amélioration du climat politique ? Faut-il que je vive séquestrée, en attendant le divorce de Sherry et Mustapha ? J'ignore les réponses à ces questions. En revanche, je sais que les amis de Bhutto seraient ravis d'apprendre la dernière aventure matrimoniale de Mustapha. Que la presse à sensation se jetterait sur l'histoire, à un moment où Mustapha ne peut pas se permettre un nouveau scandale.

Je prends l'amère décision de laisser Tanya à son père, le temps que les choses soient plus claires. Je ne sais pas comment va se passer ma nouvelle vie avec Mustapha, et la confier à une nourrice inconnue me fait peur. Elle a besoin de stabilité, et pour l'instant je suis une mère instable. Le cœur serré, j'arrange les détails pratiques par téléphone avec Anees. Il est le premier à apprendre mon mariage. Il est visiblement choqué, mais accepte de garder Tanya quelque temps et de me la rendre dès que ma vie sera plus tranquille. J'espère que cette situation ne durera pas plus de quelques semaines.

Mustapha m'appelle. Il ne supporte pas d'être séparé de moi et me demande d'avancer mon retour à Lahore. Je suis d'accord. Mais Tanya... Tanya et ses grands yeux noirs apeurés, ses trois ans qui m'observent pendant que je fais ses bagages pour l'emmener chez son père. Je range toutes ses affaires dans des valises, tous ses jouets dans des cartons. Elle est sensible à mon désarroi. La bouche de mon bébé se met à trembler quand le chauffeur emporte tout son univers dans la voiture. Je m'efforce de garder la voix claire :

– Tu vas chez ton père... Je reviens dans quelques jours, mon bébé... Tanya, maman va revenir.

Tanya aime son père. Elle le voit chaque semaine, mais aujourd'hui son âme innocente devine que cet épisode de sa vie est différent. Peut-être à mon visage, à mon comportement plus nerveux que d'habitude. Je me sens tellement coupable depuis que j'ai rencontré Mustapha. Coupable d'avoir brisé un mariage, d'avoir divorcé. Parfois, j'ai l'impression d'être une gamine perdue, jetée trop tôt dans la vie adulte, au milieu des hommes. J'ai mal choisi le premier, que sera le second ? Je pense à ce que disait mon père, le jour où j'étais si désespérée, déjà, à l'idée d'épouser Anees. Mon père me manque ; au moins, Anees ne manquera pas à Tanya.

Elle se cramponne à moi durant tout le trajet.

La nourrice nous attend devant la maison d'Anees. J'ouvre la portière de la voiture, mais quand la nourrice prend Tanya dans ses bras, ma fille détourne son visage, ses petits doigts s'accrochent à mes vêtements. Elle hurle comme jamais je ne l'ai entendue, pousse des cris de peur et de vrai désespoir.

En sanglots, je crie moi-même :

– Je reviens vite, Tanya, bientôt...

Ma fille essaie encore de s'accrocher à mes vêtements, je la repousse, désespérée.

Quelques secondes plus tard, c'est fini. Tanya est

sur le trottoir, la voiture accélère, et j'entends encore ses gémissements de terreur, de plus en plus faibles avec la distance. Je suis incapable de me retourner pour la regarder.

Les pleurs de mon enfant résonnent encore dans ma tête, lorsque je prends l'avion pour rejoindre mon deuxième mari à Lahore. Une pensée m'envahit soudain : serais-je comme ma mère, et Tanya comme moi lorsque j'étais petite ? Est-ce que je la repousse ? Je l'éloigne de moi ! Comment ai-je pu en arriver là, alors que j'aime mon bébé de toutes mes forces ? Suis-je un monstre ? Comment faut-il s'y prendre pour concilier l'amour d'un homme, l'amour de son enfant, et les traditions étouffantes ? Comment faire pour être une femme complète, mais sans entraves ?

Je regarde par le hublot, tout en bas, la terre qui défile, ma terre, je lui demande ce que nous allons devenir. L'apparition subite d'un nuage obscurcit ma vue. Je frissonne. Dieu seul sait.

Sajid, le jeune assistant de Mustapha, m'attend à l'aéroport ; sa maison doit me servir de cachette pour la soirée. Le lendemain, Mustapha m'emmène dans la vieille ville de Multan, où je dois vivre dans la solitude pendant plusieurs mois. C'est la capitale du Sud Panjab, l'une de nos plus anciennes cités et la ville d'innombrables mausolées. C'est ici qu'Alexandre le Grand fut blessé en voulant prendre la ville d'assaut. Ses troupes y ont massacré férocement les habitants à coups d'épées, pour venger leur chef.

Multan est à environ deux heures de voiture du village natal de Mustapha. La région comporte d'immenses domaines féodaux, des vergers, des terres riches ; c'est un très ancien territoire de commerce. Les clans Qurarshi et Gilani y ont une très grande influence. À l'origine, ces deux clans étaient les satrapes des fameux empereurs moghols. Plus tard, ils ont trouvé plus habile de faire allégeance à la Couronne, qui leur a attribué de vastes terres. La ville est construite autour de l'un des plus beaux tombeaux *soufi,* et tous les ans les fidèles s'y rassemblent pour payer leur tribut, des millions de roupies. Pendant des générations, les Qurarshi et les Gilani se sont férocement battus pour cette manne, et leur haine ancestrale continue de compliquer la politique locale. Quand ils ne sont pas en train de se disputer, les seigneurs de Multan passent les douces soirées d'été à regarder danser les filles. Multan est réputée pour ses prostituées, c'est l'endroit rêvé pour les fantasmes sexuels des grands propriétaires terriens du Panjab. Paradoxalement, il existe ici une communauté de femmes ascètes, habillées en hommes, les *malang,* qui vivent dans un sanctuaire à un kilomètre sur la berge de l'ancien lit de la rivière Ravi.

C'est dans cette ambiance que j'essaie de mettre de l'ordre dans ma maison. Il faut que je m'occupe, pour que la douleur d'avoir abandonné Tanya ne reprenne pas le dessus. Mustapha me rend souvent visite, mais son tempérament capricieux me fait vivre dans un déséquilibre constant. Un matin, il s'en va à Lahore pour une semaine, dit-il, et le soir même, il est de retour. Il lutte en permanence avec une contradiction : ne pas prendre le risque de révéler notre mariage, et ne pas être loin de moi. Il dit que les quelques instants passés avec moi valent les six heures de voyage entre Lahore et Multan. Mais le trajet en voiture le fatigue très vite, et il me fait déménager pour m'installer dans le chalet préfabriqué de nos premières amours. Cette cabane est liée à de nombreux souvenirs, doux, amers, voluptueux. Le fait de devoir y habiter me procure un certain malaise. J'ai hâte de vivre dans la légitimité, et de connaître le bonheur de reprendre Tanya.

Mustapha vient me voir dans la journée et passe la nuit avec son autre femme, qui ne se doute de rien, dans la maison principale, juste en face. Un soir, alors que je me suis endormie, peu après son départ, Mustapha me réveille en sursaut. À ma grande surprise, Sherry est avec lui. Il a voulu tout dire à sa femme enceinte, et elle ne l'a pas cru. Il l'a donc amenée ici pour lui prouver ce qu'il disait. Il se sert d'elle comme d'un objet, la place et la déplace à sa guise. Comme la première fois, lorsqu'elle me suppliait de lui laisser Mustapha, son regard est égaré, peureux, mais elle n'a rien à dire, et moi non plus. Nous sommes deux épouses, le maître décide. Et selon le Coran, il doit nous aimer pareillement, et nous consacrer le même espace temps dans sa vie. Mais nous savons toutes les deux où va sa préférence. Le subterfuge prend fin aussi simplement que cela, et je déménage dans la grande maison.

Quelles qu'en soient les conséquences maintenant, nos familles, nos proches vont apprendre que Mustapha a deux épouses. En revanche, il tient à taire cette information à la presse. Féodal dans sa maison, civilisé au-dehors...

Mon nouveau domaine est une villa de style espagnol, ornée d'arches, au toit pentu de tuiles rouges. Les six chambres sont occupées par les parents de Mustapha, je dois m'installer dans les greniers.

La rumeur de mon mariage fraîchement célébré en privé est arrivée quand même jusqu'à mes parents, à Londres, et les atteint de plein fouet. Une fois de plus, la rebelle apporte honte et disgrâce dans leur maison. Ils commencent par me signifier que je suis morte pour eux.

Mais notre mariage est si facilement accepté par l'entourage direct de Mustapha que je me demande pourquoi j'avais tant d'appréhension. Ma grand-mère maternelle donne son approbation en venant me rendre visite. Je lis dans son regard la peur de mon avenir, mais aussi une certaine satisfaction, une paix retrouvée, grâce au statut social que j'ai enfin reconquis. Ce fameux statut social de la femme pakistanaise, qui n'existe pas en dehors d'un mari...

Tout est comédie, tout est tragédie... Je veux passer tout mon temps avec Mustapha, je ne veux pas qu'il néglige Sherry dans son état... Quand il se montre tendre avec moi devant elle, je suis mal à l'aise. Il m'arrive parfois la nuit de le pousser hors de ma chambre et de le lui envoyer. Je ne peux pas oublier qu'elle est enceinte, et doublement humiliée de ce fait.

C'est en trio que nous acceptons les invitations. Mustapha sans le moindre effort, Sherry apparemment sans embarras, et moi en double étrange de moi-même. Je me sens gênée d'entrer avec eux dans une autre maison. Il me semble que nous devons paraître complètement anachroniques dans ce monde moderne. Jamais je n'aurais cru me retrouver dans cette situation lorsque j'étais jeune et rêvais au grand amour unique, sous les arbres de mon pensionnat catholique. C'est un retour au Moyen Âge.

Je remarque aussi un phénomène intéressant : lorsque Mustapha part à la chasse, je me sens seule et misérable en son absence ; Sherry, au contraire, est très contente. Quand l'heure de son retour approche, je suis de plus en plus heureuse, alors qu'elle est visiblement nerveuse et inquiète.

Elle commence à s'ouvrir, à se confier à moi plus librement. Elle me raconte des histoires dont Mustapha est le héros sadique, celui qui prend plaisir à humilier ceux qu'il prétend aimer. Sherry a une théorie selon laquelle Mustapha souffre d'un complexe d'infériorité. Il en veut aux femmes de notre milieu social et s'est donné pour mission de les dominer. Il cache sous ses airs et son comportement son ambition de monter dans l'échelle sociale. Sherry prétend que l'idéalisme politique de Mustapha n'est qu'un prétexte, une tentative d'accéder à notre classe plus évoluée, et plus cultivée. Son intérêt pour les pauvres et les opprimés n'est qu'une feinte. En vérité, dit-elle, c'est la manifestation de sa haine personnelle de l'élite. Il veut démolir cette élite qui a ridiculisé jadis ses origines sociales, s'est moqué de son manque d'éducation et de ses manières de paysan. Les femmes sont pour lui des victimes toutes désignées. Il est là pour nous détruire.

Une partie de moi met ces propos sur le compte des ravages subis par l'orgueil d'une femme délaissée ; l'autre les range soigneusement dans sa mémoire.

Dans ses rapports avec Sherry, Mustapha affiche une impatience extrême. Il la traite avec mépris, la dénigre en utilisant des mots qui m'écorchent les oreilles.

Un matin, il demande à Sherry où est le Pharmaton, des vitamines qu'il a fait venir spécialement de Londres. Elle lui montre un flacon à moitié vide. Il est furieux :

– Où est le reste ?

– Je l'ai pris, j'en avais besoin à cause de ma grossesse.

Mustapha lui donne un coup de pied aux fesses. Il retire ses chaussures à semelles épaisses et l'en frappe, puis il la pousse brutalement hors de la pièce, sans aucun ménagement pour son état. Je reste paralysée sous le choc, incapable d'avoir le courage d'exprimer ma répulsion physique devant ce comportement.

Ma première expérience comme cible du courroux de Mustapha a lieu quelque temps après, à l'occasion d'un rendez-vous chez le dentiste. Sherry doit m'y accompagner. Sachant que Mustapha essaie encore de cacher notre mariage à la presse, je lui demande quel nom je dois utiliser chez le dentiste.

– La *bégum* Mustapha Khar, répond-il.

Chez le dentiste, je décide de n'en rien faire pour ne pas humilier Sherry. Je me fais donc enregistrer simplement sous le nom de Tehmina, et non en qualité d'épouse de Mustapha. Bizarrement, alors que je voulais la préserver, Sherry rapporte à Mustapha que j'ai désobéi, et il interprète ma considération pour elle comme une trahison envers lui. Il est fou de rage :

– Jamais ! Ne désobéis plus jamais ! Tu dois faire ce que je te dis !

Sherry a le mot « obéissance » imprimé dans la

tête, je dois agir comme elle, pour ne pas me montrer supérieure.

Une autre fois, je suis dans ma chambre, on me dit qu'il veut me voir sous la véranda. Je me change, ce qui me prend quelques minutes, avant de répondre à sa demande. J'arrive sous la véranda d'un pas insouciant, pour trouver un Mustapha livide. Les yeux injectés de sang lui sortent quasiment des orbites :

– Comment oses-tu me faire attendre ! Je t'ai dit de venir immédiatement ! Quand je t'envoie un message, cela veut dire que tu dois tout laisser tomber et obéir !

Je tente de m'expliquer, mais il refuse avec colère. Le tyran domestique montre les crocs.

Un soir, nous sommes dans notre chambre, Mustapha et moi, lorsque Sherry vient raconter à Mustapha qu'elle a surpris Abdur Rehman, le fils de son premier mariage, en train de fumer dans la salle de bains. Abdur a dix-neuf ans. Mustapha convoque son fils et les domestiques immédiatement.

D'abord, il demande à Abdur :

– As-tu fumé ?

– Non.

Mustapha se lève d'un bond, ordonne aux domestiques de plaquer le garçon au sol et de le tenir bras et jambes écartés. Puis il se met à battre le malheureux à coups de bâton. Abdur hurle à chaque coup, implorant la pitié. Le bruit affreux de l'arme déchirant la peau du jeune homme me vrille les oreilles. Je me recroqueville à la vue du sang. Mustapha frappe si violemment que le bâton finit par se rompre sur le dos de son fils. Sans se décourager, il en réclame un autre et continue la bastonnade jusqu'à le briser lui aussi. Il en est à son troisième bâton quand, incapable de supporter cela plus longtemps, j'essaie d'intervenir. Il me repousse violemment.

Alors, je ne peux rien. Seulement être malade de cette démonstration de brutalité, de cette violence irraisonnée. Je n'avais jamais assisté à un pareil spectacle.

Ce soir-là, nous sommes invités chez Taj ul Mulk, un vieil ami, dont la maison reste chère à mes souvenirs : c'est là que Mustapha m'a demandée en mariage. Avant de sortir, Mustapha m'avait dit de prendre de l'argent liquide. Lorsque nous décidons tous d'aller dîner dehors, il me réclame l'argent.

– J'ai oublié. Je n'ai pas l'habitude de porter un sac, alors j'ai oublié.

D'un ton sec, et devant tout le monde, il m'ordonne :

– Monte dans la voiture, retourne à la maison, prends l'argent et reviens !

J'obéis, mais je me sens tellement humiliée, dégradée...

Un jour Sherry me demande, l'air de rien :

– Tu me laisseras tes « vêtements étrangers » quand tu partiras ? Je ne peux pas en acheter au Pakistan.

Partir ? Je suis troublée. Nous n'avons pas de projet de voyage.

– Que veux-tu dire ?

Sherry est ennuyée de s'expliquer. Elle a, dit-elle, accepté ma présence dans cette maison par bonté d'âme.

– Mustapha m'a dit qu'il t'avait épousée pour t'épargner les médisances. Il a promis que tu ne resterais dans cette maison que quelques mois, et qu'après il t'enverrait à l'étranger, pour arranger un divorce à l'amiable.

Sherry croit Mustapha, parce qu'elle en a besoin. Et moi, qui dois-je croire ?

Nous sommes à une partie de chasse tous les deux, lorsque Mustapha apprend la naissance de son fils. Il est très ému. À peine rentré, il rend visite à Sherry et à l'enfant, puis ramène le bébé à la maison pour le faire admirer à sa propre mère.

Celle-ci fait sucer du miel au nouveau-né – c'est une ancienne croyance qui veut que l'enfant développe ainsi tous ses dons –, puis elle se penche sur la minuscule oreille et par trois fois appelle le *azaan. Allah ho Akbar,* Dieu est grand. Enfin, elle récite le Kalima. « *La Illaha Il Allah Mohammad ur Rasool Allah !* – Il n'y a qu'un Dieu, c'est Allah, et Mohammed est son prophète. »

Le petit garçon est désormais sous la protection de la foi islamique. Il ne peut plus rien lui arriver de mal. Mustapha le ramène à l'hôpital, mais il tombe malade le soir même, d'une pneumonie grave, dont il meurt dans les heures qui suivent.

Des calomnies circulent immédiatement en ville. On raconte que Mustapha n'était pas heureux de la naissance de cet enfant, qu'il n'en voulait pas et qu'il l'a tué. C'est faux. J'ai vu à quel point la mort de ce tout-petit l'a secoué. Mais il est vrai qu'il n'a jamais attaché d'importance au fait que ses enfants soient nés hors mariage, ou dans une union précaire. Il a des enfants dans plusieurs endroits du pays, il ne se sent aucune responsabilité envers eux. Pour lui, un enfant est le fruit du destin, il n'a donc aucune raison de s'en occuper. Être père au sens occidental du terme, il ignore totalement ce que c'est, et il n'est pas le seul. Mais une fois de plus, sa réputation le précède, les gens sont avides de croire le pire à son sujet. Particulièrement dans la famille de Sherry. Leur animosité à cette occasion, déjà entretenue par son mariage avec moi, finit par provoquer la rupture finale. Mustapha apporte les papiers du divorce à Sherry. Il prononce trois fois le mot *talak,* et tout est fini.

Il lui reste à laisser Sherry et sa mère fouiller la maison et prendre ce qu'elles désirent. Les bijoux de Sherry valent une fortune : quatre-vingts parures offertes à la femme du gouverneur du Panjab lors de son mariage. Le shah d'Iran lui a fait cadeau d'une parure de turquoises particulièrement splendide, le roi d'Arabie Saoudite de montres et de bijoux, Bhutto d'énormes joyaux en or et pierreries.

Sherry emballe le tout et déménage. J'éprouve un certain soulagement à me retrouver seule dans la maison ; cette situation de harem me convenait mal. J'imagine que Sherry sera moins malheureuse hors de portée des brutalités de Mustapha.

Je m'emploie à redécorer la maison, qui m'appartient à présent tout entière. J'ai envie d'un intérieur très américanisé. Les lourds rideaux de velours disparaissent, je fais rénover les hauts plafonds, dans les couleurs traditionnelles du Multan, la région de Mustapha : des orange éclatants, des verts, des bleus, des blancs, tout en motifs alambiqués réalisés à la peinture végétale. Ces teintes lumineuses mettent particulièrement en valeur le mobilier de bois clair. Puis je commence à éduquer les domestiques.

Une rondelle de citron sur le bord du verre de Coca-Cola. Le thé servi dans de l'argenterie, une serviette de papier pliée en triangle, entre la tasse et la soucoupe.

Enfin, la maison ressemble à une maison, en ordre. L'éducation de ma mère a repris le dessus. Mustapha prétend qu'il me faudrait carrément des fonctionnaires du gouvernement pour me servir.

– Ces pauvres bougres de domestiques analphabètes ne sont pas assez bien pour toi !

Et il rit quand je donne une leçon de propreté à ces têtes courbées et sales.

Il est temps, maintenant, de réintégrer Tanya à ma vie. Mustapha me donne en ronchonnant, mais il l'avait promis, la permission de téléphoner à Anees, à Karachi, pour lui demander de m'envoyer ma fille. Mais il reste planté devant moi pendant que je compose le numéro de téléphone. Il n'aime pas ce rappel de mon appartenance à un autre homme.

La conversation est brève, dévastatrice comme une tornade. Anees a entendu les rumeurs de prétendu infanticide ; il jure que jamais il ne laissera sa fille vivre avec un homme comme Mustapha. Par conséquent, je n'aurai plus aucun contact avec Tanya. Et il me raccroche au nez.

Effondrée, je cherche en pleurant une consolation auprès de Mustapha :

– Il ne me la donnera pas. Il refuse, alors qu'il avait promis, promis...

Soudain, je me tais. L'expression de mon époux m'ordonne le silence. Son regard dit : « Je t'ai accordé l'immense privilège d'appeler ton ancien mari. Maintenant, le sujet est clos. La personne importante dans ta vie, c'est moi, pas Tanya. »

Cette nuit-là est sans sommeil. L'école reprend demain matin, mon bébé sans mère, mon bébé toute seule... Qui va l'habiller, qui va lui préparer à manger ? Une nourrice, alors que moi, sa mère, je ne pourrai plus jamais la serrer dans mes bras ? On m'enlève ma chair et mon sang !

Au matin, Mustapha me découvre encore en larmes.

– Si tu aimes autant ta fille, pourquoi m'as-tu épousé ? Il fallait penser aux conséquences de tes actes. Tu ne vas pas me compliquer la vie en réclamant ta fille à cor et à cri. Tu n'as plus besoin d'elle. Je ne veux plus t'entendre supplier ou pleurer à son sujet. Jamais ! Tu entends ? Plus jamais !

Je le foudroie d'un regard. Il m'écœure, l'expression de son visage me révulse. Colère, insensibilité, méchanceté, violence, tout se mêle sur ce visage d'une volonté terrifiante.

Peu de temps après cette scène, j'apprends que je suis enceinte. Mustapha insiste pour que je commence la journée par un petit déjeuner d'œufs et de *parathas* beurrées. J'ai ordre d'en avaler une énorme quantité, accompagnée d'un demi-litre de lait de vache. Dans l'après-midi, je dois boire l'autre demi-litre crémeux, qui me donne la nausée. Mustapha affirme que ce régime est particulièrement nourrissant pour le bébé à venir. Je deviens bouffie, je grossis, je suis mal dans ma peau. Parfois, j'en arrive à me dire qu'il fait exprès de me faire grossir. Pour être sûr que je ne plaise plus aux autres hommes. Dai Ayesha, toujours elle, a la responsabilité de me servir le lait et de vérifier que je vide bien le verre.

Un soir, en entrant dans la chambre, Mustapha me demande si j'ai bu mon lait. Je ne l'ai pas bu. Il appelle aussitôt Ayesha pour s'en prendre à elle. La pauvre bafouille ses explications. Mustapha lui assène brutalement un coup de pied dans le dos, qui l'envoie valdinguer de l'autre côté de la porte.

Ma prise de conscience a été lente à se faire, mais elle est accomplie. Elle s'épanouit à présent, s'ouvre telle une fleur empoisonnée parvenue à maturité. Effrayante. Je suis tombée dans le piège classique des femmes pakistanaises. Le mariage est le but social à atteindre, et une fois l'union célébrée, l'avenir n'est plus qu'un esclavage total. Absolu. Je n'ai plus ni pouvoir, ni droits, ni désirs qui me soient propres. Que va-t-il rester de cette folle passion qui m'a emportée ?

9

Nous sommes au début de l'année 1977. Notre mariage dure depuis un peu plus de six mois. Bhutto a décidé de procéder à de nouvelles élections. Le Parti populaire doit se mesurer à une coalition de neuf partis d'opposition rassemblés sous le nom d'Alliance nationale du Pakistan. Afin d'éviter une confrontation directe entre Bhutto et Mustapha nous prenons un mois de « vacances » à Londres.

Le Parti populaire remporte les élections avec une large majorité, mais l'opposition accuse Bhutto d'avoir truqué les résultats. Elle affirme que ses partisans se sont livrés à des manipulations et à des trucages aux urnes. La foule est dans la rue, en colère. Une vague de grèves et de violences ébranle le pays : plus de 300 morts en six mois. C'est à la limite du suicide économique et politique.

L'opposition sent que la victoire populaire n'est pas loin, d'autant plus qu'elle a peut-être trouvé un allié puissant dans les États-Unis. La politique étrangère de Bhutto, trop nationaliste, ne plaît pas aux Américains, et encore moins sa décision de poursuivre un programme nucléaire. L'Amérique craint que la « bombe islamique », comme on l'appelle, se fraie un chemin dans des pays comme la Libye et la Syrie, sans parler des organisations terroristes. Les chefs militaires pakistanais sont aux aguets ; ils craignent que le plan nucléaire provoque des coupes massives dans le budget des forces armées conventionnelles, réduisant ainsi leur pouvoir personnel.

Les événements s'enchaînent en cascade. Grèves et manifestations sont devenues si graves que Bhutto doit faire appel à l'armée dans trois de nos grandes villes. Il lutte maintenant pour sa survie politique. Il doit absolument récupérer le Panjab, et la seule personne qui peut l'aider est Mustapha Khar.

Nous rentrons de Londres. Bhutto invite Mustapha à une réunion à Islamabad, où le Parti populaire s'est replié. Le Premier ministre a dû ravaler considérablement son orgueil pour demander à mon mari de rejoindre les rangs de son parti. Mustapha réfléchit, examine les possibilités, négocie âprement les termes de son retour au bercail. Nous vivons une période de tension extrême, et Mustapha est sous pression en permanence. Jusqu'au moment où il éclate, à sa manière, c'est-à-dire qu'il entre dans une fureur totalement irrationnelle. Comme il ne peut pas décharger sa colère dans l'arène politique, c'est son entourage qui lui sert de victime.

Premier épisode, en pleine période de ramadan. Le domestique a cinq minutes de retard pour servir le repas qui rompt la journée de jeûne au coucher du soleil. Lorsqu'il arrive enfin avec la nourriture, Mustapha est affamé, et il explose. Devant sa propre mère, qui vit avec nous, il se rue sur le malheureux serviteur et le malmène au point de lui faire perdre quasiment connaissance. Après quoi, il s'assied à table et ordonne :

– Mangez !

Sa mère s'exécute, mais j'en suis incapable.

– Je n'ai plus très faim.

Il me lance un regard haineux, en crachant des injures. Vite, je m'efforce de picorer çà et là de la nourriture, l'estomac serré. Ce jour-là, la mauvaise humeur de Mustapha ne s'arrête pas au déjeuner ; au contraire, elle empire, et au moment où nous nous retirons pour la nuit, la violence est toujours dans l'air. Je la sens comme un orage menaçant tourner autour de moi.

J'enfile une tenue de nuit. L'infâme robe tyrolienne me sert maintenant de chemise de nuit ; elle est très confortable en période de grossesse. Je me dirige vers le lit, Mustapha me barre le chemin, debout au milieu de la chambre, à peine éclairé par le filet de lumière venant de la garde-robe.

Un frisson parcourt ma colonne vertébrale.

Il me fait asseoir à ses côtés, sur le bord du lit, et commence à m'interroger sur mon mariage avec Anees. Comment nous sommes-nous rencontrés ? Où ? Je réponds facilement aux questions anodines, mais il passe à des interrogations plus gênantes, personnelles. Le ton monte. Il devient plus nerveux, son souffle s'accélère, se fait irrégulier. Ses yeux sont striés de rouge, les traits de son visage se tendent de colère. À chaque nouvelle question, mon cœur bat un peu plus vite. Il veut absolument connaître les détails de ma nuit de noces avec Anees. Je tente la douceur :

– Il faut oublier ça, c'est fini. Faut-il vraiment en parler maintenant ?

Il m'interrompt sèchement :

– Je t'ai posé une question, j'attends la réponse !

Terrorisée, je bégaie n'importe quoi sur mes nuits avec Anees.

– Tu me caches des choses ! Il s'est sûrement passé autre chose !

– Non, rien. Je t'ai déjà tout dit. Je pense qu'il vaudrait mieux ne pas en parler ce soir, ça te rend malade.

– Tu penses ? Qui diable es-tu donc pour penser ?

Il me force à m'agenouiller devant lui en me tordant le poignet. Je laisse échapper malgré moi un cri perçant, tout en me disant intérieurement : « Reste calme, reste calme, les domestiques vont entendre, sa mère aussi... »

Il me relâche, je rampe sur le ventre pour me relever, haletante, en frictionnant mon poignet endolori.

– Reviens t'asseoir ici !

J'obéis, et l'interrogatoire recommence :

– Quand Anees voulait te faire l'amour, tu étais d'accord ?

– J'avais à peine dix-huit ans, ça ne m'intéressait pas.

– Menteuse !

Il est enragé, son corps se raidit de colère, sa respiration devient plus forte, je l'entends souffler dans l'obscurité, il doit avoir les yeux hors de la tête. Il serre les poings. Et tout à coup, il prend délibérément un autre ton, hypocrite :

– Si ça ne t'intéressait pas, avec Anees, comment as-tu fait pour accoucher de Tanya ?

Que répondre ? Quelles que soient mes explications, je suis condamnée. Je n'ai pas le temps d'y réfléchir davantage. Il bondit sur moi, me jette sur le lit, s'assoit à califourchon sur mon ventre, et se met à me gifler, un coup de la paume, un coup du revers. Il n'arrête pas, le bruit des coups résonnent dans mon crâne, il doit franchir les murs de la chambre, se répercuter dans les couloirs.

Je lutte pour étouffer mes cris, alors qu'il me tire par les cheveux, faisant valser ma tête de droite à gauche.

Soudain, il saute comme l'éclair hors du lit, il empoigne d'une main la longue tresse de mes cheveux, et me projette à terre brutalement.

Quelque chose de liquide coule le long de mes jambes, j'ignore ce que c'est. Je réaliserai plus tard que ma vessie n'a pas résisté au choc.

Maintenant, il me jette contre le mur, me reprend comme une poupée de chiffon pour me lancer sur un autre, et un autre...

Je ne sais plus où je suis, je ne sais plus ce qui se passe. Quelque chose a éclaté dans mes oreilles. Une douleur terrible me vrille les yeux. Quelque chose s'est fracturé. Quelque chose est enflé. Je n'y vois plus. Puis la souffrance devient diffuse, j'ai le sentiment profond, saisissant, que j'agonise ; je vais mourir.

J'ignore combien de temps il me bat. Dix minutes,

deux heures, une éternité. Brusquement, tout s'arrête. Cet élan de fureur, comme un orgasme de violence, est enfin assouvi.

Je m'entends implorer d'une voix faible :

– Mon Dieu, je vous en prie, il faut que j'aille à la salle de bains... je dois aller à la salle de bains.

– Eh bien, vas-y !

Je me traîne en titubant jusqu'au lavabo, m'écroule dessus de tout mon poids, en essayant de reprendre souffle, le ventre douloureux. Puis je lève péniblement les yeux vers le miroir. Un hoquet de peur m'étrangle : c'est un monstre qui me fait face. Je tremble de partout. J'ai les dents qui claquent, le corps agité de soubresauts. Ma tresse est défaite, mes longs cheveux sont ébouriffés comme ceux d'une sorcière. L'aile droite de mon nez a disparu dans l'enflure de ma joue. Mes lèvres boursouflées font une moue sanglante et grotesque. Mes yeux disparaissent derrière mes paupières en lambeaux violacés, dont l'une, injectée de sang, me fait très mal. Une douleur lancinante me perce l'oreille. Le côté gauche de mon crâne est un paquet de cheveux emmêlés, collés de sang. Je tire dessus, ils me restent dans la main. Du sang, partout du sang ; j'ai un goût de sang dans la bouche, en me rinçant avec précaution.

Puis j'ai peur, tout à coup, d'être restée trop longtemps dans la salle de bains. Je retourne dans la chambre en trébuchant, tremblante, vidée, au bord de l'évanouissement. Mon dos me fait terriblement mal.

Mustapha est assis sur le lit, la tête entre ses mains. Il lève les yeux sur moi, comme assommé. La bête sauvage, assoiffée de vengeance, n'est plus qu'un petit garçon effrayé qui gémit :

– Je suis désolé, je suis désolé ! Je suis désolé ! Oh... mais qu'est-ce que je t'ai fait !

Il implore mon pardon, il se dit possédé par l'esprit du mal. Il ne voulait pas me faire souffrir. Il ne comprend pas sa violence. Peut-être la jalousie, l'idée d'un autre homme dans ma vie qui lui est insupportable. Parce que son amour pour moi est plus important que tout. Parce qu'il ne se contrôle pas, qu'il ne peut pas accepter l'idée de sa femme faisant l'amour avec un autre, même dans le passé. Même avec un premier mari. Et même sans aucun plaisir. Cela, c'est un secret de polichinelle. Comment pourrions-nous être libérés sexuellement quand on nous marie à quatorze ou seize ans, que l'on ne sait rien des hommes, et que nos époux ne se préoccupent pas de notre plaisir ? Dans le meilleur des cas, c'est une illusion de plaisir que nous ressentons. Et lorsque la violence s'en mêle, cette faible illusion s'envole avec l'humiliation.

Quelle sorte de pouvoir s'imaginent-ils exercer sur nous dans ces conditions ? L'amour, le plaisir, le vrai, je n'ai fait que l'entrevoir avec Mustapha, l'espérer au temps de notre folle liaison adultère. Mais il ne m'a pas donné le temps de le découvrir pleinement.

J'éprouve pour cet homme pleurant à mes pieds une pitié immense, et troublante. Je voudrais lui pardonner. Mais la souffrance physique m'empêche d'oublier.

Je me tords de douleur toute la nuit, et Mustapha fait de son mieux pour m'apaiser. Nous savons tous les deux qu'il me faudrait des soins, mais il a peur d'appeler un médecin. J'ai été battue cruellement, c'est trop flagrant, trop visible, alors il me supplie d'endurer la souffrance, pour sauver les apparences. De plus, il est pressé, car il a prévu de rencontrer Bhutto à Islamabad. Il a peur qu'après son départ, les domestiques ou sa mère, voyant l'ampleur des blessures, ne se mettent à parler.

– Écoute bien, Tehmina ! Si ça sort d'ici, notre mariage n'a aucune chance de tenir, les gens ne l'accepteront pas. Tu te retrouveras dans la même situation que mes autres femmes. Je ne veux pas que tu sois humiliée publiquement. Jamais personne ne doit dire que j'ai osé lever la main sur toi. Je veux que les gens te respectent. Et s'ils pensent que je ne te respecte pas, comment le pourraient-ils ?

C'est habile. Il vient de toucher le point sensible : mieux vaut être humiliée par lui que par les autres. L'idée de rendre cette histoire publique est de toute façon mortifiante. La peur de l'indignité est écrasante, on m'a conditionnée de la sorte depuis longtemps. Dans mon pays, donner une image parfaite, celle de la femme respectée, est primordial. Il faut que cela reste une affaire personnelle entre mon mari et moi, et c'est à nous de résoudre le problème. Je ne veux pas que quelqu'un le sache, encore moins ma mère. Alors, je promets :

– Je resterai dans la chambre jusqu'à ton retour. Tu n'as qu'à dire à tous que je suis partie avec toi.

Mustapha est visiblement soulagé.

Dai Ayesha est chargée de m'apporter de la nourriture sans éveiller les soupçons. C'est elle qui applique des cataplasmes sur mon visage, pour réduire l'enflure. Elle en a vu, des épouses battues...

Mustapha part pour Islamabad, où Bhutto fait de lui son conseiller particulier, son premier conseiller politique, avec un poste dans son cabinet et mission de partir immédiatement au Panjab pour y apaiser la tension populaire.

Au cours d'une gigantesque réunion politique à Rawalpindi, Mustapha, casquette Mao sur la tête comme panache de ralliement, les paumes levées, comme un imam donnant sa bénédiction, s'adresse à une foule excitée :

– L'opposition doit admettre que Bhutto et le Parti populaire font preuve de sang-froid dans cette période de crise. Nous aussi, à condition de ne pas nous pousser à bout. Mais on peut allumer le feu avec le feu. S'ils réclament notre sang, nous saurons trouver leurs gorges !

Et Mustapha bénit encore la foule, mains levées, paumes ouvertes, ces mêmes paumes qui ont lacéré mon visage. La foule rugit son enthousiasme. Le Lion du Panjab est de retour !

Je reste cloîtrée dans ma chambre durant quatre jours. De plus en plus convaincue que si j'expose en public les conséquences de la violence de mon mari, je serai ravalée à la place qu'occupe Sherry. Trop de gens attendent de me prouver mon erreur, de se réjouir de mon humiliation. J'étais si présomptueuse à leurs yeux ! Mon mariage perdrait sa crédibilité, et Mère ne m'accorderait plus aucune importance. Mustapha a raison lorsqu'il dit : « Si je ne te respecte pas, qui le pourrait ? »

Ce sont mes incertitudes et mes imperfections qui rendent dramatique un événement qui sera sans suite, je l'espère ; je le veux. Il faut l'oublier rapidement.

Plus de deux semaines passent avant que nous estimions prudent de me laisser consulter des médecins. Puis mon visage commence à ressembler à l'original. Je passe dans le cabinet d'un spécialiste des oreilles, dans celui d'un physiothérapeute, puis d'un ophtalmologiste. Ce dernier m'annonce que la rupture capillaire de l'œil droit restera un problème toute ma vie. Effectivement, le mince filet rouge est encore apparent lorsque j'ai les yeux fatigués. Quant aux dégâts psychologiques, ils sont bien pires. Maintenant, je tremble de peur à chaque retour de Mustapha.

Tout ce qu'il demande a force de loi. Il ne m'appartient pas de raisonner. Mon amour pour cet homme s'est transformé en terreur. Tout ce que je peux dire ou faire est susceptible de le mettre en colère. Parfois, même une simple tristesse sur mon visage le met en rage.

– À qui penses-tu ? À un amant ? À Anees ?

Je suis devenue suspecte, puisque j'ai déjà trompé mon premier mari. Le passé me condamne. Dans ces cas-là, je prie à voix basse pour qu'il reste calme, que son cœur s'adoucisse, et qu'il m'aime comme on doit aimer. Plus rien n'a d'importance, je ne pense qu'à cela : qu'il se calme, qu'il m'aime...

Il m'annonce un jour que je n'ai plus l'autorisation de lire les journaux. J'obéis sans un geste de protestation. J'ai peur de me trouver dans une pièce, près d'un paquet de journaux, et qu'il me soupçonne d'en avoir lu un. S'il entre, je me sens coupable d'avance, prise au piège. Je prie, je prie sans cesse, et mes prières restent souvent sans réponse. Pourvu qu'il n'entre pas, pourvu qu'il ne voie pas les journaux, pourvu qu'il ne me demande pas si j'en ai lu un.

Pas un jour ne passe sans qu'il me frappe pour une raison ou une autre. Le repas tarde à venir, l'eau n'est pas chaude, les vêtements sont froissés...

Je suis devenue comme Sherry, la répudiée. Et le plus tragique, c'est que, comme elle, j'ai cessé de me poser des questions sur les accès de violence de Mustapha. Je fais simplement de mon mieux pour ne pas les provoquer. Mon comportement est celui d'une victime consentante. D'ailleurs, à la moindre opposition de ma part, les coups redoublent de violence.

Je comprends maintenant l'impuissance épouvantable dans laquelle se trouvait la malheureuse Sherry. Je suis devenue comme elle en l'espace de quelques minutes.

Mustapha continue de se servir de mon premier mariage comme prétexte pour me battre. Sa théorie est que si j'ai pu divorcer pour me remarier avec lui, c'est que je suis capable d'adultère. Le résultat est une profonde confusion dans nos rapports sexuels. J'ai peur de répondre à ses avances, peur que le moindre geste renforce l'image qu'il a de moi, celle d'une vulgaire catin. C'est le complexe féodal type : le seigneur féodal croit que la femme est un instrument créé uniquement pour le plaisir de l'homme. Si une femme montre une seule fois qu'elle a du plaisir, ou le simule, elle est potentiellement adultère, on ne peut plus lui faire confiance.

Mustapha ne s'est même pas rendu compte qu'il a annihilé ma sensualité. Il attendait de moi que je réponde à son désir sexuel, j'y étais prête ; maintenant, il ne le permet plus. Je suis devenue une sorte de pilote automatique. Je réagis suffisamment pour lui, sans rien ressentir moi-même. S'il est satisfait, j'ai des chances qu'il soit de meilleure humeur. À cette époque de ma vie, je réalise que le métier de prostituée doit être le plus difficile du monde.

Je ne peux évoluer que dans la direction qu'il a

choisie. Penser est un crime, qu'il a le droit de punir. Nombreuses sont ses convictions qui vont à l'encontre des miennes, mais il est impensable que j'ose entraîner cet homme dans un débat d'idées rationnelles. Il a forgé ses valeurs dans un creuset médiéval, où se sont mélangés les interdits, les superstitions et les légendes de bonne femme. En haut de cette liste des valeurs, le rôle de l'épouse. D'après la tradition féodale, l'épouse s'engage sur l'honneur à vivre selon les désirs de son époux. Une femme est comme « la terre d'un homme ». Le Coran le dit ; Mustapha le dit. La comparaison est révélatrice. Un féodal n'aime sa terre qu'en termes fonctionnels. Il la clôture et la protège. Si elle est stérile, il la néglige. La terre est le pouvoir, le prestige et la propriété.

J'interprète différemment le Coran. Pour moi, la terre doit toujours être protégée et cultivée. Ce n'est qu'ainsi qu'elle pourra produire l'abondance. Sinon, elle demeurera stérile. Mais bien entendu, je dois accepter l'interprétation de Mustapha et ne rien remettre en question.

Pourtant, mon mari n'est pas complètement rétrograde. C'est un féodal qui s'est frotté au monde moderne, et ses idées sont éclectiques. Il me garde cloîtrée, m'opprime, mais en même temps me traite comme une compagne. Il discute politique avec moi, il a envie que je m'intéresse à son travail. Je suis un peu comme un mur sur lequel il fait rebondir ses idées, mais il attend de moi que je les rattrape comme il veut, pas que je les lui renvoie différemment. Il me permet de boire du vin, mais uniquement en sa compagnie, et quand il le décide. En fait, il insiste souvent pour que je boive.

– Ça va te détendre, tu es trop tendue au lit !

Peu importe la quantité avalée, je ne me laisse jamais aller à oublier avec qui je suis. Je découvre que le mental peut contrôler les effets de l'alcool, même dans les moments dangereux. En revanche, ma faculté de réfléchir, de penser, se détériore. J'ai peur de penser, une peur irrationnelle. J'ai la certitude que Mustapha peut lire dans mon esprit. Et il entretient cette peur en répétant souvent :

– Je sais ce que tu penses, Tehmina, crois-moi. Tu n'oserais pas penser à des choses que je t'interdis.

J'ai le cerveau lavé, essoré ; il est étendu en train de sécher.

Peur de dormir, peur que les images de mes rêves le contrarient !

Certains propos de ma mère me reviennent en mémoire. Elle aussi a sa propre interprétation du Coran : « Si je demande à n'importe lequel de mes enfants de sauter du toit, il doit obéir sans hésitation, et sans question. »

Ce qui me permet de survivre, c'est le côté schizophrénique du comportement de Mustapha et l'ambivalence de mes propres réactions à son égard. S'il est dans un bon état d'esprit, il est adorable et plein d'attentions. Il me donne à manger de sa main, il rêve avec moi, il promet d'être un bon mari. Et je m'accroche désespérément à ces signes de bonne volonté. Mon seul but est de le maintenir dans cet état d'esprit.

Il est obsédé par mes cheveux, très longs, qui tombent jusqu'à mes genoux. Il ne faut pas que je m'assoie le dos à la cheminée, de peur qu'ils s'abîment. Dans ses moments les plus tendres, Mustapha adore les caresser amoureusement, les huiler, les peigner, les lisser. J'ai dû promettre de ne jamais les couper, pas même d'égaliser les pointes.

Je sais que je ne peux pas le quitter. Je me suis jetée dans un mariage controversé, c'est à moi de lutter pour le garder intact. J'ai conscience du prix à payer et des efforts à faire. Mais je ne peux pas me permettre d'échouer, à aucun prix. Un mariage heureux et qui dure représente sa seule valeur en ce monde. À l'abri de ce bouclier respectable, aux côtés de mon puissant mari, ma mère ne peut pas m'écarter du monde, comme elle a déjà tenté de le faire. Et la crainte qu'elle y réussisse un jour est au moins égale à ma peur de

Mustapha. Ces deux hantises me maintiennent debout, en état de stress permanent.

Je n'ai pas le culot nécessaire pour m'enfuir. Je suis certaine que Mustapha me pourchasserait, qu'il me retrouverait au bout du monde. Et qu'il me tuerait. J'en suis sûre.

10

Au huitième mois de ma grossesse, le régime alimentaire de Mustapha, beaucoup trop riche, m'a fait passer de cinquante kilos pour un mètre soixante, mon poids normal, à soixante-sept kilos. Je suis gonflée, je me sens, et j'ai vraiment l'air, d'une grosse vache.

Nous avons déménagé pour nous installer dans la résidence de la Banque d'État, à Islamabad. La ville, neuve, est une cité-jardin un peu trop rectiligne, située à la lisière du Panjab et à mi-chemin entre Lahore et Peshawar. Elle est le nouveau centre administratif et politique du pays. Mustapha a besoin de se rapprocher de Bhutto pendant cette période de crise qui s'aggrave au fil des jours. Mais nous vivons au secret, dans l'obligation de respecter des règles de sécurité contraignantes. Un garde armé nous protège en permanence ; il se nomme Matin. La loi martiale décrétée par Bhutto dans les villes principales du pays n'a pas réussi à juguler l'anarchie.

L'un des hommes que rencontre le plus souvent Mustapha aux réunions de cabinet est le général Zia ul Haq, chef des armées. Connu pour son mutisme et son obséquiosité, il semble éprouver pour Bhutto une forme de respect mêlé de crainte.

Le soir du 4 juillet 1977, veille d'un jour qui va devenir important et bousculer toute notre vie, j'attends Mustapha dans un restaurant, avec ma grand-mère. Il doit nous retrouver pour le dîner après une réunion extraordinaire de cabinet. Comme il arrive en retard, et a l'air particulièrement soucieux, je lui demande ce qui ne va pas.

– C'est le général Zia... on dirait qu'il a tout à coup des opinions personnelles. Il n'est pas d'accord avec certains projets que nous essayons de faire aboutir. À mon avis, ce changement d'attitude semble prouver qu'il est manipulé par des groupes importants. J'ai averti Bhutto. Il se prépare quelque chose.

Dans la nuit, aux environs de trois heures, Matin, le garde, se rue dans notre chambre. Immédiatement en alerte, Mustapha se jette sur son revolver. D'un geste silencieux de la main, le garde lui fait signe de le suivre.

Vaguement consciente qu'il se passe quelque chose, je replonge pourtant dans un profond sommeil. Mais dix minutes plus tard, je suis réveillée en sursaut par des coups violents à la porte d'entrée. Ensommeillée, épuisée par ma grossesse, je me traîne hors du lit. Matin me renvoie dans la chambre en vitesse.

– Ne bougez pas ! Restez à l'intérieur !

Je retourne dans la chambre en laissant la porte légèrement entrouverte pour regarder ce qui se passe. À peine quelques secondes plus tard, je sursaute à la vue de deux officiers qui avancent d'un pas ferme dans le couloir. Cinq soldats les suivent, armés de fusils, prêts à tirer. L'un des soldats prend position dans le couloir, et remarque un filet de lumière dans l'entrebâillement de la porte. Il se retourne brusquement, repousse la porte du pied, et je reçois le choc en plein ventre. Une vague de douleur me plie en deux, et le bébé me donne un coup en retour. Je m'assieds sur le lit pour récupérer en essayant de comprendre ce qui se passe.

L'armée est-elle ici pour arrêter Mustapha ? S'est-il encore opposé à Bhutto ? S'agit-il d'un coup d'État ? Se passe-t-il la même chose dans tout le pays ?

Le tic-tac du réveil résonne dans le silence. J'attends. Une demi-heure s'écoule. Enfin, Mustapha revient. Il est calme, mais je vois bien que son cerveau travaille à toute vitesse, analyse, compare, cherche à organiser un plan.

– L'armée et Zia ont pris le pouvoir contre Bhutto ! La loi martiale est déclarée dans tout le pays ! Fais ma valise...

Il ajoute :

– N'oublie pas mes vitamines et mes cigares...

– Mustapha, sommes-nous en danger ?

– Je ne sais pas. Il est probable que le coup d'État a été sanglant. Ils sont venus pour m'emmener. Tu ferais mieux d'aller chez mon frère Ghulam Arbi et sa femme Saima. Mais ne t'inquiète pas.

Je lui tends son bagage, il m'embrasse sur le front et s'en va.

Par la fenêtre, dans le noir, j'arrive à distinguer une Jeep pleine d'officiers de l'armée, dans laquelle Mustapha grimpe. La voiture s'éloigne à toute vitesse.

Une fois réfugiée chez Arbi et Saima, j'écoute avec angoisse le discours du général Zia à la télévision. Il a pris le pouvoir, mais promet d'organiser des élections dans les trois mois qui viennent.

– Je veux qu'il soit tout à fait clair que je n'ai aucune ambition politique, et que les militaires ne veulent pas être dépossédés de leur métier de soldat. Mon seul but est d'organiser des élections libres, qui auront lieu en octobre de cette année.

Il annonce que les dirigeants politiques ont été placés en résidence surveillée, mais qu'il les libérera bientôt.

Ce coup d'État, Mustapha l'avait deviné. Zia est un militaire et un musulman rigoureux. Il est partisan de la loi et de l'ordre. Il accuse Bhutto d'avoir mené le pays au bord de la guerre civile, il veut sauver le pays grâce à l'islam.

Je reste sans nouvelles de Mustapha durant quinze

jours. Puis il réussit à me faire parvenir une lettre. Il va bien. Il est à Abbottabad, au nord de la capitale, dans une région de forêts. Trois semaines avant le terme de ma grossesse, il est déplacé avec d'autres prisonniers dans une résidence d'État, à Muree, dans de meilleures conditions de détention.

Muree est l'ancienne station climatique créée par les Britanniques, la capitale d'été du Panjab, au milieu des montagnes, à 2 300 mètres d'altitude, où j'ai fait mes études de pensionnaire. C'est à soixante kilomètres d'Islamabad.

On m'autorise enfin à rendre visite à Mustapha. J'achète des provisions en masse, soucieuse d'apporter à mon pauvre mari souffrant dans sa prison suffisamment de bonne nourriture. Mais à mon grand étonnement, je découvre que dans cette « prison » les prisonniers ont des conditions de vie dont bien des Pakistanais moyens se contenteraient. Mustapha comme les autres. Ils choisissent leurs menus, et ils sont servis par un personnel en uniforme. Tous ces politiciens qui, quelques semaines auparavant, décidaient du destin de la nation, se prélassent, comme des retraités, à jouer aux cartes toute la journée. Seul le bruit de bottes des gardiens à l'extérieur brise cette impression de tranquillité. Le climat est agréable, loin de la pollution des villes. C'est presque un séjour de vacances.

Pour pouvoir rendre visite tous les jours à Mustapha, je m'installe provisoirement à Muree, dans la maison de son ami, Taj ul Mulk.

Prisonnier isolé dans la résidence du Premier ministre à Muree, Bhutto continue néanmoins à donner des audiences. Ses conseillers, prisonniers eux aussi, sont conduits chaque jour en camion auprès de lui. Ensemble ils discutent au dîner de la situation actuelle.

Bhutto est furieux contre Zia, arrogant même. Il accuse les généraux d'avoir violé la Constitution, dont l'article 6 interdit toute intervention militaire et l'établissement d'une loi martiale. Il les insulte ouvertement, les accusant de trahison, et jure qu'il leur fera payer cher cette trahison. Il clame que Zia n'organisera jamais d'élections libres et qu'il se moque de la démocratie !

Mustapha et les autres le mettent en garde contre ces déclarations imprudentes, mais Bhutto n'en tient pas compte. Il se cramponne obstinément aux termes de la loi, sans vouloir admettre que les généraux, eux, ont les fusils de leur côté.

Il se calme à certains moments pour parler de l'avenir. Les cinq années à venir seront décisives pour lui ; il veut consolider le pays et achever les réformes entreprises, qui lui garantiront une place sans précédent dans l'histoire du pays. Il se voit comme l'homme du destin, à qui les généraux ont dérobé la gloire. Il estime que le traitement de faveur dont il est l'objet, ainsi que ses conseillers, est la preuve flagrante que Zia a encore besoin de lui.

Ces conversations sont très certainement enregistrées et, en les écoutant, les généraux ont dû renforcer leur détermination à se débarrasser de Bhutto.

L'accouchement ne va pas tarder, je le sens bien. Je vais en consultation chez un médecin de Muree, qui m'annonce que l'hôpital civil et militaire de la ville ne dispose d'aucun équipement de maternité. Je n'ai pas d'autre choix que de retourner à Islamabad et d'y attendre les premières contractions. Trois jours après mon retour, arrive une énorme limousine noire, immatriculée dans l'armée, dont Mustapha sort tout souriant. Le général Zia lui a accordé la permission spéciale de rendre visite à sa femme enceinte. Il passe la nuit avec moi et repart tôt le lendemain, dans la voiture du dictateur.

Cette petite fugue éveille la suspicion de Bhutto et des compagnons de cellule de Mustapha, qui le soupçonnent d'avoir conclu un marché secret avec les militaires. Ces soupçons sont renforcés par les militaires eux-mêmes, qui gardent Mustapha à Rawalpindi, le quartier général de l'armée pakistanaise, pendant les jours suivants. Mustapha a demandé cette permission en toute innocence, mais il est devenu suspect aux yeux de ses amis.

Deux jours plus tard, Zia fait libérer Bhutto et tous les dirigeants politiques, ainsi qu'il l'avait annoncé. Bhutto part en hélicoptère pour Islamabad, et Mustapha nous revient.

Le 29 juillet 1977, soit peu de jours après, je mets au monde une petite fille, prénommée Naseeba. Elle dort dans notre lit avec nous. L'arrivée de cette enfant est un bonheur, qui ne remplace pas l'absence de Tanya, bien sûr, mais qui me réchauffe l'âme.

Très vite Mustapha demande à Ayesha de fabriquer une sorte de cadre semi-circulaire, en terre cuite, destiné à maintenir la tête du bébé pendant son sommeil. Il s'agit d'une coutume médiévale, une torture en fait ; le crâne de l'enfant ainsi coincé doit prendre une belle forme plate. Quant à moi, je tremble d'appréhension en voyant Ayesha modeler cet horrible objet, au nom d'un esthétisme douteux.

Enfin le piège est prêt à l'emploi, et la petite tête de ma fille emprisonnée dedans. Elle est mal dans ce carcan étrange et contraignant. Le visage immobilisé face au plafond, elle ne peut pas bouger, s'agite et pleure toute la nuit, au point de suffoquer et d'en devenir violette. J'ai tellement peur qu'elle étouffe ! Je voudrais la mettre sur le ventre, mais ça ne m'est pas permis ! Ses cris dérangent Mustapha, bien entendu, qui m'ordonne de la calmer, mais m'interdit en même temps de lui retirer cet affreux « piège à tête ».

J'ai vraiment très peur. Les domestiques m'ont raconté beaucoup de choses du temps où Mustapha vivait avec Amna, la fille de Sherry. Elle hurlait quand elle était bébé, et, pour pouvoir dormir, Mustapha l'attrapait comme un vulgaire paquet et la jetait sous le lit. Il lui est arrivé souvent d'étouffer les cris de l'enfant en lui plaquant une main ou un tissu sur la bouche. On m'a dit qu'il réagissait avec une telle fureur, dans ces moments-là, que j'ai peur qu'il étouffe mon bébé. Mon ravissant bébé qui, au lieu d'être une source de joie, devient la cause d'une tension affreuse. Maintenant nous sommes deux, j'ai elle et moi à protéger.

L'arrivée de ma fille a finalement adouci l'humeur de ma mère. Elle arrive de Londres pour passer quelque temps avec moi. Je n'ai pas oublié les circonstances de sa précédente condamnation en ce qui me concerne, et je ne tiens pas à ce qu'elle apprenne la violence de Mustapha. Je sais qu'elle n'approuvera ma vie présente que si Mustapha et moi nous sommes officiellement heureux.

Elle est invitée un jour à un dîner entre femmes et veut que je l'accompagne avec Naseeba, qui a deux mois. Mustapha m'accorde l'autorisation avec réticence, et uniquement pour ne pas alerter ma mère sur sa véritable nature. Mais il est irrité, et c'est la dernière fois, dit-il, qu'il me permet ce genre de sortie. Il établit un couvre-feu : je dois être rentrée à 22 h 30. Et la prochaine fois, c'est à moi de me débrouiller avec ma mère sans l'impliquer, lui, dans ces problèmes. C'est une véritable torture mentale que de me mettre ainsi en première ligne face à la forte personnalité de ma mère, en me privant de l'arme de la vérité. C'est à moi d'inventer le mensonge qui me permettra d'être de retour avant le couvre-feu. Si bien que je passe la soirée à surveiller nerveusement l'horloge. Et comme d'habitude au Pakistan, il est déjà 22 h 30 lorsque le dîner est servi. Nous commençons à peine à manger, quand on m'appelle au téléphone. Mustapha grogne dans l'appareil :

– Si tu n'es pas rentrée dans cinq minutes, je t'arrange le portrait !

Je reviens à table, complètement paniquée. J'essaie de faire comprendre à ma mère que je dois partir, mais elle est bien trop absorbée par la conversation, et me fait taire négligemment de la main.

Nous arrivons à la maison aux environs de minuit. Mère gagne ses appartements, sans réaliser l'état épouvantable dans lequel je suis. Je me précipite vers notre chambre, serrant Naseeba contre moi, priant Dieu qu'il m'accorde secours et pitié. J'avais réellement l'intention de rentrer le plus vite possible, mais je n'ai pas pu. Je suis en faute.

Il est là, debout dans le noir, à nous attendre. Il m'arrache le bébé des bras, le jette sur le lit, et me gifle avec une telle violence que je tombe à terre, en retenant mes cris pour qu'ils ne parviennent pas jusqu'à ma mère. Je m'autorise seulement un gémissement étouffé :

– Mère va entendre...

Il ordonne, menaçant :

– Monte !

Naseeba s'est mise à hurler, je la reprends dans mes bras, sors rapidement de la pièce, suivie par Mustapha, et grimpe l'escalier qui mène à une autre chambre, celle des tortures. Je sais ce qui m'attend, mais le plus important est que ma mère ne s'aperçoive de rien. Mustapha ferme la porte à clef. Il prend Naseeba et la jette sur un lit. Et c'est accompagnée des pleurs lancinants de mon bébé éperdu que j'encaisse la punition. Il déchiquette mon sari, le met en lambeaux. Il me frappe sauvagement, mais en évitant toujours le visage.

Le lendemain matin, j'affronte ma mère en souriant comme si rien ne s'était passé. J'ai appris à cacher à tout le monde mes sentiments, comme mes blessures.

Bhutto vient de décider de parler au peuple. Mustapha va le chercher à l'aéroport de Lahore. Une foule vibrante l'acclame sur son passage. Lorsqu'il était Premier ministre, dans les jours sombres, le peuple s'était lassé de ses promesses d'apporter à chacun du pain, un logement et des vêtements. À présent qu'il est devenu une victime, les gens veulent oublier ses erreurs passées. Bhutto est exalté. Le long cortège de voitures qui le conduit dans la résidence où il va s'installer se déroule comme un serpent à travers la ville bourdonnante.

La foule excitée qui veut se rapprocher de lui déborde la sécurité, brise le portail, les carreaux de la maison, grimpe sur les murs, s'entasse sur les pelouses, s'installe à la cime des arbres, escalade même les poteaux électriques. Tous veulent voir le grand homme. Tous veulent entendre s'élever à nouveau la voix terne et étouffée de Bhutto.

Ce dernier avance sur le balcon, et déclare qu'il se « sent aussi grand que les monts de l'Himalaya ». Puis il entame un discours vibrant :

– Le général Zia est coupable de trahison. Il a tenté de détourner la Constitution. Le peuple du Pakistan n'épargnera pas le traître. L'armée n'a pas le droit d'usurper le pouvoir et d'évincer les représentants du peuple en démettant de ses fonctions le Premier ministre élu !

L'auditoire répond par une vive acclamation. Mais dans son enthousiasme, le peuple ne comprend pas qu'il est en train de signer l'arrêt de mort de Bhutto. La scène continue à Islamabad. Profitant d'un moment de calme, Mustapha essaie de convaincre Bhutto de modifier sa position intransigeante vis-à-vis de la junte militaire. S'il continue à les provoquer, les généraux se chargeront de l'éliminer. Mais Bhutto prend le conseil avec une froideur distante. Il croit que sa politique d'affrontement délibéré déstabilise les généraux, et que les Pakistanais vont se révolter pour sauver leur dirigeant. Il oublie simplement que les armes et les tanks sont plus puissants que l'humeur d'un peuple.

Mustapha transmet à Bhutto un message des généraux, qui désirent le rencontrer. Au cours d'une précédente réunion entre Mustapha, le général Zia et deux de ses hommes, les trois militaires n'ont pas cessé de faire l'éloge de mon mari. Ils sont convaincus qu'il est l'homme qu'il leur faut mais, toujours hostiles à Bhutto, ils l'ont prévenu que si ce dernier ne tempérait pas son arrogance, il ne survivrait pas longtemps. Ils affirment qu'ils ne s'opposeraient pas à un exil de Bhutto, à condition qu'il leur garantisse son retrait définitif de la scène politique.

Pour Mustapha, ce serait demander à cet homme de vivre sans oxygène. La politique est la respiration, le souffle de Bhutto. En lui faisant son rapport, il essaie tout de même de le convaincre de fuir le pays, et demande la permission de faire de même. Afin de « vivre aujourd'hui pour lutter demain ».

Bhutto accepte la requête de Mustapha et lui prépare le chemin de l'exil. Il invite d'abord l'ambassadeur des Émirats arabes pour lui présenter le futur exilé. Puis il écrit une note d'introduction au cheikh Zayed bin Sultan al Nhayan, le dirigeant d'Abu Dhabi, dans laquelle il présente Mustapha comme « son frère » et réclame pour lui l'assistance nécessaire.

Quant à lui, il déclare être conscient de la gravité de la situation, mais ne pas avoir d'autre choix que de rester au Pakistan pour continuer la lutte. Il vit ses dernières journées de liberté.

Peu de temps après cette rencontre avec les militaires, le 17 septembre 1977, Bhutto est arrêté à nouveau à Karachi. Il est accusé du meurtre d'un opposant politique, et une chasse aux sorcières est déclenchée contre ses principaux partisans. Mustapha est appelé à participer à des réunions secrètes avec les généraux. Il ne m'en parle pas, j'ignore ce qu'il se prépare à faire.

Une nuit, brutalement, il m'informe que nous devons partir immédiatement pour l'Angleterre, avant l'aube et sans Naseeba. Selon lui, il est trop dangereux de l'emmener, car elle nous encombrerait. J'ai l'impression qu'il s'agit d'une fuite. Mais j'ignore quels arrangements il a conclu avec les généraux. Je renifle l'odeur de la trahison, sans oser formuler le moindre doute, évidemment.

Mustapha devine ce que je ressens, et j'ai droit préventivement à un sermon : « En politique, les compromis sont indispensables. »

Notre avion doit s'envoler à 6 h 30 d'Islamabad. L'appareil attend sur la piste l'autorisation de décoller. Je vois perler la transpiration au front de mon mari ; les veines battent sur ses tempes, la peur se lit sur son visage. Il sait que l'humeur des généraux est versatile ; qu'a-t-il promis, qu'a-t-il inventé, qui l'oblige à partir comme un coupable ?

J'ai dû abandonner Naseeba à sa nourrice en pleine nuit. J'ai confiance en dai Ayesha, mais je me sens vide, et terriblement découragée par cette existence infernale, sans sécurité, et qui me prive de mes enfants.

Enfin l'appareil s'ébranle doucement et se dirige sur la piste de décollage. Les moteurs rugissent, l'avion prend de la vitesse, puis il s'élève lourdement dans les airs. Le visage de Mustapha se détend.

En fait, mon mari vient d'échapper à la potence.

Nous n'avons pas de projets définis. Sauf de nous arrêter à La Mecque, pour le pèlerinage, et de mettre ensuite le cap sur Londres. Nous possédons en tout et pour tout 50 000 roupies, que l'on va nous changer en une aumône de quelques livres sterling.

Je me sens solitaire, abandonnée. Impression d'avoir perdu mes deux enfants, mes illusions, Mustapha, d'avoir raté ma vie. Par le hublot, je regarde disparaître notre pays, loin, si loin au-dessous de nous.

Deuxième partie

La loi de la jungle

11

Mustapha pose sa main sur la Kaaba, la Maison d'Allah, en jurant qu'il ne regardera plus jamais une autre femme que moi de toute sa vie. Pour un musulman, il n'est pas de plus grand serment.

Dans l'avion de Londres, un immigrant pakistanais a reconnu mon mari. L'homme est très anglicisé, assez pour se faire appeler Harry. Ils ont discuté philosophie et politique pendant les six heures de vol, tant et si bien qu'à l'atterrissage, Mustapha l'avait converti à sa cause, et qu'il devient notre ami. Il nous offre l'hospitalité, que nous acceptons avec reconnaissance.

Harry habite à Earl's Court un minuscule studio HLM. Mustapha s'adapte rapidement à ce logement exigu : il est en exil, et l'exil suppose le sacrifice et l'inconfort.

Moi, je n'arrive pas à dormir la première nuit ; cette fuite me gêne, et j'ai honte d'avoir abandonné Bhutto dans une cellule qui sera sûrement celle de sa mort. J'ignore comment Mustapha s'est arrangé pour nous faire sortir du pays, mais quelque chose me dit qu'il a dû faire fi de son honneur pour protéger sa vie. Si j'avais été confrontée à la même situation, je serais restée, pour lutter sur ma propre terre.

Je tombe enfin dans un sommeil peuplé de cauchemars, de scènes de révolution et de manifestations de rue, où, la tête haute, debout sous la potence, sans broncher, je me laisse passer la corde au cou.

Je me languis de Tanya et de Naseeba. Chaque fois que j'aperçois un enfant dans la rue, une poussette dans un square, j'éprouve un pincement au cœur. Cette douleur que Mustapha considère comme une faiblesse, et qu'il m'interdit de ressentir, comme si je n'étais pas une mère, me taraude.

En saisissant ici et là quelques bribes de conversations téléphoniques, je parviens à comprendre le marché qu'il a conclu avec les généraux. Il a eu la vie sauve en promettant de revenir au Pakistan, le mois suivant, en novembre, avec des documents prétendument compromettants pour Bhutto. Je n'arrive pas à comprendre cette trahison, digne d'un Brutus. Alors que son chef lutte pour sa vie, contre un régime inique, lui, son fidèle dauphin, conspire avec les bourreaux ?

Je lui fais part de mes scrupules à ce sujet, et il me répond avec philosophie :

– Laisse faire le temps.

Les premières semaines de notre séjour à Londres, mon mari déploie beaucoup d'énergie à contacter des exilés et à se faire connaître. Il est dans son élément, à faire et défaire des alliances, à comploter, organiser, persuader les sceptiques. En exil, un activiste politique développe rapidement une idée exagérée de sa propre importance. Mustapha en vient à croire qu'il est l'homme attendu, celui qui va rassembler les expatriés pour les mener à la victoire, en renversant Zia et ses sbires. Il voit là sa grande chance politique, l'opportunité de reconstruire le Parti populaire sous son influence. Il n'ignore pas, cependant, qu'il lui sera difficile de se rallier les fanatiques de Bhutto. Mustapha est marqué par son passé. Il a aidé à fonder le Parti, pour ensuite l'abandonner. Certes, il l'a rejoint à nouveau, mais ses tergiversations et ses retournements politiques le rendent suspect. On se rappelle qu'il a essayé d'évincer Bhutto. On le dit trop ambitieux. Et on doute de son intégrité quant aux circonstances de son départ du Pakistan.

Le Parti en exil est en état de paranoïa avancée. Les espions et les indicateurs sont partout, et Mustapha n'est pas tranquille. L'échéance de son retour et de la livraison des documents approche. S'il ne fait pas ce qu'il a promis, il sera la cible d'une vengeance sans merci de la part des militaires, et ne pourra plus rentrer au Pakistan.

L'existence de ces documents compromettants me paraît parfois sujette à caution, mais Mustapha ne me dit pas tout. Il prend la décision de faire acte de fidélité à Bhutto et au Parti, en renonçant à son accord avec les généraux. Je l'approuve de tout cœur et le lui dit :

– Mieux vaut vivre dans l'exil et la pauvreté que de retourner dans son pays en Judas.

Je me sens très réconfortée par cette décision. Mustapha appelle l'un des généraux au Pakistan. La conversation est animée, mais il parvient à reculer l'échéance, en réclamant deux mois supplémentaires. Le temps pour lui, en réalité, d'évaluer avec certitude le soutien qu'il a obtenu de la communauté en exil et de faire un choix.

Ma famille vit à Londres et je parle souvent avec ma mère au téléphone. Mais mon père refuse absolument de laisser pénétrer le Lion scandaleux sous son toit. En outre, mes parents semblent avoir leurs problèmes personnels, dont l'un est ma sœur Minoo, qui vient d'avoir dix-huit ans. En Angleterre, c'est l'âge de l'émancipation.

Un jour, Minoo m'appelle :

– Il faut que je te voie, c'est urgent.

Nous convenons d'un rendez-vous avec Mustapha dans un restaurant. Le problème de Minoo est qu'elle veut absolument étudier la photographie dans une école à l'île de Wight, mais cette école est une institution libre et mes parents ne conçoivent pas un tel environnement pour une jeune fille. Plus ils refusent, plus Minoo s'obstine. Elle est prête à s'enfuir. Nous tentons de l'en dissuader, mais elle refuse les conseils. Mustapha me prévient :

– Ne te mêle pas de ça !

Le lendemain ma mère me téléphone, terriblement inquiète.

– Minoo s'est enfuie !

Mustapha m'arrache l'appareil des mains.

– Je vous la ramènerai quoi qu'il arrive, je vous le promets !

Grâce à cette promesse, Mustapha vient de nouer habilement avec ma mère une relation privilégiée. Sa voix a l'autorité, le pouvoir que n'a jamais eu mon père, trop conciliant. Mon mari ne connaît pas réellement ma famille, mais il a endossé le rôle du grand frère en une seule phrase. Mère est immédiatement soulagée.

Avant la fuite désespérée de Minoo, elle avait prévu de faire un séjour dans leur résidence de Marbella, en Espagne. Mustapha lui conseille d'y aller tout de même, en lui donnant sa parole de lui amener Minoo là-bas. Et comme nous nous en doutions, Minoo téléphone chez nous. Mon mari se sert de tout son pouvoir de persuasion pour la ramener à de meilleurs sentiments : elle aura tout ce qu'elle voudra, il n'est pas nécessaire de briser les liens familiaux... L'argument massue, c'est l'argent :

– Comment vas-tu faire pour vivre seule ? Pour aller dans cette école sur l'île de Wight ? Viens en Espagne avec nous, on mettra tout ça au point là-bas...

Nous partons donc tous les trois en Espagne, où nous nous installons dans un hôtel de Marbella. Peu après notre arrivée, Minoo téléphone à notre mère pour tenter une réconciliation. Mère est immédiatement agressive :

– Je ne te laisserai jamais plus partir !

Minoo proteste, conteste, récrimine.

Mustapha lui ôte brusquement le combiné des mains :

– Je ne te permets pas d'être grossière avec ta mère en ma présence !

Puis d'un ton calme, il dit à ma mère :

– Je vous rappellerai plus tard, il faut que je lui parle.

Il raccroche, puis se tourne vers ma sœur ; l'expression du visage de Minoo est révélatrice, elle a compris qu'elle s'était fait piégée. Cette chambre d'hôtel est une prison. Elle s'élance vers la porte, mais Mustapha la rattrape, la projette sur le lit ; une main serrée sur sa gorge, il l'étouffe à moitié. Je tente de dégager ma sœur, mais il me repousse. Minoo lutte encore un moment, puis abandonne.

Mustapha relâche son emprise, s'assied au bord du lit, laisse Minoo reprendre son souffle, puis entame son sermon. Calme, gentil, précautionneux :

– Si tu commences à réagir comme ça, ils ne te laisseront jamais partir. Ne joue pas leur jeu, essaie de t'y prendre autrement. D'abord, ne conteste pas trop violemment leurs décisions.

Trop sonnée pour répondre, Minoo s'assied à côté de lui, soudain docile et accommodante. Je lis dans son regard qu'elle se sait entourée d'ennemis, qu'il lui faut patienter, attendre un autre jour pour se révolter.

Pendant qu'elle se rafraîchit dans la salle de bains, Mustapha rappelle ma mère au téléphone pour lui donner son sentiment. Le seul problème de Minoo, d'après lui, est qu'elle a été trop gâtée. Elle a besoin de surveillance et de discipline. Ma mère se plaint de la difficulté d'élever une jeune fille en Angleterre, dans un milieu trop permissif :

– Nous sommes une famille conservatrice, et bien souvent nous ne savons pas quoi faire avec elle.

Entre temps, elle a convaincu mon père qu'il était temps d'enterrer la hache de guerre, et de nous accepter, Mustapha et moi. Son bref marchandage avec mon mari à propos de Minoo lui a donné la preuve qu'il était un homme honorable, et il n'est plus question de le tenir à l'écart. Mère estime que le boycott n'est plus de mise.

Nous sommes donc invités à un dîner de réconciliation ; on nous envoie une voiture pour nous conduire à la villa, au bord de mer.

Père m'accueille à bras ouverts, des larmes plein les yeux. Il se montre cordial avec Mustapha, dont la main de fer à l'égard de Minoo semble avoir également suscité ses bonnes grâces, et l'a probablement soulagé des récriminations perpétuelles de ma mère... Je suis heureuse que notre isolement prenne fin. Cependant, j'ai toujours respecté les principes de mon père, et je suis assez fière qu'il leur soit resté fidèle, en dépit du chagrin de notre séparation. Elle nous a fait beaucoup de peine, je sais que j'étais sa préférée. Je sais aussi qu'il est prêt à accepter notre mariage, convaincu que Mustapha, malgré ses défauts, est attaché comme lui à la notion de famille.

Minoo fait de son mieux, affiche un comportement plein d'entrain. Mes jeunes sœurs sont également présentes. Zarmina, âgée de quinze ans, qui voudrait devenir styliste, s'est habillée en señorita espagnole ; sa robe est pleine de volants, elle a piqué une rose dans ses cheveux. Adila, plus jeune – elle a treize ans –, porte un jean et un tee-shirt, et paraît très curieuse de nous voir enfin. J'avais quitté un bébé, je retrouve une adolescente délurée. Je sens qu'elle admire ma rébellion contre une mère dictatoriale et ma fuite pour épouser cet homme célèbre au passé si glorieux.

Dès qu'il le peut, Père vient me parler seul à seule.

– Tehmina, je veux bien me réconcilier avec toi, pourtant ta décision m'a blessé et me tourmente encore. C'est ton deuxième mariage. Je ne veux pas que tu te sépares de cet homme. En aucun cas. Dis-toi que tu ne quitteras son toit que dans ton cercueil. C'est la condition de ton retour dans la famille.

Tout au long du dîner, Minoo ne cesse de bavarder. Zarmina se montre très affectueuse et attentionnée, mais je sens quelque chose d'étrange entre Adila et Mustapha. Comme une prémonition. Comme si ces deux esprits qui ne se sont jamais rencontrés avaient établi un lien secret et mystérieux.

Cette lueur translucide dans l'œil de Mustapha m'est trop familière, et j'ai du mal à me défaire d'une certaine appréhension.

Nous restons deux semaines à Marbella, et mon père me fait une grande joie. Il s'arrange pour faire venir dai Ayesha et Naseeba du Pakistan. Je suis si heureuse de retrouver mon bébé. Les trois jeunes tantes sont fascinées par cette ravissante petite, et mon père est fier d'être grand-père. Mustapha et ma mère s'entendent à merveille et, à ma grande surprise, je découvre que nous pouvons, elle et moi, nous apprécier. Le seul vide, c'est l'absence de Tanya, que je comble en étant complètement obnubilée par mon bébé de cinq mois. Je m'occupe sans arrêt d'elle, j'en arrive à me réveiller la nuit pour la regarder dormir, ou pour préparer méticuleusement son repas du matin.

Mes parents possèdent à la fois une maison et un appartement en Angleterre. Heureux de nos retrouvailles, ils nous offrent d'occuper l'appartement à notre retour d'Espagne ; nous acceptons immédiatement.

Nous rentrons à Londres avec Zarmina et Adila. Minoo doit revenir avec mes parents.

Notre nouvelle vie d'exilés privilégiés commence bien. J'ai invité à dîner de vieux amis du Pakistan, et j'ai emprunté l'argenterie de ma mère à cette occasion. Zarmina et Adila me l'apportent à domicile et restent pour m'aider à préparer la soirée.

Mustapha fait la cuisine, Zarmina s'occupe du bébé, je mets de l'ordre dans l'appartement et Adila s'attaque à l'alcool. Zarmina le remarque, comme moi : notre jeune sœur est déjà ivre et se dandine dans le salon d'une manière un peu trop provocante. Nous essayons toutes les deux de la traîner dans la chambre pour la semoncer, mais elle nous envoie promener. J'ai peur que les invités la voient dans cet état. Plus peur encore que mes parents l'apprennent.

Je me résigne à aller chercher Mustapha dans la cuisine :

– Fais quelque chose ! Sermonne-la ou renvoie-la !

Pas très sûr de lui, Mustapha va chercher Adila au salon. Il l'empoigne par les épaules ; elle se débat. Ils luttent un bref instant. Puis ils s'arrêtent, presque dans les bras l'un de l'autre. Ils se regardent en silence. Adila cède brusquement :

– Je rentre chez moi.

Il vaut mieux que mes parents n'apprennent pas cet incident, ils prétendraient immédiatement que j'ai une mauvaise influence sur ma jeune sœur ; Zarmina est d'accord avec moi pour ne rien dire. Adila m'inquiète réellement.

Pour Minoo, c'est encore autre chose ; la situation se détériore de nouveau complètement. Mes parents sont incapables de faire preuve d'autorité comme Mustapha, ils lui cèdent tout et la gâtent beaucoup trop. Elle dispose maintenant d'une voiture hors de prix, bourrée d'accessoires de luxe. Mustapha leur conseille de l'envoyer au Pakistan et de la priver de son passeport. Trop tard. Minoo fait une nouvelle fugue et personne ne sait où elle est pendant une semaine. Puis ma mère appelle en pleurs :

– Minoo travaille dans un magasin de disques ! À Tottenham Court Road !

Notre mère considère ce quartier comme un lieu de perdition, le pire endroit de Londres, et le travail comme dégradant. Je suppose que travailler à Tottenham Court n'est pas aussi avilissant qu'elle le pense.

Sur ces entrefaites, nous déménageons pour nous installer dans la maison de mes parents, à Beech Hill. Cette maison est construite sur un grand terrain surplombant un club de golf. La décoration est luxueuse : divans de style marocain, énormes meubles de Damas sculptés, chaises provenant de la collection particulière du roi Farouk. Ma mère y a étalé tous ses tapis persans, ses tableaux, et a fait de ce lieu un véritable palais dont elle est la reine. Nous sommes servis par un cuisinier, deux servantes, un chauffeur, un régisseur et un maître d'hôtel.

Mustapha méprise cette opulence et, pourtant, il

l'apprécie. Mes parents vivent ainsi tout à fait naturellement. Et sans le savoir, en étant tout simplement eux-mêmes, ils narguent les origines paysannes de Mustapha.

À l'inverse, mon mari essaie de jouer les snobs en étalant sa grossièreté et son côté rustre comme on porterait un tee-shirt publicitaire. Mon père, toujours digne, remplit son rôle d'hôte à la perfection ; il sait offrir un cigare Davidoff au bon moment, tout en gardant ses distances. Ma mère est plutôt fascinée par la personnalité de Mustapha. Passionnée de politique, elle l'écoute, subjuguée, lui décrire les hommes, analyser la situation au Pakistan, sur laquelle il porte un regard particulièrement incisif. Petit à petit, mon père s'y intéresse aussi. Au fond, Mustapha appartient à leur génération, ils sont contemporains.

Mais c'est avec ma mère surtout que Mustapha est à l'aise. À première vue, il y a quelque ironie dans ma situation. Pour échapper à la domination de ma mère, je me suis jetée dans les bras d'un tyran. Et c'est presque amusant de voir ces deux dictateurs entretenir et gonfler mutuellement leur ego sous mon nez.

Mon père, ma mère, surtout, feraient n'importe quoi pour garder la face. Minoo, par exemple, et son comportement scandaleux, c'est trop pour eux, ils ont préféré capituler. Ils lui ont loué un appartement sur l'île de Wight, acheté des meubles, et payé l'inscription à l'école de photographie. Mère lui a fait promettre de revenir pour les week-ends et les vacances, mais il est évident que Minoo a gagné.

Janvier 1978 approche, et Mustapha est frappé du syndrome de l'exil : un optimisme chronique. Il dit que les jours du général Zia sont comptés :

– Tu vas voir, je ne lui donne pas six mois !

Il informe les militaires qu'il ne rapportera pas au Pakistan les fameux documents sur Bhutto. Il est condamné par contumace à quatorze ans de prison ferme, et tous ses biens sont confisqués. Cette fois, l'exil n'a plus rien de provisoire.

À cette insulte politique s'ajoute une insulte personnelle. La mère de Mustapha est immédiatement privée de passeport. Nous espérions la faire venir à Londres, mais les autorités ont dû penser qu'elle pouvait servir à faire chanter Mustapha. Il est très attaché à sa mère, et cette interdiction le bouleverse ; il a les larmes aux yeux en recevant ce camouflet. Cette faiblesse n'est d'ailleurs que momentanée, il entame à distance une campagne pour la réhabilitation de Bhutto, dont le procès s'ouvre au même moment.

Nous nous bagarrons à présent sans arrêt au sujet de ma famille. Mustapha passe son temps à relever des petits détails dans les conversations, au dîner, et il s'en sert contre moi. À mes moments de faiblesse, j'ai commis l'erreur de lui raconter mes rapports difficiles avec ma mère quand j'étais enfant, et il les retourne contre moi. Il est du côté de ma mère, à présent ; il me traite d'enfant ingrate, indigne de confiance. Méthodiquement, il élargit le fossé entre elle et moi, m'isole davantage encore sur un îlot dont il est le tyran sournois. Parfois, même, il se fait apparemment mon allié :

– Je vais discuter de tes complexes avec ta mère. Elle a le droit de savoir tout ce que tu m'as dit. Il faut qu'elle prenne conscience du mal qu'elle t'a fait.

Il sait très bien que je panique à l'idée d'affronter en même temps ma mère et lui. Je le supplie de n'en rien faire et pour acheter son silence, je me soumets davantage, chaque soir, à ses désirs cruels.

Il se lève tôt chaque matin pour faire du yoga. Puis il va boire son café dans la chambre de mes parents et discuter avec eux des dernières nouvelles du Pakistan. Ni mon père ni ma mère ne peuvent se douter que cet homme charmant et disert a battu sa femme toute la nuit. Je dissimule les traces de contusions, comme je dissimule mon humiliation. Je me suis mise au

Valium, pour me calmer les nerfs. Mon père, opposé à ce genre de médicaments, ne comprend pas pourquoi, mais ma mère estime que j'ai besoin de tranquillisants. Je suppose qu'elle en connaît la raison, mais comme elle croit fermement que chacun doit boucler sa vie privée à double tour... Tout ce qu'elle peut faire, c'est aborder le sujet de façon générale, me donner un conseil, l'air de rien :

– Quand un mari se conduit de manière étrange, ou irraisonnée, il faut le traiter comme un malade qui a besoin de soins médicaux et d'un traitement suivi. Il faut agir avec lui comme un psychiatre avec son patient.

Le conseil me va droit au cœur et m'aide à tenir le coup. Mon corps souffre encore, mais mon esprit va mieux.

Je désespère de perdre les kilos accumulés depuis ma grossesse et la naissance de Naseeba. Mustapha ne me permettra jamais de faire un régime, mais je me suis procuré en cachette les pilules d'une méthode d'amaigrissement. Je suis arrivée à perdre une partie de mon excédent de poids, mais j'ai toujours l'impression d'avoir l'air d'une matrone. Comme j'envie toutes ces femmes anglaises, libres de bouger, de rire, de vivre ! Même à l'étranger, et dans une société libre, je vis en esprit comme si j'étais voilée et cloîtrée au village de Mustapha.

Mustapha se sent isolé, lui aussi, de plus en plus. Bizarrement, je le comprends : l'exil est plus difficile pour lui ; moi, j'ai retrouvé ma famille. Je voudrais pouvoir l'aider. Mon cerveau fatigué est tout de même capable de raisonnement et d'analyse. Je comprends ses frustrations. Il lui manque sa horde de partisans. Il lui manque d'être chef. Il est mal, en pays étranger, privé de la panoplie du pouvoir. J'essaie de lui remonter le moral en me rapprochant un peu de lui ; j'apprends l'indulgence pour son tempérament excessif et son caractère dominateur.

Inconsciemment, j'endosse le rôle de bouc émissaire, en permettant à cet homme qui gouvernait jadis toute une province d'une main de fer de faire de même avec moi. Et sa main ne tremble pas une seule fois dans cet exercice.

Heureusement, Naseeba reste en dehors de tout cela. Elle est presque tout le temps avec mes sœurs, transformées en tatas gâteau et gâteuses. C'est un être de moins à protéger de cet homme anormal, mon mari, qui vit, en outre, des circonstances anormales.

Je suis toujours angoissée de voir la vérité sur mon mariage apparaître au grand jour. Je fais tout mon possible pour éviter le plus petit heurt avec Mustapha. Il se rend compte de la véritable paranoïa dans laquelle je vis au quotidien, et l'exploite outrageusement. Il m'a interdit de parler à qui que ce soit de mes tourments, sous menace de rétorsions sévères, ce qui n'était pas nécessaire puisque je ne peux me confier à personne. Je mène une existence de schizophrène. Le sentiment de culpabilité d'une femme incapable de rendre son mari heureux, l'impossibilité de correspondre au schéma idéal de ma mère sont pour moi bien plus angoissants et plus effrayants que les coups eux-mêmes. Je suis maintenant convaincue que les abus physiques ne sont pas un crime, mais la confirmation de ma propre imperfection. J'en suis arrivée là !

Il m'interdit de sortir seule. Ma mère me demande souvent de l'accompagner pour un déjeuner, un rendez-vous chez le médecin, ou simplement pour faire des courses. Chaque fois, il me faut trouver une excuse plausible, car Mustapha ne m'autorise même pas à lui demander la permission de sortir. D'interdiction en interdiction, je dois me débrouiller seule. Ma mère prend mes refus maladroits pour de l'égoïsme. Alors que je brûle d'envie de lui en donner les vraies raisons, et que le silence me torture.

Malgré tous mes problèmes avec elle, j'ai de plus en plus besoin de retourner sous son aile. Pour moi, elle symbolise la force. Je sens en elle l'unique pouvoir capable de lutter contre le démoniaque Mustapha. Quand il me frappe, j'implore ma mère, je prie pour qu'elle vienne me sauver. J'ai tellement envie, et besoin, de lui raconter ce que je subis. Et en même temps, je connais d'avance sa réaction : elle sera du côté de Mustapha, elle trouvera le moyen de rendre futiles ou imaginaires mes tourments et me rejettera, tout simplement.

En procédant par élimination j'essaie d'apprendre comment transformer ma personnalité pour vivre en harmonie avec Mustapha. Adopter ce qu'il appréciait chez ses autres épouses, par exemple. Mais rien n'y fait, rien ne semble pouvoir modifier sa sauvagerie. Il m'arrive même, c'est un comble, de supporter les coups avec un certain plaisir pervers, pour le remords qui suit, à genoux, pour le bonheur de voir cet homme plus fort que la vie ramper, réduit à l'humiliation. C'est une joie mauvaise, mais la seule qui me reste.

Dans ses moments les plus tendres, Mustapha fait l'éloge de ma force morale.

– Sais-tu que tu es tout pour moi ? Sans toi, je ne suis rien. Je suis dans une période de frustrations, mais je vais changer, tu verras, et tu seras récompensée. J'ai failli faire une dépression nerveuse, ton amour et ta fidélité m'ont permis de tenir. Grâce à toi, je suis resté normal... Tu es arrivée dans ma vie à un moment très difficile, j'aurais tant voulu te connaître plus tôt, t'aimer plus tôt, te couvrir de soie, et au lieu de ça, je t'ai fait vivre l'enfer. Je suis sincèrement désolé... Pourras-tu me pardonner un jour ?

Il pleure à mes pieds, avoue qu'il a essayé de me détruire, et qu'il est étonné par ma tolérance et ma résignation.

– Tu vois, je pensais que tu étais fragile, délicate, mais tu m'as prouvé le contraire. Tu es une femme forte. La seule capable de me supporter avec intelligence. Je ne t'abandonnerai jamais. Promets-moi, toi aussi, que tu ne m'abandonneras pas...

Je promets, épave inondée de ses larmes, épave fière de la haute estime qu'il a de moi, avec l'espoir qu'il la fasse partager à ma mère...

Assise sur mon tapis de prières, j'implore la délivrance, jour après jour. Je ne demande pas à Dieu de résoudre le problème, mais simplement de m'aider à gérer mon existence, de rendre Mustapha meilleur, et d'alléger la punition de mes fautes.

12

À treize ans, Adila est déjà une sirène d'un mètre soixante-cinq. Elle attire tous les regards, y compris ceux de mon mari. Mes deux autres sœurs conservent une certaine distance avec Mustapha et se tiennent correctement en sa présence. Mais Adila est plus jeune, plus extravertie et plus instinctive. On dirait qu'elle perçoit son beau-frère comme une âme sœur. Mustapha encourage ses caprices d'enfant gâtée, il rit de ses gamineries. Au début, j'ai trouvé touchant que, débarrassé de son masque habituel de tyran domestique, il joue au grand frère avec elle. À la maison, nous mettions le comportement provocant de ma jeune sœur sur le compte d'un certain culot enfantin.

Mes parents décident de partir au Moyen-Orient pour une quinzaine de jours avec Adila. Durant leur absence, Mustapha se montre encore plus nerveux, plus irascible ; le moindre problème aboutit à une dispute. Comme nous sommes seuls dans la maison, il sait qu'il peut me torturer en toute impunité.

Un jour, je discute avec mon frère Asim au téléphone, et au moment où je raccroche, Mustapha s'énerve sans raison :

– Tu avais besoin de parler aussi longtemps ? C'est ton frère ou ton amant ?

Je lui jette un regard étonné :

– C'est mon frère, Mustapha, je parlais vraiment à mon frère.

– Tu oses me répondre ?

Et il prend comme prétexte ma prétendue arrogance pour me rosser à coups de poing.

Une autre fois, en me battant, il me fait tomber dans l'escalier, j'atterris en bas, brisée, mais ça ne lui suffit pas, il dévale les marches comme un fou et m'achève à coups de pied. Hors de moi, je me mets à hurler :

– Tu es dans la maison de mon père ! Ici, tu n'as pas le droit de lever la main sur moi !

Silence soudain. Il est stupéfait ! Pour la première fois, j'ai osé dire ce que je pensais, et il semble que j'aie marqué un point important : je ne suis ni sa propriété ni son objet ; j'ai d'autres liens, plus forts que ceux qui m'attachent à lui. Mais ce constat n'apporte que quelques instants de répit. Le seigneur féodal reconnaît le pouvoir des liens de sang, mais admet surtout celui de la violence. Il me frappe plus méchamment encore, jusqu'à ce que mes cris deviennent des gémissements, et que je perde connaissance.

Plus tard, pour me préserver, je m'oblige à lui faire des excuses. Il a été outré, je le sais, que j'aie osé mettre mon père entre lui et moi.

Il ne lui reste plus qu'à trouver autre chose pour étouffer la dernière lueur de mon pauvre esprit engourdi.

Au retour de mes parents, je bénéficie d'une maigre tranquillité. Mais ils repartent pour le Luxembourg, en nous laissant Adila. Elle me tarabuste tellement pour que je l'autorise à manquer un jour d'école que, lasse de ses criailleries, je finis par céder ; elle ira faire des courses et déjeunera dehors. Mais elle change d'avis et se met en tête d'aller en classe. Le lendemain matin, le chauffeur, n'étant pas prévenu du changement, ne vient pas la chercher. Comme Mustapha doit aller en ville de toute manière, je lui demande de déposer ma sœur à l'école. La voiture s'en va, je fais un signe de la main, puis je vais m'occuper de Naseeba.

Je n'y pense plus jusqu'au milieu de l'après-midi, lorsque Adila me téléphone :

– Finalement, j'ai séché les cours, mais ne t'en fais pas, j'ai manqué seulement la matinée. J'y vais cet après-midi. Tu peux dire au chauffeur de venir me chercher tout à l'heure ?

Tout cela me paraît bizarre, mais je laisse passer l'incident. J'attends le retour de mes parents avec impatience, pour qu'ils reprennent ma petite sœur en main. S'occuper d'Adila est un travail à plein temps.

Adila change sa façon de s'habiller. Ses tenues occidentales sont bonnes à jeter, la voilà qui se passionne tout à coup pour les vêtements traditionnels orientaux, et pille l'énorme garde-robe de ma mère. Elle se drape d'un voile, en couvre même sa tête pour faire de l'effet, laisse ses cheveux libres, comme moi et, en fait, commence à me ressembler. Elle veut tout savoir de ma vie avec Mustapha, pose des questions personnelles, se mêle de tout, bref, s'introduit dans notre existence avec une effronterie incroyable. L'air innocent, elle se permet de dire devant Mustapha :

– Tu devais brûler d'envie d'épouser Anees à l'époque, et il t'aimait tellement, cet homme...

Le résultat est que tous les soirs je subis la colère et la jalousie maladive de Mustapha.

Mes autres sœurs ont remarqué le côté délibéré des interventions de la cadette et son manque de discernement. Elles la tancent, mais Adila continue son petit jeu pervers avec une apparente insouciance. Minoo se plaint ouvertement à ma mère du comportement de notre jeune sœur. Elle pense qu'Adila crée volontairement des problèmes entre Mustapha et moi. Mais ma mère s'en moque. Adila est sa préférée, la seule, prétend-elle, à ne jamais rien faire de mal ; elle nous accuse d'être jalouses.

J'en veux terriblement à Adila de semer la discorde entre Mustapha et moi dans l'unique but, apparemment, de le monter contre moi. Et la complaisance de mon mari vis-à-vis de cette gamine m'irrite encore plus. Je lui en parle, lui signalant que, à mon avis, il lui accorde trop d'attention, et qu'elle en profite. Il hausse les épaules. Mustapha se délecte de cette petite intrigue familiale. Il blague avec Adila, et leurs plaisanteries sont toujours dirigées contre moi :

– Regarde, Adila, tu vois la tête de ta sœur ? Et on se demande pourquoi elle est jalouse de toi ?

C'est dans cette atmosphère tendue, et parce que Mustapha interdit toute contraception, que je suis à nouveau enceinte.

Nous savons tous les deux qu'il va nous falloir quitter la maison familiale. Nous n'avons plus abordé le sujet Adila, mais je suis réellement soulagée lorsque Mustapha s'arrange pour que nous emménagions à Hampstead, chez l'un de ses amis politiques, Jam Sadiq Ali. Ancien ministre de Bhutto, en exil comme nous, c'est un important seigneur féodal. Nous avons une chambre particulière dans cette grande maison, et notre nouvelle famille d'accueil se montre affectueuse avec moi. Mustapha, lui, est très agité. Il insiste souvent pour que nous allions chez mes parents, alors que je n'y tiens pas.

La scène se passe un dimanche. Mustapha est en train de faire des exercices de yoga dans le patio, où je le rejoins, accompagnée de Naseeba et de dai Ayesha. Ma sœur Adila est assise à côté de lui. Indécente, fascinée par le rythme des muscles au travail, elle dévore littéralement des yeux le corps de mon mari. Je réagis instinctivement :

– Si tu voulais t'entraîner, tu aurais pu le faire à la maison. Pourquoi ici ?

Il se tourne vers Adila, rigolard, désinvolte :

– Attrape-la par la tignasse, et jette-la dehors !

Adila se met à glousser. Je meurs de honte, mais que faire ? Comment réagir ? Comment les atteindre ? Mustapha m'a réduite à l'état de légume. Je m'enfuis en pleurant, avec Naseeba serrée contre mon cœur, pauvre petit bouclier à mon malheur. Elle est la seule à m'apporter un peu de réconfort dans ce désert de solitude.

Aucune issue pour moi. On dirait que cet homme m'a transformée en une silhouette peinte sur un tableau, isolée dans un coin, et je n'ose pas le défier, pas même poser un doigt sur la peinture fraîche, griffer la toile et m'envoler vers la liberté.

Quelque chose s'est brisé en moi, à cette minute précise. Je me sens bizarre, atone, comme si mon esprit s'était débranché du monde ; plus rien n'est réel. Plus rien, sauf une immense envie de disparaître, de fuir. Je confie mon bébé à Ayesha et, comme une somnambule, je me traîne jusqu'à la salle de bains de mon père.

Je contemple l'armoire à pharmacie pendant un moment, je l'ouvre, j'examine les flacons bourrés de capsules multicolores. Certains, couleur poison, barrés de rouge, sont tentants comme une invitation. Je choisis le plus rempli, et le fourre dans ma poche.

J'ai pris la décision d'en finir.

Ce soir-là, je laisse ma petite fille avec Ayesha chez mes parents, et nous rentrons chez Jam Sadiq. Mustapha a une réunion politique à l'étage au-dessous. Assise, seule, dans notre chambre, je repense à tout.

Tanya, à Karachi avec Anees.

Naseeba, mon merveilleux bébé, chez mes parents.

Le futur bébé que je porte dans mon ventre, depuis quatre mois déjà.

Ces images me font hésiter. Si peu. Le vide de mon existence est trop insupportable. Je n'en peux plus, je me sens exténuée par le fardeau de ces vies que j'ai mises au monde. Elles ne me retiennent pas, elles me poussent dans le vide.

J'ouvre le flacon, verse les pilules dans la paume de ma main, toutes les pilules, et j'engloutis le poison inconnu, assoiffée d'en finir.

Debout devant la glace, je me demande pourquoi ma mère me criait, chaque fois qu'elle était fâchée contre moi : « Si seulement tu étais morte de la méningite ! »

Étrange... elle était enceinte d'Adila à l'époque de cette méningite. La petite sœur adorée est arrivée dans la vie alors que je luttais contre la mort. J'ai peut-être triché avec la mort, je devais peut-être mourir à ce moment-là, pour laisser la place à Adila. Maintenant elle vit, et moi je vais mourir, une fois de plus. Adila... Adila veut dire justice.

Je vois le feu m'environner dans le miroir, je suis en flammes. La mort sera-t-elle pire que la vie ? Le suicide est un billet pour l'enfer... Je me détourne vite de cette image flamboyante, nauséeuse, mon cerveau s'embrume déjà. Non, rien ne peut être pire que la vie, rien. Je titube jusqu'au lit pour m'y asseoir. La paume ouverte sur mon genou, je contemple la ligne du destin. Elle se met à trembler, elle va disparaître. Mon corps roule sur lui-même, tombe sur le sol, je vois une vague immense au-dessus de moi, elle m'éclabousse d'une écume de paix. Tout est si facile, si doux, si paisible.

On m'a dit que j'étais restée seule une demi-heure environ avant que Mustapha me découvre inanimée sur le sol de la chambre. Avec l'aide de Jam Sadiq, il a tenté de me ranimer en m'aspergeant d'eau fraîche, sans comprendre. Puis ils ont appelé un médecin, qui a fait venir une ambulance, et je me suis retrouvée à l'hôpital royal de Hampstead, dans l'unité de soins intensifs. Il était trop tard pour faire un lavage d'estomac, les toxines étaient déjà passées dans le sang. Mustapha a demandé au médecin :

– Elle va vivre ?

– Elle est combative ?

– Oui.

– Alors, c'est notre seul espoir.

À l'hôpital, Mustapha a décidé de prévenir ma sœur aînée, Rubina, venue du Pakistan en visite à Londres.

– Tehmina a tenté de se suicider, Dieu seul sait pourquoi. Elle est folle. Tu ferais mieux de venir, mais... enfin... ne dis rien à tes parents, ils paniqueraient.

La nuit est passée, lentement. Une battante... Je l'étais dans le temps, mais là, je luttais simplement pour m'évader de cette coquille de mort. À quoi ressemblent les rêves qui naissent dans ce monde crépusculaire, sur cette planète entre vie et mort ? Je ne me rappelle pas des détails, mais ils n'étaient ni rassurants ni agréables.

Lentement, je commence à me remettre. Dans une sorte de brouillard, je vois des ombres se pencher sur moi, Mustapha, Rubina. Deux jours passent encore avant que les médecins me laissent partir. Ma grossesse n'est pas affectée par le poison.

Mustapha m'emmène chez mes parents, en convalescence, toujours abrutie, complètement déboussolée. Je ne comprends même pas comment j'ai pu vouloir mourir, comment j'ai pu « lucidement » avaler la mort. J'ai dû devenir folle à force de souffrances et d'humiliations. De plus, je n'ai avalé que des médicaments capables de m'intoxiquer gravement, mais pas de me faire mourir. La mort était dans ma tête, pas dans le flacon que j'ai pris au hasard. Est-ce que je voulais croire au suicide ? Est-ce que je voulais croire à ma mort, ou bien était-ce un appel au secours ? Une façon de me faire peur, et de faire peur à Mustapha, à ma mère... Tout est si confus. Si au moins je pouvais en parler à quelqu'un, mais Mère fait l'autruche, la tête dans le sable de ses préjugés, toujours parfaite. Elle prétend ignorer ce qui, dans ma misérable existence, a pu me conduire au suicide. Mon père évite le sujet.

J'émerge encore lentement. Ce retour à la vie est pénible, et je vois déjà se profiler l'ombre de Mustapha, du seigneur en colère. Mon crime, selon lui, n'a pas été perpétré contre mon propre corps, mais contre son honneur.

– Tu m'as mis dans l'embarras. Te rends-tu compte que j'ai été obligé de te laisser examiner par des hommes dans cet hôpital ? Je ne te le pardonnerai pas. Tu vas payer pour cet acte stupide. Tu ne perds rien pour attendre, crois-moi.

Je suis pétrifiée de honte, misérable : j'ai survécu.

13

Sa maison étant remplie d'invités, Mère nous a installés, Mustapha et moi, dans le bureau, sur un lit d'appoint, où je m'effondre immédiatement pour sombrer dans un sommeil encore comateux, sans rêve. Dans la nuit, je sens quelque chose d'étrange, la présence de quelqu'un.

La tête toujours embrumée, trop ensommeillée pour bien me rendre compte de ce qui se passe, j'aperçois Mustapha debout près du lit, puis sortant de la chambre. Je replonge presque aussitôt dans le sommeil sans me poser de question. Un peu plus tard, réveillée, je cherche instinctivement de la main le corps de Mustapha à mes côtés, mais il n'est pas là. Ses menaces d'hier soir me reviennent à l'esprit. Je me demande où est parti mon mari, et faire quoi. Quand il a une punition en tête, il ne l'oublie jamais...

Je me tire péniblement hors du lit et me dirige en chancelant vers la cuisine. Quelqu'un, une ombre, en tout cas elle m'a entendue venir, s'enfuit à l'étage par l'escalier. Mustapha arrive à ma rencontre, à moitié vêtu.

– Pourquoi as-tu quitté la chambre ?

Je distingue nettement une gêne dans sa voix.

– Je te cherchais...

– Retourne dormir ! Tu ne devrais pas te promener comme ça dans ton état.

J'obéis, trop fatiguée pour poser d'autres questions.

Le lendemain matin, ma lucidité retrouvée, je les pose, ces questions :

– Que s'est-il passé la nuit dernière ? Quelqu'un est entré dans la chambre ? Qui était-ce ?

– Adila.

– Adila ?

– Oui... elle a des problèmes, une histoire avec un garçon iranien, elle voulait un conseil, et elle est venue m'en parler, c'est tout...

– Ah oui ?

– Tu dormais. Je n'ai pas voulu te déranger, alors je l'ai emmenée au salon pour discuter.

– Tu pouvais aussi bien lui parler dans la chambre. Ce n'est pas correct de rester seul avec elle en pleine nuit. Suppose que mon père soit descendu...

Mustapha balaie l'argument d'un geste négligent et continue son histoire.

– Adila avait besoin de se confier, je suis comme un grand frère pour elle. Grâce à moi et à mes conseils, elle évitera sûrement d'être malheureuse et d'avoir de gros ennuis.

Mustapha joue maintenant le rôle du sauveur de l'honneur de la famille...

Après cette tragédie, dont le souvenir reste flou dans mon esprit, la seule stratégie, maintenant, est d'essayer de m'en sortir, de survivre chaque jour qui passe, et chaque interminable nuit. J'ai si peur, mortellement peur, de l'abîme dans lequel je pourrais encore sombrer... Il m'arrive de me demander si ma mère n'a pas raison quand elle affirme que je suis folle. Mais ma plus grande crainte est le châtiment que va inventer Mustapha pour me punir de ma tentative de suicide. Il est capable de m'enlever Naseeba. Je passe mon temps à inventer des histoires compliquées pour la tenir au maximun à l'écart de lui et de sa mauvaise humeur. S'il touchait à elle, je ne sais pas de quoi je serais capable.

En ce moment, il est particulièrement préoccupé par la politique. Il fait tout ce qu'il peut pour organiser une sorte d'alliance avec les deux fils de Bhutto, Mir Murtaza et Shahnawaz. Mir, l'aîné, fait ses études à Oxford. Il n'a jamais beaucoup pensé à la politique, mais Mustapha a réussi à le convaincre de quitter l'université afin de se consacrer à la lutte pour la libération de son père.

Nous quittons la maison de Jam Sadiq pour un petit appartement étroit et étouffant à Hampstead, que Mustapha s'empresse d'encombrer davantage en invitant les deux fils de Bhutto à vivre avec nous.

Les conditions de vie dans cet endroit sont si compliquées que je préfère laisser Naseeba chez mes parents avec dai Ayesha. Les pleurs de ma fille ne dérangeront pas le maître des lieux ; elle sera à l'abri de ses sautes d'humeur violentes. Il m'arrive par moments de remercier le ciel de ce que Tanya ne vive pas avec nous.

Mustapha entreprend l'éducation des deux jeunes gens et leur enseigne l'art de la politique. Il veut faire d'eux le symbole de la résistance à la junte militaire, en se servant du nom qu'ils portent. Mir est novice, mais il apprend vite. Son cadet, Shahnawaz, a l'air lointain et rêveur de l'idéaliste révolutionnaire, sans idées précises.

Notre appartement est devenu une sorte de quartier général de l'association des Pakistanais mécontents ! Ils complotent contre le général Zia, entrent et sortent à toute heure du jour et de la nuit, et s'installent partout où il y a de la place.

Les deux jeunes gens qui vivent avec nous se sont rendu compte du calvaire que j'endure. Insensiblement, je m'attache à eux. Shahnawaz, surtout, aime bien venir bavarder avec moi, il me suit dans l'appartement, de pièce en pièce, à la recherche des verres et des assiettes sales, des cendriers pleins, du linge à envoyer chez ma mère. Je me demande quelle image ils ont de moi tous les deux. Je ne participe pas à leurs conversations politiques, à leurs débats, aux plans concernant l'avenir de notre pays.

Bhutto ne croit pas en ses deux fils. Il ne les voit pas faire de la politique, il a légué cet héritage à sa fille aînée, Benazir. Et Mir supporte mal ce mépris de la tradition. Normalement, au lieu d'être l'ombre de sa sœur, c'est à lui que revenait la position d'héritier. Il meurt d'envie de prouver à son père qu'il est capable de quelque chose.

L'équipe Mir-Mustapha échauffe l'imagination des militants découragés par le Parti populaire. Mustapha s'active, présente son jeune associé à Husna Shaikh, l'épouse secrète de Bhutto, en exil elle aussi. Pour Mir, ce devrait être gênant, mais il semble mettre de côté ses considérations personnelles, car Husna a énormément de relations susceptibles de l'aider à sauver la vie de son père.

De mon côté, j'ai terriblement besoin de parler à une autre femme, ne serait-ce que pour me rassurer, m'empêcher de croire que je deviens folle. Husna est la première personne à qui je peux me confier, tout raconter : les coups que je prends sans arrêt, les colères, les crises de violence.

– Tu n'as qu'à partir, c'est tout ! Il n'y a aucune raison de supporter cela !

M'en aller... Husna a semé la graine, mais celle-ci est encore assoupie, elle ne germera pas de si tôt.

Mustapha veut organiser avec Mir une série de contacts avec des dirigeants étrangers pour les persuader de faire pression sur la junte militaire, et épargner ainsi la vie de Bhutto. Il est certain que ces sympathisants étrangers et puissants aideront financièrement le mouvement en exil. Mustapha et Mir reçoivent effectivement des fonds de soutien de la part de Kadhafi, le colonel libyen, et du sultan d'Abu Dhabi, le cheikh Zayed bin Sultan al Nhayan. Assad de Syrie promet de maintenir la pression sur le régime du général Zia.

Notre salon est également converti en stand de tir.

Mustapha a installé une cible au fond de la pièce et s'exerce avec une carabine à air comprimé. Ça ne m'impressionne pas. Il a plutôt l'air d'un gamin exalté qui se prend pour une terreur. Je m'intéresse davantage à la moquette criblée de douilles.

Shahnawaz a l'allure d'un terroriste de salon. Ses yeux trop langoureux gâchent son petit air martial et, malgré ses efforts, il ne parvient pas à les transformer en un redoutable regard d'acier.

Un jour, Mustapha vient m'annoncer, d'un air de conspirateur, que Yasser Arafat, le leader palestinien, a un plan pour libérer Bhutto. Des commandos palestiniens vont attaquer la prison de Rawalpindi, créer une diversion, et arracher Bhutto de sa cellule. Après quoi, il sera rapidement embarqué dans l'avion d'un pays ami et installé dans un endroit sûr.

Mustapha annonce fièrement à Mir et Shahnawaz que leur père sera bientôt parmi eux pour continuer la lutte. Mir est incapable de contenir son enthousiasme. Au mépris de toute sécurité, complètement inconscient du fait que les services secrets sont probablement branchés sur sa ligne téléphonique, il rompt le secret et appelle sa sœur à Karachi pour lui révéler les détails du plan. Quand on s'appelle Mir Bhutto, que l'on dispose de l'asile politique, et qu'on a un père en prison, on devrait au moins se méfier ! On pense que ce coup de téléphone intempestif a scellé le destin de Bhutto. Nous apprenons que la prison de Rawalpindi a été transformée en une forteresse imprenable, gardée par des troupes de militants de droite. Et bien entendu, pas de commandos libérateurs à l'horizon.

Mustapha est blême. Il peste dans l'intimité de notre chambre :

– Quelle bande d'idiots ! Comment ont-ils pu faire une chose aussi stupide ? Ils ont tout gâché avec leur maudit enfantillage !

Je souffre toujours de l'absence de Tanya, mais tout au fond de moi, je suis contente de la savoir en sécurité à Karachi avec Anees. Je dois de plus en plus protéger Naseeba de son père. Il l'aime, mais jusqu'à un certain point. Il la cajole, joue avec elle, mais dès qu'elle pense à autre chose ou se détourne de lui, Mustapha s'énerve. Il ne supporte pas de l'entendre pleurer, alors je l'habitue à demeurer silencieuse. Comme avec Mustapha, j'essaie d'anticiper ses besoins, pour qu'elle ne réclame pas quelque chose, au risque de provoquer une scène. C'est une attention permanente, et en fin de journée, je suis aussi exténuée qu'un coureur de marathon. Hélas ! je ne peux pas toujours parvenir à mes fins.

Un matin, Mustapha est en train de se raser dans la salle de bains, et Naseeba barbote dans son bain moussant. Jusqu'au moment où elle en a assez, où les bulles ne l'amusent plus. J'entends un pleurnichement et me précipite aussitôt :

– Je ferais mieux de la sortir de l'eau, elle est fatiguée.

– Non ! Laisse-la !

– Mais elle est fatiguée...

– Non, tu ne peux pas la sortir de son bain, je lui ai ordonné d'y rester.

– Ordonné ? Mais Mustapha, elle n'a qu'un an et demi !

– Et alors ? Elle doit apprendre à obéir.

Je reste là, déconcertée, ne sachant que faire, me sentant impuissante à éviter une scène. Car les cris de Naseeba augmentent et la colère de Mustapha grimpe en proportion. J'essaie de distraire ma fille en tapotant dans l'eau, elle crie de plus belle. Mustapha dit froidement :

– Laisse-la tranquille, et sors d'ici.

Je suis aussi paniquée qu'il est calme. Un moment passe, la situation est en suspens, Mustapha continue à se raser, Naseeba à pleurer, et moi à me glacer de peur à la porte. Tout à coup, il se tourne vers sa fille, menaçant. Elle le fixe de ses grands yeux effrayés, et se met à hurler.

Il l'empoigne brusquement et l'enfonce sous l'eau.

J'accours, je le supplie d'arrêter, il me bouscule, en maintenant le bébé sous l'eau, avec, sur le visage, cette expression si effrayante que je connais bien. Hors de lui et bien décidé à nous donner une leçon, il ne se contrôle plus. J'entrevois la fin, horrible : mon bébé en train de se noyer, étouffant devant moi... mais si j'essaie de lutter avec Mustapha, je ne ferai qu'augmenter sa rage, je le sais. Alors j'implore, mais il ne cède pas. Il me semble qu'une éternité défile devant moi. Enfin, quand Naseeba cesse quasiment de se débattre, il la lâche. Je me précipite pour la sortir de l'eau ; elle tousse, crache et s'étrangle, les yeux exorbités de terreur. Une seconde, je fusille le monstre des yeux, mais il me nargue si méchamment que je préfère partir en courant avec Naseeba.

Depuis, évidemment, elle a peur de l'eau. Le moment du bain est devenu un calvaire, une punition pour elle. L'eau et les hurlements vont de pair, et il faut que je me débrouille pour lui donner son bain quand Mustapha est absent. J'ai peur, aussi, de le laisser sortir seul avec elle. Une innocente promenade au parc pourrait se transformer en enfer.

Je rêve de répit, de soulagement, je rêve de fuite, mais la réalité est devant moi comme un mur de béton, impossible à franchir. Le divorce est tout simplement impensable. Les lois britanniques et pakistanaises seraient de mon côté, certes, mais dans le monde féodal, l'homme a tous les droits sur sa fille, et je sais que Mustapha se servirait d'elle comme d'un otage. J'en viens à espérer secrètement qu'il meure, qu'il disparaisse, mais j'enfouis très vite cette horrible pensée, terrorisée à l'idée qu'il s'en doute.

Un prisonnier finit toujours par se résigner ; il s'installe lâchement dans la routine et la monotonie de son sort. La révolte et la colère s'effacent, les sens s'amenuisent, l'esprit est définitivement broyé. C'est un lavage de cerveau.

Il est de plus en plus évident que l'argent pour le soutien de la cause arrive à flots, et de plusieurs sources différentes. Les deux fils Bhutto qui, jusqu'à présent, se contentaient de vivre normalement en appréciant de temps en temps les délices de l'Occident, se sont transformés en révolutionnaires de luxe. Mustapha en profite également.

Un coursier est venu livrer, de la part d'Agha Hasan Abidi, de la Banque de crédit et de commerce international, une mallette contenant 50 000 livres d'argent liquide. Mustapha m'a demandé d'aller la mettre à l'abri dans le coffre de ma mère. Cette nouvelle richesse de Mir Bhutto lui donne de l'assurance et des idées, celle de prendre la place de Mustapha, par exemple. Après tout, Mir est un Bhutto, nom magique ; il n'a plus besoin de partager la scène avec un Mustapha Khar. Husna l'y encourage en lui racontant que son père n'a jamais fait entièrement confiance à Mustapha. Elle le pousse à mener la lutte seul de son côté, si bien que les deux frères quittent notre appartement pour s'installer dans un hôtel cinq étoiles. Et il arrive ce qui arrive souvent : les jeunes fils Bhutto tombent amoureux de leur image de prétendus libérateurs de leur célèbre père, et leur « révolution » prend une tournure mondaine. Les costumes chics remplacent les jeans, l'allure déjà empruntée des deux étudiants fait place à la fanfaronnade. Ils se croient tout permis, maintenant, y compris les femmes et la belle vie de patachon. Au temps de la faculté, ils devaient fasciner ici et là quelques étudiantes en histoire ou en géopolitique, bluffées par leur rang social ; maintenant, on les voit plutôt avec des femmes en vison. Une des compagnes régulières de Mir est l'épouse d'un homme politique méditerranéen. Elle est bien plus âgée que lui, mais très séduisante. Pour moi, les deux garçons sont un curieux mélange de Che Guevara et de héros de feuilleton télévisé américain. C'est Dallas et Dynastie à la sauce révolutionnaire. Bien que les relations se soient quelque peu tendues, Mustapha continue de travailler avec eux. Le Parti populaire a besoin de montrer son soutien à Bhutto en prison et, pour ce faire, ils organisent une manifestation devant l'ambassade du Pakistan à Lowndes Square. Un tel rassemblement au Pakistan serait une invitation au massacre. Au Royaume-Uni, c'est un mouvement de contestation civilisé. Les exilés vont-ils venir en masse ? Ils arrivent spontanément, par vagues, de l'Europe entière, portant des bannières et des écriteaux. Sur les tee-shirts un slogan : « Sauvez Bhutto ». Ils défilent en bon ordre, la procession s'étire dans les rues de Londres, en serpent solennel, jusque devant l'ambassade. Mustapha, Mir et les autres se lancent dans des discours fougueux. Il n'y a plus qu'à espérer une couverture médiatique internationale pour faire pression sur le général Zia : « Sauvez Bhutto. »

Nous venons de déménager, une fois de plus, dans un petit cottage meublé à Arkley Lane, très proche de la maison de mes parents. C'est une amélioration en ce qui concerne le confort, hélas ! pas du tout pour le style. Je fais ce que je peux, mais les meubles – des copies bon marché de style français – sont très laids, et les tapis synthétiques n'arrangent rien. Je me sens complètement désorientée dans cet environnement.

Pendant que ma grossesse suit son cours, l'histoire politique s'aggrave. Tariq Islam, le neveu de Bhutto, a pu rendre visite à son oncle en prison. De retour à Londres, il nous raconte les faits. Bhutto ne pèse plus que quarante kilos, il a les mains et les pieds enflés. Une maladie chronique des gencives s'est terriblement aggravée, faute de soins. Il souffre de l'estomac en permanence. Et malgré tout cela, Tariq dit qu'il a trouvé son oncle intellectuellement en forme et ravi de parler politique. Heureux d'être informé de la situation au Pakistan et à l'étranger, heureux d'apprendre que ses fils se sont mis à la politique et luttent pour lui. Il a demandé des nouvelles de Mustapha ; il voulait savoir si son protégé était devenu un grand orateur. Tariq a acquiescé, avec un sourire gêné, et Bhutto a répondu :

« Sûrement pas meilleur que moi. » Au fil de la conversation, il s'est tout de même laissé aller à un certain découragement. Incapable de comprendre pourquoi le peuple n'a pas fait sauter sa prison en éclats. Où était le formidable soulèvement populaire qui devait balayer la dictature ?

Tariq a demandé à Bhutto s'il avait un message à transmettre aux dirigeants du Parti populaire en exil. Et il a répondu vertement : « Qu'attendent-ils ? Que je les nourrisse à la petite cuillère ? Ils ne savent donc pas ce qu'ils ont à faire ? »

Le général Zia fait tous ses efforts pour que Bhutto meure mille fois avant qu'on le pende. Ces deux années de prison ne sont qu'une suite d'humiliations et de brimades. L'ancien Premier ministre si orgueilleux est contraint d'utiliser des toilettes puantes, sous le regard d'un gardien. Un officier s'est installé dans la cellule d'en face, pour le harceler jusqu'à la folie. Il sait jouer sur les points sensibles ; par exemple, il insulte la mère de Bhutto en se servant d'un langage ordurier, provocateur, jusqu'à ce que l'ex-Premier ministre perde le contrôle de lui-même et en subisse les conséquences.

Le 3 avril 1979, Benazir Bhutto est autorisée à voir son père pour la dernière fois. Séparée de lui par des barreaux de fer et une grande table, elle veut supplier les gardiens de la laisser au moins embrasser son père. Mais Bhutto intervient :

– Ne leur demande jamais rien !

Elle lui a apporté son parfum préféré, Shalimar, et quelques livres. Il accepte le parfum, et refuse les livres :

– Je ne crois pas que j'aurai le temps de les finir.

Benazir lui a aussi apporté un rasoir, qu'elle lui tend. Il marmonne :

– Bien. Je vais me raser la barbe. Je refuse de mourir avec la tête d'un de ces fichus *mollahs* !

À partir de là, la réalité se mélange à la fiction. Nous

ne saurons peut-être jamais ce qui s'est passé. On dit que l'officier tourmenteur est entré dans la cellule vers 1 heure du matin environ, la nuit suivant la visite de Benazir. Il a tendu à Bhutto une feuille de papier et un stylo en exigeant une confession. Bhutto devait écrire, mais quoi ? À quoi pensait-il à ce moment-là ? À l'adulation des foules passionnées de jadis ? Aux heures de triomphe ? À toute cette gloire enfuie ?... Il était là, seul, effroyablement seul, avec une page blanche devant lui. Il savait que quelques mots appropriés, un compromis, pouvaient peut-être le sauver. Mais dans un élan instinctif il a déchiré la feuille, et c'est sa vie qu'il a ainsi éparpillée.

L'officier s'est précipité pour le frapper au ventre à coups de pied. Certains disent qu'il a perdu connaissance, mais qu'il était redevenu conscient lorsqu'on l'a mené à la potence. Il aurait titubé plusieurs fois, se serait effondré, puis relevé avant de monter les marches de l'échafaud avec orgueil et dignité. D'autres disent qu'il était déjà mort lorsque son corps fut pendu.

Quelle que soit la vérité, le résultat est le même. Le Parti populaire du Pakistan a maintenant son martyr.

14

Je suis dans les derniers jours de ma grossesse. Père est en voyage d'affaires au Japon, Minoo est revenue chez nos parents pour les vacances scolaires. Nous sommes en visite chez eux, Mustapha souriant, moi lourde et fatiguée. Adila, elle, est en pleine forme. Elle s'est habillée comme pour un dîner de gala. Chemise en crêpe de Chine, pantalon en soie, elle est drapée dans un voile élégant, en soie également, le visage très maquillé des yeux à la bouche. Ravissante. Elle ne quitte pas mon mari des yeux, s'assied tout près de lui, boit chacune de ses paroles.

À un moment, Mère interrompt la conversation :

– Adila, va faire du café !

Elle grimace.

– Je ne me sens pas très bien... Zarmina n'a qu'à le préparer.

Zarmina va à la cuisine en soupirant, et Adila reprend la pose, admirative, penchée sur Mustapha. Elle s'est prise d'un intérêt soudain pour sa théorie sur la politique actuelle du Pakistan. Elle n'a pas l'air souffrante du tout. Soudain, et sur un ton qui n'admet pas de contestation, Minoo dit sèchement :

– Adila, lève-toi et sors d'ici !

Vexée, elle obéit.

Je me demande pourquoi Minoo s'est opposée avec autant de virulence à la présence d'Adila au salon. Rentrée chez nous, je l'appelle au téléphone. Elle est très énervée :

– J'ai vu Mustapha avec elle, il est allé la chercher à l'école, et ils sont partis ensemble dans sa voiture. Je ne sais pas où ils sont allés, mais ils sont restés absents au moins trois heures...

Le sang se retire brutalement de mes veines, je suis glacée tout à coup. Ma sœur continue :

– ... Et quand vous êtes arrivés, tout à l'heure, j'ai bien observé Adila. Je voulais voir sa réaction. Quand elle a su que vous veniez, elle est allée s'habiller exprès. Tu as noté la façon qu'elle a de s'asseoir près de lui ? Les regards qu'ils échangent ? C'est clair comme de l'eau de roche ! Je ne peux pas le tolérer ! C'est pour ça que je lui ai dit de quitter la pièce. Il y a des limites à un flirt aussi voyant ! Je m'étonne que personne d'autre ne l'ait remarqué dans la famille. Mais j'ai tiré ça au clair avec elle, quand vous êtes partis. Je lui ai passé un savon. Maman et Zarmina étaient là. Ce genre de conduite est tout simplement inacceptable. Elle se prend pour qui ?

Je raccroche, paralysée pendant quelques instants, la tête vide. Puis je me décide à affronter Mustapha. Il nie toute l'histoire, en me regardant bien dans les yeux :

– C'est complètement absurde ! Je ne suis jamais allé la chercher !

Je suis loin d'être convaincue, mais comment savoir la vérité ? Ma sœur est encore si jeune, et Mustapha organise sa défense de manière tout à fait plausible. Selon lui, Minoo lui en veut toujours d'être intervenu auprès des parents à son sujet ; d'ailleurs, elle lui en veut depuis leur première rencontre, et se venge.

Une fois de plus, il utilise sa tactique préférée : rompre les liens entre les gens, isoler l'ennemi, et l'écraser ensuite.

Je ne sais plus qui croire. Minoo fait-elle tout cela parce qu'elle en veut à Mustapha ? Est-elle vexée de sa préférence pour la petite dernière ? Toutes mes sœurs sont-elles en compétition pour le titre de belle-sœur favorite ?

Le lendemain, je reçois un coup de fil hystérique de ma mère. Adila s'est sauvée de la maison, personne ne sait où elle est.

– C'est la faute de Minoo ! Elle l'a accusée des pires horreurs, elle lui a fait de la peine, évidemment ! Tu te rends compte, elle nous a laissé entendre qu'il y aurait quelque chose entre Adila et Mustapha ! C'est une honte...

Comme à son habitude, Mère est avant tout terrorisée par l'idée d'un scandale. Elle est bien déterminée, aussi, à enterrer à tout prix cet épisode fâcheux et à demander de l'aide au « vilain ». En principe, Mustapha doit aujourd'hui aller à Liverpool assister à une réunion politique, mais il accepte d'annuler son voyage pour aider ma mère à retrouver Adila. Il sillonne Londres, pendant que je mets le cap sur la maison des parents. Toute la matinée Minoo fait le tour des amies d'Adila au téléphone, cherchant vainement une piste.

Mère craint le pire et s'efforce désespérément de cacher son angoisse. Ce qui ne l'empêche pas de faire les cent pas dans la maison en engloutissant force cafés. Dans l'après-midi, Mustapha téléphone, bredouille. Cette fois, Mère s'effondre. Elle le supplie, en larmes, de ne pas abandonner les recherches, et il promet de rentrer pour essayer d'élaborer un plan.

Il a une idée : mettre le téléphone de ma mère et le nôtre sur écoute.

– Je suis persuadé qu'elle va essayer de contacter quelqu'un de la famille. On pourra alors retrouver sa trace. J'en ai parlé à quelqu'un que je connais, un spécialiste, il est prêt à nous aider. On la retrouvera.

Nous rentrons à la maison avec Naseeba et dai Ayesha. Sur le chemin, Mustapha s'arrête pour acheter deux bouteilles de vin. Je ne peux pas m'empêcher de réagir :

– Comment peux-tu penser au vin dans un moment pareil ? Nous sommes tous bouleversés par cette histoire, crois-tu que tu auras le temps de siroter du vin ?

Il bafouille une mauvaise raison, puis me dépose chez nous en me recommandant de ne pas m'éloigner du téléphone. Il repart pour continuer ses recherches. Aux environs de 22 heures, Adila appelle enfin, l'air extrêmement blessée :

– Je ne reviendrai jamais dans cette maison ! Tout le monde me déteste. On m'a accusée d'avoir des vues sur Mustapha. Même toi tu le crois ! Je ne reviendrai plus jamais à la maison. Plus jamais.

Elle raccroche.

Je téléphone immédiatement à ma mère pour lui raconter la conversation. Une heure plus tard, Adila est à nouveau au téléphone, et j'essaie de la persuader de venir me voir.

– Tu sais bien que Père sera furieux quand il apprendra ça... Il faut que nous en parlions toutes les deux.

Elle se laisse fléchir, mais c'est moi qui dois la rejoindre dans le hall du Hilton. Je n'ai pas le temps de partir, Mustapha arrive. Je lui raconte le dernier épisode :

– Tu devrais me rejoindre au Hilton, pour la calmer. Il faut qu'on la ramène à la maison.

Il accepte de me retrouver là-bas, et je file, Naseeba et dai Ayesha à la traîne, pour sauter dans un taxi, vêtue d'un simple cafetan qui a l'avantage de servir de robe de grossesse. J'arrive à l'hôtel juste avant Mustapha, au moment où Adila fait une entrée remarquée dans le hall. J'aperçois quelqu'un d'autre aussi : Najeeb, un garçon qui fréquentait beaucoup notre appartement, un ami proche de Mir Bhutto. Il reste à l'écart pendant que nous allons nous asseoir à une table avec Mustapha. À voix basse, j'essaie de raisonner Adila, mais je vois bien qu'elle s'obstine ; alors, lassée de ses simagrées, je me tourne vers Mustapha :

– Mets-la dans la voiture et qu'on n'en parle plus. Si c'était ta fille, tu l'aurais déjà tuée. Tu ne serais pas là, assis à une table, en train de négocier son retour. Te rappelles-tu comment tu as agi avec Minoo ? Alors, mets Adila dans la voiture, tout simplement. Elle n'a qu'à obéir, elle n'a pas le choix.

Adila, têtue, refuse de rentrer chez nos parents. La moue boudeuse, elle me nargue :

– D'abord, je suis amoureuse d'un garçon, il est iranien. Je vais rester avec lui. Tu ne peux pas m'en empêcher.

Je la foudroie d'un regard qui ne l'impressionne pas beaucoup, dans l'espoir que Mustapha va se décider à jouer son rôle de beau-frère protecteur et autoritaire, comme il l'a fait avec Minoo. Or, au lieu de ça, et à ma grande surprise, je l'entends me suggérer :

– Écoute, on devrait la laisser avec son ami. Avec dai Ayesha comme chaperon, pas de problème...

Sidérant ! Cette attitude est contraire aux règles féodales qu'il prône en permanence. Je suis dégoûtée :

– Comment peux-tu envisager une chose pareille ? Adila doit rentrer à la maison, un point c'est tout ! Il n'y a pas d'autre solution !

Adila devient plus agressive, et le ton monte. Je mets de l'huile sur le feu en essayant de l'obliger à quitter sa chaise pour la pousser vers la porte. Elle se débat, déchire mon cafetan à hauteur du cou. D'abord, Mustapha reste passif, dans le souci évident de ne pas aggraver le scandale dans ce grand hôtel. Puis il propose un compromis :

– Si Adila ne veut pas venir avec nous, et si toi, tu ne veux pas la laisser seule, nous n'avons qu'à rester ici, tous ensemble, et y passer la nuit. Cela nous donnera le temps de résoudre le problème.

Najeeb surgit opportunément aux côtés de Mustapha, pendant qu'il demande une chambre à la réception. Je trouve cela bizarre, sans réussir à comprendre pourquoi. Tout est si confus dans ma tête, j'ai l'impression de participer à une mauvaise pièce de théâtre. Je pars à la recherche d'un téléphone et raconte à ma mère la suite des événements. Adila ne me lâche pas, pour être sûre que je ne vais pas révéler l'endroit où nous sommes.

Cette nuit-là, je partage mon lit avec Naseeba et Adila, tandis que Mustapha et dai Ayesha dorment par terre. Le lendemain à l'aube, ma mère et Minoo entrent sans prévenir dans la chambre. Mustapha, surpris en plein sommeil, bondit sur ses pieds, s'excuse rapidement : il doit absolument partir pour Liverpool, son voyage a déjà été remis, etc. Je lui trouve l'air vraiment lâche quand il passe la porte en vitesse. C'est donc à moi d'affronter la crise.

D'abord ma mère, en rage, explique qu'elle a passé la nuit à jouer aux détectives avec Minoo. Elles ont téléphoné à tous les hôtels de Londres, affolé les services de sécurité en réclamant que l'on recherche sa fille mineure. Finalement, son enquête a révélé que cette chambre, où nous sommes très précisément, a été réservée pour Adila, la veille au matin, par Najeeb, sous le faux nom de Samina Khan.

Les pièces du puzzle ont l'air de s'assembler. Des images fusent dans ma tête. Mustapha et Adila ont-ils passé la journée ici ? Se moquent-ils de nous ? Instinctivement, mon regard tombe sur ce lit où j'ai passé la nuit. Et si c'était les mêmes draps ? J'en ai la nausée. C'est pourtant clair, mais le légume qui me sert de cerveau refuse encore l'évidence. Adila raconte qu'elle est allée retrouver les frères Bhutto parce qu'ils sont amis avec son amoureux iranien. Elle affirme qu'ils ont passé la journée ensemble.

Minoo est dubitative. Ma mère et moi, nous préférons nous contenter de l'explication d'Adila, et enfouir nos têtes dans le sable...

Adila insiste pour venir chez moi, et comme Mère refuse, elle se met à vociférer :

– Et pourquoi ? Pourquoi je ne pourrais pas rester avec Tehmina ? Si je peux passer des nuits chez Rubina, je le peux aussi avec Tehmina ! Tu ne veux pas qu'on se rapproche, elle et moi ! Tu la détestes, je me demande pour quelle raison !

Mère abandonne la discussion et cède, épuisée. Mais la permission n'est que provisoire.

– Tu reviendras à la maison dès que Mustapha sera rentré de Liverpool !

J'aurais bien aimé discuter avec ma sœur en arrivant chez nous, mais elle avale des cachets pour dormir et n'émerge qu'au retour de Mustapha. Je lui rappelle les ordres maternels : elle doit partir maintenant. Refus et défi de sa part. Lasse, je me tourne à nouveau vers Mustapha :

– Alors ?

– Elle veut me parler, en privé. Je crois que j'arriverai à mettre de l'ordre dans sa tête. Si tu peux nous laisser un moment, ce sera plus simple.

– Je ne vois pas pourquoi elle ne parlerait pas devant moi ! C'est ma sœur ! Qu'y a-t-il ? De quoi a-t-elle peur ?

– Elle n'a plus confiance en vous tous. Tu irais tout raconter à sa mère. Elle a besoin de parler à quelqu'un en qui elle a confiance.

Il sait que je vais céder, et j'abandonne effectivement. Je ne peux pas, je ne veux pas croire qu'ils ont le front de me trahir. Mais je suis troublée, Mustapha a trop longtemps tiré sur mes ficelles, comme un marionnettiste, et mes fils se sont emmêlés, à l'infini, peut-être pour toujours.

Ce soir-là, Mustapha se dispute une fois de plus avec ma mère et avec Minoo. Elles sont arrivées toutes les deux à l'improviste, et d'un pas décidé. Ma mère semble fatiguée, mais son visage est résolu, sévère. Elle s'est armée du Coran.

– Adila ! Monte dans la voiture !

Adila commence à discuter, ma mère la fait taire d'une gifle cinglante. Puis elle se tourne vers Mustapha :

– J'ai dans les mains le Livre sacré. Je vous le demande en son nom, sortez de notre vie ! Vous êtes un misérable, un diable ! Vous êtes un destructeur ! Je vous préviens : ne jouez pas avec l'honneur de la famille ! J'exige que vous fassiez sortir ma fille d'ici immédiatement. Je ne la laisserai pas dans votre maison.

Sans broncher sous l'insulte, Mustapha prend ma mère par le bras et la guide vers le salon :

– Mais de quoi parlez-vous ? J'ai déjà sauvé l'honneur de cette famille, peut-être préférez-vous ne pas en parler, mais...

Furieuse, Minoo l'interrompt sans ambages, en l'accusant d'avoir corrompu une mineure.

– Et n'essaie pas d'inventer des histoires pour cacher la vérité. Je te préviens, avec moi, ça ne marche pas !

Quant à moi, je réagis en zombie, tellement conditionnée, incapable de discerner la vérité autant que d'en débattre. Mon rôle d'épouse, mon devoir sont de prendre la défense de mon mari. Mère n'écoute même pas, elle traîne Adila jusqu'à la voiture, Minoo la suit ; elles s'en vont toutes les trois sans ajouter un mot.

J'ai besoin d'apprendre la vérité de la bouche de Mustapha. Besoin d'écarter le doute. J'entame une discussion avec lui.

– Si je dois prendre ta défense vis-à-vis de ma famille, il faut que je sache tout.

Mustapha me fait alors la lecture d'un nouveau scénario.

– Minoo a raison, je suis allé chercher Adila à l'école ce jour-là. Je ne voulais dire à personne pourquoi j'étais avec elle, c'est pour ça que j'ai nié toute l'histoire. Adila était enceinte de ce garçon iranien. Je l'ai emmenée dans une clinique pour qu'elle se fasse avorter. J'ai sauvé l'honneur de la famille, et en retour, on me traite comme un malpropre. Il est étrange, ce monde qui condamne sans savoir...

Mon Dieu, je ne demande qu'à le croire, désespérément ! Armée de ce que je crois être une preuve de son innocence, je rends visite à ma mère. Elle veut tenir cette preuve en main : la facture de l'avortement. Mustapha ne l'a pas. Alors elle veut savoir où l'intervention a eu lieu. Mustapha refuse de le dire. Puisque c'est ainsi, Mère ne veut plus avoir affaire ni à moi ni à Mustapha. Nous ne pourrons plus nous voir. J'ai perdu ma famille.

Après cette révolution familiale, je me sens à nouveau chavirer. Rien ne va plus, je dors mal, je cauchemarde, je traîne ma vie comme un poids. Je fais part de mes angoisses à mon médecin accoucheur, le docteur Lucas. C'est une Galloise, qui a beaucoup de sympathie pour moi, la seule personne, en fait, à qui je peux me confier en ce moment. Elle est révoltée quand je lui avoue que Mustapha me bat, qu'il est très violent, et que je suis très malheureuse avec lui. Je lui demande des tranquillisants, elle refuse et rédige une ordonnance pour un calmant léger à base de plantes, qui ne mettra pas l'enfant en danger.

Mon père a payé d'avance les frais de l'accouchement, bien avant la rupture de nos relations, si bien que je bénéficie de la prestation d'une clinique de qualité à Hampstead. Mustapha m'y conduit le 27 décembre 1979. Il trouve ce luxe bien excessif pour un simple accouchement. Le docteur Lucas m'accueille chaleureusement en salle de travail mais reste froide et distante avec Mustapha.

Ma famille me manque ; une fois de plus je suis coupée d'elle au moment où j'en ai le plus besoin. En dehors des souffrances physiques dues à l'accouchement, la culpabilité me ronge. Je suis torturée à l'idée que mon bébé pourrait naître anormal à cause de ma tentative de suicide. On a eu beau m'affirmer qu'il n'avait pas souffert, je prie Dieu entre chaque douleur de pardonner mon égoïsme et d'épargner mon enfant. À la minute où je me redresse pour voir le bébé, mon cœur éclate ; le premier regard, c'est une émotion si extraordinaire...

C'est une petite fille ; elle est si belle que toute ma terreur s'envole pour faire place à un amour fou. Je l'appelle Nisha. J'attache à son cou ma médaille où est inscrit le nom d'Allah, pour la protéger contre le mauvais œil. Nisha, mon trésor tout neuf. Deux heures de contemplation, de bonheur entre mère et fille. Deux heures jusqu'à l'arrivée du père. Il s'assied sur le lit, tendu, nerveux, furieux contre je ne sais quoi. L'humeur que je redoute le plus chez lui. Je songe en silence à toutes mes frustrations, à cette vie gâchée. Même en admettant que cette histoire avec Adila ne soit pas fondée, comment un homme aussi intelligent que lui a-t-il pu démolir ainsi notre existence ? L'une des raisons qui m'ont poussée à l'épouser était de m'élever aux yeux de ma mère, et je n'ai récolté qu'humiliation et souffrance supplémentaires.

Je suis en clinique, je viens d'accoucher, c'est peut-être l'occasion de soulager ma rancœur, en toute sécurité. Il n'osera pas me toucher ici, dans un endroit public, et dans un moment pareil. Et puis j'ai besoin de parler, j'étouffe trop.

– Mustapha, tu as tout gâché. Si je suis ici seule, sans ma famille, c'est à cause de toi, des ravages que tu as provoqués avec tes intrigues. Tu te conduis comme une faiseuse de ragots de village qui n'est contente qu'en semant la zizanie dans les familles.

Il écoute ma tirade avec une rage grandissante, le regard noir. Je le vois bien, mais c'est trop tard : je ne peux plus m'arrêter.

– Tu as réussi à me séparer de ma famille. J'ai quatre sœurs, un frère, où sont-ils aujourd'hui ? Réfléchis. Qui est responsable ? Réfléchis...

Mustapha se lève et me gifle brutalement. Deux heures à peine après que j'ai mis au monde son enfant, dans cette chambre, il frappe. Méthodiquement, comme d'habitude. Sa main balaie mon visage, les joues, de droite à gauche, le front, la nuque, d'avant en arrière. Il enchaîne avec sa tactique favorite : me tordre l'avant-bras à la limite de rompre les os du coude. Puis il me laisse meurtrie et abattue sur mon lit d'accouchée. Monsieur va chercher son fils Bilal à l'aéroport. Celui-ci a maintenant treize ans, et vient du Pakistan pour vivre avec nous.

Le docteur Lucas me trouve en pleurs. Pourquoi un tel chagrin en un si beau jour ? Elle devine puis m'écoute en silence lui raconter la visite de Mustapha. Elle me dit doucement :

– Tehmina, personne ne peut vous aider si vous ne vous aidez pas vous-même.

Elle a raison. J'aurais dû crier quand il m'a frappée. Attirer l'attention des médecins, des infirmières, exiger qu'on appelle la police...

La police ? Que peut faire la police ? Que peut faire le docteur Lucas ? Sermonner Mustapha, et puis, tôt ou tard, je serai seule avec lui, et ce sera pire qu'avant. Mon silence n'a pas pour but de l'épargner. C'est moi que je protège en me taisant.

Mon père n'a pas téléphoné, il n'est pas venu nous voir, mais il a envoyé une médaille gravée d'une prière. Son geste m'a beaucoup touchée. Il signifie qu'il ne m'oublie pas dans ses prières, et j'en ai bien besoin.

Pour m'aider, le docteur Lucas a invoqué des raisons médicales afin de me garder quelques jours de plus en clinique. Maintenant, le moment est venu de partir. Mustapha vient me chercher, les bras chargés d'un cadeau superbe : un manteau en cachemire blanc.

En guise de compensation, je suppose.

15

La mort de Bhutto a provoqué une scission dans la communauté en exil ; une partie s'écarte de Mustapha pour se regrouper autour des deux fils du martyr. Les prétendus révolutionnaires, ayant dépassé le stade de la carabine à air comprimé, sont en quête d'authentique. Al-Zulfikar, la branche armée du Mouvement de libération du Pakistan, vient de naître. Les frères Bhutto épluchent la liste des partisans de Zia en programmant l'assassinat des personnages clés du régime. Ils ont organisé en Afghanistan, à Kaboul, un camp d'entraînement secret. On ne sait avec l'aide de qui. Mustapha n'est pas au cœur du complot, mais il apprend certains détails et se méfie de cette tentative pour déloger de force les généraux. Il peut comprendre l'impatience des Bhutto, mais ne peut pas cautionner leur plan. Les Pakistanais n'aiment pas l'assassinat et le sabotage. De plus, Al-Zulfikar attirera non seulement les extrémistes, mais également l'intérêt des services secrets du monde entier. Mustapha craint aussi que l'exigence de ce groupe armé donne à Zia le prétexte d'une chasse aux sorcières dans les rangs des sympathisants du Parti populaire, de manière à le rayer définitivement de la carte politique. La terreur va faire naître la terreur, l'innocent connaîtra la torture et la potence. En somme, l'avis de Mustapha sur cette branche hors la loi est qu'elle va ternir l'image du Parti et ralentir le processus de lutte pacifique pour la restauration de la démocratie. De plus, ce mouvement est dangereux dans un pays d'asile. Il lui préfère des méthodes plus prosaïques. Il voyage à travers tout le pays et sur le Continent, organisant des réunions publiques, secouant les esprits découragés, reconstruisant laborieusement le Parti. Il est devenu l'infatigable orateur pacifiste, le défenseur obstiné du changement dans la paix. De ce fait, nous recevons maintenant beaucoup de vieux amis, des fidèles, et j'aime participer aux discussions politiques. En dépit de l'horreur de ma vie privée, j'ai l'occasion de trouver là une raison de vivre, un but, en travaillant pour la libération de mon pays.

Le 18 février 1980, jour anniversaire de mes vingt-sept ans, mon père téléphone enfin. Au bout de trois mois de rupture familiale, il fait un geste de pardon. Personne n'a encore vu la petite Nisha. Père me demande ce que je désire pour mon anniversaire :

– Vous voir.

Gêné, il répond :

– Alors, venez ce soir.

Mustapha accepte joyeusement.

Le soir même, alors que nous montons l'escalier qui mène à l'étage supérieur de la maison, nous croisons Adila qui en descend. Mustapha ne peut pas faire autrement que de l'ignorer et de me suivre. Un symbole pour moi, dans cet escalier de la maison familiale, de mon ascension et de la chute d'Adila.

La vie de famille va reprendre progressivement un rythme plus cohérent. Mais on dirait que chaque fois que je fais un pas vers ma famille, je m'éloigne en même temps de mon mari.

Son tempérament obsessionnel prend une forme perverse. Dès qu'il me voit rire ou plaisanter avec mes parents, son humeur change. Je sais que dès que nous serons seuls, il trouvera un prétexte de dispute qui mènera inexorablement à la violence.

Cette nuit-là, à peine sommes-nous rentrés qu'il se lance dans d'interminables reproches, jusqu'à ce que la lumière du jour pointe à travers les rideaux. Il reprend chacun de mes propos, les détourne, les contourne, et me les retourne à l'envers tant et si bien que je perds le fil de ma propre logique. Chaque argument est souligné d'un coup de poing ou d'un coup de pied. Et je n'ai plus qu'à présenter des excuses pour tel ou tel prétendu outrage que j'ai pu commettre sans le savoir.

– Tu regrettes sincèrement ?

– Oui.

– Vraiment sincèrement ?

– Oui, oui.

– Ta voix sonne faux. On ne dirait pas que tu regrettes.

C'est comme au temps de mon enfance, quand j'obéissais à ma mère sans avoir l'air d'obéir.

– Mustapha, je suis éreintée. Je t'en prie, crois-moi, je regrette.

– Mais tu n'es pas vraiment consciente d'avoir fait quelque chose de mal !

– Mais si, je l'ai fait, je l'ai fait.

– Il y a deux heures, tu défendais encore ton opinion !

– Je pensais...

– Tu pensais ! Et tu pensais quoi ? Que tu pouvais justifier tes actes ? Tu penses encore ?

– Non. Tu m'as démontré que j'avais tort de penser.

Notre relation n'est plus qu'une longue dispute. Ces escarmouches verbales et nocturnes sont devenues pour lui le seul moyen de communiquer avec moi. Son répertoire d'insultes est tellement odieux qu'il ferait rougir la dernière des prostituées. Il peut me mettre en lambeaux rien qu'en parlant.

Et je porte seule la responsabilité de camoufler nos rapports. Mustapha est diaboliquement intelligent, très habile à rejeter le blâme sur moi. Car si les autres apprenaient la façon dont il me traite, la réprobation rejaillirait sur moi, forcément. On ne traite mal qu'une femme blâmable... Dans une société dominée par les hommes, Mustapha émergera toujours du conflit innocent et pur comme la rose.

Malgré le fiel qui empoisonne notre existence intime, nous nous conduisons officiellement en hôtes affables, recevons nos amis, des journalistes, des politiciens de renom, tous ces gens qui se pressent à notre porte comme si de rien n'était. Une vie de schizophrène.

Mustapha joue le rôle de cuisinier en chef dans la préparation des dîners, Ayesha et moi lui servons de gâte-sauce. Il a de vrais délires gastronomiques ; Ayesha épluche et coupe en morceaux, je nettoie le désordre. Pas question de modifier un détail, il pique une colère. Pas question de lambiner, de ne pas tendre le bon ustensile au bon moment. La proximité d'une série de longs couteaux, énormes et parfaitement aiguisés, ajoute une dimension effroyable à ces exercices culinaires. Dai Ayesha a aussi peur que moi. Elle n'est que domestique, Mustapha n'a même pas besoin de justifier ses violences à son égard. Aucune erreur n'est admise, le moindre oubli et c'est la main de Mustapha en plein visage, ou son pied au derrière. Pour lui, elle n'a pas de nom autre que « sale putain ». Elle n'a aucun moyen d'échapper à son sort. Elle ne parle pas anglais, n'a ni argent ni passeport. Si jamais elle osait partir, la famille de Mustapha se vengerait sur sa vieille mère ou ses autres parents, à Kot Addu. Elle est ligotée.

Comme Mustapha m'épie sans arrêt, chacun de mes gestes est calculé et raide. Il adore me voir crispée de la sorte.

Je suis même supposée lui plaire et être à ses ordres quand il n'est pas là. Une vague affaire financière et politique l'emmène aux États-Unis, d'où il m'appelle tous les matins, sans se soucier du décalage horaire. Si j'ai l'air endormie, il se fâche. J'ai le devoir de rester éveillée, en alerte, et d'attendre son appel. Il est supposé me manquer beaucoup.

Je me souviens de Sherry, si contente lorsqu'il partait, si angoissée à l'approche de son retour, au temps où je me trouvais différente d'elle...

C'est au cours d'un de ces voyages que Mustapha m'accorde par téléphone la permission d'aller faire des courses avec Zarmina et Adila à Brent Cross. Je m'achète des magazines, en prévenant mes sœurs de ne pas en toucher un mot à Mustapha. Il estime que la lecture des journaux est une perte de temps et d'argent. Nous gloussons comme des écolières en goguette de partager ce secret abominablement pervers.

Le matin suivant, Mustapha téléphone pour m'interroger sur ma sortie. Il veut savoir ce que j'ai acheté. Je dis tout, sauf les magazines.

– Qu'as-tu acheté d'autre ?

Le ton de sa voix est presque surnaturel, diabolique.

– Rien.

– Je t'ai demandé ce que tu as acheté d'autre ! Réponds la vérité !

– Mais rien.

– Je sais que tu as acheté autre chose. Je le sais !

Le ton est devenu menaçant, sinistre, il m'effraie.

– Je sais toujours tout. Tu m'as désobéi. Tu as acheté des magazines. Avoue-le !

Et je cède sous la pression de ce contre-interrogatoire dément. Comment sait-il ? J'avoue, mais pendant qu'il m'insulte à longue distance, je pense tout à coup en un éclair :« Adila ! »

Mustapha est en train de faire sa gymnastique quand le téléphone sonne. Il répond au rez-de-chaussée, juste au moment où je décroche l'appareil du premier étage. C'est la voix d'Adila. Ma sœur Adila, que j'entends dire à mon mari :

– Tu m'aimes ? Dis-le ! Dis-moi que tu m'aimes !

Je retiens ma respiration à en suffoquer.

– Plus que tu ne le sauras jamais...

Je me sens salie, trompée, et paralysée par ce que je viens d'entendre.

Minoo avait raison, mon intuition était bonne. Je faisais la sourde oreille, mais cette fois, je ne peux plus nier l'évidence. Je sais. Mais je ne peux ni affronter ni confondre mon mari et ma sœur. Je ne peux pas crier, me révolter, fuir, les laisser à leurs horreurs.

Que faire, comment m'y prendre ? Sur le moment je suis incapable de réagir. Je reste là, plantée en haut de l'escalier devant ce téléphone, anéantie. Il sonne à nouveau. Cette fois, je décroche volontairement, pour entendre Mustapha promettre à quelqu'un de lui trouver un passeport. Quelques instants plus tard, un troisième appel. Dai Ayesha décroche, puis annonce que Choudry Hanif, un « camarade » de Mustapha, le demande. Il prend la communication. Armée de tout mon courage, je saisis doucement l'appareil. Mustapha dit :

– Je vais t'avoir un passeport, ne t'inquiète pas. Ça va prendre un peu de temps, mais je l'aurai.

Ce n'est pas Choudhry Hanif, mais ma sœur Adila qui répond :

– Dépêche-toi, je t'en prie, fais vite. Je ne peux plus supporter d'être séparée de toi. Je veux partir d'ici, je veux vivre ma vie avec toi, rien qu'avec toi.

J'ai envie de vomir. Je suis incapable de pleurer, de hurler dans le téléphone, de les insulter, de réagir... Rien. Seulement vomir. Je raccroche comme une fautive.

Et puis l'idée d'une contre-attaque commence à germer dans mon esprit. Après tout, moi aussi je peux mentir. Cet après-midi-là, nous rendons visite à mes parents. Je brûle de rage et d'humiliation en silence ; je ne sais pas si Mustapha s'en rend compte, en tout cas il ne le montre pas. À un moment, je m'arrange pour être seule avec ma mère et Adila dans la chambre de mes parents, et je déclenche l'offensive, en m'adressant à Mère :

– Mustapha m'a parlé d'Adila. Il se plaint de sa façon de le harceler sans cesse. Il en a vraiment assez. Adila cherche à démolir notre mariage. Mon mari refuse ses avances, il faut qu'elle arrête, c'est sa faute à elle, c'est ma sœur qui est coupable. Pas Mustapha. Il t'avait pourtant conseillé de surveiller ta fille, cette fois, elle a dépassé les limites de la décence.

Adila explose, elle sait que je bluffe :

– Ce n'est pas vrai ! Il n'a jamais pu dire ça ! Vas-y ! Demande-lui de venir, qu'il me le dise en face ! Cette histoire le regarde, alors qu'il nous confronte toutes les deux !

Mère commence un sermon de moralité, puis devant la moue furieuse d'Adila se fâche :

– Tu vas arrêter ces bêtises ! Je t'avertis que si ton père l'apprend, il te tue !

J'ajoute :

– Adila, j'ai suffisamment de problèmes sans que tu t'en mêles. Tu vas nous laisser tranquilles. Nous vivons en ce moment une période difficile et incertaine. Nous sommes déracinés, en exil, et tu voudrais faire un enfer de cette vie ? J'ai déjà assez de mal à la supporter.

– Je n'ai rien fait, ce n'est pas vrai ! Tu n'as qu'à faire venir Mustapha ! Pourquoi ne l'appelles-tu pas ? On saurait la vérité ! C'est toi qui mens, pas lui !

Elle a un tel culot, une telle assurance, qu'elle me force au retranchement, à la déroute complète, et au silence. Elle a réussi à me prendre au piège, à m'enfermer dans une sorte de labyrinthe, où je ne sais plus qui accuse et qui est l'accusée, quelle est la raison de notre dispute, et ce que je voulais prouver.

En prenant la défense du principal auteur de ce crime, je voulais dissimuler mon humiliation d'être trompée. Mais Mustapha, lui, est du même côté de la barre qu'Adila, et moi je suis seule, à plaider dans mon coin, à essayer de le disculper dans cette affaire. Pourquoi ? Pour me protéger, m'épargner la honte d'être abandonnée publiquement par mon mari. Psychologiquement, je ne peux pas accepter leur liaison, c'est trop dur. Je veux qu'Adila croie que Mustapha ne la désire pas, et que, en réalité, il la repousse. Je souhaite que ma mère pense que l'homme que j'ai choisi pour échapper aux complexes de mon enfance est honorable. Je veux, je souhaite, j'espère... et je ne trouve pas d'argument, et le sourire narquois d'Adila me désintègre :

– Tu vois bien que tu mens !

De retour chez nous, j'attends qu'Ayesha ait couché les enfants, que Bilal, le fils de Mustapha, se soit retiré dans sa chambre. Maintenant, nous sommes seuls, Mustapha et moi, dans le grand salon. Quelques meubles, un divan, un fauteuil alignés contre les murs laissent un vide immense au centre de la pièce. Là, au milieu, je me sens relativement en sécurité ; j'ai de la place pour manœuvrer s'il le faut.

Comment le dire à Mustapha ? Par où commencer ? Mon cœur bat trop fort, la peur martèle ma poitrine comme une horloge déglinguée. Il faut que je choisisse avec soin chacun des mots que je vais prononcer, qu'ils soient le reflet de la vérité qui lui convient, qu'ils disent que j'ai essayé de le défendre « lui », d'abord lui.

Je commence par lui annoncer que j'ai surpris ses conversations téléphoniques avec Adila. Ensuite, j'avoue que j'ai accusé Adila devant ma mère, de façon à ce que le blâme ne retombe que sur elle et que mes parents n'aient aucun doute sur son comportement à lui.

Les rouages de cette mécanique compliquée tournent dans la tête de Mustapha, les mots s'enclenchent, et je réalise instantanément mon erreur : avoir mis Adila dans le bain. Acculée, elle va trouver le moyen de dire la vérité ! Si Mustapha avait pu se croire sauvé grâce à mon intervention, il serait aux anges. Au contraire, il se voit piégé, sûr qu'Adila va parler. Tout est bouleversé, ma laborieuse stratégie inversée. Maintenant, c'est moi la coupable !

Tout se passe en quelques secondes. Les yeux de Mustapha cherchent sa carabine à double canon accrochée au mur, près de la télévision. Il l'attrape d'un geste rapide de la main droite, et la jette sur moi dans le même mouvement. La crosse en bois m'atteint en plein visage, et je m'effondre. Une force inconnue, un instinct animal me redressent. Debout sur mes jambes, je hurle :

– Tu as détruit ma vie !

Il me fait taire d'un autre coup de crosse. Effondrée à terre, mes jambes repliées contre mon ventre pour me protéger, la tête baissée, je prends systématiquement les coups, sans défense possible. Il frappe, frappe, frappe avec le lourd fusil, sur le dos, les flancs, les jambes, comme un forcené, mais un forcené qui ne perd pas la tête au point de cogner sur la mienne. Toujours éviter la tête, c'est trop visible.

Je vois trouble, son visage est flou, symbole flou de la violence qu'il faut craindre, devant laquelle il faut s'aplatir, ne pas poser de question, ne pas penser, tout subir. J'ai beau essayer d'étouffer mes cris pour que les enfants et dai Ayesha n'entendent pas, je n'y parviens pas. Ils sont tout près de là, sûrement, recroquevillés de terreur. Je hurle pour que Bilal se porte à mon secours. Personne ne vient. Mustapha ne s'arrête qu'en voyant l'ampleur des dégâts. Certains coups ont dévié, ma bouche est en sang. Il rage :

– Appelle ta mère immédiatement ! Dis-lui que tu es folle ! Dis-lui que tu as tout inventé ! Allez ! prends ce téléphone !

En sanglotant, je bafouille :

– Je... je ne peux pas faire ça... elle ne me croira jamais... Si je lui raconte autre chose, elle va se douter que...

Il m'arrête d'un autre coup de crosse d'une force inouïe.

– Lève-toi, espèce de putain ! Lève-toi !

Le ton de sa voix a changé. Il est froid, déterminé, comme une menace de mort :

– Lève-toi !

À peine capable de bouger, j'obéis pourtant à l'ordre glacial, et scandé :

– Enlève tes vêtements ! Jusqu'au dernier ! Tu m'entends ! Enlève ! Enlève !

Je m'agrippe maladroitement au tissu de ma chemise, comme pour me recouvrir d'un geste instinctif, et aussitôt il attrape mon bras, le tord dans mon dos jusqu'à ce que je pousse un hurlement déchirant de douleur :

– J'obéis ! J'obéis !

Il recule pour s'asseoir dans un fauteuil et m'observer pendant que je commence lentement à retirer ma chemise. Seule au milieu de la pièce, cette pièce vide qui me semblait tout à l'heure propice à esquiver les coups, et n'offre aucun moyen de se cacher. Je laisse glisser mon pantalon ; vêtue d'un soutien-gorge et d'un panty, je l'implore, en larmes, silencieusement, de me permettre d'arrêter là. Mais il ne m'accorde aucun sursis. Le sang séché brûle sur mes lèvres enflées, sur mon nez, j'ai mal jusqu'au vertige. De mes mains tremblantes, je retire mes sous-vêtements.

Il est assis dans son fauteuil, les mains sur les accoudoirs, comme un roi sur son trône. Il parcourt des yeux mon corps nu et grelottant, comme s'il en prenait possession à distance.

L'expression de son visage à ce moment-là est écœurante. Les lèvres sont resserrées méchamment, les yeux rétrécis fouillent, percent avidement ma nudité. Jamais auparavant je ne me suis sentie si totalement humiliée, et sous l'emprise d'un pareil pouvoir. Je lis sur ce visage l'importance de cet instant pour lui, la jouissance qu'il en tire. Il sait qu'il est en train de broyer mon esprit, de le réduire à néant, peut-être sans rémission. Il sent que je ne fonctionnerai plus comme un être normal. Il ne me reste plus une miette d'amour-propre. La honte absolue, totale, a réduit mon orgueil en cendres. Je suis là, exposée au regard de cet homme, comme si je n'étais rien.

– Je t'en prie, Mustapha, pour l'amour du Prophète laisse-moi me rhabiller... je t'en supplie...

– Attrape ce téléphone. Appelle d'abord, on verra après.

– Comment veux-tu que j'aille téléphoner sans mes vêtements... s'il te plaît, laisse-moi les remettre d'abord.

Il m'abreuve d'insultes et d'infamies, traîne ma

famille dans la boue. Je n'entends même plus. C'est le vide, tous mes sens sont engourdis. Dans l'impossibilité d'avancer, d'atteindre quoi que ce soit, je tiens debout avec peine, mes genoux s'entrechoquent, mes jambes se dérobent. Mes mains, mes bras ne parviennent pas à cacher ma nudité. Je tente alors de m'agenouiller, il hurle, et je me redresse aussitôt. Debout par miracle, automate impudique et vacillante, pleurant, suppliant, invoquant Allah et son prophète.

– Je vais appeler, permets-moi d'enfiler ça.

Il attrape ma chemise tachée de sang et me la jette au visage. Il observe intensément mes gestes douloureux pour me glisser dans la chemise, les lèvres pincées d'une joie mauvaise.

J'appelle ma mère, morte de honte. Mon cerveau et ma bouche sont déconnectés, je bafouille. Au lieu de dire : « Maman, je t'ai raconté des mensonges », j'inverse le texte et je dis : « Maman, je t'ai dit la vérité. » Je n'ai plus de coordination, je ne me rends même pas compte de la différence, tout est emmêlé, mon cerveau pense « mensonge », ma langue dit « vérité ».

Mustapha m'arrache brutalement l'appareil des mains et raccroche. Il frappe avec une vigueur renouvelée, une force décuplée ; je réalise enfin mon erreur, supplie qu'il me laisse une chance de recommencer. Je deviens folle.

J'appelle à nouveau, en grelottant de peur, pour dire à ma mère ce que Mustapha veut entendre. Après quoi, il prend l'appareil d'un air triomphant, mais c'est d'un ton de fausse compassion qu'il chuchote :

– Tehmina ne va pas bien du tout. Elle est en train de devenir folle.

Je l'entends parler de la maladie de mon enfance, de ma dépression, de mes idées de suicide. Il sait que ma mère attribue toujours le moindre de mes sentiments inhabituels à cette fameuse méningite. Alors il en rajoute :

– Elle imagine des choses, elle fabule, elle doit détester Adila pour des raisons qui m'échappent. Vous le savez peut-être mieux que moi, vous êtes sa mère. Ce complexe qu'elle a vis-à-vis de sa sœur, c'est de la jalousie. Je vous assure qu'Adila n'a jamais commis le crime dont l'accuse Tehmina. Je suis déconcerté par tous ses mensonges, tous ses soupçons. Elle invente des histoires pour faire du mal aux autres et se blesser elle-même. Après ça, elle pleure, crie, regrette, elle est inconsolable. Je vous assure qu'il me faut de la patience pour supporter tout ça. Ce qu'elle a fait aujourd'hui est un exemple de ce que je subis quotidiennement. Elle se prend pour une reine de tragédie.

Cette même nuit, Mustapha implore mon pardon pour m'avoir infligé une telle humiliation, mais il essaie toujours de rejeter le blâme sur moi : mes oreilles ont mal entendu, j'ai imaginé cette conversation entre Adila et lui. Je l'entends me dire avec affront :

– Ces choses-là arrivent aux gens très amoureux, tu sais, comme toi... Ils aiment avec une telle passion qu'ils sont capables d'imaginer entendre ce qui les effraie. C'est de l'autosuggestion. Ils peuvent en devenir fous. Tu n'es pas assez forte, mentalement, à cause de cette méningite. Ce n'est pas vraiment ta faute, j'aurais dû être plus indulgent.

Maintenant, il me gratifie d'un sourire sirupeux, ouvre les bras et ordonne tendrement :

– Viens près de moi.

Je viens. La zombie se laisse bercer et serrer dans ses bras. Puis Tehmina s'arrache à son étreinte pour pleurer tout son soûl. Je sais bien qu'il ment, et que je n'y peux rien. Mon esprit est mort. Mon âme enterrée.

Après cette nuit-là, je me suis sentie nue, longtemps.

Une semaine plus tard, Mère est au téléphone, furieuse :

– Ton mari devrait être dans un asile de fous !

Ce déchaînement me surprend. Que s'est-il encore passé ? Adila prend la ligne, et je comprends que les craintes de Mustapha étaient justifiées. Adila a tout avoué à ma mère, et c'est à moi, maintenant, qu'elle se confesse, en mesurant ses mots faussement pudiques.

– J'ai dormi avec lui pendant trois nuits. Je te dis ça en amie, et non en sœur : Mustapha te déteste, Tehmina. Mère aussi te déteste. Il y a sûrement quelque chose qui ne tourne pas rond chez toi. À ta place, je le quitterais avant qu'il ne te quitte. Aie un peu de respect pour toi-même.

Après cet avertissement, elle me donne les détails précis de sa liaison. Le fils de Mustapha, Bilal, et dai Ayesha sont au courant depuis longtemps. Bilal arrange les rendez-vous et sert d'intermédiaire.

– C'est lui qui fait les réservations à l'hôtel, au West Lodge Park. Dai Ayesha l'a toujours su. Demande-lui. Tu te souviens du jour où Mustapha m'a déposée à l'école ? En réalité, il m'a violée dans l'appartement. Il n'y a jamais eu de fiancé iranien. C'est Mustapha depuis toujours. Et ce jour-là, au Hilton ? J'étais avec lui toute la journée. Quand il t'a appelée, j'étais là aussi...

Une rage folle m'envahit. Folle. Cette fois je le suis réellement, de rage.

– Bilal, c'est vrai ? Tu es au courant ?

– Il faut le demander à mon père...

– Dai Ayesha ?

Elle secoue la tête sans prononcer un mot.

« Demander à mon père »... Leur silence est la confirmation, la preuve. Ils ont peur de répondre, mais ils sont impliqués dans cette histoire, les traîtres ! La colère m'est montée au nez, puis retombe. Ils sont comme moi, ces deux-là, soumis, aux ordres de Mustapha ; ils n'ont pas plus le choix que moi. Il faut que je me calme. Que ma colère vise celui qui la mérite.

Mustapha rentre peu de temps après ce coup de téléphone. Il vient me retrouver dans ma chambre, où je m'efforce de ne pas trembler, de contrôler les soubresauts nerveux qui agitent mon corps. Je suis dans un tel état de rage et d'épuisement que j'y parviens mal. Même ma voix tremble. Je dois puiser dans mes réserves mentales et physiques, pour trouver le courage d'affronter mon mari.

Il nie tout. Il s'efforce de rester imperturbable, mais je vois bien qu'il est aussi traumatisé que moi. Je le mets au défi d'appeler Adila, de la confronter à ses responsabilités ou à ses mensonges. Il refuse, mais la chance n'est pas de son côté aujourd'hui. Le téléphone sonne. C'est Adila. Il lui parle en tenant compte du fait que j'ai pris l'écouteur.

– J'aime ma femme et mes enfants. Je t'aime aussi, mais comme une sœur. Il ne faut pas te conduire comme ça, tu nous fais du mal à tous.

Après cette conversation à sens unique, il se met devant moi, la main sur le Coran, et jure que cette « affaire » n'existe que dans les fantasmes obsessionnels de ma sœur Adila.

– Tehmina, il faut que tu comprennes qu'elle a un problème sérieux avec toi. Elle veut à tout prix briser notre mariage. Tu la connais, mentalement elle ne va pas très bien, pas bien du tout. Comment peux-tu croire tout cela ? Tu ne vois pas qu'elle se sert des incidents de cette période où tu la soupçonnais pour broder une histoire ? Et ta mère la croit ! Ne te laisse pas faire par ces deux-là. Ta mère mange dans la main d'Adila. Nous devons lutter ensemble contre Adila.

Bien entendu, je n'accorde aucun crédit à son discours. Mais je suis prête à vivre avec ce mensonge, tant je suis soulagée de l'entendre enfin dire quelque chose contre ma sœur. Et puis, je dois l'avouer, je ne me sens pas capable de vivre seule. La fuite n'est pas une solution. Il prendrait les enfants, il prendrait l'argent. Il prendrait peut-être même ma vie...

Notre mariage ne tient pas sur une relation à deux, mais sur des forces extérieures. Mon ego, la peur de l'échec aux yeux de ma famille, de ma mère, et de la société, la peur de perdre mes enfants, la peur de perdre mon statut de femme mariée pour la deuxième fois... La peur.

Mais l'élément le plus important demeure Adila. Si mon mariage casse, elle gagne, et c'est moi qui perds.

J'appelle ma mère avec l'audace du désespoir, pour lui dire une seule chose : que mon mari n'est pas à blâmer si ma sœur n'est qu'une garce. Avec cet argument-là, il est évident que les relations familiales sont à nouveau rompues. Mère se précipite en Espagne avec Zarmina et Adila. Le but est de faire disparaître comme par enchantement ma saleté de sœur des lieux du crime. Zarmina est chargée de consoler l'enfant perdue, de cajoler la petite dernière en lui servant le petit déjeuner au lit. Zarmina est considérée comme la servante personnelle de la reine Adila. Mère achète à Marbella un trousseau pour sa petite fille chérie de quatorze ans, pour la tranquilliser, lui changer les idées. Mère se justifie en expliquant qu'Adila « a souffert de la trahison d'un homme », et qu'elle a « le cœur brisé. Elle était si jeune, si impressionnable, et cet homme en a profité ».

Zarmina rumine l'injustice de sa situation d'esclave ; elle pleure sur son avenir et sur le mien.

16

Nous sommes dans l'avion en direction de Sarjah dans les Émirats arabes unis, et c'est seulement en plein vol que Mustapha m'annonce que nous irons aussi en Inde rencontrer Rajiv, le fils du Premier ministre Indira Gandhi. Aux yeux de la loi pakistanaise séjourner en Inde est un acte de trahison passible de mort. Pour Mustapha, ce n'est qu'un moyen de parvenir à ses fins. S'allier avec l'Inde contre le Pakistan ; il appelle cela du « bhuttoïsme ».

À Sarjah, la nuit précédant notre départ pour Delhi, nous passons la soirée avec un homme du Parti populaire qui ne sait rien de sa mission secrète en Inde. Or, Mustapha se coupe en évoquant notre départ du lendemain. L'homme voudrait nous y accompagner, mais il n'a pas de visa. Mon mari m'étonne en se vantant de pouvoir lui en obtenir un facilement.

À notre arrivée à Delhi nous passons, Mustapha et moi, le contrôle de police sans ennui, mais notre compagnon se fait arrêter. Comme une journaliste indienne fort connue était dans le même avion que nous, elle s'intéresse immédiatement à l'incident, veut savoir comment nous avons fait pour entrer *sans* visa, que représente Mustapha dans la politique pakistanaise, comment le gouvernement pakistanais permet-il cela, etc.

Cette publicité involontaire déplaît à notre hôte indien qui, ayant appris l'incident, refuse de se compromettre en rencontrant Mustapha. Dans un message poli, mais ferme, il explique le risque que nous avons pris en attirant l'attention sur notre visite clandestine.

Les tractations secrètes continuent néanmoins en Angleterre, et à mon insu, Mustapha réussit à obtenir une rencontre avec Indira Gandhi elle-même ! J'attends alors mon quatrième enfant.

Mustapha est reparti en Inde. J'en suis à mon deuxième trimestre de grossesse quand j'apprends que ma sœur Zarmina, âgée de dix-sept ans, va épouser Riaz Quraishi, le fils de Nawab Sadik Hussain Quraishi, ex-gouverneur du Panjab nommé par Bhutto à la succession de Mustapha au moment de leur brouille. J'apprends ce mariage par une tierce personne, car ma mère ne veut plus entendre parler de moi ; les ravages de Mustapha dans la famille m'écartent même des nouvelles les plus importantes. Mustapha ne va pas aimer cette alliance, ni politiquement ni personnellement.

Sadik Quraishi a abandonné la politique, il appartient maintenant au monde des affaires. Il est propriétaire de la licence Pepsi Cola au Pakistan. Sa famille est ultra-conservatrice, les femmes sont extrêmement gâtées chez eux, et pour Zarmina, qui ne rêve que de mode, de vêtements et de bijoux, ce mariage arrangé est une excellente chose. Riaz est un bon parti, bien qu'elle ne l'ait vu qu'une seule fois, à l'occasion d'un thé en famille. Ils ne se sont parlé qu'au téléphone, et très peu de temps. Riaz vient en visite à Londres durant les fiançailles, mais les jeunes gens ne sont pas autorisés à se voir sans chaperon.

Je suis heureuse pour ma sœur ; ses prières sont récompensées, elle va échapper à la tyrannie de ma mère et d'Adila. Zarmina a toujours été une enfant gaie, en dépit du traitement de faveur que ma mère accordait à nos sœurs au teint clair. De par son âge, elle est prise en sandwich entre Minoo l'intrépide, et Adila la manipulatrice. Zarmina est la Cendrillon officielle de la maisonnée. Son statut obligatoire de servante d'Adila était une torture pour elle ; ce mariage va la libérer.

Le futur époux et sa famille arrivent à Londres afin de préparer l'événement. J'ai le cafard ; nous étions très proches, Zarmina et moi, j'aimerais tellement être avec elle ce jour-là pour chanter, danser, partager son nouveau bonheur. Mais je ne suis pas invitée.

Je pense à elle pendant toute la semaine qui précède la cérémonie. J'imagine sa robe de mariée, toutes ces choses nouvelles et excitantes qu'elle est en train de vivre. Je la vois, comme si j'étais avec elle, admirer le trousseau, humer les parfums, s'extasier sur les bijoux...

Le téléphone interrompt ma rêverie. Je décroche ; personne ne répond. Je tends l'oreille pour mieux écouter, et j'entends au loin des chants de mariage, l'inévitable *dokhi*, cette cuillère en argent que l'on frappe pour accentuer le rythme de la musique. J'entends des rires... Puis la ligne est coupée.

L'appel se renouvelle ; le jeu devient diabolique, quelqu'un s'amuse à m'humilier en profitant de mon isolement. Les coups de téléphone se multiplient tout au long de la semaine, je sursaute à chaque sonnerie, je voudrais ne pas répondre, mais je ne peux pas m'en empêcher. Qui me hait à ce point ? Adila ?

Une de mes amies va me servir d'envoyée spéciale au mariage de Zarmina. Je veux que ma sœur sache que malgré mon absence forcée je l'aime, et que je prie pour son bonheur. En revenant de la cérémonie, mon amie me dit que Zarmina a pleuré en lisant le mot que je lui ai fait parvenir. Mon « espionne » étale devant moi des photos Polaroïd où l'on voit Zarmina dans une robe époustouflante. Le tissu de soie est entièrement rebrodé d'argent et de turquoises. Une rivière de diamants étincelle à son cou. Ma petite Cendrillon est devenue princesse, je suis une pauvre citrouille solitaire.

Au retour de Mustapha, je lui parle des coups de téléphone mystérieux que j'ai reçus toute la semaine, mais il m'envoie promener ; d'après lui, mon cerveau divague sur des chemins de plus en plus inquiétants.

Pour me distraire de ma prétendue névrose, il étale les vêtements qu'il m'a rapportés et me donne les dernières nouvelles. Il a rencontré Indira Gandhi. L'Inde est l'ennemi traditionnel du Pakistan de Zia, mais pas de la nouvelle nation qu'il est en train de façonner ! L'entretien secret a duré une heure, dans la résidence du Premier ministre à New Delhi. Indira Gandhi s'est exprimée avec aisance et simplicité. Ils ont évoqué l'exécution de Bhutto, parlé de la restauration de la démocratie au Pakistan. La première dame de l'Inde et le Lion du Panjab en exil ont tenté d'analyser les raisons de cette continuelle hostilité entre leurs deux pays. Ils ont conclu tous les deux que l'armée pakistanaise avait particulièrement intérêt à maintenir des tensions à la frontière : qui dit tension dit nécessité d'avoir une armée.

Mustapha est très content de lui. Il vient de réussir un coup d'éclat politique audacieux, première étape vers un changement spectaculaire pour le peuple du Pakistan. Il est vrai qu'une grande partie de la population partage son avis. Les tenants de cette théorie selon laquelle l'armée pakistanaise serait à la base, voire la cause, de tous nos problèmes pensent que les militaires se méfient de la démocratie comme de la peste. Il est vrai qu'ils ont toujours eu un rôle pesant et interventionniste dans la politique pakistanaise.

Mustapha estime que Bhutto a commis une grande erreur en essayant de maintenir bon gré mal gré une coexistence du pouvoir avec eux. C'est l'armée, en fait, qui l'a renversé, et c'est le général Zia qui a ordonné son exécution. Mais le Parti populaire est divisé sur cette question. L'aile droite reconnaît que l'armée, malgré tous ses défauts, est une protection nécessaire contre la menace permanente de l'Inde, qui n'attend qu'une occasion pour nous avaler. Alors que Mustapha et ses partisans ont attrapé le virus antimilitariste. Leur maladie se traduit par de la confusion et de la fièvre, et Mustapha ne voit la guérison que dans la suppression de l'armée. Seulement, comment y arriver ? Les partisans de Mustapha ne disposant pas de leur propre armée ont décidé d'appeler l'Inde, l'ennemi héréditaire, à leur secours.

Mustapha veut me conditionner, m'endoctriner aveuglément, me faire éprouver haine et répulsion devant toute allusion à l'armée pakistanaise. Il m'assomme de ses slogans, comme : l'armée engloutit toutes les ressources du Pakistan en les détournant de l'industrialisation du pays ; elle entretient la pauvreté ; elle empêche le développement de la démocratie. Il ne réclame pas moins qu'une guerre indo-pakistanaise ! Il est convaincu qu'après sa victoire l'Inde se retirera de l'autre côté de la frontière, et laissera les civils diriger le pays. Il refuse de croire qu'elle en profiterait pour établir son hégémonie sur le Pakistan. L'Inde aussi a besoin de concentrer toutes ses forces sur l'industrialisation, au lieu de dépenser des sommes énormes à la défense. Indira Gandhi a d'ailleurs prévenu Mustapha en ces termes :

– Nous devrons écraser l'armée pakistanaise, la réduire à néant. Ce n'est qu'à ce moment-là que nos deux pays pourront vivre en harmonie, et que vous pourrez restaurer la loi martiale.

En me racontant cela Mustapha se prend déjà pour un homme d'État, dont il croit avoir la dimension. Je suis l'auditrice privilégiée de son premier discours :

– Ce que je vais entreprendre sera mal compris par beaucoup. Le peuple pakistanais est illettré. Les gens sont réactionnaires et n'ont pas l'esprit assez large. C'est là toute la différence entre les dirigeants et les dirigés. Pour eux, l'Inde représente l'ennemi numéro un. Ils n'ont pas compris que l'armée est leur véritable ennemi, qu'elle les prive de leur avenir. Mon plan est à long terme, pour cet avenir, pour nos enfants. L'élite du pays ne comprendra pas cela, elle rejoindra l'opposition, trouvera mes projets trop radicaux. Pourquoi ? parce qu'elle sait bien que nous ne nous contenterons pas de museler l'armée. Elle aura, elle aussi, à rendre des comptes, et à abandonner certaines richesses mal acquises. Nous ferons de grandes réformes. La suppression de l'armée n'est qu'une première étape.

Fin du discours. Mustapha chuchote à mon oreille :

– Tu sais, c'est un secret extrêmement dangereux.

Après son retour guerrier de l'Inde, Mustapha n'a pas attendu longtemps pour me tirer en plein cœur un obus personnel.

Depuis quelque temps, quelqu'un d'anonyme, qui ne veut parler qu'à lui, nous harcèle de coups de téléphone étranges. Je trouve ce jeu complètement puéril :

– À ton âge, tu devrais grandir un peu ! Qui est-ce ?

C'est la déesse du cinéma indien, Zeenat Aman. Mustapha m'avoue qu'elle est follement amoureuse de lui, et qu'elle veut l'épouser. Ils se sont rencontrés pendant son voyage à New Delhi. Il me raconte, non sans fierté, qu'elle l'a sans arrêt provoqué. Mais il se plaint d'en avoir désormais assez.

En admettant que ces appels téléphoniques viennent effectivement de la star, ses conversations avec Mustapha n'indiquent absolument pas qu'il veuille s'éloigner d'elle. Un jour, en entrant au salon, je l'entends gronder au téléphone :

– Si cet homme ose te regarder encore une fois, je vous tue tous les deux.

En réalisant ma présence, il raccroche très vite, l'air penaud.

Et moi, sarcastique :

– Si c'est comme ça que tu prétends te débarrasser d'elle... Tu avais plutôt l'air d'un amant jaloux, non ?

Il a toujours une explication pour tout.

– Je savais que tu étais là, je t'ai entendue. C'était pour t'ennuyer, il n'y avait personne au téléphone.

Il ouvre les bras, œil tendre et sourire de félin :

– Viens... viens dans mes bras.

Deux heures plus tard, il se plaint encore de cette Zeenat Aman, qui lui fait mener une vie d'enfer.

– Elle n'acceptera jamais un refus. Elle veut m'épouser, qu'est-ce que je peux faire ?

Drôle de question à poser à sa femme ! Ma réponse est teintée d'ironie :

– Tu es lié par l'honneur. Tu dois respecter la parole donnée. Que ce soit à moi ou à elle. Si tu estimes que moi, les enfants, et celui que je porte, nous ne sommes pas importants, alors je crois que tu devrais nous quitter. Si ton engagement auprès de Zeenat est plus sacré que les liens qui nous unissent, alors rejoins-là. Je souhaite que tu fasses preuve de loyauté, même envers une autre femme que moi.

– Je ne pourrai jamais te quitter, toi et les enfants. Je les aime. Je t'aime. Sans toi, je mourrais.

Ces tergiversations perpétuelles me démolissent, alors que je tentais de me reconstruire. On ne peut pas espérer colmater les brèches d'un mariage avec des mots.

Mustapha a rendez-vous avec Zeenat dans un pub, le soir même ; un dernier rendez-vous, prétend-il. Il va rompre avec elle et désire que je l'accompagne pour être témoin de ses bonnes intentions. Il demande aussi à son ami Sajid de nous accompagner.

Nous sommes assis, Sajid et moi, dans ce pub, pendant que mon mari est dehors avec sa petite amie... J'ai l'impression de perdre toutes mes facultés mentales, cette situation est complètement surréaliste. Cette femme, quelle que soit son identité, est arrivée dans une voiture avec chauffeur, sans que je m'en aperçoive.

Je commande un Bloody Mary, l'assaisonne de Tabasco et de sauce Worcestershire, un vrai curry, que j'engloutis d'un coup, au péril de mon estomac.

Sajid me trouve particulièrement tolérante d'être là.

– Tu supportes sans rien dire ?

– Je ne sais plus pourquoi je suis encore avec Mustapha. Depuis que je l'ai épousé, je suis cliniquement morte !

Mustapha revient pour nous dire que son explication avec Zeenat est terminée, et qu'elle est partie. Il a l'air assez secoué et ne fait aucun commentaire.

Au lit, ce soir-là, il s'accroche à moi comme un enfant qui aurait eu peur d'un ogre. Il paraît fatigué et las, très ému :

– Je t'aimerai toujours. Je suis un mari épouvantable, jamais je n'aurais espéré avoir une femme aussi tolérante que toi. J'ignore comment, ni pourquoi tu es restée avec moi. Je ne t'ai rien donné. Toutes les raisons pour lesquelles tu m'as épousé se sont effondrées. Je t'ai contrainte à l'exil. Je t'ai obligée à supporter mes angoisses et mes problèmes. J'ai posé mon fardeau sur tes épaules, et tu l'as porté avec dignité. Toutes mes frustrations, je les ai déchargées sur toi. Sans toi, je ne sais pas comment j'aurais pu survivre. Mais je sais que tu me quitteras un jour. Trouve une maison à Islamabad, pars avec les enfants, et essaie de me pardonner.

Son air tourmenté parvient à me radoucir. Je ne sais pas quoi, mais quelque chose ou quelqu'un a fait pression sur lui. Il a l'air vraiment malheureux. Les yeux pleins de larmes, je m'apprête à lui répondre, à le rassurer. Il s'est endormi ! Il est clair qu'il a réussi à faire la paix avec les démons qui le hantaient il y a une minute. Il m'a servi un discours passionné et ronfle comme s'il avait résolu le problème. La colère me reprend. Je le mordrais avec plaisir, je vais le mordre, histoire de le réveiller en douceur. Le téléphone s'en charge à ma place.

Mustapha se dresse comme une flèche, attrape l'appareil et se met à parler en dialecte panjabi. Il jure à son interlocuteur qu'il va régler le problème dès demain matin.

– Qui était-ce ?

– La mère de Zeenat Aman. Elle dit que si je n'épouse pas sa fille demain, la presse étalera notre romance. S'ils osent cela, je suis mort politiquement.

Je lance sèchement :

– Dans ce cas, je suppose que tu dois l'épouser.

Il soupire :

– Je suppose que j'y serai contraint.

Nous restons allongés côte à côte sans parler. Puis le rythme de sa respiration devient régulier, il s'est endormi. Je ne suis pas très convaincue... Doucement, je me glisse hors du lit, pour aller téléphoner en bas. J'ai un ami qui connaît bien le milieu du cinéma indien.

– Zeenat est-elle à Londres en ce moment ?

– Non, elle est à Bombay. Je crois qu'elle tourne un film là-bas ; plusieurs, même.

– Dis-moi, est-ce que sa mère parle le panjabi ?

– Non. Pourquoi me demandes-tu ça ?

– Je te le dirai un jour.

Je retourne me coucher, intriguée, et l'esprit confus. À quoi rime cette histoire avec Zeenat Aman ? Des mensonges ! Mais si ce n'est pas elle qu'il a rencontré tout à l'heure, qui est-ce ? Je prie Dieu désespérément de me donner la réponse ; il ne répond pas, mais m'accorde au moins le sommeil.

Je rêve. Zeenat Aman pénètre dans notre maison et en disparaît, des images de grand-mère et d'Adila se mêlent à la scène. Elles entrent dans la maison et, tout à coup, nous sommes encerclées par les flammes. Je sens la fumée, et même la chair brûlée... Je me réveille en sursaut, couverte d'une sueur froide.

Adila ? Est-il possible que ce soit encore Adila ? Serait-elle revenue me persécuter ? Après tout ce que j'ai cédé, les épreuves que j'ai traversées, Mustapha aurait recommencé sa liaison avec ma sœur ?

Le lendemain matin, grand-mère arrive tôt à la maison. Elle est venue du Pakistan pour le mariage de Zarmina, je le sais, mais je suis stupéfaite de la voir chez nous. Ma mère a juré que toute personne qui aurait un contact avec moi serait rayée de sa vie, et elle est trop autoritaire et dominatrice pour que quiconque ose enfreindre sa loi. Même grand-mère.

Et je comprends soudain qui a appelé hier soir. C'est elle ! Ma grand-mère parle panjabi. En la voyant arriver dans la chambre, Mustapha file comme un coupable. Grand-mère est essouflée. Très agitée, elle s'assied sur mon lit, en larmes.

– Adila a dit à ta mère qu'elle allait épouser Mustapha. Elle lui a donné un ultimatum pour qu'il divorce. Il lui a juré de l'épouser, mais il gagne du temps, il se sert de ta grossesse comme prétexte. Il dit que le Coran interdit à un homme de divorcer de sa femme enceinte, et interdit d'épouser deux sœurs à la fois....

L'argument est réel. Ce serait un scandale qui détruirait complètement son image politique. Et c'est donc pour s'entendre confirmer le récit d'Adila que grand-mère a appelé Mustapha.

Grand-mère m'en veut d'avoir introduit cet homme dans la famille, mais elle ne supporte pas que je souffre ainsi continuellement. Ma mère l'a envoyée porteuse d'un message à mon intention : « Mustapha t'a détruite, mais ta sœur est jeune, tu ne peux pas permettre qu'elle subisse à son tour la domination de ce monstre. Pour épargner Adila, je te demande de sacrifier les années qu'il te reste à vivre en refusant le divorce. Si tu quittes Mustapha, sache que tu ne pourras même plus " penser " que tu as des parents. »

Je suis vidée à blanc. L'avenir, mon avenir est exsangue. C'est moi la martyre, moi qui sers de bouclier à une famille qui m'a abandonnée, à une sœur qui m'a trahie. Il semble que je n'ai pas d'autre choix. Je laisse grand-mère sécher ses larmes pour aller parler à Mustapha, étonnée de mon propre calme. Il se jette à mes pieds, implore mon pardon.

– Je te traiterai comme une reine, je ne te battrai plus jamais. Je serai ton esclave, je ferai tout ce que tu voudras, je t'en supplie, ne me quitte pas.

C'est toujours choquant de voir un monstre réduit à l'état de larve. Je « sais » que cette transformation n'est que provisoire, pourtant, j'en saisis l'occasion. Nous retournons ensemble voir grand-mère. Il s'assied, tête baissée, pendant qu'elle nous raconte la suite. La patience de ma mère est à bout, grand-mère nous lance à son tour un ultimatum.

– La famille a une épée suspendue au-dessus de la

tête, laissons-la tomber. Que le sang coule. Nous jetterons Adila hors de la maison, prenez-la avec vous si vous voulez.

Cela n'arrivera jamais, je sais bien qu'elle ne parle ainsi que pour nous impressionner, pour forcer cet homme, Mustapha, à reculer. Et il recule, j'en suis sûre... Sa réaction dément ce que je suis en train de penser.

– Si telle est votre décision, parfait. J'irai chercher Adila pour la ramener chez nous. Mais je vous promets que tant que Tehmina sera dans ma maison, je ne toucherai pas sa sœur.

C'est clair, effroyablement clair. À la naissance de mon bébé, on me mettra tout simplement au rebut. Car l'unique contrainte que s'autorise Mustapha, en accord avec son interprétation du Coran, est de ne pas toucher à Adila tant que je suis enceinte.

Toutes ces années d'injures, de tortures, de sacrifices, de mensonges et d'intrigues se mettent à bouillonner dans ma tête comme dans une marmite de poison. Je deviens hystérique, des cris perçants s'élèvent, venus je ne sais d'où, pas de moi, sûrement d'une autre. Mes hurlements font arriver Sajid en courant, et tous les voisins à la porte. J'ai perdu tout contrôle de moi-même, je sombre dans la folie. Sajid me fait avaler deux tranquillisants, sans effet.

Grand-mère me laisse à mon agonie.

– Je dois retourner auprès de ta mère. On vient de l'opérer de la cataracte, elle a tellement pleuré de tout ce gâchis, je suis sûre qu'elle s'est détruit les yeux. On a dû emmener ton père à l'hôpital, il souffre de la poitrine, le pauvre est à bout de forces avec tout ça...

Ainsi, nous sommes tous des victimes, les victimes torturées par un seul homme : Mustapha.

Après le départ de grand-mère, je reste abasourdie et silencieuse. Me voilà tombée dans la fosse aux serpents. Les images de ma vie d'humiliation et d'impuissance défilent dans ma tête comme un film d'horreur. Toutes ces années de mariage avec cet homme ont eu raison de mes nerfs. Je m'écroule sur le lit, pour hurler, pleurer sans retenue, et même en pleine crise de désespoir je me demande comment j'ai fait pour tenir si longtemps avant d'en arriver là.

Pendant que je délire, j'entends Mustapha téléphoner à Adila :

– Tehmina fait une dépression nerveuse. Ta mère a très mal pris les choses. Ton père va probablement mourir. Il vaut mieux en finir par égard pour eux.

Mes hurlements n'en sont que plus hystériques. Il cherche encore à gagner du temps avec elle, je le sais. Rien n'est fini. Nous devions aller à un dîner important ce soir, Mustapha insiste pour que je l'accompagne, alors qu'il voit bien que cela m'est impossible. Finalement, il y va seul.

Réfugiée au fond de mon lit, j'essaie vainement de trouver le sommeil. Les tranquillisants que j'ai avalés ne font pas d'effet. L'obscurité me donne toujours l'impression de receler un piège. Cette fameuse nuit au Pakistan, lorsque Mustapha m'a battue pour la première fois, la chambre était obscure. C'est toujours la nuit que je dois l'affronter seule. La nuit, il n'a pas d'autres distractions que de me tomber dessus à bras raccourcis. L'obscurité amène le démon.

Je revois les circonstances de notre rencontre, et repense amèrement à ma décision de l'épouser. En fait, je voulais épater ma superbe mère. Je me disais qu'elle aurait enfin de la considération pour moi si j'épousais un homme important, une forte personnalité, quelqu'un de solide, au caractère bien trempé.

Cet homme-là n'était qu'un fantasme. Il me maltraite, et sa préférence pour Adila me réduit au rôle de ver de terre, qui n'a plus qu'à ramper dans le fumier de la honte. J'ai honte. Voilà ce que j'ai gagné. Et Mustapha ne peut même plus me servir à conquérir la considération de ma mère.

Malgré le désespoir qui m'envahit tout entière, ou peut-être à cause de lui, ma colère ne fait qu'empirer.

J'entends sa voiture, il rentre à la maison. Il me dégoûte.

J'entends maintenant la porte d'entrée s'ouvrir et se refermer.

Je tremble de rage.

Le bruit de ses pas de plus en plus fort dans l'escalier ; j'arrête presque de respirer.

Il entre dans la chambre, je fais semblant de dormir. Il se déshabille, se met au lit, et ose me toucher avec désir ! Il me répugne.

Je le repousse brutalement des deux mains en avant. C'est la première fois que j'ose me refuser. Sa fureur est instantanée. Il me frappe au visage, sur la bouche ; des bleus apparaissent sur mes joues. Il m'arrache du lit, me jette à terre et me piétine. Mon front va heurter un coin de la table de nuit, et je hurle d'effroi en voyant le sang gicler devant mes yeux.

Instantanément, il se calme. La coupure est large et profonde à hauteur du sourcil. Il fouille dans l'obscurité à la recherche d'une serviette-éponge, et me la lance. J'ai beau la presser contre mon front, le sang continue de couler. Je suis sûre que je vais m'évanouir.

Il marmonne :

– On ferait mieux d'aller à l'hôpital, tu as besoin de points de suture.

Pendant le trajet, la tête meurtrie, je réfléchis. Pourquoi Mustapha a-t-il choisi justement ce soir pour me battre ? Il est resté calme toute la journée, il a rentré sa colère malgré les événements. Alors, pourquoi exploser maintenant ?

Je crois comprendre. Il s'est rué sur moi pour sa propre défense. À cause de ma grand-mère, aujourd'hui tout le monde connaît la vérité. Elle vient d'émerger sous une lumière crue, qui n'épargne rien ni personne. Alors que jusqu'à présent, nous cherchions tous à sauver la face. Tout le monde savait pour Adila, mais chacun se taisait. Aujourd'hui, le pire est arrivé. Adila, ma mère, grand-mère, Mustapha et moi, nous sommes en face de cette vérité, nous en avons pris connaissance ouvertement. Pour ma mère, elle a pour nom l'impardonnable « péché » de Mustapha. Sa faiblesse et sa lâcheté sont bien visibles aux regards de tous. Ce qui le rend plus que jamais vulnérable. Comme il ne peut pas contrôler ma famille, il faut qu'il me contrôle, moi. Qu'il écrase dans l'œuf la révolte naissante.

À l'hôpital, je raconte au médecin que je suis tombée dans l'escalier.

Pendant le trajet de retour, Mustapha joue au caméléon, une fois de plus. Faire des excuses, rabâcher les mêmes litanies... Il peut toujours m'assurer de son éternel amour, jouer à des comparaisons en ma faveur, aux dépens d'Adila... Je me demande laquelle de nous deux il va choisir.

Comment se fait-il que j'aie donné à cet homme le privilège de pouvoir choisir entre ma sœur et moi ? Pourquoi sommes-nous en compétition ? Pourquoi nous exposer toutes les deux comme dans la vitrine d'une boutique, en attendant qu'il se décide ? C'est fou !

D'un ton légèrement menaçant, mais mesuré, je lui demande d'appeler Adila.

– Tu vas lui dire, sans aucune ambiguïté, que tu nous aimes, moi et les enfants. Qu'elle ne se mêle plus de ta vie. Elle a gâché la tienne et la mienne. Il faut que tu le lui dises, toi ! Et maintenant !

Il refuse.

– Dans ce cas, ramène-moi chez mon père.

Il accepte, à condition que je lui laisse les enfants. Il conduit sans rien dire, un petit sourire narquois au coin des lèvres. Il connaît bien mieux que moi les priorités qui régissent ma famille. Les miennes sont tellement simples. Je n'ai qu'à me trouver une excuse pour pardonner et oublier, mais cela n'est possible que si Adila est contrainte de me laisser Mustapha.

Je pénètre dans la maison familiale et croise une domestique alliée de ma sœur qui a couvert sa liaison. Personne d'autre. Tous sont partis voir mon père à la clinique. Je parcours les pièces, tristement ; cette maison n'est pas la mienne, c'est celle de l'autre femme, ma sœur. Seule dans la grande demeure, brisée, désemparée, la tête bourdonnante, le cœur me manque de laisser mes enfants. Je me dis : « Tu ne peux pas revenir ici, et tu n'as pas d'autre endroit où aller. »

Alors j'appelle Mustapha et lui demande de revenir me chercher. Il accepte, très content de lui. J'attends dehors, seule, en pleurant tout mon soûl, à la porte, comme une mendiante refoulée. Mis à part cette nuit atroce où Mustapha m'a forcée à rester nue devant lui, c'est le moment le plus humiliant de ma vie. Je voudrais ne jamais être venue ici. Mon mari sait maintenant que je n'ai nulle part où aller, aucun refuge.

La voiture arrive devant le portail, j'ouvre la portière, et je m'assieds, résignée, pour me laisser reconduire en enfer.

17

Le journal londonien *The Economist* publie un article de Mustapha dans lequel il explique sur quatre pages pourquoi il a engagé de nouvelles relations avec l'Inde, et commente sa théorie sur le pouvoir militaire. Il déclare qu'il reviendra au Pakistan sur un tank indien s'il le faut. C'est une surprise pour ceux qui ont connu Mustapha en Lion du Panjab, et cela suscite évidemment de nombreuses controverses.

Depuis la prise du pouvoir par le général Zia, et sa politique de répression systématique, les dirigeants du Parti populaire, en désespoir de cause, ont maintenu des contacts avec l'Inde et ses services secrets. La position de Zia à propos de l'Afghanistan a surpris le monde occidental. Il s'est engagé à aider les Afghans contre les Russes, et le pays accueille plus de trois millions de réfugiés ; Zia s'est attiré ainsi la sympathie et les dollars américains. Par ailleurs, il a institué la loi islamique, la *Charia,* tout en se défendant officiellement d'être un intégriste. Le Pakistan n'est plus un État laïc, et les autres nations islamiques le considèrent maintenant comme le porte-parole du monde musulman. Son soutien aux séparatistes sikhs ayant courroucé les Indiens, les frères Bhutto et leurs sympathisants sont plus fréquentables au regard de l'Inde.

De strictes mesures de sécurité sont maintenant mises en place. Une fuite serait catastrophique ; le moindre mot en trop, et les dirigeants perdraient tout leur poids. Seul le Panjab reste en travers du chemin. Les Panjabis s'opposent à toute alliance avec l'Inde. Or, les Indiens ont besoin d'un chef panjabi puissant capable de porter leur étendard, et ils ont choisi Mustapha.

Mustapha est mis en contact avec un nommé Joshi, officier des renseignements indiens chargé de la Haute Commission des affaires indiennes au Royaume-Uni. Le nom de code de Mustapha est Dilip ; celui de Joshi, Asif Ali. Tout ce que je sais, c'est qu'ils se rencontrent dans les Wimpy de Londres et discutent de l'avenir de leurs pays devant des hamburgers et des frites.

Les deux mois suivants se passent pour moi dans un profond marasme, à l'écart de tout. Je me sens tellement déprimée et lasse qu'une simple conversation, l'obligation de prononcer une phrase, m'épuise. La vie n'a plus d'intérêt, je ne tiens debout que grâce à de puissants anxiolytiques, Mustapha ne s'en est pas aperçu. J'ai toujours enfanté dans des conditions difficiles. Chacun de mes enfants a été battu dans le ventre de sa mère avant de naître, je n'ignore pas que mon état et le traitement que je suis sont incompatibles avec une grossesse normale, mais sans cela, je deviendrais folle.

Au moment du conflit avec Adila, j'étais enceinte de sept mois. Exactement comme Sherry lorsqu'elle est venue dans le chalet préfabriqué de mes amours avec Mustapha, pour y rencontrer la deuxième femme de son mari.

Crime et châtiment, cette idée me poursuit. Je passe des nuits à pleurer sur le Coran pour obtenir mon pardon, après avoir rempli mes devoirs, en simple objet sexuel. Dès que Mustapha s'endort, je me baigne, je fais mes ablutions, pour me laver de cet homme et me remettre entre les mains du seul qui puisse me recevoir : Allah.

Le 23 janvier 1981 à 5 h 30 du matin je sens venir les premières contractions. Mustapha me conduit à l'hôpital, en s'insurgeant contre le luxe de précautions entourant la naissance d'un enfant en Occident. Comme d'habitude, il me sermonne : les femmes de son village, elles, accouchent dans les champs et retournent immédiatement au travail.

Mon père avait payé les frais de mon accouchement précédent, mais il ne fait plus partie de ma vie, à présent, et c'est à un Mustapha réticent qu'en incombe la responsabilité.

À l'hôpital, je lui demande de partir :

– Ça peut prendre du temps, tu as autre chose à faire.

En réalité, j'ai peur. Je veux mettre cet enfant au monde sans l'ombre sinistre de Mustapha pesant sur nous.

Assise dans la salle d'attente, seule, je ressens tout à coup de violentes douleurs, et je me mets à crier, complètement paniquée. Le médecin n'est pas là, les infirmières, qui ne sont pas censées connaître mon état nerveux, se mettent à ronchonner :

– Ne faites pas la sotte ou on vous ramène chez vous !

Les douleurs des contractions se mêlent à la souffrance de cette vie absurde que j'ai supportée. Un puzzle de visages en colère flotte autour de moi, pendant que les infirmières hostiles s'emploient à me punir de mon « hystérie ». Il est impossible, disent-elles, que le bébé arrive aussi vite, et j'ai beau hurler sous la douleur qui me déchire, elles mettent du temps à me croire. Enfin, elles se précipitent avec moi en salle de travail, sans avoir eu le temps de prévenir le médecin, et ce sont elles qui m'accouchent.

Je suis dans un tel état que les douleurs de l'enfantement libèrent toutes les autres en même temps, toutes les souffrances, toutes les frustrations de cette vie infernale. Ce moment émotionnellement intense est l'occasion de tout laisser s'exprimer. Mes sentiments, mes angoisses, ma confusion mentale, la douleur physique, tout explose. Personne n'a compris la gravité de ma dépression nerveuse ; au contraire, j'ai senti de l'irritation et de la gêne autour de moi. S'ils avaient pu, ils m'auraient étouffée dans le silence.

Tandis que je souffre et pousse pour mettre au monde cette vie nouvelle, j'accouche de tout le reste. Mustapha, ma famille, mes amis n'existent plus. Je me tourne vers Dieu, le prophète sacré, vers sa fille Fatima, son mari Ali, le cousin du Prophète. Qu'ils me protègent et m'entendent, qu'ils m'assistent en ce jour béni et douloureux. Une grande sérénité m'envahit, comme s'ils étaient ma vraie famille. C'est un miracle.

Mon premier fils s'appellera Ali. Et pour moi, il est réellement né par miracle. Un petit bonhomme sauvé, préservé, intact, qui a poussé pendant neuf mois dans le corps d'une mère malade.

Lorsque la doctoresse arrive enfin et me demande si elle doit prévenir mon mari, je lui réponds que ce n'est pas nécessaire. Si bien que Mustapha apprend la naissance de son fils deux heures plus tard, après son habituelle séance de yoga.

Il est bouleversé que j'aie enfin donné le jour à un fils, un héritier !

Héritier de quoi, je me le demande !

Mon frère est la seule personne de la famille à maintenir des relations avec moi. En dépit des ordres de ma mère, il s'oblige à fréquenter poliment Mustapha, lui offre des bouteilles de Dom Pérignon, et apporte des cadeaux superbes à mes filles. Il est aussi venu me voir, choqué de me retrouver dans un lit d'hôpital. Je couvre Mustapha en lui expliquant qu'il ne peut pas se permettre de faire mieux financièrement. Mais à l'arrivée de mon mari, mon frère ne peut pas s'empêcher de faire une réflexion acide :

– Je suis écœuré. Vous avez les moyens de vous offrir des parties de chasse et des vins coûteux, et votre femme ne dispose même pas d'une chambre convenable dans une clinique privée !

Mustapha balaie le reproche d'Asim comme un fétu de paille.

Mon séjour à l'hôpital a quelques avantages. La présence d'autres gens, normaux, me fait du bien ; je redeviens vivante. Je m'intéresse au problème d'alcoolisme de l'horrible patron de Sid, au nouveau réfrigérateur de Nancy, à la machine à laver de Daphné. Même à la sombre tragédie de Trudie, à qui on a repris son poste de télévision parce que Frank, son mari, a du retard dans le remboursement du crédit. Ces gens ont une vie tellement normale que ce qu'ils considèrent comme des problèmes me sidère. Je ne parle de mon existence à personne.

J'évite Mustapha au maximum. Il est maintenant pour moi le mari d'Adila. Je le subis au lit, mais dès qu'il est endormi, je me lève pour aller me baigner et m'agenouiller sur mon tapis de prières. Je lis le Coran, mais les larmes s'écrasent sur les mots sacrés du Livre saint, en lourdes taches humides.

Nuit après nuit, je reste là, en pleurs et en prières, à espérer que Dieu prête attention à la pécheresse que je suis. J'essaie de trouver refuge dans la religion, mais même ainsi, ma vie reprend ses droits, se glisse entre Dieu et moi. Je me retrouve égarée, toujours perdue, chaque jour que Dieu fait, devant Lui, le seul qui puisse m'entendre.

De plus en plus détachée de Mustapha, je puise mes forces dans mes enfants. La naissance de mon fils Ali m'a apporté une paix spirituelle. La douleur de l'enfantement m'a rapprochée de Dieu.

Je commence à analyser mon existence. Que m'est-il arrivé ? Pourquoi ai-je peur de tout ? Pourquoi suis-je incapable de réagir devant l'humiliation et les insultes comme un être humain normal ?

Mustapha a anéanti mon esprit. Il a compliqué davantage encore mes relations familiales déjà difficiles. Il a fait de moi un bateau ivre, dont il a retiré les amarres, pour l'ancrer sur son île personnelle. Trop lasse pour penser ou pour parler, j'erre dans ce labyrinthe, incapable d'en sortir, comme une esclave sans autre horizon que les coups de fouet du maître.

Ses excès en tout rendent difficile l'analyse de sa véritable personnalité. Ses deux moi, le moi violent et le moi qui regrette, sont toujours très convaincants. J'ai peur du premier, comme j'ai pitié du second. Par moments il me punit comme une enfant désobéissante, et l'instant d'après je suis censée être sa mère et lui pardonner tous les outrages. Je ne peux pas réagir avec assez de souplesse mentale à ces changements.

J'ai fait le diagnostic de sa maladie. Mustapha est un mélange confus et anxieux, un produit malade de son milieu. Je dois trouver le remède. Mon zèle de réformiste et ma personnalité ne me permettent pas d'accepter la défaite en fuyant le problème. Peu importe que ce problème soit aussi décourageant qu'inextricable, je deviens le psychiatre de Mustapha.

Son comportement avec les enfants m'a fait entrevoir une lueur d'espoir. Ses accès de folie avec Naseeba ne se sont pas reproduits, pour l'instant. Il est toujours imprévisible et inconstant, mais il se montre aussi un père attentionné et affectueux. Je me raccroche à cette brindille.

Ma propre personnalité doit aussi changer. Je suis devenue passive et faible comme ses autres femmes. Il faut que j'arrive d'une façon ou d'une autre à traiter avec lui sur un autre plan.

Dieu a répondu à ma prière en m'offrant ce moyen de défense inespéré. Je retrouve l'envie d'agir, la poussière de l'inertie s'est envolée.

Nous sommes dans la cuisine, moi aux fourneaux en train de réchauffer le repas des enfants. Mustapha veut que nous allions quelque part avec lui, mais je ne veux pas sortir Ali par ce froid. Il insiste, je refuse. Il me tire par les cheveux, me balance d'un côté et de l'autre, et se sert de sa menace favorite :

– Je vais te briser les os !

J'attrape la marmite sur le fourneau et la jette sur lui. Le contenu est brûlant, Mustapha hurle de douleur.

Il reste un moment paralysé, puis lève à nouveau la main sur moi, prêt à frapper. Je le repousse de toutes mes forces en criant :

– La prochaine fois que tu lèveras la main sur moi, je prends un couteau et je te tue !

J'ai mis dans ma voix le maximum de conviction et de détermination, malgré mon cœur qui bat la chamade. Cette fois, j'ai déclaré la guerre. Mustapha recule. Je lui donne de la pommade pour ses brûlures, il se soigne en marmonnant de sombres menaces, mais il a l'air soumis, et j'en profite pour accentuer mon avantage :

– Mustapha, j'en ai assez supporté comme ça. Je n'ai aucune raison d'en supporter davantage. Notre relation est volontaire, c'est un choix que nous avons fait. Je ne suis ni ta mère ni ta sœur, je suis ta femme. Je ne suis pas attachée à toi par les liens du sang. Nous avons un contrat pour vivre ensemble. Je peux le déchirer quand je veux. Mets-toi bien ça dans la tête. Et apprends à me respecter, à apprécier le fait que je vive avec toi. Je ne vois pas pourquoi je devrais vivre dans une telle prison. Ou tu changes de comportement, et tu t'arranges pour que notre vie vaille la peine d'être vécue... ou alors, je m'en vais.

J'ai prononcé la dernière phrase avec une peur grandissante des conséquences terribles qu'elle suppose, mais bien camouflée, avec cette façon précise d'analyser les choses froidement qui fait maintenant partie de ma nature.

D'abord, il écoute attentivement, puis il lutte pour regagner le terrain perdu.

– Si tu parles encore une fois de ton départ, je ne te ferai pas de cadeau. Je n'aime pas cette ambiance dans ma maison. J'ai des filles qui sont en train de grandir ! Tu comprends ça ? Je te jetterai de l'acide à la figure, je t'enlèverai les enfants, je peux t'enlever ta beauté, tiens, en claquant des doigts, comme ça !

Il joint le geste à la parole, sous mon nez, avec arrogance. Mais c'est tout. Il quitte la maison ; je reprends mes occupations interrompues, en priant tout bas pour que la colère du monstre ne renaisse pas à la nuit tombante.

Cette nuit-là, il sent que j'ai perdu une partie de mes forces, toujours à cause de cette maudite obscurité qui m'angoisse. Il est correct, mais pas tout à fait. Il entame une litanie d'injures contre ma mère, mes sœurs ; même ma grand-mère, cette sainte femme, est traînée plus bas que terre. Il aime bien insulter les femmes. Curieusement, les hommes démolissent toujours ce qu'ils considèrent comme la parcelle la plus sacrée de leur honneur.

Quand il a fini, je réponds calmement :

– Ton langage est épouvantablement vulgaire. Il ne te va pas du tout, il ne convient pas à ton rang, et c'est désolant. Je pense que c'est l'héritage de ton milieu familial.

Il se lève pour me frapper, je réagis avec mépris :

– Ne fais pas l'idiot, Mustapha. Tu n'es plus un enfant dans une cour de récréation. Tu n'es pas obligé de me battre. Parle-moi comme à une adulte. Assieds-toi !

Il obtempère en me jetant des regards furibonds, avec une expression mêlée d'incompréhension et de rage. Puis il se jette sur moi, déchaîné. Je l'écarte d'un coup de pied dans le ventre. Il contre-attaque, je m'agrippe à lui, le repousse de toutes mes forces, lui griffe le visage, lui tire les cheveux. Une bataille en règle. Aucune femme n'a jamais osé lui faire ça. Griffer Mustapha Khar ! Il est en train de découvrir les bleus et les ecchymoses ; ils lui rentrent dans la peau et dans la tête, s'impriment dans son esprit.

Il me contourne et m'attrape à revers. Son bras droit plaqué sur ma gorge écrase la trachée-artère. La chair à portée de mes dents est une cible de choix, je mords profondément. J'enfonce mes dents dans la patte du Lion du Panjab jusqu'à ce qu'il glapisse de douleur, et me cogne à coups de poing près.

Il est plus fort et finit par prendre le dessus. La bagarre s'achève par une rossée terrible, où il redouble de violence et me laisse presque paralysée, insensible, à quelques coups de poing, peut-être, de ma mort. En soufflant lourdement et m'injuriant toujours, il abandonne.

Quelques minutes plus tard, encore essoufflé, il me regarde tituber vers le lit. Je refuse de pleurer. Moi aussi je l'observe, mais avec mépris. Il est troublé, effrayé même, par ma résistance, et mon indifférence le torture. Je ne pleure pas, je ne supplie pas, je ne fais pas la tête, je ne lui demande pas d'excuses. Son jouet est cassé.

Il essaie tout de même :

– Désolé...

Je le renvoie au tapis d'une seule phrase :

– Laisse tomber, Mustapha. « Désolé » n'est pas le mot qui convient. Tu t'es encore laissé dépasser par les événements. Tant pis pour toi.

Il fut un temps où mes larmes, mes reproches, mes supplications étaient en fait des applaudissements devant une forme de spectacle, une mise en scène de sa virilité mal placée. À présent, mon attitude le déconcerte. Mon silence l'affaiblit.

18

Le 2 mars 1981, des pirates de l'air s'emparent d'un avion de la Pakistan Air Lines à Karachi, et le détournent sur Kaboul, capitale de l'Afghanistan. Ils exigent la libération de quarante prisonniers politiques du régime du général Zia. Afin de prouver leur détermination ils abattent même un officier de l'armée, qu'ils abandonnent sur la piste.

Mir Bhutto n'a rien à voir avec cette action terroriste, mais il saisit l'occasion de la revendiquer au nom de l'organisation Al Zulfiqar.

Nous entendons la nouvelle à la radio, en voiture. J'exprime une certaine satisfaction de voir enfin quelqu'un passer à l'acte. Mustapha n'est pas d'accord :

– C'est une erreur. On va avoir droit à une chasse aux sorcières.

Il a raison. Le général Zia cède au chantage et relâche les prisonniers politiques. Mais une fois les passagers de l'avion remis en liberté, il leur offre un voyage à La Mecque, pour leur permettre de faire le pèlerinage d'*umra*. Il fait en sorte que des équipes de télévision interviewent les passagers sur la terrible épreuve qu'ils viennent de subir, afin de donner au public une image négative du mouvement Al Zulfiqar, et par voie de conséquence du Parti populaire : celle d'une bande de gangsters. Si bien que quiconque au Pakistan ayant, de près ou de loin, un lien avec le drapeau tricolore du Parti populaire est maintenant en danger. Des milliers de gens sont arrêtés, on parle de 15 000 personnes fouettées et torturées. On envoie à la potence de jeunes adolescents. La veuve de Bhutto et sa fille Benazir sont assignées à résidence.

Le bail de notre maison d'Arkley Lane ayant expiré, nous avons loué un petit cottage de plain-pied à Mill Hill. Mustapha aime bien cette maison pour son grand jardin à l'arrière. Moi, je suis lasse de vivre comme une romanichelle. Mon mari nous fait déménager sans arrêt d'un endroit à l'autre depuis que nous sommes en exil, j'ai peur que cela ne s'arrête jamais. Il est extrêmement agité, toujours sous pression, impatient de voir ses projets prendre forme. Il a besoin d'une autre distraction qu'Adila pour dépenser son énergie ; il revient à une ancienne marotte : les chiens.

Ce caprice nous fait traverser le pays pour un seul chien, qu'il peut payer jusqu'à 300 livres. Sa nouvelle passion l'obsède, au point qu'il passe son temps à rechercher la perle rare. Si un chien a la queue courbée en grandissant, il doute de son pedigree et s'en débarrasse. Si un chien désobéit en cours de dressage, il s'énerve et n'en veut plus.

Ce sont des chiens de concours extrêmement chers, mais il n'a aucune idée des soins à leur donner. Il achète un chiot de race Great Dane, l'installe dehors dans la journée, dans une niche. Comme nous sommes en plein hiver, je branche le chauffage la nuit, mais il l'éteint pour ne pas dépenser d'argent, si bien que le malheureux chien grelotte nuit et jour. Puis la « ligne » de ses pattes ne lui convient plus, et il le donne à une société caritative. Après quoi il achète un Ridgeback rhodésien adulte, peu après un champion bull-terrier nous arrive, et comme Mustapha en a assez du Ridgeback, il le donne aussi. Le bull-terrier subit le même sort. Puis vient une meute de six Irish Wolfhounds, une merveille pour Mustapha, que l'on envie maintenant, dit-il, dans les cercles de chasse. Mumtaz Bhutto, le cousin de Bhutto, possède environ soixante chiens de chasse et Mustapha espère ramener un jour les siens au pays, pour lui voler la vedette.

Ce passe-temps est en principe celui de Mustapha, mais nous sommes tous contraints d'y participer. La pauvre dai Ayesha, en particulier, est terriblement fâchée quand Mustapha lui ordonne de sortir les chiens. Ellc fait la grimace en enfilant ses pantalons bouffants dans des bottes de caoutchouc. C'est une femme qui ne supporte pas l'idée de toucher un animal sale ; au Pakistan, jamais une servante, même de bas rang, ne se serait abaissée à une telle tâche.

Mustapha s'occupe de deux Wolfhounds, qu'il va promener à grandes enjambées, chaussé de bottes ; on dirait un Anglais des Indes qui aurait oublié de mettre son casque colonial et aurait trop bronzé au soleil. Dai Ayesha suit derrière, tenant en laisse au moins trois chiens qui la tirent et la traînent comme des brutes ; elle peste, mais juste assez bas pour que Mustapha ne l'entende pas.

Je préfère ne pas contrarier la dernière lubie de Mustapha. Elle coûte cher, elle est très contraignante, très incommode, mais elle a le formidable avantage de détourner son attention de moi.

Le temps passe dans l'incertitude, avec des hauts et des bas. Mustapha est un habile négociateur, il est parvenu à persuader un certain nombre de gens de financer son Mouvement pour la démocratie, mais il dépense énormément, et se soucie peu de tenir les comptes. Agha Hassan Abidi, de la Banque de crédit et de commerce international, lui verse mensuellement 2 000 livres sous couvert d'un intermédiaire de confiance, et n'a jamais révélé la provenance de ces fonds privés.

Un apport financier considérable nous est venu aussi d'un Pakistanais, Seth Abid, dont nous savons qu'il est proche de l'un des ministres du général Zia, et que son beau-frère a témoigné contre Bhutto. Mais cet homme a une double image, on sait qu'il passe des secrets militaires au Pakistan, et qu'il fait aussi de la contrebande d'or. Les hommes comme lui pullulent au Pakistan : la fraude n'est pas un crime pour eux, mais une forme de commerce, où les risques sont aussi grands que les bénéfices. Malgré cette réputation, Seth Abid fréquente les hautes sphères de la société, où sa fortune le met à l'abri des critiques.

Il nous offre de nous installer à Brondesbury Park, dans une immense maison qui lui appartient : six chambres équipées chacune d'une salle de bains. Une fois de plus, nous déménageons. L'intérieur est luxueusement meublé, un décor de rêve créé pour un sultan à l'imagination débridée. Le véritable luxe, c'est l'espace, qui nous permet, à Mustapha et à moi, de cohabiter sans nous marcher sur les pieds, et d'organiser les réceptions extravagantes de mon mari pour l'intelligentsia pakistanaise huppée et fortunée.

Mustapha ne se passionne plus pour les chiens, et ils disparaissent en un clin d'œil. En revanche, il s'intéresse à présent aux canaris et aux pinsons. Il les installe d'abord dans de magnifiques cages de cuivre, puis comme leur population augmente, il n'achète plus de cages, mais transforme notre salle à manger en une gigantesque volière. Là, ils peuvent s'ébattre à loisir, voleter dans tous les coins, et répandre leurs fientes sur le plancher, les tapis, la table. C'est moi qui passe derrière eux pour nettoyer. C'est une cavalcade quotidienne pour récupérer les oiseaux, les remettre en cage, et récurer la pièce avant la réception du soir. Le lendemain, cages ouvertes, ils s'ébattent à nouveau partout.

Puis un jour, Mustapha, ayant décrété qu'ils

commençaient à l'ennuyer, décide tout bonnement d'ouvrir les portes de la maison pour leur rendre la liberté.

– Mustapha ! ils sont trop fragiles ; domestiqués, ils ne survivront jamais dans la nature.

– Mais si, mais si, ils seront très bien.

Une nuée de petits oiseaux jaunes, orange, se répandent dans la cour, complètement déboussolés, battant des ailes, ne sachant plus où aller, jusqu'au moment où une bande de geais sauvages s'abat sur eux, bec en avant, pour les dévorer tout crus. Un vrai massacre.

Les contacts préliminaires de Mustapha avec de jeunes officiers de l'armée pakistanaise vont servir de test. Le premier rendez-vous a lieu au domicile d'un ami mutuel à Londres. Ces jeunes militaires, mécontents du régime du général Zia, sont partisans de la non-intervention de l'armée dans la politique du pays. Ils considèrent Mustapha comme un homme courageux, apte à conduire les réformes nécessaires. Le Lion du Panjab, l'ancien camarade de Bhutto, est le mieux placé pour restaurer la loi civile, car le mouvement de libération a besoin de l'aide des Panjabis.

Les « garçons », comme nous les avons surnommés, sont pour l'élimination physique de Zia et de sa bande de corrompus. Ils sont persuadés que le renouvellement permanent de la loi martiale au Pakistan ne sert qu'à quelques généraux, qui en profitent pour élargir leur pouvoir.

Mustapha est assez satisfait de cette première réunion, et les contacts secrets s'intensifient. Grâce aux garçons, il a découvert le défaut de la cuirasse des militaires, et il y a de la mutinerie dans l'air.

Un complot se prépare. Les garçons sont chargés de faire exploser une bombe le jour où le général Zia recevra le gratin de l'armée. Simultanément, des groupes d'officiers rebelles prendront le contrôle de la télévision et de la radio. Après la mort de Zia, tous les exilés pourront rentrer au pays, et la révolte populaire empêchera un autre général de s'emparer du pouvoir. Les conspirateurs ont dans l'idée de faire de Benazir Bhutto, qui ne saura jamais rien, d'ailleurs, de l'évolution de ce drame, le chef du Parti populaire, et de Mustapha le numéro deux de son gouvernement. Bien entendu, tous ceux qui ont participé au coup d'État de Zia en 1977 seront jugés pour trahison. Un nouveau slogan naît, que l'on chuchote de bouche en bouche : « Les généraux au poteau ».

Mustapha est chargé d'organiser l'achat et la livraison des armes et des munitions. C'est donc en avalant un hamburger caoutchouteux et des frites grasses et molles que Joshi, l'agent secret indien, accepte de s'occuper des détails de l'achat des armes. La livraison, elle, sera beaucoup plus délicate.

14 août 1983 : la lutte pour le renversement du régime de Zia commence réellement. Au Pakistan, une coalition des partis d'opposition (le MRD) manifeste contre l'interdiction des réunions politiques. De nombreux manifestants sont arrêtés, des soulèvements spontanés se produisent dans tout le pays, et plus particulièrement dans la province natale de Bhutto, le Sind. Le Sindi est le type même du citoyen tranquille et non violent. L'armée est donc piégée par surprise. Durant des jours, l'artère principale du pays, l'autoroute nationale, est bloquée par des vagues successives de manifestants à pied. Les morts sont nombreux, les prisons débordent.

Le Premier ministre de l'Inde, Indira Gandhi, publie un communiqué faisant l'éloge du courage des Sindis, et leur apportant son soutien moral. Vis-à-vis des Panjabis, cette démonstration politique d'Indira Gandhi est d'une grande maladresse : le Panjab se retire du Mouvement de libération, et la province du Sind se retrouve isolée, après avoir laissé sur le terrain de la révolte un millier de morts.

Mustapha sait bien que la coalition ne peut pas

tenir sans une participation massive du Panjab, et qu'il faut agir dans ce sens. Il choisit sept exilés à Londres, jugés par contumace par les tribunaux militaires, et les expédie au Pakistan le 5 septembre. Mais dans son communiqué officiel, il annonce par défi que « *neuf* courageux militants du Parti populaire » sont en route pour se présenter d'eux-mêmes devant le tribunal militaire, afin de contribuer au mouvement de libération. »

Le fait que le véritable chiffre soit sept, et non neuf, va donner à l'affaire l'aspect d'une sinistre comédie.

La bande des sept passe la majeure partie du vol Londres-Karachi à hurler des slogans en faveur de la démocratie et de Mustapha Khar, au grand dam des autres passagers, absolument pas concernés. À l'atterrissage à Karachi, le taxi chargé de les transporter est bloqué à l'extérieur du terminal et encerclé par des véhicules blindés. Les sept exilés sont aux mains de la police, qui les interroge immédiatement sur les deux autres. Les opposants essaient de convaincre les autorités qu'ils ne sont que sept, qu'ils ont pris l'avion à sept. En vain ; le chef de la police a des ordres : ramener neuf personnes. Si bien qu'il arrête, pour faire le compte, un jeune garçon revenant d'une visite dans sa famille à Londres, et qui, un comble, est un partisan de Zia, ainsi que le frère d'un des hommes du groupe, complètement apolitique, et qui n'est ni exilé ni condamné.

La bande des neuf ainsi reconstituée arbitrairement se retrouve dans un camp de prisonniers. Les deux innocents passeront vingt-deux mois en cellule : leur peine sera plus longue que celle des sept autres, probablement pour avoir refusé d'avouer !

Choudry Hanif, l'un des participants, nous a décrit plus tard sa cellule comme « le pire enfer qu'on puisse imaginer ».

La bande des sept, se sentant trahie par Mustapha, n'eut plus qu'une seule et même idée en tête : prier pour qu'il meure !

Mustapha a besoin d'énormément d'argent, bien plus qu'il n'en dispose, pour financer la révolution. Il jette son dévolu sur Ali Mahmood, un Pakistanais expatrié qui a fait fortune dans la construction d'installations pétrolières à Abu Dhabi et au Koweït. Un marché est conclu. Si Ali Mahmood finance la révolution, il sera nommé ministre des Finances du nouveau gouvernement.

Nous nous installons dans l'une des résidences d'Ali et de sa sémillante épouse Billo, à Welwyn Garden City. J'ai tellement déménagé, en sept ans, que j'ai l'impression de vivre assise sur une malle. L'intrigue politico-financière s'enracine.

Libérée enfin de son statut de résidente surveillée, Benazir Bhutto arrive à Londres. Une foule d'adorateurs exilés l'accueille à l'aéroport, Mustapha en tête. Elle est devenue le point de mire de la lutte pour la démocratie, et sa tâche est énorme. Elle est jeune, inexpérimentée, alors que tout le monde attend d'elle qu'elle fasse de grandes choses, sans lui laisser le temps d'acquérir de l'expérience politique.

La joie des retrouvailles est de courte durée. Mustapha émet des réserves quant à la jeunesse de Benazir. Elle a trente ans, et il se souvient d'elle encore gamine, quand il la surnommait « Pinkie » et qu'elle l'appelait « tonton Mustapha ». De son côté Benazir se sent plus à l'aise avec la nouvelle génération d'hommes politiques et garde une certaine distance avec les contemporains de son père.

Les membres de son jeune « cabinet de cuisine », comme dit Mustapha, la mettent en garde contre des hommes comme lui, ambitieux, et qui prétendent à la direction du Parti. On lui rappelle aussi les circonstances douteuses dans lesquelles Mustapha a quitté le pays.

Benazir est une femme formidable. Elle n'hésite pas à me tendre une main amicale, mais Mustapha ne me permet pas de la prendre et s'en explique :

– Je ne sais pas combien de temps vont durer mes propres relations avec elle. Tu es le genre à devenir son amie, tu vas compliquer les choses entre elle et moi. Il s'agit de ne pas mélanger tes petites amitiés avec mes activités politiques.

En réalité, Benazir est avant tout une femme, et je ne crois pas qu'il le supporte sans complexe.

Un jour, alors que je suis seule dans le magnifique appartement londonien d'Ali et Billo, où nous séjournons de temps en temps, un jeune homme d'environ vingt-cinq ans se présente et demande Mustapha.

– Il ne va pas rentrer tôt, je suis désolée.

– Il faut absolument que je le voie ! Je vais l'attendre.

Ce garçon me déplaît immédiatement. Il est insolent, grossier, et se comporte comme s'il faisait une faveur à Mustapha en étant là.

Au retour de mon mari ils s'enferment tous les deux pour un entretien d'une heure environ. Puis Mustapha vient dans la chambre me demander 200 livres. Je lui tends l'argent, étonnée, car ce n'est pas son habitude de prêter une telle somme aussi facilement à des gens du Parti au chômage ou dans l'ennui.

– Ce pauvre garçon a fait tout ce chemin pour venir me voir depuis ma province, il faut que je l'aide.

Dix jours plus tard, je reçois un appel affolé du même garçon ; on vient de l'arrêter à l'aéroport pour avoir tenté de faire passer de l'héroïne en Angleterre, dans ses chaussettes, me dit-il.

Je transmets ce message alarmant à Mustapha dès son retour. Il est furieux contre moi, me reprochant d'avoir parlé à cet homme ; Mustapha s'inquiète de ce que j'ai pu raconter comme bêtises au téléphone susceptibles de le mettre en cause :

– Tu n'avais qu'à dire que tu ne le connais pas ! Tu parles toujours trop !

– J'ai pensé que tu voudrais l'aider. Il y a deux semaines, tu t'es occupé de lui, je ne pouvais pas deviner que tu ne voulais plus en entendre parler, surtout au moment où il a des ennuis. Tu peux peut-être l'aider ? Tu peux ?

Mustapha réfléchit, puis décroche le téléphone. Il discute avec un officier de police pour savoir ce qui se passe. On lui permet de parler au garçon, et il se met à le tancer.

– Qu'est-ce qui t'a pris de faire une bêtise pareille ? Tu te rends compte des dégâts ?

Il raccroche furieusement, et se met à arpenter la pièce de long en large.

On trouve de l'héroïne en quantité au Pakistan. Des champs de pavots fleurissent en abondance dans la région du Nord. Bien qu'il soit illégal, le commerce se pratique même dans les milieux privilégiés. Pour 200 livres, je me dis qu'on obtient là-bas une bonne quantité d'héroïne. Mustapha a donné 200 livres à ce garçon... Quel genre de bénéfice mon mari pourrait-il tirer de cette affaire sordide ?

Un peu plus tard, le garçon passe devant un tribunal et l'histoire fait la une des journaux. Mustapha est appelé à témoigner. Il prête serment, et jure qu'il connaît ce jeune homme comme étant originaire de Muzzafagarh, rien de plus.

Le garçon prétend, de son côté, que lui, ainsi que certains de ses amis au Pakistan, ont été injustement impliqués dans une affaire de sabotage de train. Les autorités lui auraient promis de relâcher ses camarades s'il faisait passer de l'héroïne à Londres afin de la dissimuler chez Mustapha Khar.

– Je transportais la drogue sur ordre. On voulait que je la planque chez Mustapha Khar, pour qu'on puisse l'accuser de trafic d'héroïne.

Cette histoire m'a l'air inventée de toutes pièces. En fait, c'est exactement le genre de fable que Mustapha pourrait imaginer pour tirer son épingle du jeu. Mais la presse fait un bon papier, largement diffusé en Angleterre et au Pakistan, si bien que la notoriété de Mustapha grandit ; on le juge maintenant suffisamment important pour être la cible d'un chantage au-delà des frontières de son pays. Ce qui démontre qu'il aurait le pouvoir de nuire au régime de Zia.

Le jeune homme est condamné à cinq ans de prison. Il nous écrit depuis sa cellule, en nous suppliant de prévenir sa famille au Pakistan, de lui envoyer de l'argent, d'intervenir pour sa libération. Mustapha jette les lettres à la poubelle, l'une derrière l'autre, sans même les lire.

Pendant ce temps, la préparation du coup d'État avance, et Joshi, l'espion indien, a réussi à stocker des armes dans un village indien proche de la frontière pakistanaise. Mustapha se met en quête de celui qui sera chargé de les faire passer de l'autre côté.

Grâce à Joshi, les douaniers indiens ne poseront pas de problèmes, mais les rebelles ont besoin sur place de quelqu'un de confiance, suffisamment familiarisé avec le terrain pour passer le contrôle de trois postes pakistanais.

On déchire en deux un billet d'une roupie. Une moitié pour le contact indien, l'autre moitié étant réservée pour le futur passeur, qui devra la montrer pour récupérer les armes. Tout cela ressemble, à mon avis, à un mauvais policier américain. Mustapha veut charger Seth Abid, le riche trafiquant d'or, du rôle délicat de passeur. Et c'est moi qui dois lui téléphoner. Je n'envisage pas de désobéir, bien sûr, mais je suis vraiment perturbée. Je deviens complice de trahison, en somme. Et si le téléphone de Seth Abid est sur écoute, ce qui est fort probable, c'est ma voix qui sera enregistrée par les services de renseignements. Mustapha est en train de se cacher dans mes jupes !

Seth décroche, je me présente, il me salue poliment. Jusque-là, tout va bien :

– Mon mari voudrait que vous veniez à Londres pour une affaire importante. Nous avons besoin de votre aide pour quelque chose dont je ne peux pas vous parler au téléphone.

Il bafouille :

– Je... eh bien, je ne pense pas que je devrais... vous comprenez, je vis au Pakistan, pensez à ma famille. Je vous en prie, il faut me comprendre...

Il se tait un instant puis propose :

– Écoutez, rappelez-moi au même numéro... dans une demi-heure.

J'ai une mauvaise impression. Le ton de cet homme ne m'a pas plu. J'en informe mon mari.

– Mustapha, cet homme me paraît trop nerveux pour cette mission. Son téléphone est sur écoute, j'en suis sûre.

– Fais ce qu'il a dit.

Une demi-heure plus tard, Seth est beaucoup plus calme, il parle sans bafouiller et veut que je lui répète exactement mes propos.

– Mustapha veut que vous veniez le voir !

– Oh ! Mustapha veut que je vienne le voir ?

– C'est très urgent.

– Urgent ? C'est en rapport avec la politique ? Il veut discuter d'un certain plan avec moi ? D'accord, je vous dirai quand je peux venir.

Et moi, je pourrais presque entendre le grésillement de la bande magnétique. Cette fois, il faut que j'insiste auprès de Mustapha, d'Ali et de sa femme, je ne suis pas tranquille :

– Cet homme enregistrait la conversation, j'en suis certaine. On ne peut pas lui faire confiance ! Il a changé d'attitude en une demi-heure. Tout d'un coup, il était décontracté. Pourquoi ? Il m'a fait répéter chaque phrase ! Je pense que cet homme n'est pas sûr. Croyez-moi, je sens l'odeur d'un rat, même à cette distance.

Mustapha me regarde avec irritation :

– Pourquoi t'énerves-tu ? C'est bien une réaction féminine ! Arrête d'halluciner, s'il te plaît ! Et ne te mêle pas de ce que tu ne peux pas comprendre.

Un peu plus tard, alors que nous sommes seuls, il m'injurie copieusement :

– C'est malin de parler comme ça devant Ali et

Billo ! Tu les as rendus nerveux tous les deux. S'ils reculent, c'est fichu, tout ira au diable, et mon travail n'aura servi à rien ! Et tout ça parce que *madame pense !* « Je pense ».... « je pense »... Je t'en ficherai des « je pense » !

19

Nous voilà riches, tout à coup, d'une grosse somme d'argent. Je ne sais ni à combien elle se monte, ni d'où elle vient, mais nous cherchons une maison à acheter. Mustapha veut bien s'en remettre à moi concernant cette acquisition. Seul impératif : que ce soit à la campagne. Il déteste la pollution des villes.

Je découvre une ravissante demeure à Haslemere, dans le West Sussex, sur quatre hectares de terrain, aux sources mêmes de la rivière Whey. La maison s'enorgueillit d'un peu d'histoire, il semble que les premiers rhododendrons anglais aient été plantés jadis dans ce jardin. Dai Ayesha est stupéfaite de la beauté des lieux. Elle dévore le jardin des yeux, la maison, les arbres, émerveillée :

– C'est beau comme à Kot Addu !

Nous éclatons de rire, car les douces collines luxuriantes de verdure n'ont rien à voir avec le désert aride du village de Mustapha. La pauvre femme a réellement le mal du pays.

Mon mari a déjà possédé des maisons, et il a toujours fait en sorte qu'elles soient à son nom à lui. Il m'a toujours dit crûment : « Je ne sais pas combien de temps peut durer mon mariage. »

Cette fois, il insiste pour que la propriété nous appartienne conjointement.

– Pour que tu saches que je ne te quitterai jamais. Tu es la seule femme qui puisse être mon épouse. Je veux que tu te sentes complètement rassurée.

Le cauchemar tourne-t-il au rêve ? Je possède une maison ! Enfin un peu de sécurité.

Je suis douée pour la décoration intérieure. Les fenêtres de chaque pièce sont agrandies sur mes ordres de manière à ce que nous bénéficiions partout de la superbe vue des prairies ondulant sous la brise, de l'étang calme, et de la rivière murmurante. On se croirait dans un jardin paysager. Les murs de la maison sont tendus de tissu beige pâle, avec le jardin en perspective pour seule couleur ; je déniche de vieux meubles sculptés en remplacement des autres, trop modernes.

Nous avons besoin d'un affreux enclos pour les poules, je le fais construire derrière un grand arbre, les enfants vont y chercher les œufs frais le matin.

Des oies du Canada vivent sur notre étang et nous offrent tous les jours un spectacle comique. Vers 10 heures du matin environ, c'est le rassemblement et, à la queue leu leu, elles marchent en direction de la colline. Bain de soleil pendant une heure. L'après-midi, nouvelle parade pour s'installer sur la pelouse, jusqu'à 18 heures tapantes. Je pourrais régler ma montre sur elles. Là, elles se dandinent jusqu'à la porte d'entrée, et cancanent obstinément en attendant que je leur donne à manger.

Nous recevons beaucoup, il nous arrive de servir un barbecue pour cent personnes. Dieu merci, nous avons maintenant un autre domestique, Farid, pour aider dai Ayesha. Il sert de cuisinier et de chauffeur. Nous installons des tentes à l'extérieur et d'énormes fourneaux à charbon pour cuisiner. Mustapha a toujours la réputation d'être un grand chef, et les gens viennent en troupeau déguster ses merveilles.

Pour ce genre d'occasion, Mustapha ramène à la maison une cinquantaine de poulets au moins, vivants, et les massacre un par un, en récitant le *kalima* pour les rendre casher. Rituellement, il coupe l'artère du cou, balance le poulet loin de lui, et le malheureux volatile sautille et danse abominablement avant de mourir. C'est la coutume islamique.

Les enfants et moi, nous le supplions de ne pas laisser souffrir ces pauvres bêtes, mais il rit ; ça l'amuse. Il dit que l'ultime tremblement mortel du poulet est le signe que son âme est en train de quitter son corps. Quand il a fini, la cour ressemble à un abattoir. C'est alors une course contre la montre pour nettoyer, laver, balayer ce carnage avant l'arrivée des invités, tandis qu'il découpe et fait griller les poulets. Nous sommes tous exténués à l'heure du repas.

Il lui arrive de ramener une chèvre et de la tuer lui-même. Avec les enfants, nous souffrons pour elle en l'entendant bêler de peur pendant ce qui nous semble une éternité.

Mustapha est moins nerveux dans ce cadre idyllique ; il a retrouvé une terre. Mais il se met encore en colère fréquemment. Toujours incapable de contrôler son langage, il a pourtant cessé de me battre. C'est la pauvre Ayesha qui prend les coups de poing à ma place. Elle est son esclave, son lot est d'être rossée. J'ai de la peine pour elle.

Un jour, je l'entends prier Jésus, l'implorant de la libérer de sa servitude, ou de permettre, au moins, son retour au Pakistan. Incrédule, je lui demande :

– Dai ? Tu es devenue chrétienne ?

– Non. Mais j'essaie tout.

Mustapha adore le plein air et la campagne, qui lui rappelle la nature dans son pays. Il se lève à 5 heures du matin et entame ses deux heures de yoga sous la véranda. Selon le temps, il s'installe dans un coin du jardin, ou en haut de la colline. Même quand il neige il trouve un endroit abrité, mais dehors, pour faire ses exercices.

Nous n'avons jamais le droit de laisser le chauffage la nuit, les fenêtres des chambres doivent rester ouvertes, même quand il gèle dehors. Je me garde au chaud avec une bouillotte et un édredon de duvet d'oie.

En matière de santé physique, je n'ai jamais connu quelqu'un de plus rigidement discipliné que Mustapha. Il se lave à l'eau froide, ce qui est, dit-il, « excellent pour la circulation du sang et pour combattre le vieillissement ». Régime sans aucun sucre, sans féculents, ou calories inutiles. Ni biscuits ni boissons gazeuses. Il consomme énormément de yaourt et de lait maigre. On lui expédie du miel sauvage fabriqué par les petites abeilles du Pakistan, dans une lointaine province. Le blé entier, écorce comprise, est moulu en sa présence, à Haslemere.

Il a acheté un épagneul breton et un labrador, qu'il a appelé Bruno. Les deux chiens ne sont pas autorisés à pénétrer à l'intérieur de la maison. Ils couchent dans le garage. Souvent la nuit, je m'inquiète pour eux, et je me faufile pour leur apporter un vieux tapis. Je leur ai même fait construire une niche. J'ai toujours l'impression qu'ils ont été confiés, chez nous, à de mauvais parents nourriciers ; ils n'ont pas l'habitude de vivre aussi durement.

Chaque fois que dai Ayesha est de corvée de chiens, elle en profite bizarrement pour avoir de vraies conversations avec eux. Un jour, je l'entends discuter avec Bruno :

– Tu vois, Bruno, je m'occupe de toi. Alors toi, prie Dieu qu'il me sorte d'ici et qu'il me ramène au Pakistan. Dieu t'écoutera, toi, parce que tu es *bezuban*.

Littéralement *bezuban* signifie « sans langue » ; c'est une expression qui désigne les formes de vie les plus faibles, les enfants et les animaux, par exemple, à qui Allah répond sûrement car ils sont naïfs et purs.

Elle me fait de la peine. À ce moment de sa vie, dai Ayesha a déjà passé dix-huit ans au service de Mustapha. D'abord comme nourrice de Bilal, puis d'Amna et de mes trois enfants. Elle fait le ménage, la vaisselle et s'occupe des enfants. Elle est battue à la moindre erreur, injuriée à la moindre étourderie.

Après toutes ces années de labeur et de violence, sa peau, autrefois superbe, a perdu tout son éclat. Elle est restée mince, mais c'est à cause du surmenage, et elle est fatiguée, triste. Je vois ses yeux s'emplir de larmes à chaque allusion au pays. Où est le temps de sa beauté et de ses amours fulgurantes avec son amant, condamné par Mustapha à l'asile et à la mort ? Elle est esclave ; son passeport est dans la poche de Mustapha. Elle reçoit la nourriture et le gîte de Mustapha. Les coups de Mustapha. L'esprit de dai est mort bien avant le mien, et tandis que j'essaie toujours de lutter, elle a abandonné depuis longtemps.

Bruno le mal nommé – c'est une femelle – vient de donner naissance à un unique petit chiot tout noir ! Je l'appelle Blot, ce qui signifie « tache » en anglais ; c'est l'air qu'il a dans ce paysage, celui d'une tache. J'ai tenté de le garder dans l'entrée, dans un panier, mais Mustapha l'a remis dehors. Il se promène en toute liberté dans la propriété et inévitablement, un jour, il est renversé par une voiture. Il revient à la maison en boitant. Mustapha veut le faire piquer, mais avec les enfants, nous lui arrachons la permission de l'emmener chez le vétérinaire, pour le faire opérer.

Mustapha aime la perfection, un chien abîmé ne l'intéresse pas. Il ne veut plus s'occuper de Blot, jusqu'à ce que nous nous résignions à nous en séparer.

Il est sidéré chaque fois que je m'inquiète pour un animal. Il reconnaît volontiers qu'il n'a jamais éprouvé lui-même de compassion pour un animal domestique. Pour lui, un chien est une créature fonctionnelle, censée répondre aux ordres de son maître, et d'une fidélité totale. Voilà une idée qui me rappelle quelque chose...

Il me raconte un jour un incident de sa jeunesse. À une partie de chasse aux perdrix, son chien lui a fait honte. Au lieu de rapporter le gibier aux pieds de son maître, il s'est enfui, la proie entre les dents. Fou de rage, Mustapha a expédié ses rabatteurs à la recherche de l'animal. Ils ont reçu l'ordre de le retrouver et de le ramener au village. Après une longue poursuite, le chien est enfin capturé, épuisé, haletant, et terrorisé, comme s'il savait ce qui l'attendait. Arc-bouté sur ses pattes arrière, il résiste désespérément aux hommes qui le traînent devant Mustapha.

Le maître ordonne qu'on lui attache les pattes, puis qu'on le batte à mort avec des cannes de bambou. Les hurlements de l'animal déchirent le silence du village. Le chien est à l'agonie, les hommes continuent à obéir, cassant d'innombrables bâtons sur l'échine de la malheureuse bête. Jusqu'à ce que son œil devienne glauque et se voile définitivement.

Une fois l'animal mort, Mustapha dit avoir ressenti, et seulement à ce moment-là, de la peine pour le chien. Il a ordonné à ses hommes d'emporter l'animal, et il est rentré de cette partie de chasse avec un peu de culpabilité dans sa besace.

Cette histoire me choque terriblement. J'ai du mal à croire à une telle violence aveugle de sa part contre un animal impuissant qui ne peut, lui, invoquer pour sa défense ni excuse ni regret. Mais pour Mustapha l'enjeu était clair. Si on laisse un seul chien se distinguer, la rébellion de toute la meute est dans l'air. Il fallait donc écraser l'animal immédiatement.

Je fais des cauchemars à répétition au sujet de ce chien, et je finis par les raconter à Mustapha :

– Tu sais, je crois que tous tes problèmes viennent de là, de ce que tu as fait à ce chien. La nuit dernière, j'ai rêvé que ce chien t'avait maudit. Tu te rends compte ? Tu portais la malédiction d'un chien ! Il n'y a rien de plus terrible !

Curieusement, mon histoire de cauchemar le trouble énormément, car il m'avoue :

– Quand je m'assois sur mon tapis de prière, maintenant, je pense à ce chien. Je lève les mains et je prie Dieu de m'accorder le soulagement. J'en suis arrivé à demander le pardon d'un chien !

Au départ Mustapha souhaitait donner une chance à Benazir Bhutto de prendre la direction de la communauté pakistanaise en exil. Il était presque résigné à jouer le rôle de second. Maintenant, chaque réunion politique du comité central le déçoit, il ne parle que de l'ancien temps où Bhutto menait les assemblées de main de maître, où les enjeux étaient carrés, les solutions fermes. Il dit que Benazir n'est pas inspirée, que ces réunions n'aboutissent qu'à un appel général à « renforcer l'agitation » contre Zia. Finalement, il décide de reprendre les choses en main. Le point le plus important est la position du Parti vis-à-vis du groupe Al Zulfiqar. Cautionner la branche terroriste est une lourde responsabilité pour le Parti, qui doit se désolidariser du groupe de Mir Bhutto.

Lors d'une séance de travail, Mustapha lance un avertissement dans ce sens : les frères Bhutto sont victimes de leur romantisme aventurier, ils ne servent qu'à renforcer le pouvoir du général Zia. Benazir réagit en sœur plutôt qu'en coprésidente du Parti. Sa réponse est qu'elle ne laissera pas traiter ses frères en des termes aussi peu orthodoxes.

Mustapha lui rétorque :

– Il vous appartient de mesurer l'enjeu. C'est une grave responsabilité pour le Parti. Nous devons affirmer publiquement que nous n'avons rien à voir avec le terrorisme !

Benazir éclate en sanglots et quitte la salle. Les autres participants persuadent Mustapha d'aller la rejoindre, pour la consoler. Il la découvre en larmes, seule dans une pièce.

– Vous m'acculez, Mustapha ! Vous et les autres, vous m'avez mise dans une impasse. Je ne sais plus qui croire, qui ne pas croire. Je ne sais plus comment agir.

– C'est ça la politique. Il faut l'admettre. Vous rencontrerez beaucoup de gens qui ne seront pas de votre avis. Vous n'allez pas piquer une crise à chaque fois. Il faut vous montrer plus forte et vous endurcir !

Seth Abid, notre riche « soutien » au pays, arrive à Londres, où il est chaleureusement reçu par Mustapha et les autres conjurés. Il écoute en détail l'organisation du plan, accepte de jouer le rôle qui lui est assigné, et donne sa parole que le jour prévu il livrera les armes dans une maison abandonnée de Lahore.

Conformément aux instructions de Mustapha, je lui confie la moitié du billet d'une roupie.

Le jour J approche, sans que je me rende vraiment compte à quel point je suis moi-même impliquée dans cette histoire. Devenue experte en langage codé, je suis en contact téléphonique permanent avec les garçons. La nuit, je tourne et me retourne dans mon lit, en plein suspense, mais Mustapha dort du sommeil du juste, rêvant de victoire.

Il passe la plus grande partie de ses journées en conférences, à rectifier des détails ou à raccommoder des erreurs.

Les conjurés ont décidé qu'il leur fallait au moins un officier supérieur dans le complot. Le nombre des sympathisants est connu dans le gratin militaire, et le choix se porte sur un fervent admirateur de Bhutto. Un premier contact prudent donne à Mustapha le sentiment que ce général est « mûr » pour l'action.

Les Indiens, eux, sont évidemment ravis d'avoir réussi à infiltrer l'armée pakistanaise à un échelon aussi élevé. Mustapha me dit :

– Cette fois, je crois que le gâteau est cuit.

La conspiration atteint des gens si haut placés qu'il règne maintenant une atmosphère d'intense excitation. Ali et sa femme Billo, si désireux de jouer un rôle dans la politique de leur pays, ont trouvé là l'occasion unique de faire partie de la grande révolution contre l'État militaire. Tout le monde est surexcité pendant cette période d'organisation et d'attente. Moi comme les autres, mais je n'arrive pas à me débarrasser d'une certaine appréhension, fondée essentiellement sur mes accords avec Mustapha. J'ai pris des risques. Ali et Billo, eux, sont complètement fanatiques, Mustapha leur paraît invincible. Sa rigueur, sa perspicacité, ajoutées à sa persévérance dans l'action pratique, les ont enthousiasmés. Entraînés dans le tourbillon de ce plan aussi fou que prétentieux, je le crains de plus en plus, ils ne touchent plus terre.

Enfin, Seth Abid nous fait savoir que les « colis » sont arrivés. Ordre est donné aux garçons de se rendre dans un centre commercial de Lahore, face à l'hôtel Intercontinental, où un homme devra leur donner un morceau de papier indiquant l'adresse de la maison abandonnée où Seth Abid a planqué les « colis ». À 19 h 30, heure locale, ils auront en main les armes qui serviront à la restauration de la démocratie au Pakistan. Là, ils doivent nous appeler.

À l'heure dite, au jour dit, les conspirateurs londoniens se rassemblent dans l'appartement d'Ali pour attendre les nouvelles du « commando de libération ». Il est 21 heures au Pakistan, quand la transpiration se met à perler au front de Mustapha. Il arpente de long en large les tapis luxueux. Le silence du téléphone nous nargue. Je fais du café en priant, m'efforçant d'écarter les images de désastre qui me traversent l'esprit.

À 22 h 30, trois heures après la récupération supposée des armes, Mustapha me demande de téléphoner au domicile de l'officier Aftab, l'un des garçons. Sa femme me répond d'une voix contrainte, dépourvue de naturel :

– Il est absent. S'il vous plaît, ne rappelez pas !

Je fouille dans mon carnet à la recherche des

autres numéros de téléphone en songeant : « Mon Dieu, que s'est-il passé, aidez-les... »

Je compose fébrilement plusieurs numéros, sans succès, avant d'obtenir une réponse. La femme du chef d'escadron Tahir est en larmes. La voix brisée d'angoisse elle chuchote à l'appareil, à des milliers de kilomètres :

– La maison est pleine de soldats. Ils emmènent mon beau-père, mon beau-frère, mes frères. Ils ont fouillé toute la maison, je ne sais plus quoi faire.

Je raccroche. Autour de moi, les visages sinistres et silencieux des prétendus héros. Ils baissent les yeux, inquiet chacun du regard de l'autre.

Je compose le numéro du major Bokhari, sa femme me répond :

– Je ne peux pas vous parler maintenant, il y a trop de monde...

Puis la ligne est coupée.

Je devine la terreur qui s'empare des garçons en ce moment, et celle des autres, les membres de leurs familles, innocents.

J'enrage de les avoir exposés à de tels dangers. Où est l'erreur ? À qui la faute ? Quelque chose me dit depuis le début que Seth Abid nous a trahis, et j'en veux à Mustapha de ne pas m'avoir écoutée.

Tout à coup, la sonnerie du téléphone nous fait tous sursauter. J'empoigne le combiné, pour entendre la voix de Seth, à l'autre bout de la ligne. Il a l'air de pleurer vraiment :

– Je viens de regarder la télévision. Aux nouvelles de 21 heures on a annoncé qu'une perquisition a été menée sur dénonciation. Ils ont trouvé des caisses d'or de contrebande. Que dois-je faire ? Ils vont m'accuser !

Je n'en crois pas mes oreilles :

– De l'or ? Quel or ? Où sont passées les armes ?

– Ils ne veulent pas dire qu'ils ont découvert une cache d'armes. Ils ne veulent pas que le peuple pakistanais apprenne qu'une tentative de coup d'État s'est faite au sein de l'armée. Ils ne veulent pas que le public apprenne que des militaires sont impliqués dans un trafic d'armes. L'histoire de l'or n'est qu'un paravent, vous comprenez ? Une façade, je ne sais pas comment c'est arrivé. Qu'est-ce que je vais devenir ? Et ma famille ? Passer la frontière ? Me réfugier en Inde ? Est-ce que Mustapha peut m'obtenir l'asile politique ?

Je suis écœurée. Je sais que cet homme nous ment.

Nous apprenons les détails plus tard. Les garçons sont allés en Jeep jusqu'à la maison indiquée, où se trouvaient effectivement les armes promises, des caisses pleines, dans chacune des pièces. Ils ont commencé à charger le matériel, et l'un d'eux a même dit :

– Au diable les généraux ! On va remettre le pays sur ses rails !

Ils s'apprêtaient à partir, les moteurs tournaient... ils se sont retrouvés encerclés en quelques minutes. Les assaillants ont ouvert le feu, ils ont riposté, mais l'embuscade était bien organisée, ils ont tous été blessés et capturés. On les a emprisonnés dans un quartier de haute sécurité, inculpés de tentative de coup d'État et de trahison pour avoir organisé un trafic d'armes avec l'Inde, le grand ennemi du Pakistan. Leurs femmes sont au secret. Les hommes de leurs familles ont été arrêtés et torturés. On leur refuse le droit à un procès public, ils sont menacés du poteau d'exécution.

Une tragédie de foyers brisés, d'hommes brisés, se raconte, sous couvert de l'éclat de l'or meurtrier. Officiellement, le gouvernement maintient la version de contrebande d'or. Seth Abid reçoit l'absolution pour avoir fait acte de patriotisme en dénonçant le complot. Absolution sous forme de compensation sonnante et trébuchante, car depuis 1960 les douanes avaient bloqué une énorme quantité d'or de contrebande lui appartenant. On la lui rend ; ce n'est qu'une mesure légale, prétend-on maintenant, il s'agissait d'une malheureuse erreur administrative.

Au camp de prisonniers d'Ojhri, les garçons ont subi des tortures constantes. On les a fait se déshabiller, on les a obligés à se coucher, nus et à plat ventre, tandis qu'un rouleau d'acier leur écrasait les cuisses, jusqu'à ce que la chair éclate. On les a pendus par les pieds, on les a ligotés pour les battre.

La bande des sept, les malheureux Panjabis que Mustapha avait expédiés en prison quatre mois auparavant, a été, elle aussi, remise sous les projecteurs de l'actualité. À nouveau soumis à l'intimidation et à la torture. Choudry Hanif a été déplacé dans une prison des services secrets, enfermé dans une cellule sans air, éclairée jour et nuit d'une unique ampoule. Il dormait sur un grabat infesté de vermine, un drap puant pour unique couverture. Un bol en métal lui servait de toilettes. Il n'avait pas le droit de se laver ou de se raser. Régulièrement, on venait le chercher pour le mettre sur le gril. On le forçait à écouter ma voix sur une bande magnétique.

Il m'a raconté tout cela bien plus tard.

– On dit qu'un jour passé là-bas équivaut à vingt jours dans les oubliettes de Fort Lahore, ou au quartier de haute sécurité de la prison d'Attock. Qu'une année représente vingt ans de prison ordinaire.

Et il m'a dit aussi :

– Toutes les conversations que tu as eues avec les garçons, leurs femmes et Seth Abid, ont été enregistrées. Ils avaient accès à toutes les informations depuis le début, ils savaient tout, jusqu'au billet d'une roupie coupé en deux !

Mustapha s'intéresse assez peu au destin personnel des garçons, ou des sept Panjabis qu'il avait autrefois couverts de louanges pour leur courage et leur patriotisme. Il s'en est débarrassé, comme il se débarrasse des chiens et des canaris. Ce qui le mine, c'est l'échec. S'il avait réussi, on l'aurait salué comme le vainqueur de la démocratie au Pakistan. Au contraire, l'échec a épinglé sur sa poitrine la médaille de la trahison. Il a peur pour sa vie, mais il craint plus encore de souffrir de l'ostracisme de ses compatriotes, ses anciens alliés. Dorénavant, Mustapha Khar est un exilé à haut risque. Il est aussi terriblement inquiet de la réaction du gouvernement indien.

Il est revenu d'un entretien avec Joshi très déconcerté et perturbé. Mais personne n'arrête longtemps Mustapha Khar. Il fait un aller-retour en Inde pour une audience privée avec Indira Gandhi. Cette fois, au retour, il a l'œil nettement plus vif. Il rayonne même :

– Elle m'a dit que j'étais un grand patriote !

L'échec du complot n'a fait que raviver les tensions entre les deux pays, et Mustapha craignait que l'Inde ne fasse marche arrière. Il est content que la première dame de l'Inde lui ait confirmé sa foi dans la nécessité de détruire l'armée pakistanaise. À nouveau prophète, Mustapha me déclare :

– Une guerre est nécessaire pour anéantir définitivement l'ennemi du peuple. Il nous faut prier pour ce miracle !

Très intimement je ne suis pas d'accord. Je me souviens d'Indira Ghandi saluant la défaite de l'armée pakistanaise en 1971 : « C'est la fin de milliers d'années d'esclavage. » Ce qui sous-entendait que notre pays avait asservi le peuple de l'Inde. En ce moment, elle est elle-même en danger dans son propre pays pour avoir ordonné une attaque contre le temple des Sikhs et fait périr leur chef. Les séparatistes ont juré de se venger, des rumeurs courent à propos de camps d'entraînement sikhs au Pakistan. Je crains l'esprit laïc d'Indira Gandh et son opportunisme. Elle a tout intérêt à se servir de la haine du régime de Zia pour unir ses compatriotes.

C'est pour moi un nouvel exemple de sa doctrine, qui veut que l'Inde soit le gendarme de l'Asie du Sud, avec une sorte de pouvoir d'ingérence dans les affaires de ses voisins. De sombres nuages de guerre apparaissent dans le ciel du sous-continent indien. Tout le monde parle de l'imminence d'un conflit.

31 octobre 1984, Mustapha fait son jogging, je regarde les informations à la télévision. Indira Gandhi vient d'être abattue par deux Sikhs de sa garde personnelle. Atteinte d'une dizaine de balles à la poitrine et à l'estomac, elle a poussé un cri en s'effondrant. La première dame de l'Inde est décédée deux heures plus tard au Grand Hôpital de New Delhi. Elle a payé de sa vie la révolte des sikhs.

Quand Mustapha apprend la nouvelle, il s'effondre sur un canapé, la tête dans les mains, en gémissant :

– Oh ! mon Dieu !

20

Une fois par mois, Mustapha, qui a maintenant dépassé la cinquantaine, recouvre ses cheveux gris d'une teinture noire. Ce soir, il accomplit ce rituel dans la salle de bains, où nous nous préparons avant de recevoir des invités pour le dîner. Ce genre de futilité révèle une vanité déplaisante, un besoin de paraître jeune, et nous nous disputons à ce sujet :

– Tu n'as pas besoin de ça ! Au contraire, c'est distingué, les cheveux gris, pour un homme de ta position.

– J'arrêterai de colorer mes cheveux si tu promets de ne jamais teindre les tiens !

Il me toise, très content de lui. Je déteste ce genre de chantage. D'autant plus qu'en vivant avec Mustapha, j'ai déjà des cheveux gris à trente ans.

– Et en plus c'est *sunat*...

Sunat signifie obéissance à tout ce que dit le Prophète.

– Le Prophète a dit qu'il fallait combattre chaque jour la vieillesse, pour garder son énergie. Le Prophète a dit qu'il faut paraître le plus jeune possible...

Encore un exemple de l'adaptation libre que Mustapha fait du Coran. Il se sert de ce que dit le Prophète quand ça l'arrange. Il est très sélectif quant à l'application des lois et des coutumes islamiques. Je hausse les épaules en lui recommandant de ne pas s'essuyer, au moins, avec une serviette blanche. Je lui lance une serviette de couleur. Il me regarde dédaigneusement, en prend une autre, blanche évidemment, et se frotte les cheveux avec énergie.

– Mustapha ! Tu le fais exprès !

– Tu cherches la bagarre ? On attend des invités, ne me mets pas en rogne !

Je suis trop en colère pour m'arrêter à cet avertissement, pourtant clair.

– Ne prends pas ma serviette, en tout cas !

Il attrape un pichet d'eau qui se trouve là et me le déverse sur l'épaule. Je me glisse hors de la salle de bains, en l'enfermant à l'intérieur. Il martèle la porte à coups de poing en hurlant :

– Je vais te tuer !

Je l'abandonne à son sort pour aller ouvrir la porte aux invités.

– Où est donc Mustapha ?

Je marmonne une vague excuse. Comment leur dire que le Lion du Panjab est bouclé dans la salle de bains ? Je laisse passer vingt minutes avant de remonter voir ce qui se passe. À travers la porte, je dis :

– Si seulement tu pouvais comprendre que je ne suis pas là pour supporter tes bêtises, je te laisserais sortir...

– Entendu. Fais-moi sortir.

La voix est calme, mesurée. J'ouvre la porte, il sort de là comme une bombe :

– Attends que les gens soient partis, je vais te donner une de ces leçons !

Toute la soirée, nous donnons l'image du couple parfaitement heureux. Nos invités ignorent qu'en découpant le rôti, Mustapha a des idées de meurtre.

Une fois les invités partis, il m'ordonne de le suivre. Je n'ai pas du tout l'intention de m'offrir de mon plein gré au châtiment qui m'attend. Je file dans une autre pièce et m'y enferme à clé. Dix minutes passent avant qu'il me rejoigne.

– Tehmina ! Ouvre cette porte immédiatement ! Ton comportement est inacceptable. Je vais te remettre les idées en place !

– Je ne suis pas folle ! Je sais ce qui m'attend dehors, un animal fou et enragé. Si tu crois que je vais sortir pour me livrer moi-même. C'est facile de frapper quand on est un homme...

Nous entamons, de chaque côté de la porte, une discussion philosophique sur le droit des femmes. Mustapha cherche à me provoquer, mais je reste calme, logique, chaque fois que je peux développer un argument. Au bout d'un moment, Mustapha craque devant l'absurdité de cette situation et éclate de rire. Toute sa mauvaise humeur s'est envolée.

Le changement est imperceptible, mais il est là. Mustapha commence à s'adapter à moi. Non sans luttes ni hurlements de sa part, mais nous avons maintenant des conversations presque d'égal à égal. Il me tient des discours politiques, ravi que je ne sois pas seulement captivée par le sujet, mais que j'essaie de comprendre ses opinions. De même, j'ai beaucoup plus de liberté, souvent il me dépose en voiture devant chez Harrods avant d'aller à une réunion. J'ai le droit de me promener dans le magasin jusqu'à son retour. J'adore fureter dans les rayons de livres, pour rapporter des ouvrages à la maison, en espérant qu'il les lira. Je sais ce qui l'intéresse, je voudrais qu'il engrange le plus de connaissances possible pendant cette période d'exil. Période que nous commençons à envisager tous les deux, malgré les remous, comme une phase obligée de méditation et de réflexion. Il lit une centaine de pages par jour, religieusement. Il apprend la science délicate et douloureuse de l'autocritique. Il cherche les raisons profondes de la crise politique du Pakistan.

La clé de ma survie émotionnelle est que je suis capable de séparer totalement ma vie privée de ma vie politique. Mustapha sait que j'ai toujours défendu auprès de nos amis ses théories politiques. À présent, il sait aussi que j'y crois vraiment.

J'apprends à discuter de ces problèmes avec la

même vigueur et la même conviction que mon mari. Notre entourage a remarqué cette transformation de l'épouse soumise en oratrice infatigable. Mais je commence souvent mes phrases par le sacro-saint : « Mustapha dit que... » Je suis son ombre politique.

Il demeure néanmoins victime de ses pulsions violentes. Un jour qu'il m'attend dans la voiture, je suis retardée par un coup de téléphone d'une agence de voyages. Quand je le rejoins, il est furieux que son épouse ait osé le faire attendre.

– Calme-toi. Ce n'est pas la fin du monde !

Il me frappe d'un revers de main au visage, et son regard s'assombrit instantanément. Notre petite promenade est annulée.

Comme nous avons des invités ce soir-là, Mustapha me recommande de porter des lunettes noires pour cacher les contusions. Je suis gênée. Chaque fois qu'on me demande pourquoi j'ai des lunettes noires, je m'abstiens de répondre. Mustapha est nerveux ; il sait qu'il ne peut plus prévoir mon comportement. Il a d'ailleurs raison de s'inquiéter : au moment de passer à table, j'ôte tranquillement mes lunettes, exposant à tous les regards le résultat de la furie de mon mari. Quelqu'un demande :

– Que vous est-il arrivé ?

Stoïquement, je réponds :

– Mustapha m'a battue.

Les verres de vin reprennent leur place sur la table. Silence. On se gratte la gorge, les derrières hésitent sur les chaises de la salle à manger. Mustapha proteste maladroitement :

– Elle est insolente, absolument pas raisonnable en ce moment. J'aimerais qu'elle soit plus souple en ces temps difficiles...

Ça ne passe pas.

Plus tard, dans la chambre, je subis une nouvelle correction. Il me traite d'exhibitionniste, de femme sans pudeur et sans vergogne.

– C'est vrai, je n'ai pas honte. C'est toi qui as été humilié ce soir, pas moi. Tu es furieux parce que je t'ai fait honte. La prochaine fois, au lieu de faire quelque chose dont tu sais que tu auras honte, réfléchis, demande-toi si tu es capable de supporter l'humiliation. Je ne te protégerai plus. Je ne me tairai plus. Si mon visage est marqué ou abîmé, je ne le cacherai pas. Je veux que les gens sachent, qu'ils me voient telle que je suis. J'en ai assez d'être une hypocrite.

Il écoute en silence, lèvres pincées, semblant dire : « Laisse faire le temps... on verra... »

Surprise. Ma mère téléphone. Elle veut me voir d'urgence.

Après tant d'années de silence, mes sentiments sont partagés devant sa réapparition subite dans ma vie. Mais Mustapha est d'avis que j'aille lui rendre visite.

Un peu plus tard dans la journée, je me retrouve devant la porte de mes parents. Je fais un pas en arrière, les larmes aux yeux, pour contempler la maison, imaginer ce qu'a dû être le mariage de Zarmina. Adila ouvre la porte. Elle m'embrasse. Elle aussi a des larmes sur les joues. Et c'est à cause d'elle que ma mère a téléphoné. Adila est malade et se lamente. Elle souffre d'insomnie chronique ; mauvaise conscience et sentiment de culpabilité la rongent au point de la priver de sommeil, paraît-il. Elle a reçu des demandes en mariage, mais n'arrive pas à en accepter une tant que je ne lui aurai pas pardonné.

– Dieu ne me pardonnera pas tant que tu ne le feras pas. Je sais, je n'aurai jamais un mariage heureux à cause du mal que je t'ai fait. Le destin prendra sa revanche. Mais je t'en prie, pardonne-moi, Tehmina, je t'en supplie...

Lorsqu'elle se remet à accuser Mustapha d'immoralité, je coupe court vertement à son discours :

– Ne dis jamais de mal de mon mari devant moi ! Mais si tu as quelque chose à dire sur ton propre comportement, je t'écoute et je pardonnerai. En tout cas, laisse-le en dehors de ça.

Soudain, c'est la voix de ma mère que j'entends sortir par ma bouche. Je parle comme elle. Elle défendait toujours mon père de cette façon. Au fond, je ne connais rien de leur vie privée à tous les deux. À force de taire leurs sentiments profonds, de ne laisser paraître que le superficiel, l'image qu'ils voulaient donner aux autres, leur couple est un mystère. Dans le cas de ma mère comme dans le mien, il s'agit plus d'orgueil que d'autre chose. J'ai appris, comme elle, à résister par orgueil.

À la fin de ma visite, j'ai sincèrement pardonné à Adila. Un luxe que je peux me permettre à présent que je maîtrise mieux mon mariage. Mais en revenant à la maison, je suis nerveusement à bout de forces ; c'est toujours moi qui pardonne aux autres.

Je racontc à Mustapha notre longue conversation. Son visage s'éclaire de soulagement. Je peux être satisfaite, le chapitre Adila est définitivement clos.

Maintenant, mes parents veulent nous voir le plus possible, les enfants et moi, mais l'ombre de Mustapha ne doit même pas s'approcher de leur porte. Il est obligé de me conduire, de revenir me chercher à heure fixe, et de patienter dans la voiture. Je m'attends à le retrouver chaque fois de mauvaise humeur, mais nous savons bien tous les deux qu'il l'a mérité.

La tension s'installe à nouveau, sournoisement. La détente si fragilement établie entre Mustapha et moi dégénère en guerre froide. Je redoute la reprise des hostilités, et pour sauver ce semblant d'harmonie si chèrement acquis, je commence à espacer les visites chez mes parents. Je dois préserver en priorité mon mariage, pour le bien de mes enfants et le mien propre. J'ai investi trop de souffrances, de brimades, de compromis dans cette union, hélas ! pour la laisser se désagréger maintenant.

Nous allons à l'hôpital Wallington voir Shireen Jatoi, la fille de Mustapha Jatoi, le meilleur allié politique de Mustapha. Elle n'est pas loin d'accoucher. Sa mère m'embrasse gentiment en disant à Mustapha :

– Pour la première fois, je pense que vous avez trouvé une excellente épouse. J'espère que vous savez l'apprécier.

Mustapha me prend la main et répond avec une grande sincérité :

– Je ne pourrais pas vivre sans elle. Vous n'imaginez pas ce qu'elle représente pour moi, comme elle a été bonne avec moi.

Il me laisse à l'hôpital auprès de Shireen. Dans l'après-midi, elle me demande un vêtement de bébé qui se trouve chez moi. Je téléphone pour le demander à un domestique. Impossible d'avoir la ligne. J'essaie plusieurs fois, énervée, mais sans résultat, c'est occupé tout le temps ; j'abandonne.

Vers 18 heures, Shireen est sur le point d'accoucher. Mustapha est de retour à l'hôpital, avec de nombreux amis, des parents, tous rassemblés dans la salle d'attente. J'en profite pour passer un autre coup de téléphone. Ma mère a dû partir aux États-Unis et m'a confié la tâche de surveiller Adila, qui va toujours à l'école, et la rejoindra dans quelques jours.

J'appelle donc chez mes parents, cette fois, pour m'assurer que ma sœur est rentrée de ses cours. C'est elle qui répond ; elle enchaîne immédiatement, volubile :

– Tu sais, ton mari est resté au téléphone avec moi tout l'après-midi !

Mon cœur fait un bond dans ma poitrine, je jette de loin un regard glacial à Mustapha, tandis que ma petite sœur continue :

– Et puis, tu sais, il m'a suppliée de le laisser venir me voir. Il dit que je ne rencontrerai jamais un homme comme lui, que personne n'arrivera à me le faire oublier... Il dit que je ne devrais me marier avec aucun de mes prétendants, parce que personne ne me conviendra.

Mustapha ne peut pas entendre, il y a trop de monde dans la salle d'attente de l'hôpital, mais il a vu mon visage se crisper. Il devine, puis comprend. La culpabilité se lit sur son visage, qui devient tout rouge.

– Mais tu sais, Tehmina, Mustapha ne m'intéresse plus du tout, je te le jure...

Je veux bien la croire, elle a une cour de prétendants.

– Et je lui ai dit : Tehmina a toujours affirmé que tu l'aimais ! Alors il a répondu : elle est très bête, si je lui dis qu'elle a de beaux yeux, elle croit que je l'aime... Voilà ce qu'il m'a dit ! Et il veut absolument me voir, il n'a pas arrêté de me supplier, il dit qu'il va mourir sans moi, qu'il veut juste m'apercevoir au moins une fois. Il est complètement obsédé. Je savais que tu ne me croirais pas, alors j'ai des témoins. Mon amie Claudia est là, elle a tout écouté, et puis le cuisinier aussi, Rehman, tu peux leur demander si tu veux !

Je raccroche, les dents serrées sous le choc. C'est terrible l'effet que ça fait, comme ça, à la surprise, de se rendre compte que tout recommence. Je me suis reconstruite toute seule, uniquement pour qu'il me démolisse une fois de plus.

Comme pour se moquer de ma souffrance, la salle d'attente explose de joie à l'annonce de la naissance du petit garçon de Shireen. J'éclate en sanglots et la mère de Shireen me prend dans ses bras :

– Qu'est-ce qui ne va pas, Tehmina ?

– Rien, rien... c'est l'émotion.

Je ne pouvais rien dire, en un tel moment de joie familiale. Mon malheur n'a rien avoir avec eux. Je bafouille quelques excuses et m'en vais très vite. Mustapha me suit rapidement dehors, l'air d'un chien battu. Nous rentrons à la maison dans un silence de mort. Une fois dans notre chambre, il prend son air le plus innocent :

– Que s'est-il passé tout à l'heure ? Dis-moi ? Qu'est-ce qui ne va pas ? Tehmina, je t'en prie...

– Tu le sais parfaitement.

Il commence par bégayer quelques mots, puis trouve rapidement la riposte :

– Adila ? C'est Adila ? Mon Dieu, c'est encore cette folle ? Que t'a-t-elle dit ? Surtout, ne la crois pas, elle veut te faire du mal, elle te déteste. Elle essaie de détruire notre mariage, elle n'est pas amoureuse de moi, elle cherche simplement à te nuire. Ce qui lui plairait, c'est de gagner. Elle ne pense qu'à satisfaire ses désirs tordus. Alors, je t'en prie, ne la crois pas ! Elle a dit quelque chose, j'en suis sûr ! Dis-moi ce qu'elle a dit !

Je reste un moment silencieuse, écœurée, nauséeuse. Puis je lui fais signe de sortir.

– Laisse-moi seule.

– D'accord, mais tu laisses la porte ouverte.

Je veux l'oubli. Je veux le silence. Je veux le désert. Je veux le noir.

J'éteins toutes les lumières et m'accroupis dans un coin de la pièce. Je veux revenir dans le ventre de ma mère.

Recroquevillée en position fœtale, je pleure. J'ai dû pleurer des heures.

Au matin je suis calme, ce qui inquiète encore plus Mustapha. Il m'observe pendant le petit déjeuner, le front buté, sur ses gardes. Il ne peut pas imaginer une seconde la décision que j'ai prise à l'aube. Elle s'est imposée d'elle-même, comme une évidence. Je lui annonce simplement, sans élever la voix, que je m'en vais définitivement.

– Et où iras-tu ?

Il est méprisant, laid de méchanceté :

– Où iras-tu ? Chez ton père ? Il ne te jetterait même pas un os !

Mon cerveau réfléchit à toute vitesse, je dois partir, il le faut, mais je dois agir avec beaucoup de précaution. Si Mustapha pense que j'ai décidé de divorcer, il va m'enfermer ou prendre les enfants, ou les deux à la fois. Extérieurement mon visage se radoucit. Je n'ajoute rien. Mon silence berce toujours les peurs et les violences de Mustapha.

Il s'excuse pour avoir mal parlé de mon père. Il tente de me prendre dans ses bras, mais j'ai instinctivement un mouvement de répulsion.

– Tehmina, tu es une femme exceptionnelle, une femme complète. Tu endures des choses qui useraient toute la patience des femmes de mon village. Tu es si tolérante. Tu as résisté avec tant de dignité. Tu as souffert en silence, tu as protégé ma réputation. Tu as été une mère extraordinaire. J'ai fait du mal à notre couple si souvent, j'ai gâché notre vie et tu as toujours tout reconstruit. Comment peux-tu imaginer que j'abandonnerais tout ça pour une petite garce ?

J'espère avoir l'air sincère en lui disant que je pardonne pour la dernière fois. J'ai dit tellement souvent que c'était la dernière fois...

– Fais en sorte de ne plus perturber mon existence, Mustapha. Je vais essayer d'oublier encore une fois. Mais tu m'as fait faire un tour en enfer, et cette fois je n'ai plus ni la volonté ni l'énergie de me débattre dans le labyrinthe de tes mensonges. C'est épuisant et ridicule.

Il me croit. Il jure sur le Coran qu'il ne me trahira plus jamais. Et il part pour ses affaires à Londres complètement rassuré.

Je commence immédiatement à préparer mes bagages et j'appelle un taxi. Dai Ayesha est décomposée de peur, hystérique, persuadée qu'il va la tuer pour m'avoir laissée partir. Je téléphone à mon frère Asim pour lui confier mon intention de quitter Mustapha. Il comprend très vite, et se charge de me réserver une suite dans un hôtel. Le taxi arrive, je sors de la maison avec mes trois enfants et mes bagages, et je pars sans me retourner, sans un regard en arrière.

Pour célébrer ma libération, Asim a fait préparer un repas dans ma suite à l'hôtel, avec caviar et champagne.

– Enfin, tu t'es décidée ! Tu as bien fait. Il faut que ce jour soit le premier jour de ta vie. Il faut être heureuse à présent, Tehmina, et oublier cet homme !

Et il ajoute à l'intention de mes enfants :

– À partir de maintenant, c'est moi votre père !

Il me donne 2 000 livres en liquide.

– Je vais tout arranger pour que tu partes en Espagne, tu as bien besoin de vacances.

Après cette petite fête au champagne, il nous laisse

nous reposer, les enfants et moi, et nous sombrons dans un sommeil paisible. Le premier depuis bien longtemps.

Le lendemain, au réveil, l'angoisse m'étreint. Dans la hâte de mon départ, j'ai oublié de prendre les passeports ! J'appelle vite à la maison :

– Dai Ayesha, les passeports... il me les faut ! Où est Mustapha ?

– Il fait son yoga.

Je suis piquée au vif. Mon départ ne semble pas le perturber outre mesure, il n'a même pas changé ses habitudes. Ce n'est pas normal. J'attends qu'il vienne au téléphone. Mais il n'a pas l'air furieux en m'écoutant lui expliquer calmement que je l'ai quitté.

– Bien, j'espère que tu vas réussir ta vie.

Sa réaction me stupéfie. C'était donc si simple de le laisser ?

Je passe une semaine à Londres avec les enfants, et pour la première fois en sept ans je vais chez le coiffeur. Nous faisons des courses, les enfants sont émerveillés, et moi aussi. Enfin, je me retrouve libre au milieu de gens libres.

J'appelle un avocat pour le charger des formalités du divorce. Il est obligé de contacter Mustapha, m'explique-t-il, pour discuter de l'affaire. Peu de temps après, il me rappelle : Mustapha complique les choses. Il prétend que nous n'avons pas besoin d'avocat, et que nous pouvons très bien régler seuls notre différend. Or, je ne veux pas rencontrer mon mari, je ne me sens pas assez forte. Il ferait tout pour me persuader de revenir, et ça, je ne veux pas. J'ai trop peur de ma réaction. Comme d'habitude, il va jouer les coupables et les repentis, et comme d'habitude je vais céder.

– Dites-lui qu'il ne pourra avoir de contact avec moi que par l'intermédiaire d'un avocat conseil.

– Il va redire qu'il n'en a pas besoin...

– Dites-le-lui quand même.

Asim a organisé notre voyage à Marbella, j'ai débauché la nourrice d'une amie pour nous accompagner. Asim me donne un peu plus d'argent liquide, une partie venant de lui, l'autre avancée par mon père. Tout est en ordre, nous partons.

À Marbella, je m'efforce à la détente ; mon passé sombre dans le bleu de la mer d'Espagne... Je m'offre les services d'un centre de remise en forme, je flâne, je me vide la tête en achetant trop de vêtements, trop de chaussures, une véritable boulimie, pour moi et les enfants. Les jours passent avec une étonnante facilité, paisibles comme le vent d'été. J'ai l'impression de flotter comme un petit nuage, à regarder jouer les enfants dans le sable, à les bercer le soir contre moi, sans les hurlements de leur père. Ils sont heureux de cette escapade. Sans bien la comprendre. Du moment que je suis avec eux, ils ne se posent pas de questions, et leur père est si souvent absent...

Nous sommes heureux.

On me dit que Mustapha déprime. Il traîne une image d'amant abandonné, une allure triste. Il se laisse pousser la barbe, il erre d'amis en amis, en se lamentant, en les suppliant de me convaincre de revenir. De plus, il boit sérieusement. Il paraît qu'il parle à n'importe qui dans la rue de la femme qu'il aimait, et qui l'a abandonné. Un jour, il a rencontré Asim et s'est jeté à ses pieds pour qu'il serve d'intermédiaire entre nous. Il a même appelé ma mère, pour la première fois depuis son histoire avec Adila, afin d'implorer son pardon.

Il se fait des alliés de poids à ce petit jeu. Maintenant, des amis m'appellent pour me persuader qu'il a changé. Ma famille intervient pour que je donne une « nouvelle chance » à mon mariage, pour « le bien des enfants ». Même ma mère a pris arbitrairement le parti de mon mari, ce qui me sidère. Mais je sais pourquoi : elle n'a pas l'habitude de le voir dans le rôle du garçonnet malheureux. Il peut être très convaincant et réussir à tromper tout le monde. Ce que voient les gens, c'est un homme fort qui fond en larmes dès qu'on parle de moi. Ils le croient humble et repentant. Ils le voient ramper, quémander, pour eux, c'est donc qu'il a vraiment changé...

De mon côté, l'exubérance de la liberté commence à se dissiper sérieusement. Je ne peux pas vivre seule ainsi le reste de ma vie, en femme divorcée deux fois. Je voudrais que les enfants grandissent dans un foyer stable, avec leur père si c'est possible. Mais des idées sombres sont revenues me hanter.

Pour le moment Mustapha joue à celui qui veut me reconquérir avec obstination et repentir visibles. Mais si sa tactique échoue, quel virage va-t-il prendre ?

Il y a longtemps que je n'ai plus peur de lui physiquement, tout ça est enterré, mais les enfants ? Je les regarde dormir, et leurs petits visages innocents, heureux, me font frissonner d'angoisse. Je suis dans une impasse.

Asim trouve une solution. Il fait établir par un avocat un protocole d'accord me donnant, d'une part, les droits du divorce, d'autre part, la garde des enfants si je décidais de partir à nouveau. Je ne rentrerai au foyer conjugal qu'à ce prix.

L'avocat de Mustapha lui a conseillé de bien lire jusqu'à la dernière ligne au lieu de signer les yeux fermés. Il a répondu :

– Si ce document me ramène Tehmina, il est sans prix pour moi.

Et il a griffonné sa signature rapidement.

Les enfants et moi rentrons donc en Angleterre, et Mustapha vient nous chercher chez mes parents, très officiellement. Mère y va de son discours :

– Tehmina, je veux que ton mari comprenne que tu sors de la maison de tes parents, et qu'il ne doit jamais l'oublier. Tu as une maison, et tu peux y revenir, il faut qu'il le sache !

Mustapha me traite comme une reine, il ne parle même plus normalement, il bêle comme un agneau. Nous passons la nuit à Haslemere, puis embarquons pour une seconde lune de miel à Palm Beach, en Floride.

Avant, Mustapha était impossible quand nous faisions des courses ; à Palm Beach, il me suit comme un poussin. Quand il est fatigué, il s'assied à l'entrée du magasin avec les paquets et plaisante sur son sort avec les promeneurs. On le prend pour un mari modèle. « Quel amour ! » dit une femme en passant... Et Mustapha rend les sourires ; mari gâteau, papa gâteau, gendre sous surveillance.

Nous dînons aux chandelles sur la terrasse. Bercée par le bruit des vagues sur la plage, je commence à laisser filer mes appréhensions, doucement, comme une poignée de sable qui s'échapperait de mes doigts. Mais je reste sur mes gardes, la blessure est toujours profonde. J'ai du mal à le supporter physiquement, je frissonne dès qu'il me touche, c'est tout juste si je le laisse me prendre la main. Dès qu'il a l'air d'être dans des dispositions un peu trop romantiques, je panique.

J'ai réalisé d'un coup qu'il n'y a plus la moindre trace d'amour en moi. C'est irrévocablement fini. Et je commence à comprendre que la grande épreuve du mariage, ce n'est pas forcément la fidélité. C'est la confiance et le respect. Mustapha a détruit cette confiance depuis longtemps, et maintenant je ne le respecte même plus. En fait, je le plains. En dehors des enfants, le seul lien qui subsiste entre nous est la politique. Nous parlons de rentrer au Pakistan, j'aimerais lutter pour des choses auxquelles nous croyions tous les deux. J'imagine notre belle vieille maison à Lahore, je me vois en train de la redécorer. C'est une métaphore : la vieille maison, c'est mon pays ; la nouvelle décoration, c'est la politique. Au fond, je suis devenue une intellectuelle ; je compense avec ce que je trouve une vie affective totalement ratée.

Nous partons pour Boston rendre visite à ma sœur Minoo et à son mari. Il s'en est passé, des choses, depuis mon exil familial ! À l'île de Wight, le pire s'est produit pour mes parents. Minoo y a rencontré un garçon, Philip Holt, dont elle est tombée amoureuse. C'était le meilleur élève photographe de l'école. Mais il est d'origine catholique, française et anglaise, et pour mes parents, c'était un obstacle de taille. Furieux, mais n'ayant guère le choix, ils ont fini par exiger que le garçon se convertisse à l'islam, et qu'il prenne pour nom Ali Habib. Minoo et Ali se sont donc mariés à la mosquée, puis ils sont partis pour Boston achever leurs études de photographie.

Minoo est toute surprise et toute contente de voir que je vais bien, et que le caractère de Mustapha a changé. Puis nous rentrons à Londres, où ma grand-mère est venue du Pakistan pour me rendre visite. Elle aussi a du mal à croire à nos retrouvailles. La paix nouvelle dans la magnifique maison de campagne, au milieu des oies, des fleurs, et des collines vertes, l'emplit de gratitude envers Allah. Elle est sûre que ses prières y sont pour quelque chose. L'amour a triomphé.

Non, je ne suis pas amoureuse. Oui, je me sens tranquille, satisfaite même.

Mais Mustapha veut absolument renforcer notre union en me faisant un nouvel enfant, et je suis convaincue que mes grossesses sont maudites. Je n'arrive pas à oublier le mal que j'ai fait à Sherry, la première femme de Mustapha, enceinte. Je crois au crime et au châtiment du crime. Pour moi, ce n'est pas une coïncidence si les pires moments de ma vie sont allés de pair avec mes grossesses. Et si Dieu me punissait dès que la graine pousse dans mes entrailles ?

Mustapha me supplie. Il jure que cet enfant qui naîtrait de nous maintenant, à cette phase de nos relations, serait exceptionnel, béni de Dieu. Il désire si intensément cette chance d'abolir le passé, l'enfant du renouveau, que son opiniâtreté l'emporte.

Je suis enceinte. Mais à la minute où j'apprends à Mustapha que le test est positif, je sens le revirement que je redoutais. Le jeu est fini : où pourrais-je aller avec non seulement trois enfants sur les bras mais un autre dans le ventre ?

Il m'a eue, comme il le voulait. Me voilà de nouveau à sa merci. Les Anglaises ont une expression pour définir cet état de dépendance : « Pieds nus et enceinte ».

Quelle explication donner à ma stupidité ? Tous les amis qui étaient au courant de ma situation et avaient pris fait et cause pour moi, pendant notre séparation, nous les avons perdus. Même Ali et Billo ne font plus partie de notre vie.

Il s'ensuit de nouvelles bagarres, complètement irrationnelles. Mustapha exige que je lui rende l'accord qu'il a signé, me garantissant sur simple demande de ma part le droit au divorce et la garde des enfants. Je refuse de me séparer de ce passeport pour la liberté. D'ailleurs, Asim a gardé le document et je ne veux pas le lui réclamer. Alors Mustapha se moque de mes terreurs de femme enceinte, il s'amuse à les exacerber, méchamment :

– Tu avais raison, tes grossesses sont maudites. C'est encore une preuve de la puissance de cette malédiction que tu traînes, tu dois souffrir pour tes péchés.

Pendant ce temps, le feuilleton de la vie amoureuse de ma petite sœur Adila a pris une étrange tournure.

Elle a été invitée avec ma mère à Washington chez une riche héritière dont le mari a des relations d'affaires avec mon père. Mère a été très impressionnée par leur opulente demeure, les collections d'art, les antiquités, au point qu'elle en a presque oublié que cette famille était juive, et, en fait, militante et généreuse dans son soutien financier à Israël.

Ce soir-là, le jeune fils de la maison est tombé éperdument amoureux d'Adila. Et Adila et ma mère éperdument amoureuses de la fortune de cette famille.

Le jeune homme les suit à Boston jusque chez Minoo, stupéfaite que notre mère lui permette même d'entrer dans sa demeure. Il fait sa demande en mariage, d'accord sur le point principal exigé par ma mère : sa conversion à l'islam. Sans plus attendre, Mère et Adila filent au Pakistan, avec la lourde mission de convaincre notre père de bénir le mariage d'Adila avec un juif.

Mère est confiante, elle a toujours réussi à imposer

sa volonté à son époux. Mais notre père est resté seul trop longtemps à Karachi pour ses affaires. Loin du regard inquisiteur de ma mère, il a retrouvé ses amis, tous ses vieux copains fêtards de l'armée, qui occupent maintenant des postes importants au sein du gouvernement de Zia. Il y vit en célibataire, sans surveillance, sans horaire, et j'imagine qu'il n'a plus à se cacher pour boire un verre. Il est plus sûr de lui, plus agressif quand elle arrive.

Le plus diplomatiquement possible, Mère commence par évoquer la possibilité d'un mariage avec un étranger. Puis annonce la caractéristique du mot « étranger ».

En l'espace d'une seconde des années de refoulement explosent avec fracas. Père, qui a toujours cédé à la forte personnalité de ma mère, déclare avec vigueur que si ce mariage se fait, il divorce ! Mère tente de le calmer, en lui jurant que le fiancé a promis de se convertir, et Père se met à hurler :

– Il n'y a qu'une solution, alors ! Qu'il se fasse appeler Yasser Arafat ! Là, je serai d'accord ! Le monde entier sera persuadé qu'il soutient l'OLP.

Mère se retire du combat, provisoirement, pour reprendre la lutte un autre jour. Elle repart en Angleterre avec Adila, après avoir informé la famille du garçon de ces déprimantes nouvelles. Sur ce, la mère et son fils sautent dans le premier Concorde pour les rejoindre à Londres.

Mère fait alors descendre tout son monde dans l'arène. Branle-bas de combat. En quarante-huit heures, elle téléphone à toute la famille, raconte les détails de l'histoire et réclame notre soutien à tous. Les appels téléphoniques fusent des quatre coins de la Terre. Asim a vent de la nouvelle, et appelle Adila sur-le-champ :

– Je te tuerai si tu fais ça !

Asim s'est marié dans une famille saoudienne et il n'a aucune chance de lui faire accepter un beau-frère juif. De mon côté, j'aurais préféré que Mustapha ne soit pas au courant des déroulements de la vie amoureuse d'Adila, mais le marathon téléphonique international finit par lui mettre la puce à l'oreille. Il réagit exactement comme Père et Asim. Je me demande tout de même s'il n'est pas en train d'empêcher Adila de se marier, tout simplement.

Il m'ordonne d'aller passer la nuit chez ma mère, et de la convaincre, ainsi qu'Adila, de renoncer à cet énorme « scandale ». Mais l'histoire s'est aggravée rapidement ; en fait, je soupçonne les deux amoureux d'avoir l'intention de filer se marier dans la première mosquée, à Regent's Park, et de revenir, le fait accompli, se présenter la bouche en cœur au clan tout entier.

Ce soir-là, le marathon téléphonique reprend. Depuis Londres je confie mes soupçons à ma sœur Rubina, à Karachi. Quelque temps plus tard, dans la même soirée, Rubina appelle ma mère à Londres... pour faire éclater une bombe : Père a eu une crise cardiaque. Il est en réanimation.

Mère et Adila doivent immédiatement prendre le premier avion pour Karachi. En tant qu'épouse de Mustapha en exil, je ne peux pas m'y rendre.

Nous soupçonnons tous, et à juste titre, qu'il s'agit d'un bluff. Mais Mère et Adila ne pouvant pas en être certaines, elles sont bien obligées de réserver des places pour le lendemain, sur le vol de midi. Mère appelle le fiancé d'Adila et sa mère à leur hôtel londonien, leur résume les dernières nouvelles et les invite à la maison, pour le lendemain 10 heures.

C'est moi qu'elle recrute pour accomplir le sale travail : annoncer au jeune Roméo et à sa mère l'épilogue provisoire de cette histoire d'amour.

– Je suis trop bouleversée, Tehmina, descends pour les recevoir... ils attendent au salon, débrouille-toi pour leur faire comprendre la situation. Si Adila épouse ce garçon sans l'accord de son père, elle perdra tout le soutien de sa famille, et si le mariage ne tient pas, plus tard personne ne voudra plus l'épouser au Pakistan. Elle aura brûlé toutes ses cartouches !

Mère est au mieux de sa forme « dramatique » ; elle aborde enfin le point crucial :

– Et dis-leur qu'il faut un million de dollars sur le compte d'Adila, pour sa sécurité.

– Je ne pourrai jamais !

J'ai déjà horreur de parler d'argent, mais là, c'est un comble ! Amèrement, en quittant ma mère, je soupèse le chiffre dans ma tête... Un million de dollars... Adila ne vaut pas ça.

Je descends rejoindre les Américains au salon. Ils ont déjà compris que la « crise cardiaque » de mon père exige que l'on prenne des dispositions immédiates concernant l'affaire. Je leur sers de mon mieux le discours de ma mère, j'insiste sur l'extraordinaire besoin de sécurité d'Adila, mais sans mentionner un quelconque montant, je n'y arrive pas.

La mère de Roméo m'explique à son tour :

– Votre sœur aura toute la sécurité dont elle a besoin. Mon fils travaille, il vient de louer un appartement avec deux chambres à coucher à New York. Adila aura sa propre voiture et disposera de tout ce que possède mon fils... Que voulez-vous que je vous dise de plus ?

Elle s'énerve un peu.

– Elle aura tout ! Ses chaussettes, ses vêtements, ses chemises... tous ses biens.

Je me sens devenir toute rouge, mais je ne peux pas m'empêcher de demander :

– Et que possède-t-il d'autre ?

– Environ 30 000 dollars à la banque.

– Notre mère souhaite qu'il place une somme séparément sur un compte à elle, par sécurité.

Elle n'a pas l'air de comprendre ; ou alors, elle comprend trop :

– Il n'y a pas d'autre sécurité. Il héritera de son grand-père, mais sa fortune est placée. Il n'est pas question qu'on la cède d'avance à quelqu'un. Mon fils n'a rien à donner.

J'ai du mal à réprimer le sourire qui me vient aux lèvres. J'imagine la réaction en haut, quand je vais rapporter cette ultime information. Je leur demande de m'excuser quelques instants et grimpe les étages. Ma mère et Adila sont assises au milieu des piles de valises et des sacs de voyage, attendant de connaître le résultat de ma mission. D'un air terriblement grave, j'annonce :

– Il n'a que 30 000 dollars, et il n'a pas l'intention de les donner, mais elle aura tout, ses vêtements, ses chemises et même ses chaussettes !

Bouche bée, Mère se frappe la poitrine des deux mains en même temps, puis reprend son souffle pour crier :

– Quoi ? Il n'a pas d'argent ?

Et instantanément, il est urgent de partir, elles sont en retard pour l'avion, il faut se dépêcher, appeler les domestiques, bousculer tout le monde, charger la voiture. En passant, Mère et Adila marmonnent de rapides excuses aux Américains.

– Mon mari est très malade...

– Je dois rester près de mon père...

Pendant le trajet vers l'aéroport, Mère fait glisser les perles de son chapelet, implorant Dieu de sauver la vie de son mari. Et, en effet, la guérison est miraculeuse.

Mes parents ne perdent pas de temps pour arranger un bon mariage pour Adila. Le garçon s'appelle Rais Matloob. Il est le fils d'un propriétaire terrien de Bahawalpur, d'une famille très respectée. Le père est réputé pour avoir fait construire la plus belle et la plus riche mosquée de la région. Cet homme rêvait de mourir le jour même où les travaux prendraient fin, c'est pourquoi il a maintenu les ouvriers au travail pendant vingt-cinq ans, en ajoutant à cette œuvre d'art le plus de détails possible. Peu de temps après avoir enfin achevé les finitions, il est effectivement mort ; c'est alors que la légende de la famille est devenue réellement grandiose ! Adila épouse un morceau de notre histoire culturelle.

Ce mariage ouvre de belles perspectives à Adila. Le jeune homme est charmant, intelligent, fin, et le symbole est évident : Adila a transféré ses amours d'un Roméo juif au fils d'un bâtisseur de mosquée.

En l'aidant à faire ses bagages, je lui fais mes vœux de bonheur :

– Je te souhaite le mariage dont je rêvais. Je te souhaite de ne connaître aucune souffrance, je te souhaite tout ce que je n'ai pas pu obtenir de la vie.

C'est moi qui annonce la nouvelle à Mustapha, en observant attentivement sa réaction. Normalement, il ne peut qu'approuver le mariage d'Adila, du moins le nom qu'elle va porter. La famille est issue de la même région que lui, dans le sud du Panjab, elle est riche, vénérée, respectable, et ultra-conservatrice... Tout est parfait.

Mustapha digère la nouvelle, puis déclare avec un sourire suffisant :

– M'moui... c'est un bon parti.

21

L'antagonisme de Benazir Bhutto et de Mustapha s'est accru avec le temps. Elle s'est réfugiée dans une bureaucratie envahissante, et les décisions essentielles sont retardées par la paperasserie. Ses conseillers entretiennent à l'égard de Mustapha des fables continuelles à propos de son ambition et de son orgueil. Après deux années de travail, Mustapha est désormais contraint de prendre rendez-vous avec elle pour pouvoir lui parler, et il attend parfois plusieurs semaines.

Mustapha est vexé. Il est persuadé que Benazir a toujours besoin de son expérience, mais elle s'estime assez grande pour porter seule la couronne. Il sent le pouvoir lui échapper, et les autres s'en rendent compte. Le gouvernement du général Zia a finalement évolué vers un semblant de démocratie. La loi martiale est suspendue, on annonce des élections pour cette année 1985. L'importance politique naturelle de Mustapha au Panjab a été grignotée en son absence par ses opposants, parmi lesquels trois de ses frères, qui prétendent à des sièges à l'Assemblée. Benazir envisage un éventuel retour au Pakistan, et Mustapha apprend brutalement qu'elle n'a pas l'intention de lui confier la présidence du Parti au Panjab. Elle lui explique succinctement sa décision :

– Trop de gens désapprouveraient ce choix !

– Je ne vois pas qui ! Je suis le seul candidat possible. Ça ne dépend pas de votre bonté d'âme, c'est un fait acquis depuis longtemps : je suis le chef du Panjab.

De nouvelles frictions s'ensuivent. Pour un observateur extérieur, cela n'est jamais que de petites controverses dans l'insondable fouillis politique du Pakistan. Mais pour Mustapha, c'est aussi vital que de boire ou de respirer.

Frustré, il décide de donner sa démission du Parti, mais n'a pas l'intention d'abandonner sans combattre. Avec son vieil allié politique, Ghulam Mustapha Jatoi, il forme un nouveau parti, dont le manifeste proclame le retour aux principes essentiels du Parti populaire. L'enjeu officiel est d'attirer la classe ouvrière parmi les fidèles de Bhutto ; l'enjeu personnel de Mustapha est de s'imposer comme le successeur évident, l'héritier politique de Bhutto.

Pour tenter de se faire pardonner ses péchés des huit dernières années, Mustapha a prévu mon accouchement au luxueux hôpital Portland de Londres. Un immense portrait de la princesse Anne orne le vestibule, car c'est ici qu'elle a donné naissance à ses enfants. Et c'est ici que naît notre fils Hamza. L'accouchement, cette fois, n'a pas été difficile, c'est Mustapha qui l'est. Il doit partir en voyage deux jours après la naissance de Hamza, dans un endroit qu'il décrit comme un « pays chaud où on s'habille avec des vêtements d'été ».

Si bien que vingt-quatre heures après l'accouchement, je dois me traîner dehors pour lui acheter des vêtements. Le « pays chaud », c'est l'Inde. Mustapha a combiné un rendez-vous secret avec le nouveau Premier ministre, Rajiv Gandhi, par l'intermédiaire de son contact, Joshi. Il revient au bout de six jours. On l'a traité là-bas avec le protocole réservé à un chef d'État en visite : résidence privée dans une discrète maison de repos pour éloigner la presse, safari grandiose. Le plus important est qu'il a pu avoir de longs entretiens avec le Premier ministre.

Rajiv Gandhi lui a confirmé qu'il était prêt à venir en aide au Pakistan comme l'avait fait sa mère. La forme de cette aide n'a pas été déterminée, mais la politique demeure inchangée. Mustapha est satisfait.

Curieusement, la nouvelle ne m'intéresse pas. J'ai une obsession. J'ai rêvé d'un grand miracle : dans mon rêve on me demandait comment avait eu lieu ce miracle, et une voix répondait : « Elle est allée sur le tombeau du grand saint d'Ajmer en Inde. »

Je harcèle Mustapha pour accomplir ce pèlerinage. Joshi doit pouvoir organiser cela pour moi. Il n'a qu'à le lui demander à leur prochain rendez-vous. Mustapha et Joshi se retrouvent dans un Wimpy, comme d'habitude ; par discrétion je m'installe à une table voisine. Ils parlent un long moment, de politique sûrement, mais j'espère que Mustapha va poser la question de mon pèlerinage. Ils se lèvent, paient l'addition, et passent devant ma table. Joshi s'arrête, sourit à Mustapha, et dit :

– Tu oublies de me présenter ta femme !

Gêné, Mustapha s'exécute dans les formes. Nous sortons ensemble, et c'est là que mon mari parle enfin du pèlerinage. Joshi répond qu'il va voir ce qu'il peut faire.

J'entends déjà la voix du saint qui m'appelle.

Deux jours plus tard, je me prépare à prendre l'avion sur Air India. Mustapha vérifie mes bagages :

– Je ne veux pas que tu emportes de maquillage ! Même pas un rouge à lèvres.

C'est la première fois que je voyage seule, il ne faut surtout pas que j'attire l'attention des hommes ! Sa paranoïa est énervante. C'est complètement stupide, d'ailleurs, je peux très bien m'acheter du rouge à lèvres en Inde ! Comment le saurait-il ?

J'ai la réponse en arrivant à l'aéroport de New Delhi. Deux hommes viennent me chercher pour me faire passer la douane et le service d'immigration. Ses agents secrets personnels ? Ils me conduisent à l'hôtel, où une suite splendide a été réservée pour moi. Dix minutes plus tard, une femme se présente à ma porte. D'âge moyen, très « relations publiques », elle dit s'appeler Mrs. Singh, et vouloir se renseigner sur mon itinéraire. Je comprends qu'elle n'est pas là uniquement pour ça, mais bien pour diriger mes activités. Mustapha se sert-il de mon pèlerinage pour autre chose ?

Mes deux ombres viennent m'informer très poliment que le directeur général de l'agence viendra prendre le thé avec moi dans une demi-heure. Je demande à cette Mrs. Singh qui est ce directeur général. Réponse : son patron, un homme très important, dont elle ne me donne pas le nom. Mais on me charge d'un message pour lui de la part de Mustapha ; je dois dire à cet homme important, dans l'ordre : la situation politique au Pakistan est stationnaire ; Zia tient toujours fermement les rênes du pouvoir ; sa politique d'aide aux rebelles afghans aura des conséquences désastreuses pour toute cette région ; le retrait des troupes russes va renforcer l'influence américaine, et mettre nos intérêts communs en péril.

Le but de ce message de Mustapha est de convaincre le directeur général de rapporter en haut lieu qu'une action contre Zia est maintenant plus impérative que jamais.

J'ai aussi pour instruction d'évoquer la nécessité d'une seconde entrevue entre Mustapha et le Premier ministre, d'écouter attentivement les propos du directeur général, et de les rapporter ensuite mot pour mot.

Je ne suis pas en pèlerinage, mais en mission secrète !

Nous prenons le thé. Le directeur m'écoute, me dit qu'il approuve la détermination de Mustapha, et comprend parfaitement la situation. Il va transmettre ce message à qui de droit. Il reprendra contact lui-même avec Mustapha dans les semaines à venir. Il précise qu'il sera bientôt de passage à Londres. Pour le rendez-vous avec Rajiv Gandhi, Mustapha sera tenu informé par son intermédiaire habituel, Joshi. Ultimes recommandations du directeur général :

– Ne sortez pas trop, montrez-vous le moins possible. Quelqu'un pourrait vous reconnaître, nous aurions des complications.

Le lendemain matin, je vole vers Amjer, mes deux ombres à mes côtés, jusque dans le tombeau sacré. Elles sont hindoues, ces ombres, et dérangent mes prières islamiques. Je voudrais être seule, prier Dieu de protéger l'équilibre de ma vie. Ici plus que partout ailleurs mon intimité devrait être respectée. Mais les deux ombres refusent de disparaître.

Peu à peu, la paix de ce sanctuaire fait son effet. J'entends les murmures des prières autour de moi, la réalité s'éloigne. Ma prière s'élance vers Dieu :

– Que Mustapha n'ait plus d'accès de violence et de folie. Je voudrais un foyer normal, dans la paix et l'harmonie, que Dieu apprenne le respect à mon mari, et qu'il mette fin à son exil. Que mes parents se réconcilient vraiment avec moi.

Autour de moi, des femmes brisées, portant des enfants nus, des femmes dont la souffrance émane de leur être même, mais qui, comme moi, ont l'espoir. L'espoir seul capable de transcender leurs malheureuses existences. Je pleure et prie pour nous toutes.

Mes deux compagnons traînent des pieds, ma tranquillité est finie. Ils ont l'air nerveux, mal à l'aise. Se tenir ainsi debout devant la dépouille mortelle du grand saint, qui fit plus pour développer l'islam en Inde que n'importe quel général brandissant une épée sanglante, pour deux Hindous, ce n'est pas intellectuellement confortable. Je me retire, la tête pieusement baissée. Je me sens revivre, revitalisée par une force nouvelle. La foi est une source inépuisable.

À New Delhi, je déjeune avec Mrs. Singh, puis nous partons faire des courses. J'achète un tableau et un tapis.

– Mrs. Singh ? Aimeriez-vous que je vous envoie quelque chose de Londres ?

Elle ouvre de grands yeux, ravie :

– J'aimerais tant un sac à main... un sac en cuir, j'adorerais.

Puis la crainte envahit ses traits :

– Je n'ai pas l'autorisation de vous laisser mon adresse.

– Il n'y a pas un endroit à Londres où je pourrais le déposer pour vous ?

Elle hésite en silence. J'insiste gentiment.

– Qu'est-ce que c'est cette histoire à la James Bond ? On ne peut pas être amies ?

– C'est impossible. Et ne répétez jamais cette conversation. Je n'ai pas le droit d'être amie avec un « contact ». Je perdrais mon travail.

Finalement, après des coups d'œil à droite à gauche, devant et derrière, elle me chuchote une adresse.

La tentation du sac en cuir était trop forte.

Mustapha est très content de mon rapport. Mais mes prières n'ont pas trouvé de réponse. Deux semaines après mon retour, il me harcèle à nouveau au sujet de ce document qui me garantit la garde des enfants en cas de divorce. Je ronchonne :

– Mustapha, si tu n'étais pas d'accord, il ne fallait pas signer. Tu t'es montré irresponsable, il faut en assumer les conséquences. Je ne peux pas demander ces papiers à Asim. Il ne te respecterait plus.

Il me gifle sévèrement et prend le téléphone pour appeler son avocat :

– Ma femme accepte de révoquer l'accord. Pouvez-vous nous faire parvenir un acte certifiant que cette clause n'existe plus ? C'est urgent. Elle le signera.

L'avocat répond que le nouveau document arrivera par le courrier du matin. Je suis effondrée de peur. Ce document était mon unique protection, mon ultime défense contre la folie de cet homme. Il faut absolument que je fasse quelque chose pour ne pas me retrouver écrasée par le rétablissement officiel de son autorité.

Le matin suivant, Mustapha est sorti. Je guette le courrier avec anxiété. L'enveloppe de l'avocat est là, je l'empoche et file chez mes parents avec les quatre enfants.

Mère écoute les lamentations de Mustapha au téléphone. Elle essaie de me convaincre de retourner à la maison. Mais je ne peux plus croire à ses promesses. Je veux le divorce ; cette fois, j'y suis résolue. Mes enfants sont placés sous tutelle de la Cour. On garantit un droit de visite à Mustapha, pour les trois aînés, le dimanche matin, et à condition qu'il les ramène le soir.

Peu de temps après ces événements, je me réveille un matin avec l'envie de me couper les cheveux, de me débarrasser de ce symbole des désirs de Mustapha. Le coiffeur essaie de m'en dissuader, se lamente sur le sacrilège : mes cheveux sont si incroyablement longs... ils sont la clef de ma beauté... Mais je reste ferme. Je ne me suis pas coupé les cheveux depuis l'âge de quatorze ans, et le cliquetis des ciseaux qui élaguent, coupent, me donne l'impression d'un exorcisme. Le mauvais esprit de Mustapha sort de ma tête. Je suis libérée.

Mustapha l'apprend vite, et comprend aussi vite la signification symbolique de cet acte. Cela veut dire que j'ai décidé de ne plus jamais revenir à lui. Plus jamais. Sinon, je ne me serais pas séparé de ce qu'il aime le plus en moi. Son talisman.

Et sans mes cheveux, il n'est plus qu'un faible Samson.

22

Nous sommes en plein été 1985, le jour de la célébration de la fête de l'Eid. Mustapha a projeté de prendre avec lui Naseeba, Nisha et Ali, les trois grands, pour les emmener dans un parc d'attractions, à Liverpool, à quatre heures de Londres.

En venant chercher les enfants de très bonne heure chez ma mère, il donne aux domestiques le *eidi*, les étrennes traditionnelles qui marquent la fin du Ramadan. Son *eidi* pour moi est de 500 livres. Son geste me touche. Je suis souvent attristée par la tournure des événements, de le voir malheureux, entassant les enfants dans sa voiture le dimanche, tout seul, menant un autre combat solitaire en exil.

Il fait monter les enfants encore ensommeillés, claque la portière et dit :

– La route est longue, nous serons là-bas vers 10 heures, je les ramènerai vers 18 h 30.

Je passe tranquillement la journée à m'occuper d'Hamza, mon bébé, en attendant le retour des trois aînés. À 19 h 30, Mustapha n'est toujours pas là, et la panique me prend. J'appelle un de ses amis, qui me dit que Mustapha a emmené les enfants à la campagne ; il n'en sait pas plus. À force de le tarabuster, j'obtiens de vagues détails, et je sens que quelque chose ne va pas. Mais je ne sais pas quoi.

Une demi-heure plus tard le téléphone sonne et je me précipite sur l'appareil. C'est Mustapha. Sa voiture est tombée en panne, il a dû marcher longtemps pour trouver une cabine téléphonique et m'appeler.

– Où sont les enfants ?

– Je viens seulement de quitter l'autoroute, je les ai laissés dans une auberge. Ils vont bien, un peu fatigués quand même à cause de la route, et ils ont beaucoup joué là-bas, ils tombent de sommeil. Ils sont en train de dîner en ce moment, mon frère Arbi est avec eux.

– Tu dis que tu as marché des kilomètres, mais à partir d'où ?

– De l'auberge, Tehmina !

– Pourquoi ? Il n'y a pas de téléphone à l'auberge ?

– Non.

J'ai du mal à le croire ! On est en Angleterre, pas dans un coin perdu du Pakistan !

– Je peux parler aux enfants ?

– Non, ils sont trop fatigués. Il faudrait que je retourne là-bas, que je les porte tout le long du chemin... ce serait toute une histoire. Détends-toi, ils vont bien. Écoute, j'y retourne, et je vais voir comment ça se passe. Je te rappelle dans une heure environ.

La ligne est coupée. Je tourne en rond. Où veut-il en venir ? Qu'est-ce qu'il cherche à faire ?

À 21 h 30, la sonnerie du téléphone me fait à nouveau sursauter, j'ai les nerfs en pelote.

– Les enfants dorment. Je suis revenu juste pour te dire de ne pas t'inquiéter. C'était trop difficile de les porter jusqu'ici, j'ai préféré les laisser dormir. On a passé une bonne journée.

Il a l'air parfaitement calme et maître de lui, mais je trouve son histoire assez louche. Pourquoi aurait-il marché autant de kilomètres, seulement pour me rassurer ? L'air de rien, je demande :

– Où es-tu, Mustapha ? Je vais t'envoyer une voiture.

– Je ne sais pas exactement, quelque part près de la

nationale 15. Ne dérange personne, c'est inutile. Je vais faire réparer la voiture demain, et je serai vite de retour. Il n'y a pas de quoi s'affoler.

Il a un ton suffisant, trop maître de lui, qui m'agace. Une fois de plus, il raccroche, en me laissant dans l'incertitude. J'appelle une amie, pour savoir si la nationale 15 mène au parc d'attractions de Liverpool. Elle me répond que la nationale 15 part dans une direction différente.

Mustapha me ment. Mais le problème n'est pas là. Le problème est qu'il a les enfants ! Et qu'il ment parce qu'il a les enfants ! Que va-t-il faire d'eux ? Où va-t-il les emmener ? Je me force à m'asseoir et à respirer profondément. Je m'ordonne de réfléchir. Tehmina, calme-toi et réfléchis !

À 23 h 30, nouveau coup de téléphone de Mustapha, mais cette fois, c'est ma mère qui lui parle. Je ne peux pas répondre de mes réactions. Diplomatiquement, Mère fait allusion à mes craintes ; il les rejette en m'accusant de paranoïa. Il explique la panne de sa voiture avec un luxe de détails convaincants, et rassure ma mère. Il embellit même son récit :

– J'avais demandé au cuisinier un curry pour dîner avec les enfants avant de vous les ramener ce soir. C'est le plat préféré de Naseeba. Je l'ai même rappelé pour lui dire de ne pas nous attendre, vous voyez, j'avais vraiment l'intention d'être de retour pour dîner. Ce n'est pas ma faute si la voiture est tombée en panne.

Dès qu'il a raccroché, j'appelle chez lui. On décroche, mais personne ne parle. J'essaie plusieurs fois de suite, avec le même résultat, enfin un domestique répond :

– Farid ? As-tu préparé un curry aujourd'hui ?

– Non, bégum Sahib... personne ne l'a commandé.

Pourquoi Mustapha ment-il même à ce propos ? Où est-il ? Où sont mes enfants ?

Je réveille par téléphone l'avocat de mon père, maître Garret. Il décide d'alerter la police. Mon père est au Pakistan pour ses affaires, je l'appelle aussi pour l'informer de la situation. Il est d'avis de menacer sérieusement Mustapha pour obtenir la vérité.

Il est 2 heures du matin à présent. J'appelle à nouveau chez Mustapha. Le domestique me répond, très effrayé ; je lui parle calmement en choisissant soigneusement mes mots, de façon à m'assurer qu'il transmettra correctement le message à Mustapha.

– Farid, je vais t'envoyer la police. On va te pendre par les pieds et te frapper jusqu'à ce que tu me dises ce qui se passe. Dis bien au Sahib quand il téléphonera de me rappeler dans les cinq minutes, sinon j'envoie aussi la police dans toutes les maisons et chez tous les gens où il a pu mettre mes enfants. Tu as bien compris ?

J'ai à peine raccroché que Mustapha appelle. Il prétend qu'il vient de téléphoner chez lui à l'instant, une coïncidence, et que Farid lui a transmis mon ultimatum. J'ai de la peine à le croire...

Se cacherait-il chez lui, dans sa propre maison ? Il m'affirme qu'il est toujours à l'auberge, et m'intime l'ordre de réfréner mon imagination tordue et d'aller dormir.

Le reste de la nuit se passe autour d'une pyramide de tasses de café. Je rumine ; ma mère et mes deux sœurs, Minoo et Rubina, me tiennent compagnie. À 5 heures du matin, nous prenons la décision de contacter le directeur de la compagnie aérienne du Pakistan à Londres. Nous avons assez d'influence, puisque mon père a été président de cette compagnie. Je veux savoir si mes enfants ont été mis dans un avion pour Islamabad ou Karachi. La réponse est inquiétante. Sur les listes de contrôle trois enfants portant des noms différents ont pris hier un avion en direction d'Islamabad via Paris. Ils étaient accompagnés d'un homme et d'une femme. Quand le directeur me donne les noms, mon sang se glace dans mes veines. Ghulam Arbi Khar, le frère de Mustapha ! dai Ayesha, la nourrice des enfants !

Je me doute bien que dai Ayesha a dû être une complice involontaire et terrorisée. Je comprends aussi que Mustapha a fait établir de faux passeports pour les enfants et a gagné du temps toute la journée d'hier pour les faire sortir du pays. Il a kidnappé des enfants qui sont sous tutelle de la Cour britannique. Dans l'espoir fou de me reconquérir, il vient de violer la loi anglaise, ce pays qui lui a garanti l'asile politique durant neuf ans.

Effondrée, j'appelle mon père au Pakistan pour qu'il essaie de faire intercepter les enfants au contrôle de l'immigration. Mais il est trop tard, l'avion est déjà arrivé, les passagers sont sortis. Naseeba, Nisha et Ali ont disparu.

À 18 heures ce même jour, Mustapha annonce la nouvelle à ma mère. Sa voix est à la fois agressive et malheureuse :

– J'ai pris mes enfants, je les ai envoyés au Pakistan. Il n'y a aucun moyen pour vous de les faire revenir. La seule solution, c'est que Tehmina revienne vivre avec moi. J'ai fait cela parce que je savais qu'elle ne reviendrait pas autrement. Je sais qu'elle ne peut pas vivre sans eux. Est-ce que ce n'est pas la preuve que je l'aime ?

Ma mère me passe l'appareil. Il pleurniche.

– Je t'en prie, pardonne-moi de t'avoir enlevé les enfants. Mais je ne peux accepter que tu me quittes. Je ne peux pas. Reviens.

Il pleure encore, mais chaque sanglot ne fait qu'augmenter ma colère. Je ne crois pas une minute à son désespoir. Cet homme a enlevé mes enfants. Il les tient en otages.

Et la rançon, c'est moi !

J'ai deux solutions : retourner avec Mustapha, ou apprendre à vivre en oubliant Naseeba, Nisha et Ali. Les deux sont impensables.

Mustapha n'ignore pas les conséquences de son acte. Il vient de se mettre une fois de plus au-dessus des lois ; son tribunal personnel méprise les subtilités légales. Et pourtant, il n'y a pour lui que deux issues possibles : en Angleterre, il est passible d'une condamnation à la prison pour avoir kidnappé des enfants sous tutelle de la Cour ; au Pakistan, l'attend une sentence de quatorze ans d'emprisonnement, peut-être même la potence. Il est aussi coincé que moi. Mustapha le chasseur est devenu gibier.

Il réussit à prendre incognito un avion pour Paris, et traîne sur le Continent, à la charge des réseaux du parti, toujours responsables de sa sécurité. Cinq jours passent, durant lesquels je mets en œuvre toutes les stratégies possibles.

Mustapha Jatoi est en Angleterre à ce moment-là ; je le contacte en espérant qu'il pourra faire passer mon message. Je veux que Mustapha sache bien qu'il n'a plus affaire à l'ancienne Tehmina, passive et terrorisée. Qu'il est en train de tenir par les cornes le taureau farouche qu'il a lui-même dressé, et qui connaît toutes ses volte-face. Je dis à Jatoi :

– Il me fait chanter de la manière la plus cruelle qui soit. Dites-lui que s'il a été l'élève de Bhutto, moi, j'étais l'élève du sale produit de Bhutto. Il est Mustapha Khar. Moi, je suis madame Mustapha Khar. Je me battrai avec lui dans le même esprit que lui, et selon les mêmes règles.

Jatoi m'écoute avec sympathie, je sens bien qu'il a de la peine pour moi. Lui aussi est un seigneur féodal, mais il m'a toujours semblé taillé dans une pierre plus noble que Mustapha Khar. Il semble respecter les principes de vérité et d'honneur.

Or, sur le plan politique, cet événement survient à un moment difficile pour lui. Il vient juste d'annoncer la formation du nouveau Parti populaire national, dont Mustapha est le numéro deux. Jatoi trouve ce scandale très embarrassant et mauvais pour lui.

Les quotidiens anglais se sont emparés de l'histoire. Je dois supporter le regard de mes enfants, en photo, étalé dans tous les kiosques à journaux. Nous avons fait aussi la première page de la presse pakistanaise. Je suis dans une perpétuelle inquiétude à leur sujet ; ils ont été élevés en Angleterre et se retrouvent maintenant dans un environnement complètement étranger, sans leurs parents, sans repère aucun.

Où ? Où sont-ils ? Mustapha n'a pas pu les laisser à Lahore ou à Karachi, c'était trop risqué. Il a dû les envoyer dans son village, chez lui, à Kot Addu. Là où sa nombreuse famille peut toujours se réfugier derrière le système féodal. À Kot Addu, village médiéval, les Khar font la loi.

Et l'école ? Et l'alimentation ? Et les soins médicaux ? Et la tendresse ? Comment vont-ils supporter l'isolement ?

Minoo ne me quitte pas. Elle est revenue à Londres. Son mariage est en crise, et durant cette période, elle ne s'occupe que de moi. Ma mère, qui si souvent par le passé a voulu me convaincre de rester avec Mustapha, est enfin persuadée de sa nature mauvaise. Elle est totalement à mes côtés dans cette lutte, déterminée même à détruire politiquement Mustapha.

Mais ses raisons de m'aider ont une source cachée. Ce n'est pas tant le crime de Mustapha qui la choque, que le fait que ce crime se soit produit chez elle, qu'il ait enlevé les enfants de chez elle, dans sa maison. C'est un affront personnel. Il a trahi sa confiance, il ne s'est pas conduit comme un gentleman, et il n'est pas question de lui pardonner.

J'ai fourni à Interpol la liste des numéros de téléphone de tous les membres du Parti populaire en Europe. Des perquisitions sont menées à Paris, Bruxelles, Francfort et Genève. Des officiers de police sont venus déranger Mustapha Jatoi en plein milieu d'une réception dans sa résidence. À son grand embarras, ils l'ont emmené dans une pièce à part pour l'interroger. Mais d'un bout à l'autre de la chaîne, Mustapha échappe à toutes les pistes.

Mon père a contacté les plus hautes autorités du Pakistan ; il est allé jusqu'à rencontrer le général Zia personnellement. Mais personne ne peut, ou ne veut, m'aider. Deux de mes enfants sont des filles, la mentalité féodale ne peut pas priver un père de son autorité sur ses filles.

Que pouvait-il faire d'autre, Mustapha Khar, sinon se réfugier encore derrière le bouclier de l'islam ?

Il déclare aux médias qu'il estime que ses filles doivent grandir dans la tradition islamique, plutôt que dans la société occidentale permissive. Ce qui conforte bon nombre de Pakistanais dans leur vision de l'Occident, citadelle du vice et du déclin moral. Les masses populaires pauvres et analphabètes se rallient à la seule évocation de l'islam. Quand bien même cette évocation serait inadéquate.

La position volontairement extrémiste de Mustapha rend le problème plus délicat. Zia peut craindre que le moindre geste contre Mustapha le transforme en victime innocente, que la moindre intervention soit considérée comme un harcèlement dirigé contre un opposant politique de longue date. Le pire étant, bien entendu, que l'on interprète cela comme un acte anti-islamique. Le général Zia et d'autres officiels ont donc fait part publiquement de leur position : il ne s'agit que d'une querelle familiale, dont ils ne se mêleront pas.

Depuis une cabine téléphonique quelque part en Europe, sur un ton de condescendance, Mustapha m'explique que la solution à mon dilemme est très simple : je n'ai qu'à revenir vivre avec lui pour que nous reprenions, tous ensemble, une vie de famille normale.

Normale ? J'éprouve une haine totale pour cet homme, elle me dévore, me consume. Je le hais non seulement comme mari, mais comme père. Il ne tient pas compte du traumatisme que subissent ses enfants pendant qu'il marchande et monnaie mon retour. Les terreurs de ses propres enfants ne l'intéressent pas ; elles ne signifient rien pour lui, comparées à ses propres caprices. Il les traite comme il traitait ses chiens. Dehors !... pendant que je m'occupe d'autre chose !

– Tu vois, c'est simple. Si tu reviens, tout est simple.

Je lui crache les mêmes paroles qu'à Mustapha Jatoi.

– Si tu es monsieur Khar, je suis madame Khar. Si tu as appris avec Bhutto, j'ai appris avec toi ! Je ne renoncerai jamais. J'affronterai la situation en combattant avec les mêmes armes que toi. Et je ne te laisserai pas t'en tirer !

Quand je fais lancer un mandat d'arrêt contre lui, les journaux titrent : « Khar contre Khar. »

Je l'accuse de félonie et de kidnapping. Comme Nisha et Ali sont nés en Angleterre, ils sont citoyens britanniques ; je contacte l'ambassade britannique au Pakistan. Je leur demande de m'aider à localiser les enfants et à les rapatrier en Angleterre. Interpol est prêt à demander leur extradition.

Je suis en train de discuter de tout cela avec Minoo, lorsque soudain je me sens mal ; un étourdissement, et je m'évanouis. Quelques secondes plus tard, j'ouvre un œil épuisé et Minoo me demande :

– Qu'as-tu mangé aujourd'hui ?

Rien. Je réalise que je n'ai rien avalé de la journée. En fait, je n'ai rien mangé depuis l'enlèvement des enfants. Pendant ces cinq jours, l'idée même de nourriture ne m'a pas effleuré l'esprit.

Minoo m'oblige à prendre quelque chose de léger, mais je vomis. Ma mère panique et me fait immédiatement transporter à l'hôpital Wellington, où on me nourrit par perfusion. Je reste là une semaine entière, jusqu'à ce que j'aie récupéré suffisamment de forces.

Pendant ce temps, Mustapha continue à se déplacer sur le Continent, en se débrouillant toujours pour avoir un temps d'avance sur Interpol. Il contacte tous les gens qu'il croit susceptibles de m'influencer. Il utilise son réseau secret pour obtenir un passeport au nom d'un fonctionnaire de l'ambassade pakistanaise en Belgique. C'est au moment ou il s'apprête à quitter la Belgique qu'il est retenu par un officier du service d'immigration : l'homme a remarqué que la photo du passeport était trafiquée.

Mustapha Khar est jeté en prison, avec les voleurs, les drogués et les rebuts de la société. Il y passe deux jours avant que son réseau obtienne sa libération et l'expédie à Genève, avant qu'Interpol puisse lui mettre la main dessus. Une fois encore, il est passé au travers des mailles du filet.

J'entends la nouvelle de son arrestation et de sa détention provisoire à Bruxelles, sur mon lit d'hôpital, et me surprends moi-même à pleurer pour lui. La faiblesse, sûrement, mais cette faiblesse m'amène à penser, et à réfléchir à son cas. Il est devenu un vulgaire criminel dans le but de me reconquérir. Il a même négligé la politique. Je n'arrive toujours pas à sonder le fond psychologique de cet homme.

C'est sa faute si notre mariage est une catastrophe, c'est lui qui m'a contrainte à partir. Et maintenant, il veut me forcer à revenir. Il aurait pu rentrer dans son pays et assumer dignement son statut de prisonnier politique, comme tant d'autres. Il se retrouve, à cause de moi, dans la cellule minable d'une prison.

La seule chose à laquelle on puisse s'attendre avec Mustapha Khar, c'est l'inattendu.

Mustapha change de stratégie selon son humeur, passant facilement de la supplication à la menace. Au cours d'une conversation téléphonique, il me dit d'un ton grave, sinistre :

– Tehmina, je ne vais pas te laisser créer un scandale. Je vais affréter un avion et atterrir en Angleterre. On t'enlèvera au passage, et je te ramènerai chez moi, dans ma tribu, où les lois n'existent pas. Tu y vivras avec les enfants. Tu feras la cuisine, j'irai à la chasse et couperai du bois pour le feu. Je suis sérieux, Tehmina. Je vais le faire. Tu peux me croire.

Quand il raccroche, je grelotte de peur. J'appelle la police pour leur dire qu'il menace de me kidnapper. Je le sais capable de tout. Même d'une folie pareille.

Six semaines interminables s'écoulent. Nous entendons parfois des rumeurs sur les déplacements de Mustapha, mais aucune preuve certaine sur le sort de mes enfants.

Mon père me rend malade en m'obligeant à remplir une tâche fort détestable : écrire au général Zia, personnellement, pour requérir son aide. L'idée me révulse de faire appel à cet homme qui est pour moi, comme pour beaucoup d'autres, un ennemi si cruel. Ravalant mon orgueil, je fais une demande de la manière la plus conventionnelle possible. Il n'y aura pas de réponse.

Le temps. L'usure du temps. C'est la stratégie de ceux qui négocient avec les pirates de l'air ou les terroristes. Prendre du temps pour qu'ils ôtent leurs masques, du temps pour qu'ils craquent. Mes nerfs s'épuisent lentement, à petit feu. La rage se mêle au désespoir et à l'impuissance. Combien de temps pourrai-je tenir ainsi, dans l'incertitude ? Hamza a sept mois, maintenant. Il est ma source de joie suprême et aussi d'angoisse extrême. Je vois en lui tous mes enfants. J'ai cinq enfants, pourquoi est-il le seul avec moi ? Mon cerveau me renvoie constamment les images de mes enfants, m'accusant d'égoïsme. Comment vivre une vie équilibrée sans eux ? Comment supporter de les abandonner dans un milieu étranger pour commencer une nouvelle existence sans eux ? La culpabilité ne me laissera jamais en paix, je ne pourrais pas vivre normalement.

Mustapha a dû sentir qu'il est en train de gagner cette guerre d'usure, il appelle à nouveau. En négociateur qui a les cartes en main. En prenant son temps. Il étale mes idées sur la table : suis-je capable d'abandonner mes enfants pour toujours ? Suis-je capable d'être heureuse en vivant seule à Londres, sans nouvelle d'eux ? Tout cela est-il bon pour eux ?

Tout ce qu'il dit sonne faux. Je cherche les insinuations, les pièges, enregistre les phrases... Qu'est-ce qui sonne juste ? Non, je n'ai pas le moral en miettes, je ne suis pas encore affaiblie. Il cherche à rétablir sa crédibilité et son pouvoir. Il dit qu'il a l'intention de retourner au Pakistan, mais que je ne dois pas le dire à ma mère. Il affirme :

– Elle est jalouse de moi. Elle ne supporte pas l'auréole dont tu bénéficies au Pakistan en étant ma femme. Elle sait que j'ai changé, et elle hait mon espoir de te récupérer. Elle sait que je veux vraiment réparer le mal que je t'ai fait. Elle ne veut pas que notre mariage continue. Elle se moque du bien-être des enfants. Ça ne compte pas pour elle. Tout ce qui la tracasse, c'est son orgueil froissé. Ça l'ennuie que j'aie pris les enfant sous son nez, dans sa maudite maison. Et tu sais pourquoi ? Parce que aucun homme ne risquerait tout, aucun homme ne se battrait autant que moi pour que sa femme revienne. Elle n'a jamais eu ça ! Tu ne le vois donc pas ?

C'est en partie vrai, je le sais. Et je m'en rends compte davantage encore lorsque Mère reprend le combat à ma place, à un moment où ma résistance a faibli. Son discours est plus agressif et plus violent que le mien. Elle ne s'arrêtera pas, dit-elle, tant qu'elle n'aura pas démoli le mythe de l'invulnérabilité de Mustapha. Elle veut le détruire.

Ce comportement a un curieux effet négatif sur moi. Je veux gagner mes enfants ; elle, elle veut que Mustapha perde. Plusieurs fois, elle m'a dit :

– Laisse-lui tes enfants s'il le faut, mais lutte jusqu'au bout. Il faut gagner !

Gagner quoi ? Ça n'a pas de sens pour moi. La seule chose qui m'importe, ce sont mes enfants. Ma mère ne peut pas comprendre cela. Alors, elle se met en colère ; elle m'accuse de l'utiliser, de me servir de toute la famille :

– Tu voudrais qu'on recule maintenant, après nous avoir mis en première ligne de cette pagaille ?

Nous sommes aux antipodes l'une de l'autre. Pour elle, c'est une question de vengeance, d'orgueil et de fierté. Pour moi, il n'y aura pas de victoire sans le retour de mes petits.

L'avis de mon père est froid, pragmatique :

– Fais-toi un cœur de pierre, oublie que tu as eu des enfants. Un jour, ils reviendront vers toi. Mène ta propre vie. Mais si tu n'y arrives pas, la seule solution, c'est de rejoindre ton mari.

Ils sont eux-mêmes parents. Cependant ils n'ont pas vécu, comme moi, ce mystérieux phénomène qui fait qu'à chaque naissance, immédiatement, la capacité d'amour d'un parent s'élargit davantage, et davantage, que le cœur se dilate pour les aimer tous, et plus encore. Non. Avec tristesse, je réalise que mes propres parents n'ont pas connu ce sentiment d'amour extraordinaire.

J'apprends par une amie une nouvelle inattendue et merveilleuse pour moi. Anees, mon premier mari, vient d'être muté aux États-Unis pour son travail. Il va s'installer là-bas avec sa deuxième femme, leurs trois fils, et notre fille Tanya. Et il s'est arrêté à Londres au passage. Tanya y est en ce moment !

J'ai mieux que la permission de la voir. Anees est d'accord pour qu'elle revienne vivre avec moi, puisque j'ai quitté Mustapha. Ma petite fille arrive chez mes parents le 29 juillet 1986 ; c'est le jour de l'anniversaire de Naseeba, qui a neuf ans, quelque part dans le monde.

Tanya se jette dans mes bras et nous nous agrippons l'une à l'autre en pleurant. Je la regarde, c'est une jeune fille maintenant. La dernière fois que je l'ai embrassée, elle avait quatre ans, elle en a treize ! Je ne l'ai pas vue grandir, je ne sais presque rien d'elle, le bonheur de la revoir est aussi un immense chagrin. J'entends ses cris, je revois ses yeux quand je suis partie rejoindre Mustapha Khar sans elle. Si je ne réagis pas, je vais m'effondrer, misérable de culpabilité.

J'ai envie de lui acheter des tas de choses, de rattraper le temps perdu depuis des années. Nous allons faire des achats ensemble, en riant de tout, mais au fur et à mesure que la journée avance, nos rires se tranforment inévitablement en amertume. Je suis préoccupée, elle est triste. Elle a deviné ce qui me trotte dans la tête. Ma vie, en ce moment, est un ouragan qui pourrait la détruire elle aussi. Il vaut mieux qu'elle reste avec Anees, avec un père normal, civilisé, qui l'aime. Au moins le temps de me laisser résoudre cette crise.

En rentrant chez mes parents, j'essaie de lui expliquer les choses :

– Tu sais, Tanya, je ne sais pas ce qui va m'arriver.

Il va falloir probablement que j'aille au Pakistan chercher mes autres enfants. Et Mustapha me tuera peut-être entre-temps. Je ne peux pas te mêler à ça. Il vaut mieux que tu ailles aux États-Unis avec ton père. Lui, il peut t'apporter la sécurité. Il l'a toujours fait. Moi, je dois me battre pour tes autres frères et sœurs. Tu comprends ?

Tanya se jette dans mes bras, en pleurant comme elle l'avait fait neuf ans plus tôt, et crie :

– Mais tu ne le sais pas, je déteste ma belle-mère !

Mais que suis-je en train de faire ? Un de mes enfants perdus revient tout à coup dans ma vie et je le renvoie ? Qu'est-ce qui me prend ? N'ai-je pas plus de cœur que ma propre mère ? J'envisage toutes les possibilités ; dans ma tête, ça tourne dans tous les sens, mais j'en arrive toujours à la même conclusion : je n'arriverai à rien sans mes cinq enfants. Tanya en fait partie, mais il faut pour l'instant sacrifier l'avenir à court terme. Je ne peux la reprendre avec moi en ce moment, et lui faire partager cette vie d'enfer. J'ignore ce que demain me réserve.

– Tanya, je te promets de te reprendre avec moi dès que je pourrai t'offrir une vie normale. Tu reviendras, c'est juré, dès que les choses se seront arrangées.

Une fois encore, elle se jette dans mes bras, s'accroche à mon cou, et une fois encore je dois la repousser. Qui est vraiment coupable de ce désastre ? Mustapha ou moi ?

Plus tard dans la journée, alors que je rumine encore la souffrance de ces retrouvailles, le téléphone me ramène à la réalité. Une petite voix hésitante :

– Bonjour, maman, c'est Naseeba.

Je manque de m'évanouir, je bafouille :

– Comment vas-tu, mon bébé ?

– Il fait très chaud ici, maman.

– Où es-tu, mon bébé ?

– Je ne peux pas te le dire. Je n'ai pas le droit. On a fait un long chemin pour téléphoner. Il fait très chaud, maman...

Je l'entends pleurer.

– Tu as des livres ? Dis-moi, on t'a donné des livres à lire ?

– Non.

– Tu as eu des cadeaux d'anniversaire ?

– Oui. J'ai eu une guirlande avec des billets de roupies. Elle est horrible. Je la déteste. Maman, il fait si chaud, c'est trop sale ici. Il y a trop de mouches qui tournent tout le temps. Je les déteste.

Je m'effondre complètement, pendant une minute je ne peux plus parler, la gorge serrée par les sanglots.

– Maman ? Quand c'est que je te verrai ?

– Bientôt, Naseeba... Bientôt, mon bébé...

C'est tout ce que j'arrive à dire.

– Maman, pourquoi on ne peut pas revenir ? On veut revenir avec toi. On veut rentrer à la maison. S'il te plaît, maman, fais-nous rentrer, s'il te plaît...

– Bientôt, mon bébé...

Cette promesse me paraît si vague, si creuse... Quand on ne peut pas dire aujourd'hui ou demain à son enfant, on est démunie.

– Maman ? Combien de temps on va rester ici ?

La ligne est coupée. Je pleure dans un téléphone vide.

Le lendemain matin, c'est Mustapha qui appelle de Genève. Calmement et posément, je lui annonce que j'ai décidé de revenir vivre avec lui. Il m'abreuve de remerciements. Sa stratégie a fonctionné.

À travers ses larmes de reconnaissance, il affirme que c'était la volonté de Dieu ; il promet d'être un mari parfait, de me faire tout oublier du passé.

Je retire ma plainte, contre l'avis de mes avocats et de ma mère. Le mandat d'arrêt est annulé. Mustapha Jatoi tient le rôle de l'envoyé spécial. Il prend l'avion depuis le Pakistan pour m'escorter à Londres, de la maison de mes parents jusqu'au domicile de Mustapha, à Holland Park.

– S'il se conduit mal une nouvelle fois, je vous promets, Tehmina, qu'il me perdra comme ami personnel et comme allié politique.

J'accepte sa garantie. Désormais libre de circuler,

Mustapha précipite son retour à Londres. Je l'y attends dans un état d'abrutissement complet. Mon cerveau a cessé de fonctionner, je suis sérieusement épuisée mentalement. J'ai la chair de poule quand il arrive. Je regarde ailleurs. Mes cheveux courts ont bouclé dans ma nuque, il doit être surpris.

Apparemment décontracté, il n'a rien perdu de son air menaçant. Il a changé, affirme-t-il, il n'est plus le même homme. Les larmes aux yeux, il jure qu'il vivra selon mes désirs. Je ne pleure pas. Je ne ressens rien. Je me rends ; pour mes enfants.

Tout au long de la semaine qui suit, il est aux prises avec une décision difficile à prendre. Il doit apporter sa contribution au marché que nous avons conclu. Je suis revenue, il faut qu'il nous réunisse, les enfants et moi. Va-t-il faire revenir Naseeba, Nisha et Ali en Angleterre ? Allons-nous partir avec Hamza au Pakistan pour les rejoindre ?

Je devine le déroulement de ses pensées, il calcule les risques. Vis-à-vis du gouvernement de Zia, il est toujours coupable de trahison, il risque l'exécution, ou au moins, quatorze ans de prison. Malgré cela il a de sérieux motifs de mettre fin à son exil. Le nouveau parti fondé par Jatoi intéresse beaucoup de monde. De nouveaux visages sont prêts à combler le vide créé par l'absence de Mustapha et de ses camarades exilés. De loin, le contrôle est difficile, il faut être sur place pour s'imposer. Se battre sur le terrain.

Mustapha affirme publiquement que sa décision est patriotique et politique, mais ce n'est pas le cas. Mon attitude glaciale lui a ôté tout son courage. Il a compris que je n'étais plus amoureuse de lui, et que je ne le respectais plus. Il n'est donc pas sûr de mes intentions. S'il ramène les enfants en Angleterre, il prend le risque que je le quitte à nouveau, et que je reprenne mes accusations contre lui. Alors, avec toute l'habileté d'un général en campagne, il fait mouvement sur mon aile gauche, et trouve le point vulnérable.

Il n'est plus le mari repentant, il devient le politicien évangéliste. Il parle de l'avenir avec la ferveur d'un prophète. Ensemble, nous allons faire de nos rêves la réalité. Franchement, je préfère encore ce thème à un quelconque rétablissement de nos relations personnelles. Mustapha me donne l'occasion de réaliser mon idéal. J'ai toujours voulu que ma vie serve à quelque chose ; si la politique peut m'y aider, je demeurerai lié à cet homme. Mustapha le mari ne m'intéresse plus. Mais le Lion du Panjab peut encore m'imposer respect et loyauté. Il a compris que c'est au Pakistan, et non en Angleterre, que je serai forcée de le considérer en homme d'État. Sa décision prise, il veut savoir si je suis bien consciente du risque, car il veut me faire partager le poids de cette responsabilité. Ses yeux brillent intensément quand il me dit :

– Tehmina, tous me disent de ne pas retourner au Pakistan. Ma vie y est en danger. Alors, je vais te laisser le choix. Je veux que tu décides pour nous deux. Que tu décides si tu es capable de m'accompagner dans toutes les épreuves qu'il va falloir endurer. Es-tu capable de lutter pour moi ? S'il m'arrive quelque chose, peux-tu me jurer que tu défendras ma cause ? Si je suis assassiné comme Bhutto, resteras-tu loyale et fidèle ? Peux-tu jurer que tu consacreras ta vie à ma cause ? Et que tu ne te remarieras jamais ? Réponds-moi. Dis-moi s'il est bien que je retourne au pays. Je ne peux plus justifier mon exil plus longtemps. La loi martiale a été abolie. Mon peuple attend, il a besoin que je sois avec lui.

Ces mots pénètrent dans le tiroir secret de mon âme où je range mon idéalisme, mes espoirs, et aussi mes enfants. Je tombe subitement amoureuse de cette idée noble : « Le retour du chef exilé. »

L'amour de jadis est remplacé par la foi en sa mission.

Mustapha a résolu nos différends sans tribunal. Et maintenant, il s'apprête à comparaître devant le tribunal du peuple. Je promets de faire cause commune avec lui. De lutter pour ses principes. De ne pas le quitter tant que je croirai à sa politique, et que je respecterai son idéal. Je voudrais qu'il me démontre que son courage n'est pas une illusion, ni un mythe. Je lui affirme que le temps est venu pour lui de se battre contre Goliath, d'affronter le dictateur.

Je dois aussi lui dire la gêne que je ressens de l'avoir traité de « Raspoutine » dans les médias, pendant notre combat acharné pour les enfants. Comment affronter la presse pakistanaise, qui a fait un feuilleton de nos querelles conjugales ? Comment expliquer ma capitulation devant l'homme qui a kidnappé mes enfants ? Il a un sourire :

– C'est moi qui devrais être gêné, Tehmina. Pas toi. Tu m'as quitté, je t'ai forcée à revenir. Tu n'as rien à expliquer. Tu as fait ce qui était juste. Ces gens sont des moutons, ils ne demandent qu'à se laisser mener par le berger qui connaît le chemin.

Je commence à comprendre qu'un homme politique doit s'habituer à la boue qu'on lui lance. Qu'il doit s'en moquer et poursuivre son but. Les hommes politiques respirent l'oxygène de la publicité. Mieux vaut avoir une mauvaise presse que pas de presse du tout. Mustapha me rappelle que cet incident lui a permis de donner une certaine image de lui : celle du conservateur, inquiet des effets nocifs de la culture occidentale sur la moralité de la jeunesse.

Il ne faut plus regarder en arrière. L'avenir nous appartient, dit-il, malgré la peine d'emprisonnement qui plane au-dessus de sa tête. L'avenir nous appartient.

Je m'habille avec élégance d'un chemisier Saint-Laurent blasonné d'un tigre, comme pour symboliser mon allégeance au Lion du Panjab. Un châle drapé sur les épaules, pour une pointe de fantaisie. Je me regarde dans la glace, si différente de la jeune femme que j'étais alors, amoureuse de cet homme bien plus âgé que moi, et si controversé.

J'ai utilisé toutes mes forces et toutes mes ressources pour vivre avec lui, et pour le quitter aussi. Je sors de cette aventure dramatique épuisée, laminée, pourtant, mon regard a conservé cette petite lueur où l'espoir se mêle à la tristesse. Le long et turbulent exil s'achève. Je m'embarque pour un voyage qui m'emmène en un lieu où je pourrai encore exister avec Mustapha. Il y a de la sagesse aussi dans mes yeux ; j'ai appris à vivre avec les conflits, la violence, et l'incertitude de mon sort. Ce mal de vivre s'efface dans l'excitation du retour au pays natal et des retrouvailles avec mes enfants.

C'est la première fois que je constate à la fois la souplesse d'esprit dont je suis capable et son caractère inépuisable. Surprenant. Je hoche la tête en contemplant mon image. Au fond, je me suis toujours préoccupée de Mustapha, de l'analyser, de l'évaluer. Aujourd'hui, la vraie question, celle que j'ai toujours laissée de côté sans y répondre, refait surface : et moi ? Qui suis-je ?

Mustapha entre dans la chambre en enjambant les valises. Prise par mon élan de réflexion, je lui demande soudain :

– Que se serait-il passé si je n'étais pas revenue ?

– Beaucoup de problèmes. Quand Joshi a été informé de notre séparation, il est venu se plaindre, il m'a dit : « Monsieur, comment avez-vous pu faire confiance à votre femme, alors que votre mariage était aussi instable ? Le gouvernement indien ne peut pas se permettre d'être impliqué dans une conspiration armée contre un pays étranger. Personne ne doit savoir que nous avons fourni une aide matérielle à un parti d'opposition, pour renverser un gouvernement ! Un scandale de cette nature serait désastreux. Or, votre épouse est au courant ! »

Ainsi j'étais devenue une menace potentielle en quittant Mustapha. Je pouvais parler, je pouvais être une femme irresponsable, j'étais le point faible. En clair, j'en savais beaucoup trop sur le complot, les liens entre Mustapha et le gouvernement indien, pour qu'on me laisse seule à Londres vivre à ma guise. Mustapha a dû ravaler son orgueil et jurer de me ramener à n'importe quel prix.

Mais alors... finalement, ce n'était pas par amour pour moi ?

Il me regarde droit dans les yeux, et répond à la question que je n'ai pas posée.

– J'aurais été obligé de t'éliminer.

Troisième partie

La lionne

23

Au cours de l'interminable voyage en avion qui nous ramène au Pakistan, Mustapha, inquiet, insiste pour que je jure sur le Coran, par écrit, de lui rester fidèle, même s'il doit passer quatorze ans en prison. Je m'exécute. Je lui resterai fidèle. Jusqu'à la mort ? Les mots résonnent encore dans ma tête : « J'aurais été obligé de t'éliminer... »

Il dramatise toujours tout, mais j'ai bien peur que ce soit vrai. J'ai du mal à l'imaginer en train de me tuer froidement, ses crises de violence me font beaucoup plus peur. Parfois, j'ai bien cru mourir sous la violence des coups.

Comment allons-nous vivre au pays ? Dans quelles conditions ? Il dit qu'en dehors de toute autre considération, il est heureux de retrouver sa mère. Durant ces neuf années d'exil, elle s'est rongée à l'attendre. Il est certain d'être arrêté et emprisonné dès qu'il arrivera, mais il espère de toutes ses forces qu'on lui permettra d'aller lui rendre visite. Elle est âgée, souffrante, il a besoin de la voir une dernière fois. Sa mère est sûrement la seule femme qu'il respecte réellement.

L'appareil commence sa descente vers Karachi. Je

songe à la prison et aux deux hommes les plus importants de ma vie. Mon père a été humilié, injustement accusé, il est ressorti de prison brisé et déshonoré. Mon mari s'apprête à y entrer en héros. Mustapha considère son emprisonnement imminent avec fierté, comme la preuve de son courage, de sa fidélité à Bhutto et à la démocratie. Son retour d'exil se transforme en gloire personnelle.

Notre arrivée ressemble à tout, sauf à un triomphe. Si Mustapha est surpris de ne pas trouver une meute de gens pour l'accueillir, il ne le montre pas. On nous conduit sans cérémonie dans un bureau et on nous dit d'attendre. La nouvelle de l'arrivée de Mustapha s'est peu à peu répandue, et des curieux se rassemblent pour jeter un coup d'œil sur lui. On nous sert à déjeuner, et Mustapha mange en silence, avec un air d'orgueilleuse soumission. Il a gagné son auréole de martyr.

J'apprends que l'une de mes proches et rares amies, à l'époque de mon mariage, attend dehors dans une voiture. Il s'agit de l'épouse de Mustapha Jatoi. Mustapha me dit d'aller la rejoindre et de revenir l'informer des événements. Un garde tente de m'empêcher de franchir la porte de sortie, mais je le repousse en criant :

– Vous n'avez pas le droit de m'interdire de passer ! Montrez-moi votre mandat d'arrêt !

Il s'écarte. Je comprends alors qu'en ma qualité d'épouse de Mustapha Khar, il m'est possible de passer cette porte rien qu'à l'intimidation. En revenant, après avoir parlé à mon amie, je découvre qu'on a ouvert tous nos bagages et éparpillé leur contenu sur le sol. La police emporte les vêtements et les livres de Mustapha. Puis elle emmène Mustapha.

Sa haute stature s'éloigne au milieu du groupe de policiers armés, la tête droite, la démarche décidée, sans un regard pour moi. Ce serait une faiblesse.

Depuis Karachi je prends avec Hamza un avion pour Lahore, où je retrouve Mustapha Jatoi et plusieurs membres du tout nouveau Parti national populaire. Je suis devenue un symbole, un point de ralliement. Tehmina Khar va donner de la bonne copie à la presse. Je retrouve avec plaisir la bande des sept, les malheureux agneaux que Mustapha avait envoyés au sacrifice avant lui, des années auparavant. Choudri Hanif, Sajid et les autres ne sont sortis de prison que depuis peu. Contents d'être dehors, mais inquiets que Mustapha soit à son tour entre les mains du dictateur. Ils m'accueillent comme sa représentante, mais je vois bien qu'ils se demandent si je tiendrai le coup. Les journalistes m'entourent. Je m'attendais à des questions indiscrètes sur notre trop fameuse bataille domestique, mais ils ont dû sentir ma réticence et ignorent poliment cet aspect des choses. Un reporter me demande :

– Vous allez vous battre pour votre mari ?

– Oui !

J'ai répondu fermement et sans hésiter.

L'Asie en général, et le sous-continent en particulier, a vu sortir de l'ombre des femmes courageuses, capables de reprendre les luttes inachevées des hommes de leur clan. Dans la majeure partie des cas, leur arrivée au pouvoir est due à la violence et à l'adversité. Indira Gandhi, Cory Aquino, Benazir Bhutto ont mis leurs pas dans les pas de leurs maris ou de leurs pères, tombés au combat politique. C'est parce que l'on a emprisonné Mustapha que je sors de l'ombre. Je suis en train de devenir un animal politique.

L'odeur de Lahore, les camions multicolores, les chars à bœufs, les carrioles, les femmes qui trottinent avec leurs ballots sur la tête, toutes les couleurs du monde semblent rassemblées sous mes yeux. Loin de l'Angleterre verte et humide, loin de la froide modernité, je retrouve mon enfance. La ville a tout de même changé, j'aperçois du béton tout neuf par endroits. Mais le vieux canon qui trône sur l'avenue de l'Université est toujours là, le Zamzama superbe, noir et or, symbole massif de la puissance de la capitale du Panjab. Il a été fondu au XVIIIe siècle, pour la dynastie afghane des Durrani. Il a tonné au siège de Multan. On disait alors que celui qui tenait ce canon tenait le Panjab. Aujourd'hui, les oiseaux picorent à ses pieds.

J'irai au bazar acheter des guirlandes de fleurs et des plumeaux en plumes de paon. Je vais me replonger avec délice dans mon pays, avec mes enfants, le leur apprendre, le leur faire goûter, renifler, savourer. Le jour de la fête des cerfs-volants, mes enfants s'élanceront dans les ruelles derrière les grands oiseaux de papier. Je bondis du taxi devant la maison de grand-mère, où ils m'attendent.

Ils vont bien physiquement, mais ils sont perturbés et en larmes, serrés autour de moi. Toutes les concessions que l'on a exigées n'ont aucune importance devant ce bonheur-là.

– Vous avez cru que maman ne reviendrait pas ?

Naseeba renifle avec courage :

– Non ! On savait que tu reviendrais. On en était sûrs.

Ils me racontent la dure épreuve qu'ils ont subie. Mustapha les a emmenés directement à l'aéroport, en leur faisant croire qu'il les conduisait à Disneyland, en Amérique. De cette façon, il était sûr de leur coopération durant le voyage. Si maman n'était pas au courant pour Disneyland, c'est que maman ne l'aurait pas permis à papa...

À l'aéroport, Mustapha a pris un énorme risque, celui de sauter dans l'avion avec les enfants, jusqu'à Paris, avec son frère et dai Ayesha. Depuis des années, il évitait prudemment tous les vols de la PIA, de peur qu'on l'arrête, ou que l'on détourne l'avion vers le Pakistan si les autorités apprenaient sa présence à bord. Pendant le court voyage au-dessus de la Manche, Mustapha leur a parlé de Mickey et de la chance qu'ils avaient d'aller lui serrer la main. À Paris, il les a quittés en leur disant qu'il devait s'occuper de son travail. Dai et l'oncle allaient faire le voyage avec eux et il les rejoindrait plus tard à Disneyland. C'était un mensonge cruel, et les enfants ont dû se douter de quelque chose à ce moment-là, car ils ont pleuré de se voir abandonnés. Mustapha a repris aussitôt le premier avion pour Londres, et c'est ce soir-là qu'il m'a appelée à plusieurs reprises, pour gagner du temps. Le lendemain matin, il a dû mettre Mustapha Jatoi au courant des événements, Jatoi était effondré.

Les enfants ont débarqué à Islamabad en pleine chaleur de juillet. La température était au-dessus de 40° C. Un vent sec et brûlant leur fouettait le visage, et ils étaient complètement déroutés, n'imaginant pas que l'Amérique était un pays aussi chaud et, à vrai dire, aussi pauvre. La première chose qu'a remarquée Ali, ce sont les Pakistanais sales et misérables venus en si grand nombre en Amérique !

Un autre oncle, Ghulam Murtaza Khar, les a réceptionnés à l'aéroport. Ce coureur de jupons que Mustapha avait banni du Pakistan à cause de sa liaison avec son épouse Safia, des années plus tôt ! Les deux frères étaient réconciliés depuis peu. Murtaza étant devenu membre du Parlement, il a pu faire passer les enfants sans même faire tamponner leurs passeports au nez et à la barbe de l'immigration. Mustapha ne voulait pas qu'il y ait de trace de leur passage.

Ensuite, il y a eu le long trajet, les six heures de route sous la chaleur pour atteindre le village de Kot Addu. Ce fut un moment terrible pour eux. Naseeba a compris que ce qui leur arrivait était dû au fait que j'avais quitté leur père. Elle a essayé de faire bonne figure, pour ne pas effrayer les deux plus petits. Mais quand elle a vu que la voiture s'enfonçait dans la campagne, elle a eu peur.

On les a cachés au village dans une maison avec le fils aîné de Mustapha, Abdur Rehman. Ali avait l'autorisation de jouer dehors, mais pas les filles. Elles ne pouvaient que regarder par-dessus le mur qui entoure la maison. Naseeba a neuf ans, Nisha n'en a que six, mais leur jeunesse importe peu. Les filles doivent rester à l'intérieur, assises avec les autres femmes, résignées à leur sort dans ce village perdu du Pakistan. Ali n'était guère mieux loti. Il jouait avec les pauvres gosses du village, sales, environnés de mouches et de moustiques. Les rues de Kot Addu, non goudronnées, sont souvent boueuses, et les caniveaux ruissellent d'ordures. Il n'y a ni parc ni terrain de jeu, évidemment. Ali passait son temps avec les autres enfants à traîner dans les ruelles étroites, au milieu des chiens galeux dévorés par les tiques.

Le frère complice de Mustapha, Ghulam Arbi Khar, s'est très vite retiré de l'histoire. Il avait mauvaise conscience et regrettait sa crédulité, en ayant appris que j'étais hospitalisée à Londres à cause de cela, et surtout lorsqu'il s'est rendu compte que Mustapha n'avait pas agi, comme il le disait, dans l'intérêt des enfants, mais uniquement par égoïsme. Un autre frère de Mustapha, Ghulam Ghazi Khar, a fait de son mieux, lui aussi, pour aider les enfants à s'adapter. Il était en froid avec Mustapha, mais s'est pris de sympathie pour ses neveux. Il a emmené Ali à la chasse, lui a acheté un poney et lui a appris à monter. Puis un autre a pris la relève, Ghulam Rabbani Khar, membre du Parlement de la province ; il a comblé les enfants de cadeaux. La télévision est arrivée, et les filles ont pu se distraire avec une provision de cassettes vidéo.

Mais dès que Mustapha a appris que mon père avait contacté le général Zia, et que nous nous doutions de l'endroit où étaient les enfants, il a agi très vite. Il les a fait emmener en voiture à l'aéroport de Lahore. Les enfants étaient surexcités, Naseeba avait compris que les journaux parlaient beaucoup d'eux ; en fait la couverture médiatique était considérable, et elle espérait que quelqu'un les reconnaîtrait sur la route ou à l'aéroport. Mais chaque fois que la voiture s'arrêtait à un feu, on leur disait de s'aplatir sur les sièges et de ne pas se faire voir. Leurs visages étaient trop connus depuis le kidnapping. Ils ont pris l'avion à Lahore pour Karachi, sous des noms d'emprunt. Pendant le vol, l'une des hôtesses a demandé innocemment à Naseeba comment elle s'appelait. Ma fille a failli dire la vérité, mais le regard menaçant d'Abdur Rehman l'a arrêtée net.

De Karachi, on les a emmenés à Nawabshah, un gros bourg, en plein cœur du Sind, le fief de Mustapha Jatoi sur les bords de l'Indus. On les a installés dans la maison de son fils Masroor, qui a épousé une Américaine, Sarah. Pour les enfants, Sarah était une femme moins déroutante que les Pakistanaises des villages. Ils l'aimaient bien. Surtout parce que « la maison de Jatoi » était plus propre que toutes celles qu'ils avaient vues à Kot Addu, et parce que Sarah les avait emmenés faire du bateau.

Dire que j'étais convaincue que Jatoi était de mon côté, ou, du moins, neutre ! C'était déconcertant d'apprendre sa complicité avec Mustapha.

Heureusement, les enfants ont la mémoire courte, et les miens sont résistants. À plus long terme, je ne sais pas ce qui aurait pu leur arriver. Ils se sont sentis malheureux, perdus, durant cette période, mais ils ont cette faculté de regarder les choses avec un certain sens de l'humour, comme moi ; ils ont dû hériter de cette sorte de philosophie « chaplinesque » qui m'a si souvent aidée moi-même. On trébuche sur un trottoir, et on rit de sa semelle décousue...

Naseeba, par exemple :

– Tu as vu, maman, le moustique a fait un trou dans mon bras ! Il est plus gros que le moustique, ce trou !

Le lendemain de mon arrivée à Lahore, le Parti populaire national tient sa première convention en fanfare. Jatoi est le président. Mustapha étant le seul dirigeant politique connu encore en prison, son absence le rend célèbre, et moi aussi, par voie de conséquence. On me fait asseoir à côté de Jatoi sur l'estrade, où je prends soin de faire la part de mes sentiments personnels et politiques à son égard.

Jatoi a pratiqué l'opposition classique, convenable ; il n'a pas risqué la prison comme Mustapha. Il a toujours le pied libre en Angleterre, comme au Pakistan. Vient le moment de mon premier discours, comme porte-parole de Mustapha. Je suis terriblement nerveuse, mais j'arrive à parler avec conviction.

– Mustapha Khar est de retour ! Malheureusement, on l'empêche de venir à vous ! Que son emprisonnement vous renforce. Il a eu le courage de revenir au Pakistan en sachant que les généraux ne lui permettraient pas de jouer le rôle auquel il est prédestiné, celui de libérer les masses populaires opprimées. Il n'est pas de ceux qui cèdent ou acceptent les compromis. Il est ici pour combattre. Il combattra la loi martiale et ses injustices. Nous réfutons et rejetons les verdicts sommaires des tribunaux militaires. Les généraux ne pourront pas briser nos volontés, ni étouffer nos voix. Mustapha Khar est revenu pour être avec les victimes malheureuses de la loi martiale. Sa présence auprès d'elles le range dans la catégorie des travailleurs opprimés. Il est fier d'être un homme du peuple. Il symbolise le fait que le peuple du Pakistan n'accepte pas ce gouvernement illégitime. Mustapha Khar a demandé à tous ses camarades de s'unir sous la direction de Ghulam Mustapha Jatoi. Votre présence ici est la preuve de votre confiance indéfectible en Mustapha Khar. Avec votre soutien, bientôt, Mustapha Khar sera de retour parmi nous en personne !

En me rasseyant j'ai déjà compris comment et pourquoi la conquête du pouvoir consume à ce point les hommes. Je suis liquéfiée.

Il y a quinze jours que je suis au Pakistan quand les autorités m'autorisent enfin à rendre visite à Mustapha.

Il a été transféré de Karachi à la prison centrale de Faisalabad, l'un des grands centres textiles du pays. Accompagnée de plusieurs militants membres du parti, je fais le trajet en voiture, trois heures de route à partir de Lahore. Ma vie est bizarre et plus chaotique depuis l'incarcération de Mustapha, mais elle est aussi très différente. J'ai une sensation de liberté étrange, et l'impression de me découvrir comme un être unique, un individu à part entière, seul responsable de ses faits et gestes quotidiens. C'est à la fois exaltant et un peu effrayant.

Nous roulons au milieu d'une circulation intense, incontrôlable, un mélange de voitures, de vieilles carrioles, de *tonga* tirés par des chevaux chargés de ballots de tissus et de pousse-pousse criards. Je regarde les gens de notre peuple, résistants sous la chaleur de l'été, habitués à la dureté, à bicyclette, à pied, certains pieds nus, d'autres entassés sur des charrettes tirées par des ânes. Ils font un contraste terrible avec les Jeeps clinquantes et les voitures dernier cri à air conditionné comme la mienne. Décidément, je préfère ce désordre émouvant à la perfection organisée de l'Angleterre.

On me reçoit dans le bureau du superintendant de la prison. Mustapha y pénètre à grands pas ; aucun signe de misère physique ou morale sur son visage. Je suis déconcertée. Je m'attendais à retrouver un prisonnier abattu, pas un chef politique conquérant. J'aurais dû, pourtant, m'en douter. Mustapha n'a jamais tablé sur la soumission. Le Pakistan est son terrain. Ici, il est un vrai chef, il sait comment intimider les autorités. Durant toutes nos années d'exil, jamais je ne l'ai vu aussi sûr et aussi maître de lui.

On m'a autorisée à le voir une semaine sur deux. À partir de ce jour, nous entamons à ce rythme une série de réunions de travail. Je suis censée être le couloir d'information entre Mustapha en prison et le Parti à Lahore.

À Lahore, les journées sont longues. J'écoute attentivement les arguments et les contre-arguments des militants du Parti. Puis je leur délivre l'avis de Musta pha, qu'ils accueillent comme du pain bénit. Les soirées sont occupées par les réunions de presse : nous devons impérativement maintenir vivant le nom de Mustapha dans l'actualité. Progressivement ces gens se sont rendu compte que j'avais des opinions personnelles, et que je n'avais plus peur de les exprimer. Ils respectent mes analyses.

J'essaie de m'occuper de mon mieux de mes enfants, avant l'heure du coucher, de ne pas les priver de câlins, et d'écouter leurs histoires de la journée. Et c'est tard la nuit que je peux enfin m'écrouler sur mon lit. Je n'ai jamais vécu ainsi, avec autant d'activités qui ne soient pas ménagères ou essentiellement féminines. L'un de mes bonheurs, c'est mon lit, j'y suis seule, et le noir ne me fait plus peur.

Les activistes mènent une campagne féroce pour se faire une place dans le parti. Beaucoup espèrent que je vais intercéder pour eux auprès de Mustapha. C'est une période difficile pour les grands « manitous ». Accommoder les uns sans froisser les autres, rassembler les tièdes et les enthousiastes, flatter ici, sans déplaire là, il est impossible, à ce jeu, de ne pas créer une cellule de mécontents.

Jatoi est en train de distribuer les postes clés à ses propres camarades, et il écarte les hommes de Mustapha du courant dominant. C'était à prévoir. Mais Mustapha ne se sent pas menacé. D'après lui Jatoi est trop *gentleman* pour jouer la politique à fond. Sa nature trop accommodante ne peut créer que le désordre. Le nouveau parti n'atteindra pas ainsi les masses populaires en profondeur. Le manifeste et le recueil de pamphlets qu'il édifie finiront sûrement avec les autres éditions de luxe, sur les belles étagères si propres de « la maison de Jatoi », comme disent les enfants.

Mustapha est certain qu'il peut attendre sereinement le bon moment dans le confort relatif de sa cellule. En sortant de prison, il sera le seul capable d'organiser le Parti.

On le nomme président de la section du Panjab, avec un substitut pour la durée de son emprisonnement.

Dans sa cellule, position privilégiée pour adopter une neutralité de façade, il cultive la résignation. Nombreux sont les observateurs qui pensent alors que le Lion du Panjab a perdu ses crocs. Ils n'ont pas compris que le Lion fait semblant de dormir. Il a adopté l'une des tactiques efficaces de Bhutto : allumer la mèche, rester à l'abri en attendant l'explosion, puis traverser la fumée, et ramasser les morceaux.

24

Nos relations de couple sont maintenant inexistantes. Mustapha sait bien qu'il ne m'a pas reconquise entièrement, et nos brèves rencontres ne lui laissent pas le temps de procéder à son lavage de cerveau habituel. Il est jaloux de ma liberté, du temps que je passe loin de lui, et pourtant je ne me consacre qu'à son travail.

Il craint toujours une vengeance de ma part s'il se comportait de façon déraisonnable. Il a également réalisé sa propre incapacité actuelle à m'atteindre réellement. Il se creuse la tête pour trouver le moyen de passer plus de temps avec moi. En fait, il a du mal à supporter la solitude de sa cellule. Il me fait pitié. Son avenir est incertain, il ignore combien de temps on va le garder ; en revanche, il sait que Zia peut décider son exécution sur un simple coup de tête. Je ne veux rien faire qui puisse le tourmenter davantage. Mais les mois passent, et je suis lasse de vivre en camping avec mes valises chez les autres. Je parviens à persuader Mustapha de me laisser louer une maison à Lahore. Sa famille lui a préservé suffisamment de revenus pour que nous ne vivions pas aux crochets des autres.

Enfin, je peux m'installer confortablement avec les

enfants, et les inscrire dans une institution anglaise convenable. Heureusement, ils n'ont pas gardé de séquelles de leur enlèvement, ne souffrent pas du climat, et je n'ai à me battre que contre une épidémie de poux, qui finit par céder à une guerre obstinée à l'insecticide.

C'est d'ailleurs en pleine guerre des poux que l'un des militants du Parti m'amène une jeune fille de vingt-six ans pour travailler à la maison. Shugufta vient d'une famille modeste très convenable, mais elle n'a aucune source de revenus. Elle arrive avec une mine fatiguée, et l'air mal nourrie. Je la prends à mon service surtout pour prendre soin d'Hamza, et très vite, à cause de mes longues absences pour m'occuper de Mustapha et du Parti, le petit s'attache à elle. La maison de cinq pièces est spacieuse, j'y ai fait installer l'air conditionné, j'ai tapissé les murs, j'ai commandé de beaux meubles et acheté des toiles. J'ai toujours eu besoin d'accrocher des tableaux aux murs pour me sentir chez moi.

Un matin, peu de temps après notre installation, je reçois un appel d'un journaliste qui me dit que Mustapha a eu une crise cardiaque. Je bondis. Personne ne m'a prévenue, pourquoi ?

Affolée, j'appelle le secrétaire d'État à l'Intérieur, réclame une autorisation spéciale pour aller le voir, et cours comme une folle à Faisalabad.

On a installé Mustapha dans un service spécial à l'hôpital local, gardé comme une forteresse. Il est entouré d'une foule d'admirateurs en prière ; hommes, femmes, militants du Parti récitent solennellement des versets du Coran en égrenant leurs chapelets. Il est assis sur son lit, hilare.

– C'est ça, le Pakistan ! Tout est possible ! J'ai combiné cette histoire avec le docteur de la prison !

J'en ai les jambes coupées. Il n'a rien du tout. Mais comme le règlement de la prison, héritage des Anglais, stipule que tout malade hospitalisé a le droit de recevoir quotidiennement la visite de sa famille... Mustapha décrète que, dorénavant, je viendrai le voir tous les jours.

Il souffre tout au plus de brûlures d'estomac, et il est ravi de sa nouvelle existence. Il commence ses journées par une séance de yoga, jambes croisées, se pliant dans tous les sens, histoire de contempler le monde sous des perspectives différentes. Et le mien, de monde, a également pris une autre perspective. Tous les jours j'endure trois heures de trajet, 140 kilomètres de Lahore à Faisalabad pour déjeuner avec mon mari, reprendre la route l'après-midi, rencontrer la presse le soir, expliquer la complexité de la situation politique actuelle et délivrer le dernier bulletin de santé de Mustapha. Il me reste à peine le temps de voir les enfants avant de tomber dans mon lit. Si Shugufta n'était pas là, je ne m'en sortirais jamais.

J'ai été malade, affreusement grippée, abrutie de fièvre, pendant vingt jours. Mustapha a insisté pour que je vienne quand même. Capricieux, égoïste et indifférent aux autres, il m'a fait accomplir le trajet quotidiennement, et je n'ai pas eu la force de dire non.

Un message est arrivé : la mère de Mustapha est malade. Je dois prendre un avion jusqu'à Multan, et me faire conduire à Kot Addu. Elle est dans sa chambre, allongée sur son lit, inconsciente. Tous les grands et petits enfants autour d'elle récitent le Coran. Il n'y a ni docteur ni transport prévu dans un hôpital. Tous attendent simplement qu'elle meure.

J'essaie de remuer les choses, j'insiste auprès du frère de Mustapha pour qu'on fasse venir quelqu'un, qu'on la soigne.

– C'est inutile, elle est en train de mourir. C'est à moi de décider, c'est ma mère.

– Votre opinion ne m'intéresse pas, je suis ici à la place de Mustapha, c'est lui l'aîné, et je prends les décisions pour lui. J'insiste pour que nous appelions un médecin, il faut l'emmener à l'hôpital. On ne peut pas la laisser mourir sans essayer de faire quelque chose !

Ghazi est furieux, mais préfère cacher ses sentiments à ses frères. Il n'empêche que mon attitude ferme améliore un peu la situation. Un médecin est appelé ; très vite il fait mettre la pauvre femme sous oxygène. La tension artérielle diminue. Elle est toujours inconsciente, mais transportable à l'hôpital Nishtar de Multan.

Mustapha y est transféré à son tour immédiatement. Étant donné son « état cardiaque », un service entier de l'hôpital est transformé pour lui en prison provisoire. Ainsi, avec sa famille, Mustapha, prisonnier privilégié, dispose de toutes les facilités pour veiller sa mère.

Les militants du Parti font livrer de véritables festins sur place. Je me dispute brièvement avec lui à ce propos.

– Pourquoi tant de privilèges ? Qui sommes-nous pour bénéficier de ce régime de faveur ! Et les autres malades, que deviennent-ils ?

Pour une fois, le grand bonimenteur n'a pas de réponse en sa faveur. Il est bien obligé de reconnaître que ce luxe est déplacé par rapport à sa philosophie politico-humaniste. Mais il veut oublier ses principes pour le moment, tant que sa mère est malade.

Il la veille inlassablement, et reste assis des heures près du corps immobile, comateux. Il lui parle, la berce, en espérant la ramener au monde des vivants. Il lui dit qu'il est revenu, qu'il ne s'en ira plus, ne la quittera plus jamais. Chaque fois qu'il dit : « Mustapha, c'est moi, Mustapha », la vieille dame lui répond d'un long gémissement, ou d'une larme sur sa joue ridée.

Il y a du désespoir dans la voix de Mustapha quand il l'implore d'ouvrir les yeux, de regarder le visage de son fils, juste une fois, son aîné dont elle se languit depuis si longtemps.

Nous sommes dans un hôpital d'État, le plus grand de Multan, et pourtant tout y est répugnant. Les installations, le matériel sont catastrophiques, les conditions sanitaires déplorables. Les cas d'infections postopératoires sont courants. Le groupe électrogène n'est pas fiable, il peut tomber en panne n'importe quand, au beau milieu d'une opération critique, par exemple.

J'ai besoin de faire quelque chose de constructif, je

ne supporte pas de rester assise à discuter dans le vide, comme c'est le cas en ce moment. J'entreprends des visites régulières au service de pédiatrie. C'est l'épouvante : ils sont trois ou quatre enfants par lit, nourrissons et tout-petits, certains leucémiques, d'autres souffrant d'entérites graves, ou de tuberculose. Rien n'est fait pour les isoler de la contagion. Aucune précaution d'hygiène. Les mères sont là, assises en tailleur sur les lits, sales et dépenaillées, essayant de soigner leurs enfants comme elles peuvent. Aucun médicament, aucun approvisionnement, absolument rien.

Une femme assise sur un lit a pris sa fille sur ses genoux. L'enfant doit avoir trois ans environ, son ventre est affreusement gonflé. Je demande ce qu'elle a à l'infirmière :

– Cancer du foie.

– Que fait-on pour elle ?

– C'est aux parents de s'en occuper. Ils doivent fournir eux-mêmes les médicaments et les aliments nécessaires. Le père est ouvrier, il gagne 30 roupies par jour. Pour trouver des médicaments, il perdrait une journée de travail, alors...

Je sors 500 roupies de mon porte-monnaie et les tends à la mère :

– Quand votre mari reviendra, donnez-lui, et dites-lui d'aller acheter des médicaments.

Elle me regarde d'abord avec méfiance, puis accepte l'argent avec reconnaissance. Le lendemain, la mère et l'enfant ont disparu. Craignant le pire, je me renseigne auprès de l'infirmière.

– Ils l'ont ramenée chez eux. Qu'est-ce que vous espériez ? Ils ont cinq autres enfants à nourrir avec votre argent !

Que faire ?... c'est si frustrant. Il faut changer cette situation trop épouvantable.

Je me retrouve dans la « suite » luxueuse réservée à Mustapha Khar et à sa famille, dans ce même hôpital où des enfants meurent sans médicaments. Je les épingle tous, lui et ses frères, un par un ; je veux 10 000 roupies de chacun d'eux pour acheter des médicaments aux enfants. Les seigneurs Khar considèrent ma demande comme un gâchis inutile, mais pour eux, ce n'est que de l'argent de poche.

Le soir même, rayonnante de fierté, je vais voir le médecin du service Pédiatrie pour lui montrer mes 60 000 roupies destinées à l'achat de médicaments. Je vais m'en occuper moi-même. Le médecin me dit d'un air las :

– Je vous conseille de ne pas les stocker ici. Ni médicaments ni provisions. Les infirmières et les internes vont les voler pour faire du marché noir.

– C'est ignoble ! Vous ne pouvez pas les surveiller vous-même ?

Il hausse les épaules, résigné :

– C'est complètement impossible.

Je refuse, moi, de me résigner. Je fais livrer au service un stock de provisions de survie et des médicaments. Il y en a pour 60 000 roupies. Je réunis les infirmières, leur montre les paquets :

– Vous voyez ça ? Je vous conseille de ne pas les voler !

Pauvre et dérisoire menace !

Je n'ai plus voulu savoir ce qu'était devenu le stock. Je sais qu'il est parti, officiellement épuisé... mais comme beaucoup d'autres avant moi, j'ai baissé les bras et tourné le dos à la misère.

Ma belle-mère n'est pas sortie du coma, elle est morte sans ouvrir les yeux sur son fils bien-aimé. Mustapha a la permission d'assister aux funérailles.

À l'extérieur, les gens, venus de partout, se pressent autour de lui. Il est poli avec eux, mais se fraye rapidement un chemin dans la foule jusqu'à la voiture, et prend place au volant, comme un enfant qui retrouve son jouet préféré. Cette occasion de conduire à nouveau est une bouffée de liberté, en dépit des Jeeps bourrées de policiers qui le suivent. Il fait asseoir son frère Ghazi à l'arrière, et moi devant. Un geste révolutionnaire, une gifle à la tradition qui veut signifier aux autres que, désormais, je suis son égale. Les femmes de la famille Khar sont toujours restées en retrait. Mustapha veut faire part au monde entier que ma place est à ses côtés. Ghazi se cale à l'arrière d'un air renfrogné ; il doit se demander ce qui arrive à son frère.

Nous approchons du site funéraire de Kot Addu, où des tourbillons de poussière nous accueillent dans le crépuscule. Les vaches rentrent des pâturages en piétinant la terre de leurs sabots. Derrière cet écran de poussière, un océan de visages. Une multitude, au moins 60 000 personnes, pauvres, misérables, tristes, comme des âmes perdues rassemblées au Jugement dernier. À l'instant où ils reconnaissent Mustapha, le Lion du Panjab de retour sur ses terres après tant d'années, un cri de joie s'élève :

– Mustapha Khar.

Ils crient son nom comme une bénédiction. Ils sont là en principe pour les funérailles de sa mère, mais leur espoir pour l'avenir est en lui, le fils. Sa présence signifie que la délivrance est proche. En haillons, pieds nus, ils se bousculent pour apercevoir leur chef, ils pleurent, se frappent la poitrine ; leurs lamentations s'élèvent comme un cantique vers le ciel.

La terre s'ouvre pour recevoir le corps de la mère, la foule s'ouvre pour recevoir Mustapha. Il leur offre son premier discours depuis son retour. Il crie à son peuple :

– Je brûlais du désir de revenir parmi vous ! Le destin m'a joué un tour étrange ! Ma prière à Allah était qu'on me donne une chance de vous aider ! Je me retrouve ici à pleurer la mort de ma mère, et c'est vous qui êtes venus partager mon chagrin ! Je ne peux rien vous donner, je suis toujours le prisonnier du dictateur, je ne peux pas encore vous aider... mais aujourd'hui, sur la tombe de ma mère, je fais le serment de revenir. Je me battrai pour vous, pour être avec vous, avec mon peuple, et ensemble nous renverserons les forces de la corruption. Nous construirons un système plus proche du désir de vos cœurs. Sans vous, je ne suis rien. Mustapha Khar est votre création, il est né de votre terre...

Je prie Allah pour qu'il me laisse la chance de vous donner autant d'amour que vous m'en avez offert, la chance de retrouver votre foi en notre pays bien-aimé.

C'est du délire. Les gens se mettent à courir comme des fous, surexcités, hurlant, pleurant, pour pouvoir l'approcher, le toucher. Ils se font piétiner. Mustapha reste calme, il reçoit en seigneur ce débordement d'amour.

Pendant le trajet du retour, malgré le deuil de sa mère, il me paraît soulagé d'un poids. Il sait maintenant avec certitude que son pouvoir ne s'est pas émietté pendant l'exil. Les gens continuent de le voir comme le vent merveilleux qui portera un jour leurs rêves. Il peut retourner en prison et attendre ce moment prodigieux.

Il obtient l'autorisation de rester à Multan, sous prétexte d'y faire soigner son problème cardiaque inexistant. Il veut que je m'y installe avec les enfants, ce qui est complètement insensé. Ils vont à l'école à Lahore, et nous venons seulement d'emménager.

– Mustapha, les écoles ici sont médiocres, à Lahore, les enfants sont entre de bonnes mains. Et tu es en prison ! Tu dois apprendre à vivre en prison, en prisonnier politique, et dignement. Ne peux-tu pas arrêter de te cramponner à moi ? Il faut organiser la vie des enfants ; ce n'est pas parce que tu dois passer quatorze ans en prison qu'ils doivent vivre n'importe comment. Ils ont besoin de stabilité.

Il se met à crier :

– Je le savais, je le savais ! Tu as promis de me soutenir, et maintenant, voilà !

Comme d'habitude, il m'épuise à force d'arguments. Il se sert de sa condition de prisonnier pour me faire du chantage. Et comme d'habitude, je déménage tristement nos affaires, j'abandonne ma nouvelle maison à Lahore pour nous installer à Multan. Changer de vie, encore une fois, recommencer. Il fait si chaud ici que nous brûlons jusqu'aux os. L'air conditionné ne sert à rien dans ce chaudron perpétuel. Nous habitons chez le frère et la belle-sœur de Sajid. Ils sont polis, mais je suis sûre que nous les dérangeons, les quatre enfants, Shugufta et moi, alors que leur petite maison n'a que trois chambres à coucher, et qu'ils ont eux-mêmes trois fils.

À l'école, mes enfants sont désorientés, les professeurs leur demandent sans arrêt le sens des mots anglais et la prononciation. Leur monde est à l'envers.

Je passe très peu de temps avec mon hôtesse, en raison des exigences de Mustapha. Ma vie est consacrée à lui, au mari ou à l'homme politique, mais à lui uniquement. Le stress et la tension nerveuse m'épuisent ; je me bourre de vitamine C pour tenir.

Six mois plus tard, je découvre une petite grosseur sur l'un de mes seins. Le médecin me conseille de faire une biopsie. Mustapha s'en mêle :

– Fais-la faire ici, dans cet hôpital !

– Pas question, je vais à Karachi ! Je veux aller dans le meilleur hôpital du pays. J'ai peut-être un cancer, et je ne veux pas courir le risque de me faire opérer ici. Ma vie ne compte pas pour toi ? Tu as envie que je meure ?

Il sombre dans le mélodrame :

– Mais, au moins, je serai près de toi, je pourrai te tenir la main...

Je me moque qu'on me tienne la main ! J'ai trop peur. Je veux le meilleur médecin, le meilleur hôpital. Malgré Mustapha, ses plaintes, et ses recommandations à ses frères pour me faire entendre « raison », parce que je suis « entêtée », « égoïste » et « désobéissante », je pars dans l'une des maisons de Jatoi, à Karachi.

Ma mère s'y trouve en ce moment. Je sais qu'elle est au courant de mon opération, mais elle ne se soucie pas de m'appeler pour prendre de mes nouvelles. Rubina et Adila m'ignorent elles aussi. Seules Zarmina et Minoo téléphonent régulièrement. Heureusement, les Jatoi remplacent ma famille.

Khaliqa Jatoi attend ma sortie du bloc opératoire à

l'hôpital Agha-Khan. Avec son mari, elle reste à mes côtés le temps que je récupère de l'anesthésie. Les points de suture sont encore frais lorsqu'un membre du Parti téléphone de Multan pour un message :

– C'est de la part de Khar Sahib, il vous prie de revenir immédiatement.

– Dites à Khar Sahib qu'on ne m'a pas encore enlevé les fils. Je ne peux pas rentrer.

Respectueusement, et manifestement prévenu que j'aurais cette réaction, l'homme s'excuse :

– Khar Sahib dit que c'est un ordre. Et que les fils peuvent être enlevés à Multan.

Jatoi, qui a suivi la conversation, est furieux. Il m'approuve d'un signe de tête quand je réponds :

– Dites à Khar Sahib que je n'accepte pas les commandements déraisonnables de sa part. Il n'a pas à me donner des ordres auxquels il sait très bien que je ne peux pas obéir.

De rage, je raccroche violemment au nez du messager. J'ai eu si peur d'avoir un cancer que j'aurais raccroché au nez de n'importe qui. Immense soulagement, l'analyse dit que le kyste était bénin.

Mais Mustapha est malin. Le jour où je prends l'avion pour revenir à Multan, l'accueil est bizarre autour de moi, à l'aéroport. Les membres du Parti venus m'accueillir ont eu vent de notre dispute conjugale, et appréhendent, à juste titre, nos retrouvailles. Je suis à peine entrée dans la chambre de l'hôpital-prison, que Mustapha se met à hurler. J'attends patiemment. Mon indifférence le tétanise, il me prend par les épaules, me repousse vers la porte, d'un air mélodramatique :

– C'est trop tard maintenant ! Va-t'en.

Bien. Je le laisse seul pendant deux jours. Panique. Il m'inonde de coups de téléphone d'excuses, jusqu'à ce que je reprenne mes visites quotidiennes.

Je ne peux pas m'imposer à mes hôtes plus longtemps dans ces conditions. Mustapha doit trouver une solution. Il suggère de m'adresser aux propriétaires de l'hôtel Shezan, et de demander un prix de pension raisonnable. Multan n'est pas une ville touristique, le Shezan est l'un des cinq hôtels convenables, sans aucun luxe.

Nous nous retrouvons dans deux chambres contiguës, les enfants, la nurse et moi. Chaque jour, en revenant de l'école, les enfants déjeunent avec leur père, puis repartent pour suivre des cours particuliers auprès d'un instituteur que j'ai déniché. Je quitte la chambre d'hôpital de Mustapha à 18 heures, invente un bulletin de santé rassurant à remettre à la presse, et je rejoins mon nid provisoire. La vie continue.

Six mois passent, éprouvants. Je suis épuisée, psychologiquement et nerveusement.

Je souffre violemment de l'abdomen, des douleurs lancinantes me strient le ventre. Un examen révèle maintenant un problème à l'utérus. Le médecin pense qu'il est dû à mes grossesses répétées et aggravé par mes allées et venues continuelles, d'un bout à l'autre des quatre étages de l'hôpital, au service de mon mari.

J'ai besoin d'être opérée. Et à nouveau Mustapha ordonne :

– Tu vas te faire opérer ici.

Et une fois de plus je refuse. Mais, cette fois, j'accepte un compromis : puisque Karachi est trop loin pour lui, j'irais à Lahore, à l'hôpital Cheikh Zayed. Les enfants sont fous de joie à l'idée de m'accompagner et de retrouver la ville pour les vacances scolaires. Mustapha déclare qu'il ne me laissera jamais consulter un gynécologue masculin. Je le rassure : je n'en ai jamais eu l'intention ; je lui promets de trouver une doctoresse. Il continue à grogner, à trépigner, à tout essayer pour m'empêcher de partir, mais je suis décidée.

Le jour où nous lui disons au revoir, avec les enfants, il est maussade, m'assomme de recommandations plus sévères les unes que les autres, me fait promettre sur le Coran, par écrit, de revenir dans quinze jours exactement. Je promets, en spécifiant une condition : qu'il ne se passe rien d'exceptionnel entre-temps.

Il lit ma promesse et sursaute :

– Qu'est-ce que c'est ? Qu'est-ce que ça veut dire ?

– Mustapha, je ne peux pas jurer sur le Coran, si je ne suis pas sûre de tenir ma promesse. Tout peut arriver quand on se fait opérer, comment veux-tu que je sois précise !

– Que pourrait-il arriver ?

– Je pourrais mourir, par exemple.

– Même si tu meurs, il faudra qu'on me ramène ton corps dans les quinze jours ! Et si tu es malade, reviens sur une civière, je ne veux pas le savoir.

Incrédule, bête devant tant de culot et d'insensibilité, je regarde cet homme, mon mari. Il doit deviner quelque chose dans mon œil, car il change de tactique aussitôt :

– D'accord, tu peux y aller, mais je garde Nisha et Ali avec moi.

Nouveau coup d'œil de ma part, écœuré. Il sourit avec malice, et poursuit :

– Ils seront forcément un peu désemparés ici, avec moi, alors débrouille-toi pour revenir à temps.

– Mustapha, sois raisonnable ! Je t'en prie, les enfants ont envie d'aller à Lahore, ils attendent ce voyage avec impatience. C'est ridicule de les séparer comme ça au moment de partir !

– Ils resteront ici avec moi.

– Que vont-ils faire, enfermés toute la journée dans cet hôpital ? Ne fais pas cela, c'est cruel. Nisha et Ali ne seront pas tranquilles, ils sont trop petits, ils auront peur, ici. En plus, ils se sentiront frustrés, pendant que les deux autres s'amuseront à Lahore. Tu ne vas tout de même pas les punir parce que je suis tombée malade ?

– J'ai dit non ! Ils resteront avec moi, à l'hôpital ! Tu n'as qu'à revenir à temps.

Rongé par l'angoisse de manifester son autorité, il recommence à prendre nos enfants en otages. Il me fait pitié, je le plains et je suis triste pour lui ; il est parfaitement incapable de me laisser tout simplement être heureuse avec lui. J'ai beau me soumettre à ses caprices, même les plus stupides, il réagit avec une insensibilité croissante. On dirait qu'il se bétonne, qu'il s'acharne comme un diable à m'éloigner de lui. Il imagine peut-être que son misérable stratagème va me forcer à me faire opérer à Multan, mais je suis faite désormais d'un métal plus dur qu'il ne le croit.

Je pars à Lahore avec Naseeba et Hamza.

Mustapha a convoqué ses frères pour discuter de l'aggravation de mon cas. Il se plaint à eux de mon comportement insupportable : je suis entêtée, butée, révoltée de nature.

– Quand elle veut quelque chose, elle prend des risques insensés. Même au prix de sa vie ! Les conséquences, c'est pour plus tard...

Les frères sont d'avis de brider rapidement la pouliche rebelle que je suis devenue avant que je ne tourne définitivement mal.

Je me sens bien seule sur ce brancard qui roule vers la salle d'opération, abandonnée par l'homme pour qui j'ai moi-même rompu avec mes parents. Zarmina et ma grand-mère sont venues, malgré la défense de ma mère. Mal leur en a pris : elles sont écartées du clan pour leur gentillesse envers moi.

Je reste une semaine à l'hôpital, avant de m'installer chez ma grand-mère pour une convalescence. Elle s'agenouille en pleurant sur son tapis de prière, pour que je sois libérée de toutes les épreuves que je subis depuis l'enfance. Elle me soigne, me nourrit, m'aime comme si elle voulait me faire oublier l'absence de tous les autres.

Le jour prévu de mon retour à Multan, la presse du matin publie une information selon laquelle Mustapha a été transféré dans la nuit à Rawalpindi. C'est extrêmement inquiétant, car c'est dans cette ville que l'on a pendu Bhutto. Les autorités me renvoient immédiatement Nisha et Ali à Lahore.

Je tiens une conférence de presse afin de condamner le transfert de Mustapha, et comme j'ai bien appris ma leçon et la rhétorique politique, je fais état de sa maladie cardiaque, laquelle s'oppose, par principe, à un long trajet jusqu'à Rawalpindi, trop dangereux pour lui.

En fait l'information était fausse, il a seulement été transféré dans les environs d'Islamabad, à la prison Adyala.

Le lendemain, 2 août 1987, c'est l'anniversaire de Mustapha. Je prends l'avion avec les enfants et une partie de sa famille pour lui rendre visite.

Il nous attend dans le bureau du superintendant de sa nouvelle prison. J'ai apporté, en guise de cadeau, une photographie de moi, pour l'apaiser. Il n'en veut pas. Il est encore furieux contre moi. J'ignore pour quelle raison, imaginaire ou réelle, il m'en veut encore. Il faut toujours qu'il tienne le milieu de la scène, qu'on s'occupe de lui, qu'il existe avant les autres. Et je n'ai ni la force ni l'envie de le calmer ; encore heureux que nous nous trouvions dans un endroit public. Mais il demande l'autorisation au directeur de nous emmener dans sa cellule. Permission accordée. Là, il exige de la famille et des enfants qu'ils nous laissent seuls tous les deux : il a besoin de me parler dans l'intimité.

Un rideau de bambou qui pend le long des barreaux est le mince prétexte à cette intimité. Il veut faire l'amour. Il est monstrueux d'exiger cela. Ma cicatrice est encore fragile, les points de suture à peine enlevés. J'invoque la fatigue de l'opération, la nécessité d'une convalescence de six semaines, mais il s'en moque. Pour contrer ses avances, je lui rappelle la présence des enfants, des gardiens, de la famille, juste derrière le rideau de bambou. On les entend parler !

– Mustapha, c'est impossible, je ne pourrai pas les regarder en face en sortant !

Il ne veut rien entendre. Je chuchote désespérément :

– Je jure au nom de Dieu, je jure au nom du prophète, que si tu oses me toucher maintenant, je ne reviendrai plus jamais. Je te quitterai et j'obtiendrai le divorce...

Il s'allonge sur moi, de force, et la douleur est pire

encore que je la redoutais, l'humiliation encore plus affreuse. Je suis mortifiée, et je serre les dents pour souffrir en silence.

À la seconde où je parviens à me dégager, je le couvre d'insultes :

– Tu es malade, vraiment malade ! Espèce de salaud !

Il bafouille aussitôt, en essayant d'arranger les choses :

– Pardonne-moi...

– Non !

– Ne me laisse pas ! Pour l'amour de Dieu, ne me laisse pas seul ici ! Que va-t-il m'arriver ? Tu vas partir, et moi je vais rester là, enfermé, avec toute cette angoisse. Tu es la seule personne que j'aime et qui m'aime. Mon seul espoir. Si tu me quittes, je n'aurai plus rien !

Je le regarde méchamment. Il pleurniche :

– Donne-moi ta photo, Tehmina... C'est le plus beau des cadeaux d'anniversaire.

Je sors la photo de mon sac ; d'un geste délibéré je la déchire en petits morceaux et je les jette en l'air.

25

Installée dans la maison de ma grand-mère à Lahore, je suis en train d'écrire en termes méticuleusement choisis une lettre recommandée pour Mustapha. Je demande le divorce. Pour la deuxième fois, et dans mon pays.

La sonnette de la porte d'entrée interrompt mes réflexions. Je vais ouvrir ; une adorable jeune femme se tient devant moi, souriante.

– Tanya ?

Nous tombons dans les bras l'une de l'autre en pleurant et en poussant des cris de joie. Tout le monde accourt. Grand-mère, Naseeba, Nisha, Ali et Hamza viennent fêter le retour de l'aînée, la grande qui étudie aux États-Unis, et dont ils entendent si souvent parler. La maison de grand-mère bourdonne d'excitation.

Ma fille est là, mais pourquoi ? Et pour combien de temps ? Les questions me brûlent les lèvres, mais il faut attendre que tout le monde se calme. Plus tard, nous pouvons parler toutes les deux de son avenir et du mien. Le mien, comme d'habitude, est complètement aléatoire, mais Tanya, elle, sait ce qu'elle veut.

– Je déteste vivre en Amérique. Je déteste vivre

avec ma belle-mère. J'ai dit que je venais en vacances au Pakistan, mais je voudrais rester avec toi.

Joie mêlée d'appréhension de ma part. Je lui parle de la lettre que j'étais en train d'écrire juste au moment où elle est arrivée.

– Tu sais, je ne sais pas du tout ce qui va se passer, j'avoue que c'est un point d'interrogation énorme, mais reste...

Son visage rayonne de bonheur, puis s'attriste quand je finis ma phrase :

– Au moins pour quelque temps. Je ne sais pas, Tanya, il faut attendre, on verra... Je ne sais même pas où je vais vivre.

Deux jours plus tard, le directeur de la prison, chargé de la censure du courrier de Mustapha, ouvre ma lettre recommandée... Nos problèmes privés se répandent aussitôt sur la place publique.

La nouvelle de notre divorce imminent fait la première page des journaux. Les gens sont choqués. Ils m'accusent de dureté, de sécheresse d'âme et d'inconstance. J'abandonne mon pauvre mari malade, qui souffre derrière les barreaux d'une prison. Les plus méchants colporteurs de ragots insinuent que je cherche à retrouver ma liberté pour aller avec d'autres hommes.

Il y a quelques jours, j'étais encore l'épouse fidèle partie pour la croisade, me voilà devenue celle que tout le monde déteste. Jour après jour, la pression grandit. Tanya, habituée à une existence tranquille et à l'abri du monde extérieur, ne sait plus que penser. Ici, la vie n'est faite que des coups de téléphone des journalistes obstinés et hystériques, des visites croisées des membres du Parti venus poser leur pion dans l'histoire. Tanya a besoin d'une vie normale, elle aspire à la tranquillité ; je ne peux pas la lui offrir. Je le savais. Je suis maudite, c'est toujours le même scénario.

Les moments que nous pouvons passer ensemble sont de plus en plus stressants. Nous connaissons toutes les deux la fin du suspense, mais c'est moi qui lâche la bombe.

– Tanya, tu es dans une bonne école aux États-Unis. Ton père t'aime, il t'apporte la sécurité. Moi, je n'ai rien à t'apporter, pas encore. J'ignore ce que va me faire Mustapha. Il faut que tu retournes chez ton père.

Encore ! Ma fille s'accroche à moi en pleurant, et je la repousse en pleurant. Combien de temps allons-nous jouer la même scène ? Jusqu'à ce que nous la connaissions par cœur ?

Au beau milieu de cette effervescence, le plus jeune frère de Mustapha, Rehmani, meurt d'une crise cardiaque. Il n'avait que trente ans, et je me souviens de lui avec affection. Il a vécu quelque temps avec nous ; il était toujours respectueux et courtois avec moi. Sa dépouille mortelle arrive de Londres pour être enterrée au Pakistan. Je vais présenter mes respects à la famille, à Islamabad. Ghazi et Abdur Rehman me reçoivent avec bonté. J'apprends que Mustapha a pu assister aux funérailles à Kot Addu, et qu'il a pleuré comme un enfant.

Je me demande si ses larmes étaient pour son frère ou pour moi. C'est la première fois, depuis que je l'ai épousé, que je ne suis pas à ses côtés dans un moment difficile.

Nusrat Jamil, plus connue sous le nom de Nuscie, est journaliste ; elle travaille pour un quotidien pakistanais en langue anglaise, *The Nation*. Elle m'appelle un jour pour une interview. Un papier sur un sujet social : le calvaire de l'épouse divorcée d'un homme politique. J'ai accepté de la rencontrer et de lui parler.

Nuscie va transformer ma vie. Je la trouve ravissante, intelligente et parfaitement claire dans ses propos. Elle commence l'interview chez moi, puis m'invite chez elle le soir même à dîner. J'accepte. Puisque je suis désormais en procédure de divorce, je n'ai plus de comptes à rendre au Lion, dont les grondements contre moi en prison ne doivent réveiller que les gardiens.

La manière de vivre, l'environnement, les amis de

cette jeune femme n'ont rien à voir avec ce que j'ai pu connaître au Pakistan. Elle vit dans une ambiance décontractée, libre ; elle semble attacher plus d'importance au fond des choses qu'à leur forme.

« J.J. », son mari, est là avec Yousaf Salahuddin, le petit-fils du poète pakistanais Allama Iqbal. J.J. est l'homme le plus compréhensif et le plus moderne que j'aie rencontré. Nous partageons la même fascination pour Freud et Jung, il croit à la thérapie par la parole. Il me conseille, me guide dans notre conversation ; c'est en cela que cette rencontre avec Nuscie va changer ma vie. Elle sait que j'ai vécu avec un homme plus âgé que moi, encroûté dans sa mentalité féodale, et que ma vie était totalement conditionnée, mes valeurs, conventionnelles. Pourtant, elle a senti chez moi une capacité de rébellion. Elle sait aussi que j'ai été écartée du monde moderne et de sa culture trop longtemps, et qu'il est temps de procéder à mon initiation : « Tehmina, il y a une vie après le divorce, Tehmina, l'acceptation sociale est une raison insuffisante pour maintenir un mariage mort. »

Cette approche différente de l'existence, cette philosophie, nouvelle pour moi, m'intrigue énormément. J'aimerais comprendre. Je suis avec des gens de mon âge, et ils ont un système de pensée que je n'aurais jamais osé concevoir.

Après le dîner, nous allons en voiture prendre une glace dans un café au bord de la route. Ils m'ont détendue, décontractée, mais je me sens toujours fautive, inhibée, comme une gosse qui ferait l'école buissonnière.

Mes nouveaux amis n'étant pas pressés, nous nous attardons à discuter dans la voiture, jusqu'à minuit passé. Être encore dehors à cette heure tardive avec des gens que je ne connais que depuis un jour m'excite et m'effraie en même temps. J'éprouve un sentiment délicieux de liberté volée. Je suis une vilaine femme en goguette avec deux hommes gais et excentriques, une féministe sans chaperon, sans dai Ayesha, en train de désobéir au couvre-feu de Mustapha.

C'est presque comme s'il était là, derrière mon épaule, à m'épier d'un air furibond. Il va savoir ce que j'ai fait cette nuit en ville. Il sait toujours tout. Mais est-ce important ?

Oui, ça l'est.

La liberté n'est pas aussi simple.

Mon avocat est allé voir Mustapha. Le prisonnier a joué le rôle du mari abandonné, se mourant pour moi d'un amour éternel, et a supplié l'homme de loi de me convaincre de revenir. Il refuse fermement d'accorder le divorce. C'est là son dernier mot.

Je n'ai pas d'autre solution que de solliciter le *khula,* la répudiation. Le *khula* est un droit de divorce accordé à la femme par la loi islamique, à condition qu'elle accepte de renoncer à tout ou partie de ses biens.

Mustapha ne peut pas me contraindre à rester mariée avec lui, mais il peut faire en sorte que je sois complètement démunie et sans ressources. Je n'avais jamais vraiment pensé à l'argent. En trente-quatre ans d'existence, l'argent a toujours été là, tout simplement. C'était l'affaire de l'homme. D'abord de mon père, puis d'Anees, et enfin de Mustapha. Tout ce que je sais pour l'instant, c'est que notre compte est suffisamment approvisionné pour couvrir les dépenses de plusieurs mois. Après, mystère.

Je n'ai plus rien à faire à Lahore. Les faits étant rendus publics, l'intérêt que je présentais pour le Parti s'est envolé. De toute façon, Mustapha s'est arrangé pour me dégoûter de la politique. Mes vieux amis ont disparu ; j'ai dû me rendre à l'évidence, déplaisante, qu'ils sont tous alliés à Mustapha. Nos relations sociales et politiques étaient trop imbriquées.

Je déménage dans la banlieue sud de Karachi, où mon père a acheté un appartement à mon nom. Je m'y installe avec les enfants et Shugufta.

Au début, je m'ennuie beaucoup. Mon existence d'épouse de leader politique ne m'a pas préparée à cette vie terne, monotone, trop normale. Mais peu de temps après, Nuscie et J.J. m'invitent à un festival à Bhit Shah, un village de l'intérieur de Sind. Il s'agit de fêter les *urs* du grand saint sufi shah Abdul Latif Bhitai.

Les *urs* sont la célébration de la mort d'un saint et de sa réunion avec Dieu. C'est une fête religieuse, mais à résonance politique. Depuis la montée au pouvoir de Zia, surtout depuis l'exécution de Bhutto, les *urs* célébrés au village de Bhit Shah sont devenus le ralliement du peuple sindi. Le spectacle est impressionnant. Tous ces gens rassemblés par milliers sous l'immense voûte céleste, à la lumière d'une lune énorme et pleine, avec leurs musiques, leurs chants, leurs danses, contestent à leur manière la politique du pays. Le saint qu'ils célèbrent était un poète et un maître, dont les écrits subtils parlent de protection et de délivrance de l'opprimé.

Dans les régions intérieures du Sind, les femmes respectables se couvrent le visage du *chader*, ne laissant voir que leurs yeux et leur front. Pour cette occasion, Nuscie et moi avons choisi d'utiliser un *ajruk*, tissu traditionnel sindi teint avec des pigments végétaux.

C'est l'époque du carnaval au village de Bhit Shah, qui déborde de spectacles et d'activités. Je n'ai jamais assisté à une fête semblable de ma vie. Plus rien n'est normal, tout est permis. Nous flânons dans ce bazar improvisé, au milieu de la foule, écartant les diseuses de bonne aventure, repoussant le boniment des vendeurs de *bhang*, l'opium. J'ai entendu parler de l'opium, bien sûr, mais je n'en avais jamais vu. C'est interdit par la loi, et « peut-être » aussi par l'islam. Peut-être parce que ce dernier point est controversé. De nombreux fakirs, parmi les plus mystiques, affirment que l'opium renforce leur contemplation et leur extase religieuse.

Nous jetons un œil en passant aux cafés minables où se trémoussent lascivement des eunuques en costumes moulants et dorés. L'un d'eux a choisi de se pavaner comme Michael Jackson sur une version *urdu* de l'un de ses tubes. Ces artistes mi-hommes mi-femmes forment la classe la plus mystérieuse de notre société. Personne ne semble savoir d'où ils viennent, on ne les rencontre en public que pour des occasions particulières. On voit rarement un eunuque ou très jeune ou très vieux. Ils sont sans âge, vivent en vase clos, confits dans leurs secrètes et mystérieuses histoires d'amour. L'hypocrisie de notre société, dominée par les hommes, est en contraste étonnant avec ces fantômes masculins jouant le rôle des femmes. Je me tords le cou pour observer cette scène de dépravation grotesque, en pensant : « C'est un rêve qu'aurait pu faire Fellini. »

Nous tombons sur un cirque, un vrai cirque infesté de puces, avec chapiteau, lions et éléphants tristes. Les trapézistes sont également des eunuques, vêtus de collants et de culottes bouffantes à volants.

Puis c'est la folie des derviches tourneurs, toupies couleur safran.

Nous passons la nuit dans une auberge du village, avec d'autres amis. Je suis surprise et choquée en comprenant que nous allons nous installer à six dans une seule chambre, hommes et femmes ensemble. Je n'arrive pas à m'y faire. Dormir dans une chambre où il y a trois hommes, dont pas un n'est mon mari ! Mes compagnons se désintéressent complètement de la situation, ils prennent l'aventure avec tant de désinvolture que je me trouve idiote d'être aussi prude.

Le lendemain matin, de bonne heure, nous visitons le tombeau de Shah Abdul Latif, un des plus beaux d'Orient. Des centaines de mendiants, épuisés par les festivités de la nuit précédente, sont vautrés dans la cour ; leurs yeux, affamés comme des milliers de bols vides, réclament l'aumône. Des fakirs chantent un chœur mystérieux, implorant le jour de se lever enfin sur la nation. L'un d'eux, les cheveux coiffés en petites tresses, danse au milieu des autres, dans une ivresse frénétique. Devant le tombeau du grand saint, je me demande quelle prière lui adresser. Et soudain mon esprit s'affole comme le danseur fou. Je devrais avoir honte, comment prier pour moi-même alors que mon mari dépérit en prison ? Au travers de mon voile, une prière s'élève en silence pour la délivrance de Mustapha.

Après deux jours de festivités, alors que la lune entame son déclin, signal de la fin du festival, nous rentrons à Karachi en voiture. Je suis assise sur la banquette arrière, entre J.J. et un autre homme. Intimidée, raide pendant tout le trajet, je crains sans cesse d'effleurer par mégarde l'un ou l'autre de mes compagnons de voyage.

Cela les fait beaucoup rire.

26

La coupe du monde de cricket est prétexte à une série de festivités, dans lesquelles je me laisse entraîner par Nuscie et J.J. Participer à des soirées sans mon mari est encore un mélange de plaisir et d'appréhension ; c'est si nouveau pour moi. Je laisse les enfants à la garde de ma grand-mère à Lahore, bien décidée à m'amuser. C'est si bon la liberté, l'insouciance ; j'avais presque oublié.

Dans la bande de Nuscie, je fais la connaissance d'un groupe de jeunes filles très décontractées, en minijupe ou en jean moulant, qui virevoltent sur les pistes de danse, sans aucun complexe, avec des hommes qui ne sont pas leurs maris ! Je suis choquée qu'elles osent exposer ainsi leurs jambes ; ici, nous sommes au Pakistan, pas à Londres ! Mais ce qui m'étonne davantage encore, c'est que personne n'ait l'air outré, à part moi. Le monde a grandi sans moi. Il a changé devant mes yeux aveugles.

Cette génération a poussée sous le régime de Zia. Ses idoles ne sont ni Guevara, ni Mao, ni Soekarno, mais Madonna, Iaccoca et Trump. La pauvreté, pour eux, c'est un appartement sans l'air conditionné. Les plus démunis pilotent des Suzuki. Les effets de la guerre en Afghanistan et le déferlement de la drogue se font sentir. La frontière si proche laisse passer l'opium et l'héroïne. Les dollars américains et les milliers de réfugiés afghans accueillis par le régime de Zia – ils sont près de trois millions et demi – ont produit un curieux mélange. Dans les villes, en tout cas.

Il me semble que des siècles se sont écoulés en peu de temps. Les femmes modernes ont tellement évolué que leurs sœurs des provinces profondes, celles du Pakistan traditionnel, ont l'air de personnages de fiction. Je dois leur paraître démodée.

Je comprends maintenant que j'ai été enfermée jusqu'à présent dans une époque qui n'était pas la vraie, que l'on voulait m'imposer, et que je suis encore prise à ce piège. Pour la première fois de ma vie, je commence à croire que c'est moi qui suis bizarre, que le monde recèle d'autres esprits parfaitement normaux, qui refusent de souffrir en silence et se dressent contre l'injustice. Mes conceptions de la vie et du mariage sont totalement démodées et restrictives. Mustapha et ma propre famille m'ont bouclée dans leur univers, et en ont soigneusement cadenassé les fenêtres et les portes.

J'apprécie ma situation de spectatrice en retrait, mais je reste toujours un peu sur mes gardes. Dans ce genre de soirée, la musique est tellement forte qu'elle recouvre les conversations, et je n'ai pas l'habitude des confidences chuchotées à l'oreille. Ma conception d'une soirée est encore celle d'un dîner traditionnel, autour d'un buffet où chacun fait la connaissance des autres dans le calme. Mais tout de même, cette atmosphère brillante, éclatante, me plaît assez. C'est la vie qui tourne autour de moi avec la musique et les danseurs de rock.

J'assiste aussi à ma première partie de cricket, en savourant le jeu par procuration. Quand Nuscie et J.J. se lèvent en hurlant pour applaudir, je les imite. Quand ils sont nerveux et muets, j'affiche un air inquiet. Les phases du jeu sont un mystère pour moi. À la fin, c'est une explosion de folie et de cris de joie ; le Pakistan a battu la fameuse équipe de l'Inde de l'Ouest, nous sommes favoris pour le tournoi !

La fièvre du cricket atteint des proportions réellement stupéfiantes. Un jour, dans la vieille citée fortifiée de Lahore, je me retrouve invitée avec mes amis dans une superbe maison de style traditionnel, un *haveli.* Des hommes sont installés dans le patio central, affalés par terre ; aucun ne se lève pour nous accueillir. C'est étrange, comme sensation : dans mon univers, un homme se lève toujours à l'arrivée d'une femme. Youssouf Salahuddin, le maître de maison, allongé sur un divan de marbre, contemple d'un air royalement dédaigneux une horde de jeunes femmes en minijupe, à la coiffure punk, qui vont et viennent en discutant, le verbe haut.

À l'extérieur, les murs sont recouverts d'affiches politiques pour la restauration de la démocratie, et à l'intérieur Youssouf est la réplique d'un seigneur de la dynastie moghole, le jouisseur personnifié, l'épicurien blasé.

On me présente à l'un de ces corps masculins à terre, Imrah Khan, la star du cricket. Histoire d'avoir l'air un peu calée sur le sujet, j'y vais d'un compliment :

– J'ai vu comment vous avez sorti l'équipe indienne !

Ses yeux se rétrécissent, il prend l'air irrité ; je n'ai pas dû formuler correctement ma remarque ! On me présente également un certain Mubashar, qui me demande aussitôt :

– Appelez-moi Moby.

– Vous jouez au cricket, Moby ?

Patatras ! Je ne pouvais pas savoir qu'il était lui aussi une superstar du cricket. Je rencontre encore le brillant Omer Farooq et sa femme Minna. Omer est plus connu sous le nom de Goldi, comme Goldfinger. Il doit ce diminutif à un sens exceptionnel de la finance ; on dit de lui que tout ce qu'il touche se transforme en or. Il a d'autres surnoms, certains l'appellent Mario Falichi, en référence à ses manières de parrain mafioso qu'il accentue par des costumes raffinés

Avec le temps, j'arrive à mieux connaître tous ces gens, et finalement je les aime bien. Imrah, par exemple, grande star du cricket, est un homme moralement respectable, aux principes élevés, une nature qui mêle le sens de l'honneur à un esprit de compétition féroce, un bon élément pour le pays. Moby est du genre force tranquille, il a l'art de communiquer presque en silence. Goldi est un professionnel avisé. Youssouf est très drôle et très joueur. Ces nouvelles relations, qui ont le mérite de ne pas m'être imposées par Mustapha, sont pour moi une forme de révélation personnelle. Ces gens me voient et me reçoivent telle que je suis, pas comme l'ombre d'un homme politique. Et même si leurs histoires individuelles diffèrent totalement de la mienne, je réalise que chacun d'eux est un survivant. Tous ont été obligés de lutter dans l'existence, et s'en sont sortis plus forts qu'avant. L'important, dans leurs parcours individuels, c'est cette volonté d'analyser leurs personnalités, d'en corriger les faiblesses. Un concept qui me redonne l'espoir de transformer, moi aussi, mon existence.

Reste à savoir qui je veux être.

Grand-mère devient complètement folle avec moi. Un jour, je lui demande de prier pour la libération de Mustapha, un autre jour, pour que je sois libérée de lui. Elle ne sait plus où donner de la tête. Il lui arrive de me crier, exaspérée :

– Alors, décide-toi ! Il faut l'aimer ou le détester, ton Mustapha. Même le Tout-Puissant ne sait plus ce que tu veux ! Il n'a pas le temps de répondre à une prière que tu en changes !

Maintenant, c'est pour moi qu'elle prie, suppliant Allah de me calmer les esprits.

C'est vrai, j'ai les idées affreusement embrouillées. Une nouvelle vie me tend la main, et l'ancienne s'accroche encore à moi. Que dois-je faire ? Qu'est-ce que je veux faire ? Comment ? Je ne sais pas. En tout cas, c'est décidé : je change de décor, je rentre à

Londres avec les enfants. Il me faut du temps et du recul pour rassembler ma personnalité en déroute.

Le voyage est retardé par une histoire de papiers à régler pour mon permis de séjour en Angleterre. Mon avocat me prévient que si j'attends trop, Mustapha entendra certainement parler de mes projets, et obtiendra sans mal une mise en demeure m'empêchant de sortir les enfants du Pakistan. La meilleure stratégie est d'envoyer d'abord les trois aînés à Londres, et de les rejoindre plus tard. Hamza, le plus petit, restera chez ma grand-mère avec Shugufta. J'appelle ma sœur Minoo à Londres pour lui demander d'aller chercher les enfants à l'aéroport et de s'en occuper pendant quelques jours, le temps que j'arrive. Minoo accepte sans problème, ravie de pouvoir m'aider et de revoir les enfants. Nous savons toutes les deux que notre mère sera furieuse de cette complicité. Je n'ai eu aucun contact avec elle depuis ma dernière réconciliation avec Mustapha.

Naseeba, Nisha et Ali sont déjà dans l'avion pour Londres, lorsque Minoo me téléphone une nouvelle terrible : notre mère a eu vent de notre projet, et a interdit à Minoo de s'en mêler. Son motif : j'ai kidnappé les enfants ! Elle a décidé de me punir. Une fois encore mes enfants sont des pions sur un échiquier qui ne les concerne pas. Que faire ? Qui va les réceptionner à l'aéroport ? J'ai toujours de nombreux amis à Londres, mais je n'ai pas forcément envie de les mêler à une querelle de famille. De toute façon, la plupart d'entre eux n'aimeraient pas agir à l'encontre des intérêts de Mustapha. Il me vient alors une idée. Je rappelle Minoo :

– Tu vas téléphoner au directeur de la compagnie aérienne du Pakistan et lui demander de prendre les enfants à la descente de l'avion. Qu'il les mette dans un taxi et les fasse conduire chez toi. Ils n'auront qu'à ne pas se montrer avant d'être arrivés... À ce moment-là, tu appelles maman, et tu lui dis que les enfants sont là, que tu ne peux pas faire autrement que de les garder. La conspiration devrait fonctionner, mais je ne suis pas tranquille.

En fait, à l'arrivée tout s'est passé comme prévu, mais au début seulement. Les enfants étaient un peu effrayés de ne pas voir leur tante ; le directeur de la compagnie, qui nous connaît, les a mis dans un taxi, et a donné au chauffeur un papier avec l'adresse de Minoo. Mais le chauffeur s'est perdu en route, et s'est mis à gronder les enfants qui ne savaient pas du tout où ils allaient. Naseeba a eu très peur que l'homme les abandonne dans les rues et dans le noir. Ils pleuraient de terreur tous les trois. Finalement, le taxi a trouvé la rue, et Minoo a récupéré mes trois petits orphelins. Ensuite, elle a téléphoné à notre mère pour lui faire part de cette arrivée « imprévue ».

Mère a explosé de rage. Elle a intimé à Minoo l'ordre de remettre les enfants dans le premier vol pour Karachi. Heureusement, le mari de Minoo a refusé de se prêter à ce jeu stupide et cruel.

Le lendemain matin de bonne heure, Mère a menacé Minoo au téléphone. Si son mari et elle refusaient d'obéir, elle renverrait elle-même les enfants au Pakistan. Affolée, Minoo me téléphone pour me raconter toute l'histoire :

– En plus, elle a menacé de me déshériter ! On ne peut pas continuer, il faut que les enfants aillent ailleurs. Trouve quelqu'un !

C'est Nuscie qui vient à la rescousse. Elle appelle sa sœur Chinni à Londres pour lui demander de garder les enfants jusqu'à mon arrivée. La pauvre n'a rien compris à cette histoire de fous. Comment une grand-mère peut-elle se comporter ainsi ? Chinni devait s'occuper de sa propre famille, mais elle a accepté gentiment d'offrir un refuge provisoire à la mienne. Ainsi, à des milliers de kilomètres, il m'a fallu demander de l'aide à des étrangères. À un réseau de femmes, dont une formidable, à l'ambassade pakistanaise de Londres, qui s'est occupée des enfants dans la journée, pendant que Chinni suivait ses cours à l'université.

Ma mère ne sera jamais une grand-mère.

Malgré tout, mes trois petits ne se sentent pas à l'aise. C'est difficile pour eux de vivre avec des inconnus, ils sentent aussi qu'ils dérangent Chinni.

Enfin, quelques jours plus tard, mes papiers en règle, je suis dans l'avion avec Hamza. Le cœur brisé d'être obligée d'abandonner Shugufta. Je retrouve notre appartement à Holland Park, qu'il faut nettoyer et remettre en état, et déniche un pensionnat dans le Kent pour les trois aînés. C'est une institution religieuse libanaise, islamique, ce qui me met à l'abri des accusations de Mustapha selon lesquelles les enfants seraient exposés à la décadence laïque occidentale.

Le fantôme de Mustapha me traque. Son frère Arbi me dit qu'il est complètement brisé, perdu en prison, et qu'il ne cesse de pleurer sur les enfants et moi.

– Tehmina, je t'appelle pour te prévenir. Il va mourir en prison. Il ne dort plus, ne mange plus. Il est complètement obsédé par toi et les enfants.

Le message de son fils Abdur Rehman est encore plus alarmant.

– Il est décidé à tous les compromis pour obtenir la liberté. Il veut aller récupérer les enfants en Angleterre.

Je suis maintenant terrorisée à l'idée qu'il pourrait envoyer quelqu'un ici pour me tuer. Même depuis sa prison, il a des pouvoirs. Et moi, je suis une fugitive, une évadée, combien de temps encore va-t-il falloir courir ? Jusqu'où ?

Le miroir me renvoie l'image d'un visage creux et sans vie, marqué par la colère et la méfiance. Des yeux qui ne savent plus rêver. Des yeux qui me poursuivent de reflet en reflet, qui se moquent de mon manque de volonté, rient de me voir abandonner la tâche, tourner le dos et être lâche. Des yeux qui m'accusent et me font honte.

C'est dur de se regarder dans les yeux. Ils disent :

– Tu étais devenue une figure de proue dans la lutte du peuple pakistanais, tu avais promis de l'aider à sortir de la pauvreté et du marasme. Tu as fait comme tous les autres. Tu as trahi.

Tourmentée par l'image de Mustapha se mourant en prison, j'ai des insomnies. Ce n'est pas le fait de l'avoir quitté qui me gêne, mais le moment que j'ai choisi. Je lui ai porté le coup de grâce, alors qu'il était déjà blessé. Mustapha Khar n'est plus mon mari, mais il est toujours mon chef politique. Je fais encore le vœu de faire de nos rêves la réalité, mais je ne suis pas en mesure de revenir au pays, de mener une action politique de mon côté. J'aurais besoin pour cela de me servir du programme que défend Mustapha. De m'appuyer sur le Parti.

Je l'imagine solitaire, brisé, sans espoir. Seul son caractère l'a mené à cet état de délabrement, seul son tempérament m'a éloignée de lui. Je n'échappe pas pour autant aux lieux communs classiques : « Il a besoin de toi... Tu ne dois pas être celle dont l'histoire dira qu'elle a fait avorter son rêve... », « C'est lâche d'abandonner un homme derrière des barreaux », « Même si tu ne l'aimes plus, tu aurais dû tenir le coup. »

Je n'arrive pas à m'ôter de la tête le chef-d'œuvre de poésie de Faiz Ahmad Faiz :

Ne me demande pas de t'aimer avec la même intensité qu'autrefois...
Je me tourne et me tourne, encore et encore, vers la souffrance.
Tu es encore si beau, si beau...
Mais... la souffrance.

Je repense aussi à ces enfants, dans cet hôpital, à Multan. J'essaie de me convaincre que j'ai été utile en trouvant de l'argent pour leurs médicaments. Mais je sais bien que, comme tout le monde, j'ai fui devant cette situation désespérée.

Alors, je retourne à ma passion d'enfant. Je peins, et mes peintures m'indiquent le chemin. Presque en état de transe, je regarde mon pinceau échapper à la volonté de ma main, et retracer mes expériences parmi les déshérités de ce monde.

Je peins des gamins à la peau tendue, percée par les côtes, des gosses dont le passé, le présent et l'avenir reposent sur des tas d'ordures. Je peins ces visages de mères, leurs seins desséchés. Je peins ces vieillards accroupis dans les rues, la tête lasse et courbée. Je peins en noir, en beige et en marron, les couleurs sans joie.

Un autre poème est venu se glisser dans mes toiles.

Je dédie ma vie aux ruelles et aux sentiers de mon pays.
Là où chemine à grands pas le rituel du silence
Là où nul ne porte la tête trop haut
Là où la peur erre pendant la nuit.

Je peins des femmes aux cheveux lâchés en signe de deuil. Des gens simples et ordinaires qui passent de mon souvenir à la toile. Des images de prison me reviennent en mémoire. J'ai vu ces femmes enfermées, violées par les gardes effrayants, contraintes d'avorter pour effacer la trace de leurs crimes. J'ai vu ces femmes porter les bâtards d'une justice bâtarde. Je les peins, mères et enfants ensemble derrière les barreaux, craignant jusqu'à la liberté dans un monde hostile et sans espoir.

Chaque coup de mon pinceau me rapproche du retour. Les mots écrits au nom du Coran me hantent : « Je soutiendrai Mustapha Khar tout au long de son emprisonnement, fût-ce pour la vie. »

Un mois après mon arrivée à Londres, je refais mes bagages.

27

Nous atterrissons à l'aéroport d'Islamabad. Ce jour-là, Mustapha nous attend au tribunal, sous la garde de la police ; j'y envoie les enfants pour le voir. Les photographes de presse se ruent pour saisir le cliché des retrouvailles du Lion en larmes et de ses lionceaux. Je ne lui rends visite moi-même que le lendemain.

Il a perdu beaucoup de poids. Nous nous regardons timidement, sans trop savoir quoi dire, jusqu'au moment où il brise la glace :

– Tehmina, donnons-nous une autre chance. Je ferai des efforts pour te comprendre, j'essaierai. Toi aussi, il faut essayer de me comprendre. Oublions tout ce qui s'est passé.

Il me raconte combien il était malheureux après mon départ, qu'il a passé ses journées agenouillé sur son tapis de prière, pleurant et gémissant si fort que les gardiens ont eu de la peine pour lui. Le spectacle de cet homme si puissant et si célèbre effondré, anéanti de chagrin, les a émus, comme moi.

L'image du Prophète ou de ses disciples est interdite par l'islam, pour ne pas donner prise à l'idolâtrie. Mais pour les shia, une secte musulmane, il est courant de posséder un portrait d'Hazrat Ali, cousin du Prophète, vénéré par toutes les sectes. Mustapha a un tableau semblable dans sa cellule. Hazrat Ali est le grand intercesseur auprès d'Allah, celui que les musulmans dans le malheur prient avec ferveur et passion. Chaque fois qu'il s'est senti envahi par l'impuissance et le désespoir, Mustapha s'est tourné vers le portrait d'Hazrat Ali : « Si je n'avais pas eu foi en lui, j'aurais été brisé. Évoquer son nom est un grand pouvoir qui m'a soutenu. »

Cette introspection, ce retour sur lui-même a été douloureux, mais nécessaire, il le reconnaît. Désormais, il a conscience des choses terribles qu'il m'a fait subir. Les souvenirs de cette violence sont un châtiment pour lui.

– Ton visage torturé envahissait mes cauchemars, je ne pouvais plus m'en défaire.

Il me parle aussi de son histoire avec Adila. Il est convaincu d'avoir été envoûté par le diable. Il a compris qu'il m'avait enfermée dans la solitude, et que pour le punir Dieu l'a fait mettre en prison en le privant, lui aussi, de cette liberté qu'il me refusait.

– J'ai cru que je t'avais perdue à jamais, qu'il ne me restait plus que Dieu et ma cellule.

Il reparle aussi de cette période épouvantable au moment de la naissance d'Ali.

– Tu étais jeune, séduisante, j'avais si peur que tu rencontres un autre homme, et que tu refasses ta vie.

Bien entendu, il a entendu parler de ma récente et courte expérience de femme libre.

– J'étais malade de jalousie. Mais c'est fini, je comprends enfin ta souffrance, par expérience de la mienne.

Il promet de changer, et pour une fois, il a l'air sincère. Mais puis-je prendre le risque ? Lui faire confiance ? Impossible de savoir, et, pourtant, j'ai pris la décision d'avance en achetant les billets d'avion pour le Pakistan. Je me moque de ce que pensent les gens. Ma culpabilité et mes remords me regardent. Quand les journalistes me demandent de justifier mon comportement versatile au sujet de Mustapha, je me souviens de ce qu'il m'a appris dans l'art d'avoir confiance en soi : « Les gens sont des moutons, ils te suivront s'ils sentent que tu connais le chemin. »

Aux journalistes je rétorque :

« C'était ma décision de partir, c'est ma décision de revenir. Je vais reprendre ma campagne pour la libération de mon mari, avec la même ardeur. »

Les retrouvailles avec Shugufta et dai Ayesha sont particulièrement émouvantes. Shugufta est devenue une jeune femme moderne. Elle s'est mise à s'habiller comme moi, elle prend de l'assurance. Mustapha m'a souvent dit que j'étais comme l'impératrice Noorjahan, qui a la réputation de développer le goût vestimentaire de ses domestiques.

Dai Ayesha, la pauvre, est un peu chagrinée de cette complicité entre Shugufta et moi, et je la comprends.

À chaque visite, Mustapha me régale d'histoires sur la vie en prison, antre de corruption inimaginable.

– Il y a un marché noir terrible ici ! Tu peux tout obtenir si tu as de l'argent. La prison, c'est comme la maffia. Le directeur, c'est le parrain. J'observe tout ce qui se passe ici ; un jour, j'arracherai tout ça par la racine.

Il considère les autres prisonniers comme sa famille. Il est leur seigneur féodal, paternaliste, qui défend leur cause avec conviction. On voit bien que ces gens le considèrent comme le symbole de leurs espoirs. Et la vie est dure, ici, pour eux.

– Le directeur rackette les prisonniers. Chaque semaine, il faut qu'ils paient. Celui qui ne veut pas, ou ne peut pas, payer est puni. Battu ou mis aux fers. Beaucoup sont privés de repas uniquement à cause de ça. Des familles entières sont obligées de payer, elles s'endettent à vie avec ce système.

Mustapha connaît toutes les tortures, certaines

méthodes sont trop affreuses pour qu'il ose les décrire. Son regard porte loin et fort quand il y pense :

– Tehmina, ce directeur est un immonde parasite. Il vit de la souffrance humaine. Il spécule sur la douleur. Il extorque entre 50 000 et 80 000 roupies par mois aux plus misérables de la terre. Il en distribue une partie à ses subordonnés, en guise de butin. Ce n'est pas une prison où l'on réforme, c'est un camp d'esclaves où l'injustice fabrique des criminels. C'est pour cela aussi que je fais de la politique. Je ne m'arrêterai pas tant que ce système inhumain ne sera pas rasé de la surface de la terre.

J'ai la même colère que lui lorsque je suis témoin de certaines atrocités. Beaucoup de prisonnières, et certaines sont incarcérées avec leurs bébés, sont violées ou violentées.

J'ai vu aussi les regards suppliants des innocents condamnés sur de faux témoignages. S'il y a un enfer sur terre, il est ici. Si l'on ne s'appelle pas Mustapha Khar, si l'on est ni puissant ni fortuné, c'est l'horreur. L'injustice de cette hypocrisie me révolte. Mustapha apprécie ma tirade passionnée, il en plaisante :

– Attends que j'arrive au pouvoir, je te ferai ministre des Prisons !

– Il faudra que tu tiennes ta parole !

Je suis sérieuse en disant cela.

Un jour, un cri terrifiant interrompt notre conversation. Je dis à Mustapha :

– On dirait quelqu'un à qui on arrache l'âme du corps.

Je me bouche les oreilles, pour essayer d'atténuer l'écho de ces gémissements terribles. Puisqu'on ne peut rien faire d'autre. Mustapha, lui, a les yeux pleins de rage. Il se contient un moment, puis bondit comme un fauve. Il cogne à la porte de la cellule en tonnant :

– Ouvrez !

Un gardien apeuré arrive en vitesse, ouvre la porte et lui fait un salut. Mustapha le balaie tel un insecte indésirable, et marche à grands pas en direction des cris. Je cours derrière lui en essayant de rester calme, et le gardien, à distance, a peur de ce qui va suivre. Nous atteignons une cour extérieure, où des prisonniers assis en tailleur forment un grand cercle. On leur donne ici une brutale leçon d'intimidation. Un de leurs compagnons de cellule est au milieu, à terre, jambes et bras écartés. Trois ou quatre gardes le piétinent, le frappent à coups de bâton. Il saigne abondamment, à demi conscient, et continue de pousser des hurlements de douleur terrifiants. Je ferme les yeux d'horreur quand ces brutes s'acharnent à lui écarter les jambes davantage encore ; je crois entendre la déchirure. L'homme pousse un dernier cri perçant. Ses yeux deviennent blancs. Puis il y a un grand silence, un silence terrible de mort.

Mustapha foudroie le directeur du regard, puis il l'empoigne par le col de sa chemise, le soulève presque de terre et le gifle avec violence à plusieurs reprises. L'homme est complètement sonné, mais il n'ose pas réagir. Mustapha Khar est prisonnier, mais ce n'est pas un prisonnier comme les autres. C'est le Lion du Panjab, qui rugit d'une voix de tonnerre :

– Si j'entends encore un cri dans cette cour, je te réduis en bouillie, vermine !

Il relâche sa prise, et l'homme retombe sur son derrière, les quatre fers en l'air. Mustapha se retourne et repart à grands pas vers sa cellule. Les autres prisonniers auraient applaudi s'ils avaient pu, mais ils s'en tiennent à des regards admiratifs et des sourires silencieux.

Peu de temps après, le directeur, superintendant délégué de la prison, c'est son titre, arrive dans la cellule de Mustapha accompagné de trois policiers. Il murmure assez mollement :

– Monsieur, vous n'auriez pas dû me gifler devant les prisonniers. J'ai perdu leur respect. Nous devons absolument garder le contrôle sur eux, vous le savez.

D'un ton autoritaire, puissant et sans réplique, Mustapha tonne :

– Vous ne méritez pas leur respect ! On ne règne pas par la terreur et la violence. Je vous ferai démissionner de ce poste, et je ne vous raterai pas, espèce de vermine ! Laissez-nous tranquilles, je n'ai pas le temps de vous parler ! Je m'occuperai de vous le moment venu !

Le malchanceux directeur-superintendant délégué de la prison n'a plus qu'à bafouiller des excuses à voix basse et à se retirer, en ramassant les morceaux de sa fausse dignité.

Je suis fière de mon mari. Très fière.

– Comment peux-tu agir ainsi ? Tu es leur prisonnier, et pourtant tu arrives à inverser les rôles !

Il me raconte une anecdote glanée du temps de ses lectures sous la tutelle de Bhutto.

– Une fois, Napoléon Bonaparte frappa un coup contre la porte de sa cellule et déclara à ses geôliers stupéfaits qu'il était Napoléon. C'était suffisant, sa réputation l'avait précédé. Souviens-toi, Tehmina : la politique est fondée sur la conviction. Ce que j'ai fait était juste. En termes de moralité, c'est moi qui avais la main. Ce type le sait. Si mon assurance avait flanché ne serait-ce qu'une seconde, il aurait repris le dessus. On a beaucoup à apprendre de l'escroc. Il joue sur la crédulité et la faiblesse de sa victime, il avance vers elle comme un serpent, avec aisance et naturel. Tu comprends, on ne peut pas se permettre la moindre fissure dans une armure de fer. Cet homme a peur de moi et de ce que je serai plus tard.

Le défi de Mustapha est entré dans la légende de la prison. La haine du directeur à son égard n'a fait qu'empirer, mais inutilement, car il est impuissant devant sa popularité naissante auprès des prisonniers. Les autorités carcérales savent bien que d'un seul grognement le Lion du Panjab peut déclencher une émeute.

Mon éducation politique commence réellement. Mustapha a compris que c'est mon attrait pour les affaires publiques qui m'a ramenée auprès de lui, et il apporte tout son soutien à l'idéaliste que je suis. Il m'encourage à poser des questions, et il m'arrive même de soulever des problèmes auxquels il n'avait pas pensé. Je le trouve au meilleur de sa forme. Nous

nous préparons mutuellement à une rentrée spectaculaire sur la scène politique. Il pense que c'est important pour un meneur comme lui de donner l'exemple à son élève. Il m'enseigne son habileté à négocier, explique ses stratégies, m'endoctrine. C'est un patient processus de clonage. Je dois être son double. Sa libération viendra de la combinaison de ses idées et de mon engagement absolu à la cause. Il me détaille sa vision des choses, élaborée durant des années de réflexion silencieuse. Au fil du temps, j'ai pu entrevoir certaines idées, des bribes, mais il les assemble pour moi en une mosaïque harmonieuse.

Le point de départ de sa politique, c'est le peuple, dont les espoirs et les aspirations ont été sapés par l'égoïsme des gouvernants. Il me parle des liens infernaux qui régissent la bureaucratie civile et militaire, et engraissent les seigneurs féodaux ou les grands propriétaires urbains. Il clame que c'est le peuple qui est à la base du pouvoir des politiciens.

Mustapha souhaite que le travail soit organisé à partir de la base ; il rêve d'un système où le pouvoir s'étendrait de bas en haut. Il faut inverser la pyramide, dit-il, revenir aux principes premiers de l'islam. Il fait la critique du marxisme, en en montrant les erreurs, mais admirant son attrait universel. Il me persuade de la nécessité de réduire l'establishment militaire par la cime.

– Il faut écarter nos maigres ressources de la gueule de ce monstre. Notre peuple a besoin de nourriture, de toits, de vêtements, de soins médicaux, d'eau potable et d'éducation. L'armée a englouti toutes nos richesses nationales. C'est un gâchis de main-d'œuvre ! Si j'arrive au pouvoir, l'armée construira les routes et les ponts. En outre, elle est également une menace permanente pour un système constitutionnel !

Mustapha est un fervent partisan du maintien des liens fraternels avec l'Union soviétique. Il récuse la politique de Zia, qui s'est opposé à l'invasion russe en Afghanistan et a accueilli les réfugiés afghans au Pakistan.

– Zia nous sacrifie à des profits à court terme. Il ne comprend pas les terribles conséquences de son inutile engagement. Les Russes n'oublieront jamais notre rôle dans cette affaire. Les trafics de drogue et d'armes sont le résultat de ce conflit. L'un paie l'autre, et c'est le peuple qu'on tue et qu'on empoisonne. Les généraux sont myopes. Ils sont aveuglés par la diplomatie du dollar. Les Américains ne sont pas des alliés fiables, ils nous utiliseront toujours dans l'unique but de servir leurs intérêts.

Mustapha est convaincu que le Pakistan doit s'écarter des autres puissances, à l'exception de l'Union soviétique. Le pays doit s'isoler, du moins le temps de forger son indépendance.

– Regarde la Chine, regarde l'Inde. Elles développent leurs propres technologies. Elles ne se tournent pas vers les autres en mendiant. Elles ont leur fierté nationale. Nous, nous avons choisi la voie de la facilité. Ici, tout est importé, même nos idées.

Mustapha est bien le dépositaire naturel des idées politiques de son mentor. Bhutto a laissé derrière lui un héritage inégal. C'était un populiste, avec de bons slogans capables de galvaniser les foules, mais il n'a pas eu le temps de mettre en place les réformes nécessaires. Mustapha est fermement convaincu que l'avenir est entre ses mains pour les réaliser.

L'homme que j'ai toujours espéré voir naître vient de voir le jour. Il est devant moi, cet homme politique altruiste qui me guide par l'esprit et me montre la vérité. Il y a chez lui un aspect messianique, que son sort de prisonnier politique n'a fait que renforcer.

D'une manière extrêmement subtile, il me prépare à affronter une vie publique dans un pays où l'apparence, surtout celle d'une femme, a de l'importance. Il se sert pour cela de son sens aigu de l'humour, sans méchanceté, juste pour se moquer de mon aspect et m'aider à le modifier efficacement.

Souvent, il me complimente sur mon allure de mannequin, tout frais sorti d'une page de magazine de mode. Il trouve cela joli, mais un peu bizarre pour la femme d'un prisonnier politique célèbre. Un jour, je suis arrivée avec des mèches dorées et cendrées dans ma chevelure brune. Ça l'a tellement surpris qu'il a éclaté de rire :

– J'aimais bien tes grandes nattes brunes... Tu savais si bien me ligoter avec ! Tu devrais y revenir.

Une autre fois, c'est ma permanente qui l'estomaque :

– Qu'est-ce que c'est ? Tu t'es fait pousser des ressorts sur la tête ?

À une autre occasion, j'arrive dans sa cellule après avoir assisté à une réunion politique à Gujrat. C'était très réussi, je suis en pleine forme. Je porte les traditionnels pantalons bouffants, une chemise de tricot noir et blanc, avec un col et des manchettes rouges, ainsi qu'un long châle de cachemire rouge drapé sur les épaules. Mes cheveux lâchés me tombent en cascade dans le cou. Mustapha me jette un coup d'œil critique :

– Sais-tu à quoi tu ressembles aujourd'hui ? À Margaret Thatcher avec un *chader* ! Où était ta réunion ? À Birmingham, Southall ou à Gujrat ?

Je me sens toute bête. J'aurais dû m'habiller autrement, c'est vrai, pour cette occasion.

Un autre jour, il hoche la tête lorsque j'arrive à la prison sans voile.

– Il fallait que je voie ça : ma propre femme dans une prison, avec tous ces hommes autour, et sans voile !

Je hausse les épaules distraitement :

– J'ai oublié !

– C'est une chose que l'on peut oublier ? Alors tu as oublié quelque chose de fondamental. Ce voile représente mon honneur et ta pudeur féminine.

Il a parlé sévèrement mais sans méchanceté, pour mon éducation. Et je me tais, car il a soulevé effectivement un point essentiel : liberté ne signifie pas licence.

J'ai toujours été fascinée par les couleurs. Soudain, un beau jour, quelque chose se casse, je ne les supporte plus, il faut que je m'habille en blanc.

– Tu sais, j'ai décidé de porter du coton blanc tout simple.

On dirait qu'il s'y attendait. En fait, c'est exactement ce qu'il voulait, pour que je n'attire plus les regards dans la société masculine où je suis destinée à évoluer. Mais il sait maintenant qu'il ne faut pas me contraindre.

De mon côté, cette décision n'est pas seulement un geste symbolique. C'est comme un énorme poids qui disparaît. Ce blanc signifie l'aboutissement du long et douloureux processus de la découverte de moi-même.

Mon goût excessif pour l'habillement, le besoin de paraître, d'être belle, est un héritage de mon enfance, de mon rôle de costumière auprès de ma mère. Adulte, j'ai utilisé le vêtement pour bénéficier du maximum d'atouts. Jadis, j'ai attiré Mustapha par mon apparence, et je me suis retrouvée prise à mon propre piège. J'ai voulu le garder avec mes belles robes, Adila a essayé de me le prendre avec les siennes. J'ai utilisé le vêtement comme une publicité. La femme séduisante et élégante voulait effacer l'image terne et conventionnelle de l'épouse du prisonnier politique. Un besoin d'impressionner les autres, d'étaler une fausse personnalité.

C'est fini. Je suis arrivé à ne compter que sur ma vraie nature et sur mes idées pour exister. Je me suis convertie à l'essentiel. Je vois bien mes contradictions, à présent. Mes excès de vanité allaient me séparer des gens que je voulais représenter.

Durant son long séjour en prison Mustapha m'a écrit des lettres politiquement instructives qu'il m'a toujours remises en main propre. « Il ne faut jamais trahir ses sentiments dans une négociation. Garde un visage inexpressif, ne laisse pas deviner tes réactions à l'adversaire. Reste polie, mais ferme. Renseigne-toi, mais ne renseigne pas. Prends garde aux questions qui soulèvent des controverses inutiles. Apprends l'art d'esquiver les questions délicates avec les journalistes. »

Ses lettres sont aussi pleines de romantisme. Voulant m'expliquer son comportement déraisonnable, possessif et déstabilisant, il note : « Toutes les amours légendaires se terminent en tragédies. Les amours de légende sont toujours fortes, mais impossibles à vivre. On ne trouve pas d'équilibre dans l'amour. C'est pourquoi il faut que tu sois prête à porter le poids d'un côté de la balance si tu veux l'amour. »

Il bouleverse profondément mon cœur de femme. Il me confie combien il a besoin de moi, combien il est fier de moi. « Sans toi, je ne peux rien accomplir. Mais si tu es à mes côtés, je me sens capable de tout. Je peux accepter les plus grands risques. Je mourrais heureux aujourd'hui si je savais que tu resteras fidèle à ton engagement vis-à-vis de moi. »

De temps en temps, je lui propose de trier et de mettre au net les idées qu'il jette pour moi sur le papier. Nous pourrions publier un opuscule et le distribuer, il me semble que cela enflammerait l'imagination des gens. Mais Mustapha refuse :

– Notre peuple est analphabète. L'écrit ne l'intéresse pas. Les Pakistanais veulent un chef qui parle, qui articule simplement ce qu'ils demandent, un homme qui sente ce qu'ils veulent. Il faut aller parmi eux et leur parler le langage qu'ils comprennent. Si je commence à écrire ce que j'ai l'intention de mettre en œuvre, les hommes au pouvoir m'élimineront. Ils seront les premiers à prendre des notes. Pourquoi leur donner cette occasion ? Je préfère les combattre sur le terrain plus tard, plutôt que sur le papier maintenant.

Quand il explique les choses de cette manière, je ne peux qu'être d'accord. Il est prorusse, antimilitariste, antiféodal, anti-industriel et antifonctionnaires corrompus. Les gens au pouvoir n'accepteront jamais un programme aussi socialiste.

Ses idées doivent rester dans son esprit. Quand il sera libre et à la tête des masses populaires, il pourra en donner un aperçu. Jusque-là, il faut bercer d'illusions les forces réactionnaires.

Souvent nous parlons de l'avenir, de l'influence de la prison sur notre comportement ; l'avenir n'est plus le même qu'avant. Le pouvoir n'est plus une fin en soi. En fait, il nous contraindra à rabaisser notre niveau de vie, si nous voulons être fidèles à notre idéologie actuelle.

Nous jurons de vivre simplement, dans la crainte de Dieu et au service du peuple. Mustapha décide que nous habiterons notre petite maison. Nous meublons nos rêves de simplicité. Nous devons être un exemple, un modèle pour le peuple.

Un jour, je suis surprise par mon reflet dans la glace. Qui est cette femme en blanc ? Est-ce vraiment moi ? Mustapha m'a modelée en un personnage sérieux chargé d'une mission. J'ai emballé tous mes vêtements de marque, et saupoudré d'antimite ma vanité. J'ai honte de ma collection de chaussures, elle a l'air de rivaliser avec celle d'Imelda Marcos. Les somptueux sacs à main assortis vont se dessécher dans les tiroirs. Je ne porte plus que des bijoux d'argent, comme les Pakistanaises pauvres.

Ma métamorphose est complète. Mustapha me sait séduisante, mais il n'a pas d'autre choix que de m'envoyer au combat dans une société d'hommes. Ma séduction doit être politiquement pure.

Mon mari devient sûr de moi le jour où il est convaincu d'avoir créé un être dont la loyauté envers sa mission est au-dessus de tout soupçon. Il sait que tant que je serai convaincue moi-même de la justesse de sa cause, je ne dévierai jamais. Il faut que je croie en lui pour l'aimer. Et je crois en lui.

J'ai quatre enfants à élever, et ils sont encore bien trop jeunes pour comprendre les raisons qui ont mené leur père en prison. Ils ne savent pas non plus comment se défendre des railleries de leurs camarades d'école. Je leur ai expliqué de mon mieux la différence entre un vulgaire criminel et un prisonnier politique, en essayant de leur donner une image positive de leur père, celle de l'archange combattant le démon.

Mes filles, plus grandes, ont mieux compris que les garçons ce que je voulais dire. Mais elles ont beaucoup de mal à en convaincre leurs amies. Le milieu dont elles sont issues, bourgeois, apolitique et féodal, ne peut pas admettre que Mustapha soit en prison simplement parce qu'il s'est opposé à la dictature. Ali, qui n'a que sept ans, a dû se bagarrer un jour pour prouver que son père n'était pas un assassin. Hamza, lui, qui n'avait que huit mois lorsque son père a été emprisonné, ne comprend rien à la situation. Pour lui, son père est le « grand homme » qui, pour des raisons mystérieuses, ne peut pas revenir à la maison. C'est terriblement confus dans sa tête. Chaque fois que nous quittons la prison après avoir vu Mustapha, il demande :

– Maman, pourquoi on ne peut pas le ramener chez nous ?

Mes enfants ont besoin d'un père, besoin de s'identifier à lui, et besoin de l'aimer, aussi. J'ai fait en sorte de construire dans leur esprit cette image du père, en leur racontant des anecdotes sur sa vie.

En minimisant de mon mieux le rôle protecteur, étrange pour eux, que je tiens auprès de lui, je leur ai expliqué simplement que je menais la lutte à sa place, et que lorsqu'il sortirait de prison, c'est lui qui nous protégerait tous. Ils ont appris à admirer leur père pour son courage contre le dictateur. Et petit à petit même Hamza est devenu fier qu'il soit en prison. Il a fini par considérer la prison Adyala comme le palais de son père, et Mustapha comme le grand prince qui vit là, sous la protection de la police.

Je suis obsédée par l'idée de l'en faire sortir. Cette prison abrite un homme forgé par et pour ce moment précis de l'histoire. Il a un rôle décisif et crucial à jouer. Je ne cesse de ruminer l'injustice qui fait moisir en prison un esprit comme le sien. Et puis aussi, j'aspire désespérément à une vie normale. Trop d'années de notre mariage ont été vécues sous la contrainte de l'exil ou celle de la prison. Nous n'avons jamais vécu sans cette tension perpétuelle que représente le combat politique. Pas une année de répit, et je me dis souvent que sans toutes ces pressions, Mustapha se serait peut-être comporté différemment. Je pense que ses réactions anormales étaient essentiellement dues aux circonstances, elles-mêmes anormales.

Pour l'instant, Mustapha me défend de fréquenter Nuscie et J.J.

– Tu pourras les voir quand je serai sorti d'ici. Jusque-là, je ne peux pas te le permettre, n'oublie pas que Nuscie est journaliste. N'en parlons plus.

Il m'a tellement donné de responsabilités et de travail politique que, de toute façon, je n'ai pas le temps.

Pendant les manifestations, c'est la voix de Mustapha qui parle par ma bouche, la foule réagit devant moi comme elle l'aurait fait pour lui. À travers moi, il a pu escalader le mur de cette prison et exister pour tous ces gens. Je me dois d'agir avec énormément de prudence. Des forces puissantes le guettent. Que l'on perçoive en lui la moindre menace, et il sera purement et simplement éliminé. Je sais qu'ils n'hésiteront pas.

Taj ul Mulk, notre ami, m'a prêté une annexe de sa propre maison pour en faire un bureau. C'est ici qu'a eu lieu le bal, pour la fin du ramadan, au cours duquel il m'a demandée en mariage pour la première fois. Souvenir...

Les militants panjabis du nouveau Parti populaire affluent dans ce bureau pour me rencontrer. Mustapha l'avait prédit : déçus par Jatoi et ses partisans, ils recherchent une nouvelle orientation.

Sajid a travaillé jadis avec Bhutto et Mustapha, il est avec nous depuis 1967. Il a quitté Multan pour venir me seconder et envisager cette nouvelle orientation. Il est devenu mon bras droit. D'autres se sont joints à nous ; ils étaient étudiants à l'époque de mon mariage, ils ont mûri. J'ai persuadé mon groupe qu'il était temps de monter une campagne médiatique intense. Des mécènes nous ont fourni les moyens financiers pour fabriquer des tracts et des affiches exigeant la libération de Mustapha.

Je m'aperçois que j'ai moi aussi le pouvoir d'entraîner les gens, d'orchestrer leurs actions, et de soutenir leur moral. Les chefs des partis rivaux craignent la popularité naissante de Mustapha : ils font circuler des rumeurs selon lesquelles je n'aurais pas la confiance de mon mari. On me reproche de l'avoir abandonné, pour conspirer avec les militaires, et de le laisser moisir en prison. On dit de moi : « Elle voudrait le voir mort. Elle veut prendre le pouvoir. »

De nombreux militants se laissent impressionner par ces attaques. Mais lorsque Mustapha apprend la campagne calomnieuse menée contre moi, il fait immédiatement une déclaration à la presse : « Mon épouse me représente. Tout ce qu'elle dit ou fait, c'est moi qui le lui demande. »

Dieu va donner à Mustapha un nouvel aperçu du pouvoir immense dont il dispose. Son frère Ghazi meurt subitement, et le général Zia nous accorde la permission d'assister aux funérailles. Comme le temps presse, on met à la disposition de Mustapha l'avion officiel du chef de l'armée de l'air. L'appareil vient me prendre au passage à Lahore. Mustapha est très impressionné par le décès de son frère. Pendant le trajet, il est abattu, silencieux, pensif ; la mort vient de toucher quelqu'un de sa propre génération, peut-être craint-il pour sa vie. Quels que soient les privilèges qu'on lui accorde en qualité de prisonnier politique, la menace d'une exécution est toujours latente. Soudain, il rompt le silence pour me faire une confidence :

– J'ai prié Dieu très fort de me donner la chance d'aller en pèlerinage à Taunsa Sharif, je me demande s'il a entendu mon appel.

Tant qu'il sera prisonnier, il n'a aucune chance d'accomplir ce pèlerinage, il le sait. Or, en arrivant à Multan, nous apprenons que la procession est déjà partie, et que nous devons nous rendre en voiture jusqu'à la ville où son frère Ghazi a souhaité être enterré : Taunsa Sharif ! Mustapha se prosterne immédiatement pour remercier Dieu de ce miracle.

Ma tête est couverte, mon visage ne l'est pas. Il est

impensable qu'une femme pénètre ainsi dans le périmètre sacré de Taunsa Sharif, mais Mustapha pense à autre chose, aujourd'hui, qu'à respecter la tradition à la lettre ; il me demande simplement de rester dans la voiture.

Nous sommes précédés de véhicules officiels, sirènes hurlantes, et lorsque nous arrivons dans le lieu saint, la foule, électrisée par notre présence, se déchaîne. Mustapha parvient à se dégager rapidement et disparaît pour rejoindre sa famille. J'entrevois brièvement le cercueil, au-dessus de cette marée humaine qui avance par vagues successives. C'est un mélange étrange de joie et de peine, pour ce peuple. On enterre un Khar, mais leur chef est parmi eux.

Les soufis ont raison de penser qu'il faut célébrer la mort d'un saint, car c'est le moment où son âme va s'unir à l'Être éternel. La mort et l'union vont de pair chez les Khar.

La cérémonie achevée, nous reprenons l'avion qui doit ramener Mustapha à sa prison. Il y a quelque chose de mystique dans l'expression de son visage, on dirait qu'il ressent plus fortement encore que tout à l'heure cette impression que les forces surnaturelles sont avec lui. Une sorte de confirmation de son destin personnel.

28

Les conditions de vie de Mustapha à la prison d'Adyala se sont considérablement améliorées avec le temps. Il bénéficie de sept cellules. La plus grande dispose de l'air conditionné, un luxe appréciable dans la chaleur infernale de l'été pakistanais, une autre est équipée d'un réfrigérateur et d'un congélateur. Il a le droit d'avoir une télévision, et l'accès libre à la bibliothèque. En dehors de la liberté, il ne lui manque pas grand-chose. Il a ses appartements en prison. C'est le privilège de l'homme politique, et aussi celui de l'argent. Ici, un voleur du bazar croupit dans une fosse. Et un pauvre qui ne paie pas, dans une cellule pour quatre.

En ce qui concerne la lecture, Mustapha est très éclectique. Il passe facilement de *La Longue Marche* de Mao aux réformes de Caliph Omer. Un jour, il me fait une remarque surprenante, qui semble vouloir dire qu'il accepte une des théories d'Hitler :

– Tout programme politique qui entraîne la souffrance mais a pour but le progrès est acceptable.

J'avoue ne pas trop savoir qu'en penser. Souffrance, progrès... notre peuple souffre depuis si longtemps que le progrès ne devrait pas tarder. Tout dépend de quelle sorte de souffrance il s'agit. Et de quel progrès.

Tous les matins, il fait son yoga sur une terrasse, en compagnie de son indéfectible compagnon, un perdreau apprivoisé et bavard. Il dispose aussi d'un petit morceau de terrain transformé en poulailler. Des prisonniers lui servent de domestiques pour le ménage des cellules et les soins aux volatiles. Mustapha organise et inspecte leur travail, après quoi il se détend en faisant lui-même sa cuisine. Il est capable d'inventer de véritables délices gastronomiques, mais ici il se contente d'un régime à base de lentilles et de légumes. Le règlement de la prison ne l'autorise pas, en principe, à recevoir de visiteurs en privé. Mais quand je viens le voir, il congédie le gardien d'un geste.

En fait, ces privilèges me troublent. Pour moi, un véritable leader politique en prison est supposé vivre l'incarcération comme une sorte de purification personnelle. Il faut que je raye de mon esprit ces idées qui doivent être l'héritage de mes années de catéchisme au couvent. Mustapha n'est pas un criminel de droit commun, mais un seigneur et un politique. Un prisonnier aujourd'hui, mais dont les autorités doivent penser qu'il est le dirigeant de demain. L'heure va bientôt sonner pour Mustapha, et les gardiens doivent songer à se protéger de futures représailles.

Mustapha ne tolère aucune insolence, il se conduit comme un monarque momentanément privé de son trône. Chacun connaît son passé, personne ne peut ignorer son avenir. Son présent n'a donc qu'une pâle insignifiance.

Parmi les prisonniers se trouvent quatre Palestiniens, auteurs du détournement d'un Boeing 747 de la Pan American à Karachi, en septembre 1986. Bien qu'il n'approuve pas ce genre d'action, Mustapha est fasciné par la cause palestinienne. Yasser Arafat fait partie de son panthéon personnel. Le chef de ce petit groupe, un garçon nommé Ali, lui envoie un message de détresse. Être emprisonné dans un pays étranger, dont on ne parle pas la langue, est une tragédie en soi. Ces hommes supportent mal la nourriture de la prison, plus riche en épices qu'en éléments nutritifs. Mustapha, compatissant, a décidé de leur faire porter des plats provenant de sa cuisine personnelle. Et de mon côté, je leur fais parvenir une lettre de soutien, car moi aussi je crois à leur cause. « Je souhaite que mes enfants soient aussi courageux que vous, et qu'ils luttent au péril de leurs vies pour leur mère patrie. »

Jatoi et de nombreux autres ne cessent de faire pression sur le gouvernement de Zia pour obtenir la libération de Mustapha ; sans résultat.

Sous le contrôle de Mustapha, je fais le tour des dirigeants des partis du Pakistan, sans distinction de nuance, pour les inciter à réclamer la libération des prisonniers politiques. Mustapha est le seul leader incarcéré, mais des centaines de militants le sont, sans une voix pour parler en leur nom. Nous organisons des séminaires à Lahore et à Islamabad sur ce problème. La presse couvre les débats de façon satisfaisante, mais rien, décidément, ne semble pouvoir faire bouger les têtes du gouvernement. Il nous faut quelque chose de beaucoup plus spectaculaire. Avec Mustapha, nous nous trouvons face à une décision importante. Mon idéalisme me pousserait à approuver une résistance totale de sa part, jusqu'à la potence s'il le faut, comme l'a fait Bhutto. Mais il faut admettre l'inutilité d'un nouveau martyr. Et la nécessité, en revanche, d'une stratégie plus machiavélique, qui consiste à obtenir d'abord une libération de la part du gouvernement, afin de pouvoir, réellement et en pratique, aider le peuple à lutter. Après avoir réfléchi longuement et rationnellement à la question, nous nous accordons sur un principe : faire des concessions. Notre idéologie est trop excessive pour que les militaires cèdent, nous devons les courtiser. Mustapha, qui avait rêvé jadis de les renverser par la violence, est prêt maintenant à rechercher une alliance avec eux.

Je demande, et on m'accorde, un rendez-vous avec

le général Akhtar Abdur Rehman, le bras droit de Zia. À l'époque de notre tentative de coup d'État, il était chef des services de renseignements et responsable de la politique vis-à-vis des mujahidins afghans. Mustapha me prépare à cet entretien avec beaucoup de précaution. Personne ne doit savoir que nous tentons de négocier avec la junte militaire. Des légions entières de partisans abandonneraient Mustapha Khar.

Le rendez-vous est organisé avec un maximum de mesures de sécurité. Je dois être dans le hall de l'Holiday Inn d'Islamabad tel jour, à telle heure, et porter des lunettes noires. Un général de brigade viendra me chercher pour m'emmener dans le bureau du général Rehman.

L'entretien dure une heure et demie, et c'est un moment difficile. J'éprouve une telle aversion pour ces généraux, leur loi martiale, leur gouvernement dictatorial que je dois prendre sur moi pour supporter ce face-à-face. Je déteste profondément l'idée de négocier avec Zia ou l'un de ses sbires. Je déteste être obligée de quémander la libération de Mustapha. D'autant plus que je n'ai pas grand-chose à offrir en échange. Je suis supposée faire passer l'idée selon laquelle Mustapha aurait réalisé que l'armée est indispensable dans un processus politique, et qu'il pense donc actuellement que le modèle turc est réalisable dans notre pays, politiciens et militaires se partageant le pouvoir.

Le général Rehman me fait remarquer que Bhutto avait passé un accord semblable avec les militaires, pour se dédire ensuite. Comment puis-je garantir que Mustapha ne fera pas de même ? Je lui rappelle que Mustapha s'est opposé ouvertement à de nombreuses idées de Bhutto, et lui affirme qu'il honorera ses engagements. Puis je me lance dans un discours soigneusement appris. Mustapha m'a incitée à jouer sur la peur qu'a l'armée des intentions des leaders actuels du parti de Bhutto. Il m'a dit de prévenir le général qu'aux prochaines élections le parti mené par Benazir Bhutto sera majoritaire, et que cela entraînera forcément un renouveau du mythe de son père. Le peuple, et en particulier les Sindis et les Panjabis, n'attend que cette occasion pour renverser les forces qui soutiennent le général Zia. L'armée a donc besoin d'un leader, appartenant au Panjab, qui y a ses racines, mais qui comprend les réalités politiques et sera susceptible de rallier une grande majorité du Parti populaire. Or une seule personne réunit toutes ses conditions : Mustapha Khar.

C'était dur, mais j'y suis arrivée, et le fait que le général me demande de revenir pour un autre entretien prouve que j'ai touché la corde sensible. Mais je sors de ce rendez-vous sans impression réelle, ni positive ni négative. Cet homme appartient aux services secrets, il est entraîné à ne rien laisser paraître de ce qu'il pense, et c'est ce qu'il a fait durant tout notre entretien. Visage inexpressif, regard insondable.

Plusieurs réunions suivent. Toujours sous le contrôle de Mustapha, avec de nouvelles propositions. Chaque fois, le général se laisse aller à parler davantage, chaque fois, je le trouve plus courtois, et plus sensible, du moins en ce qui concerne ma propre situation.

L'espoir refleurit.

En mai 1988, le dépôt d'armes d'Ojhri à Islamabad et le réseau semi-clandestin d'aide aux rebelles afghans sont démantelés. Des missiles volent dans tous les sens au-dessus de la ville, faisant des morts et des blessés par centaines dans la population civile. Islamabad est frappé par l'horreur.

Abdur Rehman, le fils de Mustapha, doit se marier le lendemain ; Mustapha a une autorisation de quarante-huit heures pour assister à la cérémonie. Je le rejoins à l'aéroport de Lahore avec les enfants. Un convoi de véhicules de la sécurité nous conduit, sirènes en marche, jusqu'à la maison de la future épouse. Elle est habillée du rouge traditionnel ; les lumières de la fête étincellent, les invités sont déjà arrivés, et Mustapha déclare soudain que le mariage doit être reporté en raison de la tragédie du camp Ojhri. Se réjouir un pareil jour alors que tant de souffrances se sont abattues sur le pays n'est pas admissible, dit-il.

Tout est bouleversé, la famille de la fiancée est terriblement choquée, et Mustapha s'escrime à expliquer son point de vue à la jeune fille parée et endiamantée :

– Par ton mariage avec mon fils, tu vas entrer dans un clan à part. Les Khar sont une famille particulière. Je suis un homme politique, j'ai des responsabilités vis-à-vis de mon peuple. Il aura le droit de me demander des comptes sur ce mariage s'il est célébré un jour aussi peu opportun.

Les journaux du lendemain font l'éloge du geste de Mustapha, contrastant avec l'attitude du dictateur, qui, à ce moment-là, commet une énorme maladresse. Craignant une enquête sur l'attaque du dépôt d'armes d'Ojhri, que l'on pourrait qualifier de sabotage, Zia demande la démission de son Premier ministre, Mohammad Khan Junejo, ainsi que celle du Parlement, et met en place un gouvernement provisoire.

J'en suis à mon cinquième rendez-vous avec le général Rehman, cette fois autour d'une tasse de thé, et en compagnie de sa femme. Comme d'habitude, je transmets les réflexions de Mustapha sur la situation, et sur ce point précis en particulier. Pour lui, le problème n'est pas résolu. Zia n'a fait que créer un vide, le gouvernement provisoire se révélera inefficace, et le Parti populaire n'aura plus qu'à s'engouffrer dans ce vide. Mustapha suggère qu'on lui laisse le champ libre pour contrecarrer les plans du Parti populaire. Il lui faut du temps pour freiner la montée au pouvoir de Benazir Bhutto.

Le général promet d'y réfléchir. Je suis assez fière de moi et du succès de mes négociations secrètes. Il me semble que Zia et ses conseillers sont prêts à accepter le raisonnement de Mustapha.

Une semaine plus tard, le 17 août 1988, un avion militaire C-130 explose au-dessus de Bahawalpur, après une minute de vol. Le général Zia, qui a régné sur la destinée de notre pays pendant onze années, était à bord. Le dictateur est mort. On parle de sabotage.

Ma première réaction est un sentiment de bonheur extrême. Puis je pense aux autres, qui étaient dans l'avion, et parmi eux, à mon nouvel ami, le général Rehman. L'homme qui me semblait tout prêt de négocier la libération de Mustapha.

La mort soudaine de Zia change complètement l'équation de la politique pakistanaise. Ghulan Ishaq Khan, président de l'Assemblée, proche de Zia, est proclamé président intérimaire.

Mustapha estime qu'en ce moment il ne faut rien faire qui risquerait de provoquer l'armée ; il conseille de patienter et de laisser venir... En attendant, nous allons attirer l'attention sur le « calvaire » qu'il vit en prison par une manifestation à caractère pacifique. Les courageux militants du Parti se lancent dans une grève de la faim devant l'Assemblée pendant la session plénière. Ils sont immédiatement arrêtés, et accusés de tentative de suicide. C'était la première fournée de héros. La deuxième tente de manifester avec des banderoles demandant la libération des prisonniers politiques et dénonçant la loi martiale. Alors qu'ils marchent en direction de l'Assemblée, la police leur tombe dessus, ils sont mis sous les verrous.

Deux sénateurs m'invitent alors dans le bâtiment de l'Assemblée, pour me présenter à certains de leurs collègues. Je déclenche une sorte de miniscandale en arrivant ; pour essayer de pousser quelqu'un à aborder la question des prisonniers politiques, je m'adresse ainsi à l'un des sénateurs :

– Imaginez que votre femme soit à ma place, et que Mustapha Khar occupe la vôtre ? Lui, il aurait déjà résolu le problème !

Nos grévistes de la faim ne désarment pas. Nous réussissons à créer un énorme mouvement médiatique, mais le gouvernement provisoire demeure imperturbable.

Pour disposer d'un lieu d'action encore plus spectaculaire que l'Assemblée, nous choisissons la mosquée Faisal à Islamabad. Normalement, un gouvernement dévoué à l'islam devrait avoir peur d'arrêter des grévistes de la faim au sein même du bâtiment sacré. Et s'il le fait, la presse va le vilipender. Dans les deux cas, nous aurons atteint notre but.

Les grévistes se sont assis dans le lieu saint ; la police se rassemble. J'affronte les autorités en clamant qu'on ne peut pas arrêter des musulmans en prière. La police hésite, puis décide d'attendre. Mais le bourdonnement des prières est sans fin ; il n'aura pas de fin. Et la foule se rapproche, s'agglutine, pour voir de quel côté va se produire l'explosion, qui va céder. Les militants ne bronchent pas ; la police, si. Elle pénètre dans la mosquée et arrache les pénitents à leurs prières pour les jeter en prison pendant qu'ils hurlent des slogans contre le gouvernement et pour la libération des prisonniers politiques.

Quant à nous, aidés de la presse, nous faisons en sorte que tout le pays apprenne cette profanation de la mosquée par les fonctionnaires d'un gouvernement prétendument islamique.

D'autres grèves suivent, toujours dans les lieux publics d'Islamabad. Au Sénat devant la résidence du nouveau président, dans d'autres mosquées, et même dans des centres commerciaux.

La capitale du pays s'est transformée en un théâtre permanent de manifestations pacifiques, où je m'agite beaucoup. J'ai décidé que la propre famille du leader en prison devait se sacrifier. Jusqu'à présent, ce rôle était dévolu aux pauvres militants du Parti, qui s'exposaient évidemment à une arrestation. J'ai réussi à persuader les deux fils de Mustapha de participer à l'une des grèves de la faim. Et ils se font arrêter à l'extérieur du Sénat.

Nous bougeons sans cesse pour créer une agitation permanente ; la presse nous suit en publiant des articles favorables à nos manifestations pacifistes contre la répression policière. On peut dire que maintenant la foule est de notre côté, acclamant les grévistes et huant la police. Mais des milliers de prisonniers politiques, dont Mustapha, sont toujours sous les verrous. Comment sortir de cette impasse ?

Je suggère à Mustapha d'entreprendre moi-même une grève de la faim. Je suis consciente de l'extrême importance de cette décision, car en ma qualité d'épouse du leader je devrai la mener jusqu'au bout, jusqu'à la mort s'il le faut. Mais je suis sûre que mon action soulèvera un intérêt médiatique national et international, et que le gouvernement ne prendra pas la responsabilité de me laisser mourir. Je sais que la presse sera de mon côté : une femme qui lutte pour la liberté de son mari produit toujours de l'effet.

Au fil des actions que j'organise, les journalistes attendent impatiemment de voir de quoi je suis capable. La nouvelle génération de journalistes, ceux que l'on appelle les « guérilleros de la machine à écrire » bien qu'ils se servent d'ordinateurs, est très engagée dans la lutte pour la réforme de la justice. Ils me suivront. D'un autre côté, je compte sur mon père. Il a de nombreux amis à l'Assemblée et dans l'armée ; il fera tout pour me sauver en exerçant une pression sur eux.

La chose étant mûrement réfléchie, et Mustapha d'accord, nous préparons l'action. Une équipe de médecins sera prête à m'assister au moment de mon arrestation. Mustapha y inclut le docteur Sultan, médecin de la prison Adyala, de façon à pouvoir se tenir au courant en permanence de la situation. Le docteur Sultan me résume les effets d'une grève de la faim :

– Au bout de vingt-quatre heures, vous ressentirez de la faiblesse. Le temps passant, il se peut que certains organes vitaux de l'organisme soient atteints. Vos reins, par exemple. Mais si cela dure trop longtemps, votre cerveau souffrira aussi, et vous pourriez tomber dans le coma... mais on ne vous laissera pas mourir. On vous mettra sous perfusion, et on vous fera boire du lait.

Je suis assez effrayée, mais déterminée à me jeter dans l'aventure. Or, subitement, c'est la désescalade. Heureusement pour moi. Le président annonce la libération de certains prisonniers politiques. Mustapha n'en fait pas partie, mais le processus est amorcé. Ma grève de la faim est en suspens. J'en profite pour aller discuter avec tous les hommes politiques, tous les généraux que j'arrive à coincer. L'un d'eux me donne son avis sans ambages :

– Mustapha est un traître ! Je ne veux pas aider un traître à notre pays !

À l'annonce de prochaines élections, le chaos s'aggrave. Sans prévenir, notre vieil ami Ghulam Mustapha Jatoi rejoint le IJI, l'alliance politique que Zia avait fait naître, majoritaire actuellement. Il propose à Mustapha de faire de même. Dans ce cas, les portes de sa cellule s'ouvriront instantanément.

Or Mustapha désespère de sortir et de pouvoir jouer un rôle dans ces élections. Il examine la possibilité d'un marché.

En même temps, des hordes de visiteurs s'abattent sur moi, voulant à tout prix me « persuader de persuader » mon mari de rejoindre l'establishment politique. On me dit : « Il ne sortira jamais s'il ne fait pas ça », « Il pourrira en prison », « Vous ne voulez pas qu'il reste en prison à vie, n'est-ce pas ? »

J'ai évolué, en quinze ans de mariage avec Mustapha. Je ne suis plus le robot programmé qu'il avait fait de moi au début. Je suis une personne pensante, capable d'actions indépendantes. J'ai le pouvoir de dire non ; je dis non. Et j'explique pourquoi :

– S'il rejoint le IJI, il est obligé de renier ce à quoi il croit, et ce qu'il représente lui-même. Les partis qui ont accepté une alliance l'ont fait pour rester au pouvoir, et en se courbant devant Zia. Ce sont tous des cancers politiques, qui se sont nourris du sang de Bhutto. Se rallier à eux, c'est nier la lutte contre la loi martiale et ce long combat pour la démocratie. Les années d'exil de Mustapha ne compteraient pour rien. En plus, et bien au-delà de ces considérations, ce geste serait humiliant pour lui. Le IJI est dirigé par Nawaz Sharif, un homme que Mustapha a longtemps traité publiquement de « pygmée politique ». Comment pourrait-il aller lui serrer la main ?

Je n'ai pas l'intention de m'évertuer à convaincre Mustapha. Je lui dis simplement que je perdrais absolument tout mon respect pour lui s'il se laissait acheter de cette façon.

– Je pense qu'il vaut mieux être respecté en prison pour la vie, que d'être humilié en liberté.

Mustapha réfléchit, pèse les termes de l'alternative : sortir de prison dans les vingt-quatre heures ; perdre son honneur et sa femme. Il refuse l'offre de Jatoi, avec un compliment pour moi :

– C'est toi qui me permets de prendre cette décision, toi et ta force d'âme. Je suis heureux de t'avoir écoutée. Tu as raison : les raccourcis pour obtenir le pouvoir sont déshonorants.

Aussitôt je donne une conférence de presse. Au nom de Mustapha, je rejette non seulement la proposition de Jatoi, mais je romps avec lui pour former un nouveau groupe politique, le Groupe Khar. Je reprends les mots de Nelson Mandela : « Les prisonniers ne peuvent pas négocier. Mustapha Khar n'est pas un homme libre ! »

Mustapha se présentera au Parlement depuis sa cellule. Il postulera en même temps dans deux circonscriptions pour l'Assemblée nationale, et dans trois pour l'Assemblée provinciale. Il décidera le moment voulu sur laquelle concentrer ses efforts. La confrontation la plus importante concerne la liste de Lahore, où se trouve également inscrit Nawaz Sharif, le ministre en place.

Après cette conférence de presse, Mustapha se retrouve propulsé dans l'arène politique, dans le rôle de l'invincible et courageux Lion du Panjab, rugissant derrière ses barreaux. Mais les choses ne vont pas être faciles. Les propres frères de Mustapha, sens de la famille dans la poche et mouchoir par-dessus, se lancent dans une bataille contre lui. Et dans sa propre circonscription de Muzzafagarh ! Ils ont des alliés puissants au gouvernement.

Cinq campagnes en même temps, et des obstacles non négligeables... Je prépare le terrain en qualité de substitut du candidat Mustapha Khar. À Muzzafagarh, j'affronte un public déconcerté. On leur envoie une femme pour leur parler ? Mustapha Khar ne peut pas envoyer un frère ou un fils ? Mustapha avait prévu ce genre de complications et m'a bourré la tête d'arguments opportuns. Je lève les bras courageusement pour faire taire les murmures :

– Les *sardars* (les chefs) de ces régions cachent leurs femmes aux pauvres gens opprimés. Ils les dissimulent derrière le *chader* pour que vous, qui venez de la terre, ne puissiez pas poser le regard sur « leur honneur ». Mais dans les villes, ils laissent leurs femmes ôter leur voile et se mêler aux étrangers. Mustapha veut que vous sachiez qu'il ne fait pas partie de ce genre d'hommes !

La foule applaudit bruyamment et hurle des encouragements. Je continue :

– Par ma présence parmi vous, il vous donne la preuve que vous êtes ceux qui peuvent regarder son épouse. Parce que pour vous, je suis une mère, une sœur et une fille. Parce que vous, vous êtes sa famille, et qu'il ne veut pas vous cacher sa femme. S'il rompt aujourd'hui avec cette tradition fausse et hypocrite, c'est pour VOUS !

J'ai gagné. La foule rugit son approbation, la foule prie pour la délivrance de Mustapha et pour sa réussite aux élections. Bien entendu, ses frères sont contre moi ; je suis pour eux une honte, un défi à l'honneur de leur père. Ils laissent même entendre que je veux envoyer Mustapha à la potence.

À Lahore, je préside d'autres réunions avec les militants du Parti. Ils sont d'accord unanimement sur la décision de Mustapha, mais nous savons tous que cette décision l'isole et le prive du soutien d'une autre force politique. Nous cherchons vers qui nous tourner, quelle alliance trouver. Se réconcilier avec le Parti populaire ? Contacter l'ancien Premier ministre Junejo et lui proposer une coalition ?

Mustapha préfère tenter une approche en direction de Benazir Bhutto. Je contacte l'un de ses adjoints, pour lui transmettre le message : envisagerait-elle d'apporter le soutien de son parti à Mustapha Khar ?

Le messager revient avec une réponse en apparence énigmatique :

– Je crois que nous devrions attendre la libération de monsieur Khar.

Pour moi, le message est clair. Benazir ne croit pas à

la libération possible de Mustapha et ne veut pas soutenir un candidat qui s'oppose à l'armée. Peut-être souhaite-t-elle que le « vieux tonton » de son enfance reste en prison, sagement, et à l'écart de son chemin...

Présenter Mustapha aux élections par procuration est une énorme responsabilité pour moi. La seule façon de rassembler des intentions de vote en l'absence de Mustapha, dans le secteur clé de Lahore, est d'aller voir les gens – la bonne vieille tradition du porte-à-porte. Mustapha pense que les électeurs seront touchés par la requête personnelle de son épouse. Je trouve cela gênant. Les électeurs de Lahore ne me connaissent pas comme les braves gens de Muzzafagarh. En tout cas, pas assez bien. Déconcertés, ils me reçoivent avec étonnement. Je sens bien qu'ils ne me considèrent pas comme le mandataire idéal de mon mari, surtout dans la circonscription du ministre en place.

Nous en revenons toujours au même point : nous avons désespérément besoin que Mustapha sorte de prison. Lui seul aura l'impact nécessaire pour atteindre la victoire.

Je prends contact avec les services de renseignements afin d'obtenir un rendez-vous avec le général Hameed Gul. On me renvoie à son second, le chef de brigade Imtiaz. L'entretien se passe dans le bureau de la direction du ISI (Inter Service Intelligence), et se transforme en un marathon de cinq heures.

L'interrogatoire est particulièrement pointu. Imtiaz possède un dossier complet sur Mustapha et ses accointances malheureuses avec l'Inde. Preuves en main, dit-il, Mustapha est un traître. J'essaie de brosser un portrait de mon mari en patriote ; il n'est pas convaincu. J'évoque mes conversations avec feu le général Rehman ; il est passablement surpris. Ses services ne savent rien à ce sujet ! À la fin de nos cinq heures de conversation nous convenons de nous revoir. Nous nous rencontrons à plusieurs reprises avant que j'obtienne enfin un rendez-vous avec le général Hameed Gul lui-même. Il est notre dernier espoir.

Je m'envole vers Islamabad. L'entrevue est éprouvante.

Le général m'écoute attentivement développer mes arguments en faveur de la libération de mon mari, sans broncher, sans réagir, sans me contredire... Je me demande s'il m'entend ! Désespérée, je le conjure de rencontrer personnellement Mustapha. J'ai confiance en l'art oratoire de mon mari, il saura utiliser ses dons, si le général veut bien l'écouter.

À ma grande surprise, il accepte. Je ne l'espérais pas. C'est probablement la preuve que notre pays est dans une phase de fluctuation importante. Il est inhabituel qu'un homme aussi haut placé se dérange pour rendre visite à un prisonnier.

Personne ne doit savoir. Pas même Mustapha.

On me conduit à la prison Adyala, un soir aux environs de minuit. Dans le bureau du superintendant-directeur, je retrouve le général Gul. Le directeur fait venir Mustapha. Surpris de voir le général, mon mari fait soudain une drôle de tête. Je suis atterrée par son air de mouton égaré et pris en faute. On dirait que l'homme assis devant lui connaît par cœur tous les secrets de son âme. L'attitude du général est nette, carrée ; il articule, il questionne, il écoute. Mustapha est médiocre, il a perdu son bagout habituel, son arrogance, sa fierté. Mon mari se ratatine complètement sous mes yeux.

Je gronde intérieurement : « Allez, Mustapha ! Vas-y ! Dis ce qu'il faut, trouve les mots pour qu'il te libère ! Vas-y ! C'est ta seule chance... ta dernière chance ! »

L'entretien est terminé, je me suis mordu dix fois la langue. C'est perdu ? Le général s'en va ? L'adjoint du général sourit à Mustapha et hoche la tête dans ma direction :

– Vous n'auriez pas pu trouver meilleure ambassadrice.

Mon mari est bouleversé.

– Sans Tehmina je n'y serais jamais arrivé.

Une fois que nous sommes seuls et l'émotion un peu évacuée, il se reprend :

– Si je dois un jour écrire mes Mémoires, je dirai que tu as été mon plus sage conseiller politique.

Le lendemain de cette entrevue, le tribunal décrète la libération de Mustapha Khar, après deux années de détention.

Joie et tristesse cheminent souvent main dans la main. C'est à ce même moment que je reçois un appel bouleversant de Zarmina et Rubina. Notre père est tombé amoureux d'une autre femme. Notre mère est effrondrée.

L'autre femme se nomme Sabiha Hasan. Elle travaillait avec mon père à l'époque où il était gouverneur de la banque d'État.

Mes sœurs voudraient réunir un conseil de famille afin de tenter de sauver le mariage de mes parents. Mère est disposée à m'accueillir à nouveau au bercail pour l'aider à traverser cette épreuve. Je suis ahurie par ce mélange de bonheur et de chagrin.

Ma vie est un kaléidoscope entre les mains d'un enfant capricieux.

29

Ce vol de 6 h 30 du matin, de Lahore à Islamabad, je l'ai pris tous les dimanches pendant plus d'un an. Aujourd'hui, 4 novembre 1988, c'est différent. J'arrive joyeuse et pleine d'enthousiasme avec mes quatre enfants à l'embarquement. La fouille corporelle habituelle, le contrôle des papiers ne me gênent même plus, j'ai le sentiment extraordinaire d'avoir pleinement abouti. Le personnel nous sourit, l'équipage nous félicite, j'attache ma ceinture avec une sensation de détente que je n'ai pas connue depuis bien longtemps. Mon voisin interrompt la lecture de mon journal :

– Votre mari doit être fier de vous, madame.

Je lui réponds par un sourire aimable. Cette liberté qui me rend si joyeuse me rappelle aussi que la lutte politique ne fait que commencer.

Derrière le hublot, une ligne de nuages suspendue dans le vide commence à rougir sous les premiers rayons du soleil. C'est curieux, cette sorte d'excitation qui m'agite intérieurement. Deux époques s'achèvent sur le calendrier de mon mariage. D'abord l'exil, marqué par la violence et la trahison, où j'étais prise dans la tourmente, luttant pour survivre, seulement survivre. Et puis l'emprisonnement de Mustapha, une période bizarre de frustrations, de solitude, de fatigue, mais qui m'a apporté la maturité. La maturité politique et l'indépendance personnelle, imposée par les événements.

En fait, le mot « liberté » pour moi est un mot ambigu. Une femme pakistanaise est-elle jamais libre ? Quand elle se marie à seize ans pour échapper aux contraintes de la famille, et qu'elle tombe entre les mains d'un époux comme Mustapha, la liberté n'est pour elle qu'un mot.

Nous abordons tous les deux une nouvelle période ; Mustapha a retrouvé sa liberté d'homme, nous avons confiance l'un en l'autre, l'adversité est derrière nous, et pour la première fois nous voilà confrontés à la réalité d'un couple normal.

L'aéroport d'Islamabad est en liesse. Les visages graves que j'ai croisés ici au fil des mois s'épanouissent en sourires aujourd'hui. Les gens viennent à ma rencontre, s'arrêtent à distance respectueuse, j'aimerais pouvoir les remercier de leur soutien et les serrer dans mes bras, mais ce sont tous des hommes, raides, conditionnés par l'islam, étouffés par leurs traditions. Une femme ne peut pas manifester de l'affection à un homme s'il n'est pas son père, son frère ou son mari. Et pour moi, les mots sont insuffisants dans ce genre de situation. J'ai du mal à réprimer mes élans naturels, à contrôler mon émotivité. À dire merci, conventionnellement, à distance.

Je monte avec les enfants dans une voiture précédée d'un cortège motorisé. L'atmosphère est à la fête, les automobilistes klaxonnent, des piétons crient joyeusement des slogans d'encouragement. Nous passons devant la prison de Rawalpindi où Bhutto a été pendu. Zia l'avait fait démolir, c'est maintenant un lieu de pèlerinage à la mémoire du martyr. Nous roulons devant les quartiers généraux de l'armée. Un tank devant le portail, comme un chien de garde, me fait sourire. Dans le passé ce tank, symbole du règne militaire au Pakistan, m'impressionnait toujours. Aujourd'hui, il a l'air dérisoire. Le pouvoir du peuple a arraché les canons de la dictature.

Le défilé de voitures prend la rue Adyala, bordée de milliers de spectateurs qui nous empêchent d'avancer. Notre véhicule navigue dans la longue allée qui mène à la prison, au milieu d'un océan de visages qui se pressent contre les vitres pour nous voir. On tambourine sur le capot, on fait le V de la victoire devant le pare-brise. Ces gens, cette foule, c'est le peuple dont Mustapha et moi avons si souvent parlé dans nos discours. C'est leur destinée que nous devons maintenant prendre en charge. Il n'y a pas si longtemps encore, ils n'étaient pour moi qu'une abstraction, un interminable sujet de discussion. Aujourd'hui, ils sont réels. Et ils sont importants. Ils ne dépendent pas de nous, c'est nous qui dépendons d'eux et de leur vote. Piétiné depuis des siècles, le peuple du Pakistan sort de l'oppression et relève la tête dans les nuages de poussière rose qui environnent la voiture. Je n'ose pas baisser la vitre, je fais inlassablement le salut traditionnel, la main portée au front, et d'autres mains sur d'autres fronts me rendent le même salut.

La prison Adyala me paraît fragile ; au milieu de cette marée humaine, elle n'a plus l'allure d'une forteresse imprenable. Les hauts murs ne sont plus effrayants.

Les amis et sympathisants de Mustapha sont venus de partout pour une formidable démonstration de loyauté, et aussi pour marquer la fin du régime de Zia. Nombre d'entre eux ont été incarcérés dans des conditions bien plus dures que Mustapha. De ce jour exceptionnel ils ont rêvé aux heures les plus sombres, du fond de leur cellule.

La frénésie s'empare de la foule quand le moment tant attendu approche. Des groupes de jeunes gens dansent le bhangra et le luddie, les danses les plus populaires du Panjab. Les roulements de tambours s'intensifient, s'accélèrent, et tout à coup, il apparaît devant la porte de la prison ! Mustapha Khar, le champion des victimes de Zia, le valeureux Lion du Panjab, le messie politique.

Pourtant, même en ce moment unique, ou peut-être à

cause de l'émotion qu'il provoque, je pense à mon père et à ma mère, à leur mariage brisé alors que le mien va reprendre. Je pense aux autres détenus derrière ces murs qui viennent de perdre leur protecteur contre la barbarie des gardes.

La vie est injuste, mais Mustapha reviendra un jour à eux, porteur de réformes. Il ne sera pas comme les autres. Je me suis souvent demandé pourquoi tant d'hommes politiques qui ont vécu dans ces prisons et subi eux-mêmes la condition inhumaine de détenu n'ont jamais pris ce problème en main après leur accession au pouvoir. Mustapha m'a promis qu'il n'oublierait pas les prisonniers.

On nous fraye un chemin dans la foule, pour que je puisse sortir de la voiture avec les enfants et rejoindre Mustapha. Il salue cette foule qui l'adule, hurle son nom, bras levés ; c'est un moment exaltant pour lui. Et aujourd'hui, nos enfants comprennent que leur père n'est pas un criminel. Aujourd'hui, leur père est un héros sous leurs yeux. Mustapha Khar personnifie l'espoir, il est l'homme qui va se dresser contre cette société décadente où règnent l'injustice et la corruption, l'exploitation lâche et abjecte de la pauvreté. Il a souffert pour son peuple, il a passé des années à regarder le soleil se coucher en exil, il a été emprisonné... mais rien ne l'a fait céder.

Nous repartons dans cette marée humaine vers une Jeep découverte qui nous attend. Des vieillards se bousculent en pleurant pour embrasser les mains du Lion, toucher son visage. Pour eux, il n'y a pas de mots, pas de hurlements, leurs rides sont là pour dire la longue attente.

Debout dans la Jeep nous avançons lentement, roue après roue, dans ce délire. Des gens surgissent de tous les côtés pour toucher Mustapha une seconde, et disparaître en laissant leur place à d'autres. Il y a du monde sur tous les toits, à toutes les fenêtres. On nous inonde de pétales de roses, qui tombent en pluie odorantes, sur nous, autour de nous et volent en nuages pourpres.

Mustapha se tourne un instant vers moi, littéralement transporté :

– Tehmina, tu vois, je ne serais pas là, si ce n'avait pas été pour toi.

Au quartier général du Parti populaire national de Rawalpindi, Mustapha s'adresse à la foule dans la rue. D'une voix pleine d'émotion, il expose les grandes lignes de son programme, dont nous avons si souvent discuté ensemble depuis deux ans. Sa voix se casse par moments, les auditeurs sont au bord des larmes.

Pendant qu'il parle, on m'entoure pour réclamer des autographes, des jeunes gens me tendent des morceaux de papier à bout de bras, des pages d'agendas, des coins d'enveloppes, même des roupies, pour obtenir ma signature. J'ai ma propre armée de sympathisants ; ils ont l'air fous de moi ! J'essaie de les calmer pour qu'ils écoutent le discours de Mustapha, mais ça ne les intéresse pas !

Enfin nous partons pour Islamabad, nous réfugier dans la résidence de Siddique Butt, un ami politique de Mustapha, chez qui j'avais installé mon quartier général pendant ces derniers mois tumultueux de grèves et de manifestations. La maison est illuminée d'une myriade de lampions. Une autre foule nous attend là, ainsi qu'une armée de journalistes. Mustapha prend à nouveau la parole pour satisfaire ces oreilles avides de mots inspirés et de phrases conquérantes, qui feront la une des journaux de demain.

Cette nuit-là, nous nous écroulons sur un lit, exténués de fatigue, mais euphoriques.

Tôt le lendemain matin, nous repartons pour Lahore. Le trajet prend normalement cinq heures en voiture, mais nous devrons faire plusieurs arrêts en chemin pour les discours de Mustapha. Les enfants n'ont pas voulu entendre parler de l'avion, même le petit Hamza s'est révolté. Ils voulaient tous être avec leur père ; j'ai cédé, en me disant qu'après tout, ils avaient l'habitude des situations peu ordinaires.

La petite ville tranquille de Gujjar Khan a fermé toutes ses boutiques, et transformé ses rues en bouquets de fête. Ici, les gens connaissent bien Mustapha, ils l'adorent même, mais leur amour n'est pas aveugle. Ils sont politiquement malins et ne donneront leur soutien à Mustapha que s'il fait la paix avec le Parti populaire de Benazir. Il est clair que c'est elle qui possède le vrai pouvoir au Pakistan. Le peuple de Gujjar Khan veut Mustapha à l'Assemblée nationale, mais il refuse d'entendre par sa voix la dissonance d'un parti minoritaire. Il ne veut pas non plus d'un opposant à Benazir Bhutto. Nous sommes entourés de bannières portant le nom du Parti populaire, celui de Benazir, et celui du Lion du Panjab. Des hommes sautent sur le marchepied de la Jeep pour crier à Mustapha de faire alliance avec Benazir.

Même chose à Jhelum. Il est clair que tous souhaitent que Mustapha rentre au bercail des Bhutto.

Le temps d'arriver à Gujranwala, il fait déjà nuit, mais l'accueil est formidable. Nous avons un retard de trois heures et demie sur l'horaire prévu, mais les habitants ont attendu onze ans ce moment-là. Mustapha se fraye un chemin dans un océan de supporters frénétiques qui se bousculent pour le toucher. Quand il arrive enfin à se hisser sur l'estrade, la foule explose de joie. Il prononce un autre discours, et je signe encore des autographes. Je commence à m'habituer à ce phénomène.

Au bout de ce périple exténuant nous arrivons très tard à Lahore, la ville dont Mustapha était le gouverneur autrefois. La ville qui s'est ralliée à lui, lorsqu'il s'est mesuré à Bhutto.

Nous sommes rompus de fatigue, mes vêtements blancs sont couverts du rouge des pétales de roses qui ont plu sur nous toute la journée. Sur nos visages, la poussière de la route se mêle à la transpiration.

À l'entrée de Lahore, Mustapha pleure comme un enfant. On nous fait monter sur un camion. Des haut-parleurs hurlent, les manifestants entament un chant de bienvenue, il y a des bannières partout, et je rougis en lisant cette inscription sur l'une d'elles :

BRAVO, LA LIONNE
TU AS LIBÉRÉ TON LION.

Nous faisons une halte au tombeau de Data Gunjh Buksh, le saint soufi, poète mystique et protecteur de la ville de Lahore. Il est vénéré par tous les croyants, son tombeau se dresse majestueusement près de l'ancien lit de la rivière Ravi, à l'entrée de la ville. Un rassemblement s'y est fait, et tout autour de nous l'écho résonne de la supplique devenue familière :

« Rejoignons le Parti populaire. Non à la querelle qui divise le cœur et l'esprit du peuple. »

Les fidèles de Mustapha agitent un immense portrait de lui pour exciter la foule, d'autres celui de Benazir, aussi grand. Le symbole est évident. Des photographes de presse insistent pour que Mustapha brandisse lui aussi le portrait de Benazir ; il s'exécute sous les acclamations, qui enflent de plus belle.

Je devine son malaise. La foule le force à accepter comme chef une petite fille qui l'appelait « tonton ».

– Je ferai tout ce qui est en mon pouvoir pour le peuple, pour les travailleurs qui m'ont maintenu politiquement vivant. Le Parti populaire est mon parti. Les travailleurs de ce parti sont mes frères. Je n'ai rien contre le Parti ni contre les travailleurs. Mon différend est avec les dirigeants du Parti. Ce différend peut être surmonté !

Il s'est montré conciliant, mais il ne peut pas aller au-delà.

Notre dernier pèlerinage est réservé au sanctuaire privé de la maison de ma grand-mère. Elle ne va pas bien, mais son regard s'illumine en nous voyant. Elle a passé le plus clair de ces dernières années à prier pour mon bonheur, à pleurer devant le Seigneur pour la libération de Mustapha, et pour que je puisse enfin mener une existence normale. Nous sommes tous les deux de retour, Mustapha est libre dans son pays, elle est si heureuse que rien d'autre ne compte.

Plus que douze jours avant les élections, et plus de temps à perdre. Dès le lendemain matin de bonne heure nous partons pour la circonscription où va se dérouler le combat électoral de Mustapha contre le ministre Nawaz Sharif.

L'énorme tâche qui nous attend me décourage d'avance. C'est là que j'ai fait du porte-à-porte, sollicitant avec si peu de succès le soutien des habitants. À présent, ils se mobilisent avec enthousiasme pour Mustapha. La nouvelle de son arrivée s'est répandue comme une traînée de poudre. Les gens se rassemblent d'eux-mêmes et Mustapha est dans son élément. Il leur parle comme s'il n'avait jamais cessé de leur parler depuis onze ans. Aucune interruption dans son dialogue avec les électeurs. Ni arrogance ni retenue ; il arrive spontanément à établir avec eux une relation de sympathie. Il n'a même pas besoin de demander aux gens de voter pour lui, ils lui répondent d'avance par des embrassades, des poignées de main.

C'est là qu'il fait une déclaration qui deviendra fameuse : « Je suis le serviteur de Bhutto. »

Il sait que la région est pleine de supporters du Parti populaire, et qu'il y aurait danger à diviser le vote entre deux candidats, ce qui permettrait à leur ennemi commun, Nawaz Sharif, de remporter le siège. Mustapha espérait que le candidat du Parti populaire se retirerait, mais sur les ordres de Benazir, il refuse. Mustapha doit passer la main. Il me dit que cela ne fait que reporter sa confrontation inévitable avec Nawaz Sharif, et qu'il a d'autres combats plus importants à préparer.

Nous partons en direction de Multan, en route pour Muzzafargarh. Il faut nous concentrer sur la campagne à mener dans le sud du Panjab.

À Multan, moi à ses côtés, Mustapha fait une déclaration à la presse :

– Je changerai les orientations politiques de ce pays. J'ai l'intention, avec le soutien du peuple, de libérer le Panjab de l'homme qui l'a acheté avec l'argent des généraux corrompus.

Nous arrivons à Muzzafargarh dans l'obscurité. Des

milliers de silhouettes dansent et crient en frappant dans leurs mains, illuminées par les lanternes et les torches. Ils sont sortis de leurs pauvres masures pour nous montrer le cœur qui bat sous leurs loques. Ce sont les visages désespérés, au regard mort, que j'ai peints sur mes toiles. Les miséreux auxquels je veux dédier ma vie, ces femmes, ces enfants démunis de tout. C'est pour eux que je suis revenue au Pakistan et à Mustapha.

Ici, il est véritablement chez lui, il les appelle par leurs prénoms. Des femmes se précipitent dans ses bras, au mépris de la tradition, qui n'a plus d'importance. Mustapha est le père, le frère, le fils de tout le monde.

Nous établissons notre quartier général chez le frère défunt de Mustapha, Ghazi. Mais ici il n'a pas besoin de mener une campagne traditionnelle. Partout où il se montre les gens accourent pour le voir. Point de discours, mais des conversations amicales, familières, avec des gens simples et honnêtes. Il tient même à visiter les coins les plus retirés de sa circonscription.

Parmi les candidats figurent trois de ses frères. Murtaza est l'ennemi le plus direct, Rabbani et Arbi sont des rivaux sérieux. Mustapha m'envoie sur le terrain pour mener campagne contre tous les trois. Les foules campagnardes réagissent devant moi avec la même ferveur que devant Mustapha. Je suis sa Lionne, donc un objet de grande révérence. Je prends pour thème la trahison. Je cloue au pilori la Ligue musulmane comme étant une création de Zia ! Les frères de Mustapha ont trahi les liens du sang ! Ils ont rejoint le clan ennemi en 1985, se sont compromis avec les ravisseurs de leur frère ! Ils ne lui ont jamais rendu visite en prison. C'est moi, sa femme, qui me suis retrouvée contrainte de quitter mon foyer et de lutter pour mon mari ! Voter pour la Ligue musulmane serait adhérer au régime qui a éloigné Mustapha de son peuple durant onze années !

Le jour des élections est dénué de tout suspense. Je reste éveillée pour suivre les résultats à la télévision, mais Mustapha s'est endormi. Il est sûr de gagner avec une large majorité. C'est effectivement le cas. Il est élu à tous les sièges auxquels il aspirait, à l'Assemblée nationale et à l'Assemblée provinciale. Même les domestiques de son frère Murtaza ont voté pour lui.

Malgré cette victoire personnelle de Mustapha, candidat indépendant, la majeure partie du Panjab a voté pour la Ligue musulmane, et a ainsi maintenu à son poste de ministre l'ennemi juré de mon mari, Nawaz Sharif.

La victoire du Parti populaire s'étale tout au long de la frontière et dans le Sind ; même Mustapha Jatoi a perdu son siège. Cela signifie que le gouvernement fédéral, à Islamabad, sera dirigé par le nouveau Premier ministre, la fille du martyr héroïque du Pakistan, Benazir Bhutto.

Ces élections font de Benazir le personnage politique le plus puissant du pays. Et pour beaucoup, c'est comme si Zulfiqar Ali Bhutto était ressuscité.

Depuis mon retour au Pakistan je n'ai eu aucun contact avec mes parents. Je suis encore choquée de la façon monstrueuse dont ma mère a traité mes enfants à Londres, en refusant de laisser ma sœur les accueillir. Mais j'essaie d'oublier ces moments de souffrance ; ma mère est en train de supporter un véritable calvaire, elle est devenue une autre femme. Elle qui ne vivait que pour les apparences, les conventions bourgeoises, se retrouve démunie. Elle a perdu tout son orgueil, toute sa fierté. Je n'oublierai jamais, je ne le peux pas, la dureté dont elle a fait preuve dans le passé, mais je suis capable de pardon. J'ai l'impression que quelque chose me relie à elle, pour la première fois sans doute.

Avant la première réunion de l'Assemblée nationale, nous décidons d'aller voir ma famille à Karachi. Rubina vient nous chercher à l'aéroport, Adila et son mari l'accompagnent avec leurs deux enfants, Leena et Mohanad. Je n'ai pas revu ma petite sœur depuis son mariage.

Mère est désespérée. Son caractère impérieux et

dominateur s'est comme effrité. Les traits tirés, le regard sans éclat, elle nous apprend que Père a épousé cette autre femme. C'est un choc pour moi, une sorte de trahison. Malgré les vicissitudes de leur mariage, mes parents m'ont toujours donné l'impression d'avoir construit une union solide. Je me rends compte qu'ils ne faisaient que dissimuler les fissures de leur mariage, comme ils se sont toujours acharnés à dissimuler les nôtres. La manière dont ma mère avait réussi à dominer mon père, à lui imposer sa personnalité, a toujours été un mystère pour moi. Dans mes plus lointains souvenirs d'enfance, je le revois rentrant du travail chaque jour, toujours gai et chaleureux, plein de vie. À mes yeux de petite fille, il paraissait plus grand que nature, toujours impeccable dans son costume classique et ses chemises à rayures. Mais dès qu'il avait passé la porte de la maison, il changeait d'attitude ; sérieux, grave, il racontait sa journée à notre mère dans un anglais concis, un peu crispé, comme s'il attendait son approbation. S'il se hasardait à une plaisanterie, ma mère pinçait les lèvres avec dédain. Père était affectueux de nature, mais il devait se contrôler, dissimuler ses sentiments et ses émotions vis-à-vis de ma mère et de nous. Et comme nous, il devait vivre selon le règlement maternel. Pas de retard, pas de soirées imprévues, et pas d'alcool, jamais. La famille de mon père a des origines simples, et nous les adorions tous, sauf ma mère, qui les jugeait vulgaires et grossiers. Nos oncles et tantes n'étaient autorisés qu'à de courtes visites de convenance.

Durant tout leur mariage, mon père a gâté ma mère, qui n'a jamais manqué de rien ; en fait, elle dépensait quasiment tout ce qu'il s'échinait à gagner, sans jamais rien donner en retour. Mon père était devenu un haut fonctionnaire du gouvernement, respecté, puissant, mais à l'extérieur de la maison. Chez lui, il était victime des harcèlements de ma mère.

Parfois, la nuit, je les entendais se disputer à travers les portes closes. Elle avait toujours un ton agressif, alors que mon père semblait toujours s'excuser. Elle étendait cette domination jusqu'au personnel de bureau de mon père. Chacun devait être à ses ordres. Si le réfrigérateur tombait en panne, ou l'air conditionné, elle téléphonait aussitôt pour que quelqu'un vienne immédiatement réparer. Et les employés en avaient aussi peur que nous. J'en ai vu se pétrifier de terreur devant elle.

Une fois, Amir Khan, le valet de mon père, apporta à son maître une bouteille de Pepsi Cola. Mon père la but d'un trait, en réclama une autre, puis s'absenta quelques instants dans son cabinet de toilette. J'étais là, et ne pouvant pas résister à l'envie j'ai voulu boire une gorgée ; la bouteille était remplie d'alcool. Alors, il a pris un air de conspirateur pour me dire :

– Tehmina ? Je sais que je peux avoir confiance en toi, tu ne diras rien à ta mère, n'est-ce pas ?

Il pouvait avoir confiance. Mais c'était triste de voir un homme si fort et si puissant se cacher pour boire dans sa propre maison. Souvent, je me suis dit qu'il allait craquer sous la tension permanente que mère entretenait dans leurs rapports. Apparemment, c'était fait.

Quand j'ai eu la possibilité de lui parler, il m'a expliqué ses raisons. Il reprochait à ma mère de l'avoir brimé, la vie avec elle étant une mascarade continuelle. Avec un sourire il m'a confié :

– Sabiha, elle, m'accepte tel que je suis. Je ne suis plus obligé d'être le grand homme que voulait ta mère. Je n'ai jamais été un grand homme.

Je comprends la simplicité de ce langage. Mais je pense que mon père est en train de traverser une crise, à la fin de sa vie, et je trouve son comportement irresponsable. Un grand-père de dix-huit petits-enfants prenant une seconde épouse sur un coup de tête, après avoir élevé toute une famille !

Finalement, après avoir pesé le pour et le contre, je penche instinctivement du côté de ma mère. Bien que ce dernier événement soit probablement une manifestation de la justice divine, je compatis avec la femme trompée. Cela dit, elle a plus de chance que moi, cette autre femme ne lui fait pas perdre toute sa famille. Mais il lui faut traverser l'épreuve de l'orgueil brisé, craindre l'humiliation publique, comme je l'ai vécue moi-même. J'ai bien envie de lui rappeler cette expérience, la tentation est grande de remettre les pendules à l'heure. Mais il vaut mieux l'aider moralement, lui montrer ainsi la différence entre le juste et l'injuste.

Père n'a pas voulu m'écouter :

– Tu voudrais que je passe le reste de ma vie à vivre dans le mensonge, sous prétexte de sauver la face ? C'est ma vie qui compte pour moi, et pas ce que vous pouvez penser de moi. C'est la première fois que je réagis en soixante ans d'existence, tu comprends ?

Le seul point positif de ce voyage déprimant à Karachi est Adila. Elle a tellement changé. C'est enfin la petite sœur que j'ai toujours voulue. Elle déborde d'affection ; pour elle c'est un événement de me revoir. En revanche, elle grimace devant ma nouvelle apparence. Elle ne peut pas comprendre pourquoi j'ai abandonné mes beaux vêtements, pourquoi je ne porte plus que du coton blanc et des bijoux d'argent.

– Au moins, maquille-toi ! Mets du vernis à ongles !

Avec Mustapha aussi son attitude a changé. De rivale coquette elle est devenue belle-sœur affectueuse, et garde discrètement ses distances avec lui.

C'est réconfortant de constater que ma famille me considère maintenant comme Tehmina Khar, la femme qui s'est battue sans relâche pour la libération de son mari. J'ai une personnalité, de la prestance à leurs yeux, et je les impressionne ! Tous ont également remarqué le changement de Mustapha, qui ne manque pas devant eux de m'abreuver de compliments, et d'exprimer son respect et son amour pour moi.

Nous rentrons à Lahore, laissant ma famille mettre de l'ordre dans cette nouvelle pagaille.

Mustapha rencontre le ministre Nawaz Sharif pour la première fois et me fait un rapport circonstancié :

– Il est très nerveux, ma présence le gêne. Il m'a offert la lune. Il voudrait que je soutienne son parti, il a peur de me voir filer au Parti populaire. Mais que pourrait-il m'offrir ? Le seul poste qui puisse m'intéresser, c'est le sien ! Il le sait bien.

En fait, Mustapha penche pour le IJI, le parti de Nawaz Sharif. Il n'a toujours aucune confiance en la « gamine ». Pour lui, elle n'est devenue Premier ministre que grâce à son nom de famille. Il rit en écoutant son premier discours télévisé :

– Elle n'y arrivera jamais. Elle n'a même pas essayé d'émouvoir en parlant de son père mort. Elle vient de rater une occasion ! Mais une occasion !

J'aimerais détourner Mustapha de ce qui me paraît être de l'opportunisme ; il me semble qu'il devrait prendre ses distances avec les deux partis. Je lui conseille de soulever au Parlement les questions importantes du moment, de parler des défauts de notre structure politique, d'attaquer de front les débordements des deux partis, qui se sont lancés tous deux dans une opposition mutuelle stérile. Mustapha a été élu en indépendant, il est parfaitement placé pour jouer un rôle positif. Il lui suffit de dire la vérité, de présenter ses propres solutions pour changer ce système corrompu et inefficace, qui perdure depuis l'héritage du protectorat britannique. Je suis convaincue que ces prises de position le catapulteraient au sommet de la popularité et, plus important, que sa crédibilité politique en deviendrait inattaquable.

À mon grand désarroi, je finis par comprendre que Mustapha n'a pas l'intention de devenir la conscience de la nation. Il veut le pouvoir, et il le veut maintenant.

Il doit libérer l'un des deux sièges qu'il a remportés à l'Assemblée nationale, et il offre à Jatoi d'être candidat aux élections partielles de Kot Addu. C'est monstrueux, à mon sens, puisque Jatoi est un candidat de l'union gouvernementale, et que nous avons fait campagne contre elle pour remporter les élections.

La lutte sera difficile pour Jatoi ; il est sindi, c'est-à-dire, au Panjab, une espèce de voyou. Mustapha aura bien du mal à motiver les gens en faveur de son ami étranger. Cette candidature est une tactique visant à ébranler le Parti populaire de Benazir. C'est aussi, je pense, la réponse de Mustapha aux refus des dirigeants, dont Benazir, de le soutenir alors qu'il leur tendait la main depuis sa prison. Il veut leur lancer une sorte d'avertissement : « Je suis capable de faire élire un Sindi au Panjab. Je l'envoie au Parlement comme une alternative possible par rapport à vous, mademoiselle BHUTTO ! »

Insensiblement, je commence à percevoir une forme de jalousie de la part de Mustapha vis-à-vis de moi et de ma nouvelle image. Chaque fois qu'un journaliste lui pose une question à mon sujet, ou sur mon avenir politique, il est mal à l'aise et élude la question. Pourtant, je ne suis en aucun cas une menace pour lui, je suis même plutôt contente de revenir dans l'ombre. Mais il semble considérer nos parcours politiques en termes de compétition. Cela devient évident un jour, à la suite d'une conférence de presse, lorsqu'un journaliste étranger lui fait ce commentaire en plaisantant :

– Votre femme parle bien ! Vous savez qu'elle donne de meilleures conférences de presse que vous, monsieur Khar ?

Si un regard pouvait expulser quelqu'un, le journaliste se serait retrouvé dans le premier avion en partance !

Dans ses rapports avec la presse, Mustapha évite systématiquement d'évoquer le rôle que j'ai joué dans sa libération. Il voudrait m'effacer de la mémoire du peuple. Je ne suis pas la seule à le remarquer, nombre de militants et de journalistes se sont déjà fait la réflexion. Toute allusion à moi ou à mes actions politiques l'irrite.

Je prends la décision de laisser à Mustapha toute la place dont il a besoin, et de me retirer tranquillement de la scène. Mais je vois les failles de son personnage. Il a commencé à accepter des compromis voyants, et il sait que j'étais contre. J'observe maintenant autour de lui un nombre croissant d'opportunistes, des visages absents durant ces dernières années. Ses frères, qui se sont désolidarisés de lui, qui l'ont combattu hypocritement, qu'il avait lui-même surnommés les « faux frères » dans les conférences de presse... sont subitement frères à nouveau, alliés à nouveau. En revanche, il écarte un grand nombre de militants dévoués qui m'ont aidée dans ma campagne pour le faire libérer. Sajid, Choudry Hanif et bien d'autres vétérans de la longue lutte échangent avec moi des regards tristes et pleins de significations.

Nous sommes en train de perdre l'homme que nous avons attendu si longtemps.

30

La campagne électorale de Jatoi commence en fanfare. Pour un spectateur néophyte, c'est un formidable combat. Jatoi joue le rôle du puissant leader opposé au Premier ministre star, Benazir Bhutto, et Mustapha passe pour un faiseur de roi. Le spectacle est étonnant.

Parmi ceux qui se passionnent pour ce feu d'artifice, on compte Adila et son mari Matloob, parent par alliance de Jatoi. Ils veulent venir chez nous assister au spectacle sur place, ce qui me pose un problème assez délicat. Trop de gens se souviennent encore de la liaison de ma sœur avec Mustapha, même si le sujet est resté tabou. Je n'ai pas du tout envie qu'elle s'installe à nouveau dans ma vie quotidienne. Pour ne pas être seule face à elle, j'essaie de convaincre Zarmina de venir avec son mari, Riaz. Mais Riaz refuse, invoquant le fait qu'il y aura trop d'hommes pour que sa femme et son honneur soient en sécurité ! Zarmina est désolée :

– J'aurais bien aimé te rejoindre, mais il est inflexible.

– Dis-le à Adila. Son mari l'empêchera peut-être de venir aussi pour les mêmes raisons.

Ma petite combinaison ne marche pas. Au contraire, Adila insiste à son tour pour que Zarmina et Riaz l'accompagnent. Les trois sœurs ont tant de choses à se dire, et les hommes seront toujours dehors à mener campagne. Il faut profiter de l'occasion, dit-elle.

– Écoute, Tehmina, il faut qu'on se voie, j'ai tant de choses à rattraper. On ne va pas passer son temps à se téléphoner. J'ai plein d'histoires à te raconter sur Matloob et sa famille, et toi tu as vécu des événements si extraordinaires...

Lorsque Adila veut quelque chose... je cède, pour qu'elle ne sente pas mon hésitation à accepter l'amitié fraternelle qu'elle veut m'offrir.

Elle arrive vers midi, toute fraîche sortie de chez le coiffeur, pomponnée et vêtue de superbes chiffons de soie. Le regard aussi est à la mode hollywoodienne : elle porte des lentilles de contact de couleur. Ma sœur avec des yeux bleus, c'est un peu insolite. Décontenancée, je fais tout de même bonne figure. De son côté, Matloob s'intéresse très vite à la campagne électorale, et la vie s'installe dans une sorte de routine.

Le matin, les trois hommes battent la campagne à la chasse aux électeurs. Toute la journée, la tribu des femmes de l'immense famille de Mustapha s'installe à la maison avec nous, pour bavarder, qui de mariages, qui des enfants, et en général de problèmes domestiques. Nous parlons beaucoup, rions beaucoup, et, un après-midi, en plaisantant nous suggérons de glisser un tranquillisant dans le verre de nos maris, pour qu'ils nous laissent discuter en paix toute la nuit.

En fin d'après-midi, Adila se retire dans sa chambre. Elle en ressort juste avant le retour des hommes, à l'heure du dîner, maquillée et coiffée comme une star, transformée des pieds à la tête, lentilles bleues comprises. Pour nos repas de famille tout simples, c'est réellement beaucoup trop sophistiqué. Elle passe la soirée aux petits soins avec Mustapha, à écouter ses histoires de politique la bouche en cœur. Il en est très flatté.

Je la prends à part :

– Adila, ce n'est pas la peine de te mettre en frais pour le dîner du soir, tout le monde reste simple ici.

– Tu as tort ! C'est agréable de s'habiller le soir, et Mustapha a le droit de te voir belle, tu commences à faire un peu matrone, tu sais !

Une pierre dans mon jardin. Rien de tel qu'une gentille petite sœur pour vous piquer au vif. Progressivement, je commence à faire des efforts pour m'arranger. Et ce n'est pas facile, car je n'y suis plus habituée. C'est une époque de ma vie que je croyais révolue. Mais je ne vais tout de même pas me laisser voler la vedette par Adila.

Il semble qu'elle recommence à se mêler de ma vie. Un jour, par exemple, je fais l'erreur de lui parler de mes nouveaux amis, que Mustapha n'aime pas. En fait je précise à ma sœur : « Il les déteste. »

Le soir même, je l'entends tout répéter « innocemment » à Mustapha, pendant que je suis dans une autre pièce. Plus tard, Mustapha s'énerve contre moi, et je sens mon dos parcouru d'un frisson que je connais bien. Les jours anciens sont revenus ! Je le sens. Voyant la crainte sur mon visage, Mustapha est d'abord candidement apaisant :

– Je crois qu'elle essaie de créer des histoires entre nous. Elle veut qu'on se dispute. Il ne le faut pas.

Mais au fil des jours, mon pressentiment s'aggrave. Je remarque tous les petits gestes, tous les petits détails, les manigances d'Adila pour se faire remarquer de Mustapha. Puis je le vois, lui, faire la même chose ; un, deux, trois petits pas dans sa direction. Je croyais que la politique et les difficultés nous avaient soudés tous les deux, mais le ciment n'a pas l'air solide. Il s'est déjà effrité lorsque j'ai dû lui céder la place et me retirer de toute activité politique. Et Adila attaque maintenant la seule chose qui nous reste, nos rapports personnels. Mustapha commence à se moquer de mes vêtements blancs. Il est en train de se laisser prendre au piège de la séduction agressive de ma sœur. Les signes sont encore légers, mais perceptibles, et je ne suis pas la seule à les remarquer.

C'est le matin que sa désinvolture me dérange le plus. Adila surgit dans notre chambre très tôt, s'assied sur le lit pour parler avec moi, en faisant semblant d'ignorer la présence de Mustapha. En réalité, elle vient le regarder pendant qu'il fait son yoga.

J'ai une sensation bizarre de déjà-vu. J'essaie d'oublier le passé, mais c'est lui qui me rattrape. On dirait qu'il s'est intégré au présent. Je deviens nerveuse, irascible, je déprime, je ne sais plus où j'en suis. J'ai de plus en plus souvent besoin de prendre du Valium. Ça recommence...

Il nous arrive parfois d'accompagner les hommes pendant la campagne, et j'observe Mustapha à Kot Addu, debout sur l'estrade, flanqué du protégé de Zia, Nawaz Sharif, et du candidat Jatoi. Il promet au peuple un meilleur avenir, et il déclare avec aplomb :

– Par respect pour moi et pour mon honneur, monsieur Jatoi ne doit pas avoir moins de voix que celles que vous m'avez données !

Ça me semble être un argument bien creux, mais la foule l'acclame.

Il me harcèle sans arrêt pour que je m'occupe des groupes de femmes, que je leur parle. Je ne veux plus me mêler de politique. Je me suis retirée, et, une nouvelle fois, je trouve refuge dans la peinture. J'ai commencé par un visage de femme, des traits familiers apparaissent sur la toile, puis à larges coups de pinceau, instinctivement, sans vraiment en être consciente, je peins un autre sujet à sa place, au centre de la toile, et le visage initial disparaît progressivement dans l'ombre.

Je contemple mon travail, et soudain, comme un choc électrique, je réalise que je viens d'achever un autoportrait. Je suis retournée dans l'ombre.

Le jour des élections, Mustapha insiste, alors que je n'en ai pas envie, pour que nous effectuions le tour des bureaux de vote. Nous partons en voiture. Matloob devant, à côté de Mustapha, Adila et moi assises à l'arrière.

Ce jour-là, j'ai droit à un spectacle nouveau. Celui de Mustapha déployant tout son charme et tout son charisme politique devant Adila. Il en fait beaucoup trop, d'ailleurs, comme une mauvaise doublure qui voudrait prendre la place de toutes les stars à la fois. Mais ça marche. Adila ouvre des yeux illuminés d'admiration, fait des mines. Elle est captivée, excitée, charmée.

Le charme... Je viens tout juste de me débarrasser de ce terrible pouvoir. Le charme terrible de Mustapha comparé au triste et ennuyeux mari d'Adila. Matloob le mouton contre le Lion du Panjab. Il y a quelques années, Anees n'avait pas supporté le choc.

Le trajet de retour me paraît durer une éternité. Je voudrais pouvoir rentrer dans un trou pour me cacher, fuir ce monde qui me renvoie sans cesse au passé. Parce que je connais d'avance la suite.

Dès que nous sommes seuls à la maison, Mustapha me demande agressivement :

– Qu'est-ce qui ne va pas ? Tu es sans arrêt de mauvaise humeur. Tu fais la tête. Tu passes ton temps en jérémiades, tu te plains sans cesse ! Tu n'es jamais contente !

– Je n'aime pas la façon dont tu t'es conduit aujourd'hui. Je ne suis pas idiote ! Je ne suis pas heureuse, et j'ai de bonnes raisons de ne pas l'être.

Il me regarde d'un air soupçonneux pendant un moment, puis sort de la pièce à grands pas furieux.

L'heure du dîner approchant, je vais dans ma chambre pour me rendre un peu plus présentable, mais au lieu de m'installer devant la glace et de me faire belle comme Adila, je m'écroule sur mon lit, en larmes.

Du temps passe, je ne sais pas combien, puis

Adila entre tranquillement dans ma chambre. Elle porte une nouvelle tenue de satin brillant. Ses lentilles de contact sont posées comme un masque lumineux sur son regard coupable.

Une minute s'écoule, en silence, puis Mustapha pénètre à son tour dans la chambre avant que nous ayons parlé l'une ou l'autre. Il est en colère ; les invités sont déjà là. Cela m'est bien égal.

– Ils n'ont qu'à attendre. Laissez-moi tranquille et sortez de ma chambre.

– *Ta* chambre ? *Tu* n'as pas à dire à qui que ce soit de sortir de *notre* chambre !

Adila hausse les épaules et lance d'un ton sarcastique :

– Pourquoi pas, Mustapha ? C'est sa chambre...

Elle s'interrompt exprès pour un meilleur effet.

– Non ?

Ils me regardent tous les deux avec une ironie que leurs visages volontairement imperturbables dissimulent mal. Ils se moquent ouvertement de moi. Après toutes ces années de lent et patient travail sur moi-même pour résister aux souffrances, aux humiliations, au manque d'amour véritable, après avoir réussi à me reconstituer, je craque en mille morceaux. C'est ce moment-là, très précisément, qui me démolit comme un château de cartes.

J'arrive à recueillir suffisamment les morceaux pour assister au dîner, faire semblant d'écouter poliment les conversations, semblant de manger, semblant d'exister, alors qu'un orage se prépare à éclater dans mon cœur. Alors que de menaçants nuages se rassemblent. Comme dans la forêt lorsque les oiseaux se taisent soudain en attendant la foudre, que plus une feuille ne bouge, et que l'électricité est dans l'air...

Personne ici ne s'en rend compte. Soudain, la voix de Mustapha :

– Tehmina, vraiment ! Tu as l'air d'une nonne avec ces vêtements blancs !

Est-ce qu'il a dit « nonne » pour effacer toute allusion de rapport sexuel avec moi ? Est-il en train de dire à Adila : « Tu vois, je suis célibataire » ?

Les invités sont partis, Adila reste le seul témoin de notre querelle qui, d'ailleurs, n'en est pas une. Mustapha prend un air guindé :

– Tehmina, je ne peux plus vivre avec toi. Tu me déprimes avec ta mauvaise humeur. Je suis malheureux avec toi.

Ce n'est pas un Mustapha du meilleur cru. J'ai connu mieux. Mais il ne s'adresse pas à moi. C'est à Adila que ce discours est destiné, pour lui faire comprendre que, en ce qui le concerne, il est prêt à recommencer une liaison avec elle. Je n'ai donc pas de réponse à donner. Sa phrase reste en suspens, et il quitte la pièce.

Tambours et acclamations résonnent, Jatoi a été élu avec 60 000 voix. Exactement le score de Mustapha, preuve qu'il est toujours le Lion puissant et dominateur de son peuple. La célébration de cet événement est vite terminée, et Mustapha vient me rejoindre, en s'assurant qu'Adila n'est pas dans les alentours. Le voilà qui rampe maintenant devant moi :

– Tehmina, je ne me conduirai plus jamais mal. Ce grand moment t'appartient. Sans toi, rien n'aurait été possible. Sans toi, je ne suis rien. Ceci est ta victoire. Je te dois tout. Pardonne-moi. J'étais contrarié hier, peut-être à cause de la présence d'Adila, tout ce passé sinistre qui revenait, ça me rappelait l'horreur que nous avons vécue tous les deux. Il faut nous débarrasser de cette femme. Elle est le Mal. Recommençons de zéro.

Il va chercher Adila, et revient s'asseoir à mes pieds :

– Pardon, Tehmina.

Puis à ma sœur.

– Je lui dois tout. Rien ne peut me le faire oublier.

Que faire ? Quel Mustapha me faut-il croire ? Le fringant coureur de femmes, ou le pénitent à mes pieds ? Malheureusement, ma décision est prise. J'ai passé tant d'années avec cet homme à endurer ses injures, ses excentricités, ses mensonges et ses violences. J'ai porté quatre de ses enfants. J'ai travaillé au-delà de mes forces pour l'extirper de sa prison, parce que si je ne croyais pas en l'homme, je croyais avec ferveur à son message politique. Or, même ce message est de plus en plus obscur. Mais moi, je crois toujours, mon engagement est toujours le même. Faudrait-il l'abandonner ? Faut-il risquer l'avenir de mes enfants ?

Les enfants, c'est la question cruciale, celle qui me panique. Si je quitte Mustapha maintenant, après tout ce qui s'est passé, qu'adviendra-t-il des enfants ? J'ai vu en Angleterre qu'il était capable de braver la loi au risque de se faire condamner pour kidnapping ! Mais ici, c'est pire ; nous sommes au Pakistan, où l'on estime qu'un homme est le propriétaire de ses enfants. Et quel propriétaire ! Tout autour de moi, je ne vois que les marques de sa puissance et de son pouvoir.

Je ne peux pas partir. Alors je vais faire de mon mieux pour croire le pénitent Mustapha.

Nous partons de Kot Addu pour célébrer la victoire de Jatoi à Multan. Nous sommes invités par ma belle-sœur Shahida et son mari, chez qui j'ai déjà fait de longs séjours avec les enfants.

Le bébé d'Adila est malade, elle ferait mieux de rester avec lui pour s'en occuper, et je trouve que nous nous sommes assez vues comme ça, mais elle s'impose, ce soir encore.

Je suis assise sur un canapé dans notre chambre, Mustapha est allongé sur le lit, lorsque Adila arrive d'un pas dégagé, en tenue de satin vert, un collier d'émeraudes autour du cou, des pendants aux oreilles. Mustapha la complimente d'un air gourmand :

– C'est vrai que tu es une femme, maintenant !

Adila s'adresse à moi :

– Ta belle-sœur veut te voir.

– Fais-la entrer ici.

– Je lui ai déjà dit de venir, mais elle insiste pour te parler seule.

Je n'ai pas envie de les laisser en tête à tête dans cette chambre, mais je ne veux pas non plus avoir l'air de le craindre. Je sors, cherche Shahida dans le salon et la ramène très vite dans la chambre.

Il est trop tard. Ils ne sont pas restés longtemps ensemble, mais il s'est sûrement passé quelque chose, car notre arrivée provoque un silence brutal.

Tard dans la soirée, je commets l'erreur... de ranger un objet au mauvais endroit, par inadvertance. Mustapha réagit comme par le passé. Il hurle contre moi, comme le tyran domestique qu'il était. Il m'insulte, et je m'aplatis sans rien dire. Pour le moment. J'attends qu'Adila s'en aille, je ne vais pas lui offrir le plaisir d'un affrontement avec mon mari. Et dès qu'elle est sortie, j'explose. Mais il crie plus fort encore :

– J'en ai assez de tes jérémiades ! Je suis sous pression sans arrêt. J'ai un énorme travail, je ne vais pas me laisser ennuyer par une femme hystérique !

Là-dessus il éteint la lampe de chevet et me tourne le dos pour dormir.

Je vais pleurer dans la salle de bains, à bout de forces, brisée, frustrée. Je me regarde dans le miroir en me demandant ce que je fais là, pourquoi je supporte tout cela. Pourquoi suis-je retournée au stade de l'esclavage avec cet homme ? Ce caméléon, ce manipulateur, ce menteur !

Je croyais que j'avais changé, que nous avions changé tous les deux. Mais là, tout d'un coup, l'ancien Mustapha est de retour, le Mustapha tyran, et je ne m'y suis pas préparée...

Une guerre froide s'installe.

Le lendemain, dans l'avion qui nous ramène à Lahore, j'ai à mes côtés le Mustapha malheureux.

– Tehmina, tu n'as plus confiance en moi. Je ne peux pas vivre comme ça. J'ai besoin d'une vie paisible avec ma femme.

– Comment veux-tu mener une vie paisible ? Tu n'arrêtes pas de faire du mal inutilement. Tu vois bien que je suis malheureuse. Je ne peux plus avoir confiance en toi, parce que tu agis sournoisement.

– Il faut que tu aies confiance en moi, tu le peux. Tu sais ce que m'a dit Adila quand tu es sortie de la chambre hier soir ?

Je le regarde bouche bée, méfiante, pas très sûre de vouloir l'apprendre, mais il se penche avec un sourire affectueux.

– Elle m'a dit que je ne devrais pas manger ce que tu me donnes... Parce que tu avais l'intention de m'empoisonner, paraît-il !

J'ai le souffle coupé. Et pendant que Mustapha me détaille cette histoire, je comprends tout à coup ! Adila a déformé la conversation idiote que nous avons eue entre femmes pendant la campagne électorale ! Ce jour où nous plaisantions à propos du Valium qu'il faudrait faire avaler à nos maris pour qu'ils nous laissent bavarder tranquillement toute la nuit ! Elle se sert même de cela !

Adila est toujours une sale gamine, une vraie sorcière rusée. Elle utilise tous ses pouvoirs et Mustapha se laisse grignoter ; comme un idiot, il lui laisse toujours la possibilité de manœuvrer à sa guise. Comment peut-il écouter une sotte pareille ?

– Ce sont des bêtises, Tehmina, je ne l'ai pas crue une seconde.

Tout cela me dégoûte. Me dégoûte à un point !

De retour à Lahore, je me réfugie de plus en plus dans la peinture. Surtout lorsque Mustapha décide de renvoyer Shugufta parce qu'il n'a pas de prise sur elle comme sur la pauvre dai Ayesha. Shugufta est d'une autre génération. Nous avons tous de la peine, surtout Hamza qui s'est beaucoup attaché à elle pendant que je courais pour sortir son père de prison. Heureusement, Shugufta m'a dit qu'elle allait travailler dans une bonne maison, chez des gens civilisés.

Notre mère a toujours le cœur brisé, elle ne se remet pas du choc. Minoo est à Londres, mais avec mes trois autres sœurs nous prenons la décision d'aller voir cette femme, Sahiba Hasan, en espérant arranger la situation. Je prends l'avion avec Zarmina jusqu'à Karachi, où Rubina vient nous chercher et nous ramène chez elle. Il ne manque qu'Adila, et en l'attendant, nous reparlons de ce qui s'est passé à Kot Addu pendant la campagne électorale. Le comportement de la cadette nous dégoûte toutes les trois, mais à la vérité, il ne nous surprend guère. Elle ne peut pas s'empêcher d'être coquette avec les hommes. Aujourd'hui comme d'habitude elle est en retard, et au bout d'un moment, nous appelons chez elle, mais la ligne est constamment occupée. Instinctivement, je pense à appeler Mustapha ; la ligne est occupée aussi. Un et un s'additionnent pour former un couple de misérables.

Il reste que nous avons une affaire à régler, et nous décidons de partir sans l'attendre. Adila arrive précipitamment au moment où nous passons la porte.

Quelle ironie pour moi d'aller voir l'« autre femme » de mon père, de plaider la cause de la mère en compagnie de l'« autre femme » de mon mari. Personne, et sûrement pas ma mère, n'a jamais plaidé la mienne dans de telles conditions.

Rubina, Zarmina et moi, nous nous efforçons pendant tout l'entretien avec cette femme d'user de diplomatie, en lui faisant comprendre sans agressivité qu'elle est en train de briser un foyer. Et que ce foyer, notre mère l'a maintenu à bout de bras durant des années. Mais Adila se montre d'une grossièreté inutile et provocante. Elle veut absolument pousser Sahiba Hasan dans ses derniers retranchements, l'acculer, la traîner plus bas que terre. Cette conversation était déjà assez difficile, et notre intervention délicate. Adila se fait sévèrement tancer pendant le trajet du retour.

Son plan machiavélique est clair comme de l'eau de roche. Elle a provoqué cette femme dans l'espoir de la monter définitivement contre notre mère et nous. Si Père abandonne Mère, Adila aura toutes les excuses du monde pour reprendre sa liaison avec Mustapha et briser mon mariage. Elle en fera une vengeance contre notre père, en prétendant qu'elle ne doit rien à un homme qui abandonne sa famille ! Elle aurait beau jeu de semer la discorde. Pourquoi se soucierait-elle de l'honneur de la famille, si notre père ne le fait pas ? Le pire, c'est que nous savons d'avance que Mère soutiendra Adila. Elle ne se méfiera pas des motivations sordides de sa petite préférée. Au contraire, Adila restera à ses yeux la seule fille capable de la défendre, de traîner sa rivale dans la boue ; elle la considérera comme son alliée contre les égarements de notre père. Du coup, Père servira de prétexte, et je serai prise sous les feux croisés des manigances de chacun.

Ma famille est un microcosme de la société pakistanaise, un reflet de ce comportement social particulier où fleurissent les mensonges, les traquenards, les médisances, les coups de poignard dans le dos. La règle est simple : fais ce que tu veux, mais ne le montre pas. Chez nous, le mensonge est presque un art ! L'hypocrisie règne en maître. La montagne est belle vue de l'extérieur, mais les cavernes et les souterrains sont un cloaque nauséabond.

Les élections présidentielles approchent. Les deux candidats en présence sont Ghulam Ishaque Khan, et Nawabzada Nasrullah Khan. Le premier est un bureaucrate réactionnaire, très lié à l'ancien régime de Zia. Le second est un progressiste authentique, un pur démocrate qui s'est montré très coopératif durant l'emprisonnement de Mustapha.

En revenant du vote, Mustapha m'assure qu'il a voté pour ce dernier. Le téléphone sonne ; c'est Ghulam Ishaque Khan qui remercie Mustapha de lui avoir donné sa voix ! Mustapha m'a menti, mais le plus grave, c'est qu'il vient une fois de plus de renier ses principes. Cet événement effrite davantage encore ma confiance en lui.

Ghulam Ishaque Khan, s'il est élu, sera investi des pouvoirs discrétionnaires de son prédécesseur, l'armée restera un État dans l'État. Et le pays reviendra à la case départ.

31

Nous partons en voyage en Arabie Saoudite, en compagnie de Jatoi et de tout le clan Khar, une tribu de frères suivis de leurs femmes. Nous allons à La Mecque faire un pèlerinage de remerciements pour le succès de Jatoi aux élections de Kot Addu. Pour l'heure, la politique ne m'intéresse plus, et j'ai mes prières personnelles à faire. Demander grâce à Allah afin que cessent mes problèmes avec Mustapha. Implorer la pitié divine, car je n'ai plus la force de supporter la trahison et l'insulte.

Après nos actions de grâces, nous partons à Londres régler une affaire épineuse. L'avocat qui s'était chargé de me représenter pendant l'épisode du kidnapping des enfants nous poursuit en justice pour récupérer ses honoraires. À l'époque mes parents s'étaient proposé de le payer, puis ils se sont rétractés quand je me suis réconciliée avec Mustapha.

L'avocat réclame 50 000 livres, et nous a menacés de faire saisir nos biens en Angleterre, un appartement en ville et notre maison de campagne. J'observe Mustapha discuter avec cet homme comme un marchand de tapis.

– Je vais vous payer, vous ? Rien ! C'est un comble,

non ? Votre cliente est assise là, à mon côté. Vous n'avez pas réussi à me faire extrader, ou arrêter, ni même à récupérer ses enfants ! Elle ne pouvait pas faire autrement que de revenir avec moi ! Et vous réclamez des honoraires ?

Mais l'avocat tient bon ; la loi est en sa faveur, les honoraires sont dus, et si Mustapha ne paie pas, il a parfaitement le droit de faire saisir les biens, sans même passer par nous. Mustapha exige une remise, considérant que c'est l'échec de l'avocat qui a clos le procès. Ils finissent par s'accorder sur un montant de 35 000 livres. Cet argent sort autant de ma poche que de celle de Mustapha, mais j'éprouve un plaisir extrême à le voir contraint de payer pour les ennuis qu'il nous a faits. Le voilà tout de même responsable, d'une manière ou d'une autre ! Je ris sous cape lorsqu'il paie son propre mandat d'arrêt ! Il remplit le chèque, et je me dis, amèrement :

– Tu vois, Tehmina, c'est tout de même réconfortant, de savoir que tu vaux 35 000 livres pour cet homme !

En rentrant au Pakistan, j'apprends que ma grand-mère est en train de mourir d'un cancer des poumons. Il ne lui reste peut-être que deux mois à vivre. Nous nous rassemblons chez mon oncle Asad, à Lahore, où l'ancêtre maternelle de la famille attend la fin de ses jours.

Adila n'a aucun sens commun. Aucun respect des circonstances qui nous réunissent. Elle se pomponne et fait des mines, alors que notre grand-mère est à l'agonie. Sa présence me dérange, mais le moment est mal choisi pour y trouver une objection particulière. Je vais donc la subir.

Un jour, Mustapha est censé venir me chercher chez mon oncle à 14 heures ; il téléphone en disant qu'il est retardé par une affaire politique importante. Ce n'est qu'à ce moment-là que je remarque qu'Adila est partie depuis une heure en se servant de la voiture de grand-mère et de son chauffeur. Zarmina est aussi méfiante que moi en ce qui concerne cette coïncidence.

Le chauffeur nous raconte qu'il a déposé Adila devant une librairie. Elle lui a demandé de ne pas l'attendre. C'est bizarre, car même ceux d'entre nous qui résident à Lahore ne se déplacent jamais en ville sans un moyen de locomotion personnel. Les transports publics, chez nous, sont une aventure, et dès la tombée de la nuit, il n'y a plus personne dans les rues, pas même un vieux taxi.

Zarmina me regarde, je la regarde... les affaires politiques ont bon dos. Je disparais dans la salle de bains pour avaler deux comprimés de tranquillisant. Je ne tiendrais pas sans cela, mon cerveau me donne parfois l'impression de flotter dans mon crâne, à la dérive.

Adila rentre vers 19 h 30 et Mustapha montre son nez peu après. Je me sens encore incapable de les affronter. Mon père me dit que j'ai l'air d'une droguée, même ma pauvre grand-mère malade se rend compte de mon état. Elle est la seule à savoir lire en moi, la seule capable de déchiffrer les sentiments que je dissimule.

– Qu'est-ce qui se passe, Tehmina ?

– Prie pour moi, grand-mère. Je ne sais pas exactement ce qui se manigance, mais j'ai besoin de tes prières.

Grand-mère devient plus pâle encore, et me paraît plus affaiblie qu'elle ne l'a jamais été. Elle sait, elle a deviné... Adila est de retour !

Grand-mère a toujours été un soutien pour moi, et son autorité comptait dans la famille. Je devine que Mustapha attend qu'elle meure pour pouvoir s'acharner sur moi tranquillement, pour détruire systématiquement le personnage que je suis devenue au fil des années. Un Mustapha Khar ne peut pas vivre avec une femme adulte, consciente, et capable de prendre en charge sa propre existence. Il a besoin de la réduire à l'état de gamine peureuse et névrosée. Adila est l'instrument parfait pour cela ; jeune et séduisante, elle a tout pour me renvoyer à mon ancienne position. Je suis perdue.

Grand-mère glisse lentement vers la mort. Mon mariage glisse lentement vers sa fin.

On la transporte à l'hôpital, et je reste auprès d'elle pour qu'elle sache que je l'aime tendrement, pour la soutenir dans ce dernier combat contre la douleur, avant la défaite de la mort.

Lorsque je téléphone chez moi pour donner des nouvelles, quelqu'un parle déjà sur la ligne. C'est la voix de Mustapha, mais je ne parviens pas savoir avec qui il converse. En revanche, je l'entends dire :

– Il y a quelqu'un sur la ligne, je te rappellerai.

Je demande à ma sœur Zarmina de surveiller le téléphone de sa maison, où logent notre mère et Adila. Puis je retourne à ma pauvre grand-mère, en faisant ce que je peux pour la soulager, lui frictionner le dos, tenir ses pauvres mains si froides... prier pour elle, et prier pour que mes soupçons ne soient pas justifiés.

Zarmina me rejoint à l'hôpital et s'assied à côté de moi au chevet de grand-mère. Elle me chuchote à l'oreille :

– J'ai décroché le téléphone à l'étage, j'ai écouté, ce n'est pas Adila qui a appelé. Calme-toi.

– Ce n'est pas possible ! Qui d'autre ?

Elle détourne les yeux, son visage se crispe et pâlit, elle a l'air malade. Je chuchote désespérément :

– Dis-moi, Zarmina, je t'en supplie !

– C'est Adila.

Zarmina se tient l'estomac, elle est livide et a du mal à parler.

– Je voulais essayer de ne pas te le dire, ça me rend malade, mais je n'y arrive pas. Ils se sont mis d'accord pour se retrouver ce soir tous les deux... alors que grand-mère est en train de mourir !

Zarmina se précipite dans le cabinet de toilette pour y vomir. C'est curieux, Zarmina réagit physiquement, alors que je suis comme foudroyée, desséchée. Une plante morte dans le désert.

Mais leurs plans sont contrariés dans l'après-midi même. Ma pauvre grand-mère trouve encore la force, en sentant venir la mort, de convoquer la famille autour d'elle pour un ultime message. De sa voix faible et suffocante, elle dit solennellement :

– Quiconque fera souffrir Tehmina, Dieu entend ma prière, qu'il soit puni, que la souffrance naisse en son cœur et le ronge comme un ulcère ! Qu'il souffre comme jamais il ne l'a imaginé !

Elle lève les yeux au-delà du plafond de sa chambre et crie de toutes ses pauvres forces :

– Je te confie Tehmina, ô Allah ! Ne l'abandonne pas ! Elle n'a plus personne pour la protéger, mon âme t'implore, ô Allah, promets qu'elle sera sous ta protection divine.

Elle fait signe de la main à Mustapha pour qu'il approche.

– Tehmina a été très malheureuse avec vous. Mais elle a lutté, elle s'est battue à vos côtés jour après jour pendant votre dure épreuve. Aujourd'hui, je vous le demande en grâce, s'il vous plaît, soyez bon avec elle. Qu'elle ne soit plus malheureuse. C'est la dernière demande que je vous fais, c'est la dernière demande que je fais à vous tous sur cette terre...

Sa voix s'affaiblit de plus en plus. Grand-mère doit lutter pour achever sa prière à Mustapha :

– Si vous quittez Tehmina, votre épouse, chaque pas que vous ferez en croyant avancer vers l'honneur vous apportera le déshonneur. Vous chercherez le pouvoir et le respect, et n'obtiendrez que la honte. Si elle est avec vous, Dieu rendra votre règne suprême. C'est ma prière pour vous.

Mustapha répond dans un souffle :

– Je vous le promets, grand-mère. Je m'occuperai de Tehmina, ne vous inquiétez pas.

L'effort a été trop rude pour la vieille dame : elle entre dans le coma.

Nous la veillons à tour de rôle en cette nuit blafarde. Chacun de nous a quelque chose à lui dire, qu'elle soit consciente ou non. Quand mon tour arrive, je murmure doucement en pleurant, la tête contre son cœur :

– Tu ne seras plus là, cette fois, je n'aurai plus tes prières, je ne pourrai plus me réfugier chez toi. Où vais-je aller, où vais-je aller ?

Le visage de ma grand-mère est de marbre, et ma supplique sans réponse. Grand-mère est en train de m'abandonner, de me laisser seule face à la plus douloureuse situation que j'aurais pu imaginer dans ma vie. Je n'attends aucun soutien affectif de mes parents, trop préoccupés à essayer de récupérer devant la société leur propre image perdue.

Je ne crois pas qu'elle m'entende à présent, mais je continue à lui parler :

– Tu t'en vas loin de moi, juste au moment où ça recommence. Je suis si seule, pourquoi t'en vas-tu ? Pourquoi ?

Et soudain je vois couler de grosses larmes des yeux clos de grand-mère, roulant sur ses joues blêmes, et j'oublie mon propre désespoir. Je viens de lui causer tant de chagrin à ses derniers instants de vie. Je suis une sale égoïste, ma voix a franchi le coma apaisant dans lequel elle allait s'endormir. Elle m'a entendue... elle m'entend :

– Grand-mère, ne crains rien... pardonne-moi, je t'en prie, ne pleure pas. Je m'en sortirai, je te le promets, je te le jure, je suis forte, tu sais que je suis forte !

Douloureusement, je dois me séparer maintenant de la seule tendresse que j'ai connue, et c'est au tour d'Adila de dire adieu à grand-mère.

Elle ne reste pas longtemps seule avec elle, et se précipite dehors en criant :

– Venez vite ! Il lui est arrivé quelque chose, elle remue la tête dans tous les sens, elle se débat ! c'est horrible ! Venez voir !

Je sais ce qui est arrivé à grand-mère. Même dans le coma, elle n'a pas pu supporter la présence d'Adila.

Elle meurt quelques minutes après.

Je suis orpheline.

Je redeviens mon ancien « moi », sans savoir où je vais, la femme trompée qui passe ses journées à espionner la ligne de téléphone, à renifler les chemises de Mustapha pour y deviner le parfum d'Adila ou découvrir des traces de rouge à lèvres.

Je retourne à mon tapis de prières.

Je hais Mustapha. Et j'essaie de le garder. Qui peut comprendre ? C'est mon cœur qui est brisé ? Ou mon orgueil qui souffre ? Souffrance de toute façon, et dans cette souffrance, je ne peux pas faire la différence.

Aujourd'hui, je me suis retrouvée en présence d'Adila à une réunion de famille. Je l'ai observée, elle avait l'air tendue, nerveuse. Probablement un rendez-vous avec Mustapha. Elle arpentait la pièce en cherchant toutes les excuses pour filer. Finalement, elle a prétendu devoir rendre visite absolument à une amie, une certaine Sara venue de Karachi, et s'est précipitée dehors.

J'ai discuté avec Tasneem, la belle-sœur d'Adila, chez qui elle habite. Tasneem était étonnée :

– Elle ne m'a pas parlé d'une amie de Karachi ! D'ailleurs, il n'y a qu'une Sara dont elle parle souvent, et elle est à l'étranger !

Je me suis faite une alliée de Tasneem sans le savoir. C'est surprenant et pénible :

– Je suis au courant, Tehmina. Ton mari vient la chercher ici, et la ramène ensuite. Je ne peux même pas en parler à mon frère, Matloob ne me croirait pas. Il est complètement aveugle en ce qui la concerne.

Mustapha rentre à la maison vers 22 h 30 passées, trempé de sueur, des traces de rouge à lèvres sur sa chemise.

– J'étais à une réunion publique, il faisait tellement chaud que mes chaussures sont trempées.

Il se couche après cette explication, s'endort, et je reste éveillée à côté de cet être que je hais, et qu'il faudrait que je garde comme époux, pour la façade, pour la famille, pour les apparences. Mais pas pour moi. Pas même pour mes enfants.

Que faire... ?

Je vais au rez-de-chaussée téléphoner à Tasneem.

– À quelle heure est rentrée Adila ?

– Vers 22 heures 30. Elle était en sueur. Elle s'est

arrangée pour m'éviter rapidement, au cas où j'aurais soupçonné quelque chose. Mais je l'ai vu, lui, la déposer en voiture. Une Pajero beige.

Notre voiture !

Je retourne au lit, glacée.

Mustapha se lève à 3 heures du matin, prend un bain, puis étale son tapis de prières et s'agenouille. Il n'a pas vu que j'étais réveillée, d'ailleurs je n'ai pas dormi. Ma voix le fait sursauter :

– Je pensais que c'était moi que tu prenais pour une idiote, mais non, c'est Dieu que tu essaies de tromper !

Il fait semblant de m'ignorer et continue ses prières.

– Tu oses le regarder en face, après avoir fait tout ce qu'il défend, et rien de ce qu'il recommande ! Aujourd'hui, tu as commis un acte qu'il interdit formellement, et tu oses implorer sa miséricorde ! Oui, tu l'as encore trompé aujourd'hui, et que lui dis-tu, Mustapha ? Crois-tu que tu puisses lui mentir ? Si tu penses pouvoir te moquer de Dieu lui-même, alors moi, je ne suis rien ! Je ne me battrai plus contre toi, c'est fini. C'est lui qui va le faire. C'est lui que tu insultes, pas moi.

Il crie :

– Tu arrêtes ces stupidités ! Tu deviens folle ! Tu imagines des choses qui n'existent pas !

En larmes, je me réfugie instinctivement vers le portrait de mon saint patron, Hazrat Ali, et le prends entre mes mains. C'est à lui que je demandais secours et protection lorsque Mustapha était en prison. Mustapha a oublié cela trop facilement après sa libération, mais il sait que ma croyance à moi n'est pas une lubie superficielle. Il se jette sur moi pour m'arracher l'image sainte, en grommelant :

– Alors, c'est ça ? C'est ça qui va te sauver ?

D'un air méprisant il déchire l'image et sort de la chambre comme un fou. Pieusement je rassemble les morceaux de papier consacré en implorant Dieu de lui pardonner.

À partir de ce jour-là, je l'espionne sans arrêt. Avec mon amie Nuscie, nous cherchons à le prendre en flagrant délit ; c'est le seul moyen de le confondre officiellement et de le contraindre à rompre.

Je dois attendre qu'il soit sorti pour discuter avec elle au téléphone. Comme je n'ai pas le droit de sortir librement, et que je suis incapable de conduire seule une voiture, c'est elle qui fait le détective. Elle est très frappée par ma faiblesse de caractère. Au lieu de rompre mon mariage, je suis en train de me consumer, de me perdre dans une confusion malsaine en essayant d'en ramasser les morceaux. Et je n'arrive qu'à me couper, et à me faire saigner. Aucun conseil ne me semble pertinent, aucune décision ne me paraît acceptable. D'ailleurs, je ne peux rien décider avant d'avoir des preuves. N'importe quel mari aurait pris des précautions en se sachant soupçonné. Mais pas Mustapha.

Le lendemain de cette scène, il sort à 19 heures en disant qu'il rentrera à 21 heures. Dès qu'il est parti, je téléphone à Tasneem :

Normalement Adila va sortir et rentrer à la même heure que lui.

Plus tard, Tasneem me rappelle :

– Il est venu la chercher il y a cinq minutes.

Malheureusement, je n'arrive pas à localiser Nuscie. J'appelle une cousine à la rescousse. Elle me conduit en voiture jusque chez Tasneem, et nous nous garons à l'angle d'une rue d'où on peut voir tout ce qui se passe dans le secteur.

À 20 h 45, une Pajero beige s'arrête devant la maison. Mustapha est au volant. Adila saute du siège passager et file vers l'entrée. Je repère Tasneem en train de guetter, elle aussi, derrière un rideau.

Nous repartons vite chez moi, de façon à arriver avant Mustapha. Ce soir-là, je n'ai toujours pas la force de l'affronter. Pas le courage d'écouter ses mensonges, et nul besoin, non plus, d'entendre la confirmation de ce que j'ai vu de mes propres yeux.

Le lendemain, nous prenons l'avion pour rejoindre le village ancestral de ma famille maternelle. Le *che-*

lam marque la fin rituelle de la période du deuil de ma grand-mère, au bout de quarante jours. J'accompagne ma mère à la cérémonie. J'ai pris la décision de tout lui dire. Sur le moment, elle est très perturbée, et souhaite parler à Adila, mais sans lui révéler la source de ses informations.

À notre retour, Mère confesse sa fille cadette, et Adila reconnaît être sortie trois fois avec Mustapha, mais elle affirme qu'il ne s'est rien passé ! Et Mère la croit ! J'enrage :

– Que veut-elle dire, par : « Il ne s'est rien passé » ? Comment peux-tu la laisser justifier avec tant de désinvolture un rendez-vous avec le mari de sa sœur ? Comment peux-tu prendre ça avec autant de passivité, comme si c'était normal ? Tu sais parfaitement qu'elle a déjà eu une liaison avec lui. Et tu sais que ça recommence ! Et pourtant tu la crois ? Je suis sidérée ! Elle ment, elle sort avec mon mari, et elle ose prétendre qu'il ne s'est rien passé ! Croirais-tu à l'innocence de Sahiba si elle avait un rendez-vous amoureux avec ton mari ?

– Ça suffit, Tehmina !

Mère a ses critères à elle, qui ne concernent qu'elle. La chose a toujours été claire.

Je ne peux plus m'arrêter de pleurer. Tous le remarquent, mais chacun pense que je pleure grand-mère. Finalement, je me décide. En présence de ma mère, j'admoneste ma sœur :

– Adila, je sais tout. Je veux que vous sachiez tous les deux que vous avez gagné. Vous avez brisé un foyer que j'essayais désespérément de préserver, en dépit de vous. Vous avez aussi brisé la vie de mes quatre enfants. Mais cette fois, vous vous êtes trompés sur la femme que je suis. Vous croyez que je suis toujours le ver de terre que vous vouliez écraser à Londres. Adila, il y a une grande différence entre ta sœur Tina et Tehmina Khar. Et je vais te faire payer cette injustice, même si je dois en mourir.

Adila rejette nonchalamment ses cheveux en arrière :

– Tu sais ce que j'ai fait pour toi ? Non, sinon tu m'appellerais ton ange ! C'est moi qui ai sauvé ton mariage ! Tu n'as rien compris. Mustapha me poursuit, il veut m'épouser, et moi je lui ai dit que je ne voulais pas détruire son foyer. J'ai accepté de le rencontrer uniquement pour en discuter avec lui. Je voulais négocier.

Comment la croire ? Elle n'aurait jamais dû l'approcher s'il la poursuit, elle aurait dû le fuir, au contraire ! Et dans ce cas, il n'y aurait rien eu à négocier. Négocier quoi, d'ailleurs ? Que Mustapha me garde pour faire plaisir à Adila ? Ma sœur est un monstre. Un serpent.

Quant à Mustapha, je l'ai mis en garde :

– Dieu vient de te mettre à l'épreuve. Tu ne le vois donc pas ? Il veut savoir si le repentir dont tu as fait preuve est authentique, si tu mérites vraiment sa miséricorde. Quand tu as prié pour qu'il te l'accorde, en prison, quant tu as juré de ton repentir devant lui, tu as passé un contrat pour la vie avec lui. On ne prend pas cela à la légère, quand on est un croyant. Tu vas te détruire, et nous en souffrirons tous. Ta femme que tu as voulu reconquérir, tes enfants que tu prétends aimer, et même la politique. Je suis ton épouse publique, officielle, les gens ne t'épargneront pas, crois-moi.

Ses yeux et ses oreilles restent fermés. Parfois, il a la condescendance de me plaindre pour ma « folie » grandissante. Parfois, il m'envoie promener pour mon instabilité caractérielle et hystérique. Ou alors il prétend que je souffre de la crise de l'âge mûr.

– Tu sais, ça arrive aux femmes qui refusent de vieillir !

J'ai trente-six ans. Adila en a treize de moins.

Mustapha régresse, et cherche à retrouver sa jeunesse. Il revient aux tee-shirts et aux jeans, aux costumes de chasse, et aux chaussures en crocodile.

Je me contemple tristement dans la glace en me disant que moi aussi, je pourrais peut-être changer. Il faudrait que je ressemble à ma sœur, que je m'habille comme elle, que je change de personnalité... c'est la seule issue pour que mon mariage fonctionne de nouveau.

Regarde-toi, Tehmina, avec tes longs vêtements blancs et tes grands idéaux. Regarde-toi ! Tu n'es pas son genre de femme. Adila, oui. Et pourtant, il dit qu'il t'aime, il le répète sans cesse.

Le miroir me renvoie mon image, et j'entends la voix de Mustapha irréelle, lugubre, me murmurer dans un rêve : « Aucune autre femme ne pourra te ressembler. Mais je te veux comme une fille de seize ans. Je veux vivre une nouvelle histoire d'amour. »

C'est de la folie, et c'est ridicule. Je ne peux pas. Je n'ai pas seize ans, j'en ai trente-six. Comment puis-je encore avoir des idées romantiques sur un homme qui couche avec ma sœur ? Comment ?

Je m'en remets à Dieu. Je vais prier dans tous les lieux sacrés, dire toutes les prières que je connais.

– Je vous en prie, mon Dieu, épargnez-moi la destruction de mon foyer. Épargnez mes enfants et évitez-nous la honte.

Je pleure et je supplie, mais seul le silence me répond. Alors, je me sermonne toute seule.

– Ne t'effondre pas. Tu n'as pas le droit. Pars quelque temps, il te faut du recul. Tu aurais pu supporter une autre femme, tu aurais pu la dominer, être plus forte, mais pas ta sœur. Pas Adila.

Je sais que je vais devoir quitter Mustapha, mais je ne sais ni quand ni comment. D'abord, il me faut des preuves. Ma famille s'accroche à leur version, c'est moi qu'elle accuse d'imaginer des choses. On me dit que je suis instable, caractérielle, que je perds la tête. Je suis un légume, à nouveau.

Un soir, Mustapha veut faire l'amour, et je comprends qu'il n'admettra pas de refus. Il faut laisser faire. Maîtriser la haine et le dégoût, se détacher de ce moment écœurant. Le regard par-dessus son épaule levé vers le ciel, je supplie Dieu en silence de le punir :

– Ceci est un inceste, Dieu, tu as interdit aux

hommes d'avoir une relation avec deux sœurs en même temps. C'est écrit dans le Coran. Tu as dicté cette loi, tu ne dois plus jamais permettre que cela se produise. Ne permets plus à cet homme de me toucher. Ne le laisse plus avoir l'audace de te désobéir. Moi, je ne peux rien faire, mais toi, tu peux l'arrêter.

Un miracle se produit. À partir de cette nuit-là, Mustapha ne me touche plus. Chaque soir que Dieu fait, il monte se coucher, pose la tête sur l'oreiller et s'endort.

32

Nous sommes le 24 juin 1989. Mustapha se prépare pour la chasse. Il porte exactement le même costume que le jour où je suis tombée amoureuse de lui. Un pantalon kaki rentré dans les bottes de cuir, une veste de camouflage, la cartouchière au côté et la casquette Mao sur la tête. Assise, silencieuse, je le regarde choisir un fusil dans sa collection d'armes. Il se tourne vers moi avec un sourire pour me dire au revoir. Je le suis des yeux pendant qu'il marche vers la porte, l'ouvre, et sort de ma vie. Comme il y était entré.

Maintenant, j'ai une longue et douloureuse conversation avec les enfants pour leur expliquer la situation de mon mieux. Ils ont supporté assez de drames dans leur courte vie pour que je ne leur impose pas celui d'un enlèvement. Je veux qu'ils vivent le plus normalement possible ces événements difficiles. C'est à moi de tout supporter.

Ils pleurent de désespoir en apprenant ma décision, et je sais qu'il leur faudra beaucoup de courage pour comprendre. Je ne serai pas tranquille tant qu'ils n'auront pas échappé, tout comme moi, à la prison de leur père. Mais je dois m'en aller la première. Je confie les enfants aux soins de la belle-sœur de Mustapha.

C'est fini. Zarmina vient me chercher, je quitte la maison de Mustapha Khar pour la quatrième et dernière fois. J'ai fait trop de faux départs vers la liberté. Cette fois, ma décision est irrévocable.

Une fois de plus, ma vie privée fait les gros titres des journaux. Une fois de plus, on me marque au fer rouge, on prétend que je suis une femme futile et inconséquente. La presse a beau fouiner, elle ne découvre pas le rôle d'Adila dans le feuilleton du couple politique le plus célèbre du pays.

Mustapha a anticipé ma décision : je m'aperçois qu'il a déjà retiré tout l'argent de notre compte commun. Je suis effondrée. C'est la première fois que je vais devoir affronter la pauvreté, l'humiliation de demander la charité à mes proches. Heureusement, ma tante Samar et mon oncle Akhtar m'accueillent dans leur maison en essayant de m'apporter le même soutien que ma grand-mère, en mémoire d'elle.

Au début, je me sens capable de résister suffisamment à la précarité de ma situation. Mais ma mère mobilise toute la famille pour tenter de me forcer à changer d'avis. L'un après l'autre, mes supporters disparaissent, et je sombre dans un enfer de trahisons, d'injustices, de pauvreté et d'angoisse.

Je suis dans une telle dépression que j'ai l'impression d'être engourdie, comateuse. Sans présent et sans avenir. Seul le passé m'habite et me ronge. Mustapha refuse de me laisser voir les enfants. Quinze jours après mon départ, il les emmène à Karachi pour parler de la situation avec mes parents. Je sais qu'Adila est présente, qu'elle assiste à tous leurs entretiens, et ça me démolit encore plus.

Désorientés, mes enfants traînent dans la maison de mes parents. J'apprends qu'ils ont joué innocemment avec leur tante Adila, alors qu'on me refuse le moindre contact avec eux.

Mustapha essaie de faire intervenir mon père dans le conflit afin de m'obliger à revenir. Il prétend que j'ai inventé l'histoire d'Adila. Qu'en réalité, je ne voulais qu'une chose, divorcer, pour retrouver la liberté à laquelle je m'étais habituée pendant son emprisonnement. Que je suis mal influencée par mes nouveaux amis, cette femme journaliste, et son mari. Mère, qui sait pourtant la vérité, se range du côté de Mustapha et d'Adila. Elle veut écarter à tout prix l'idée d'un divorce dans la famille ; trop de choses justifient son attitude, trop de secrets sortiraient de l'ombre. Un scandale se dessine à l'horizon, et elle le craint tellement que ma petite vie n'a guère d'importance à côté. Peut-être même aucune.

Mais mon père connaît mieux le problème, et il conseille à Mustapha de m'accorder le divorce pour que l'incendie que j'ai allumé s'étouffe de lui-même.

Naseeba m'appelle le jour de ses douze ans. Elle pleure en me suppliant de venir couper le gâteau avec elle. Comme Mustapha est parti, je prends le risque de me rendre à la fête. Des amis et les frères de Mustapha sont là avec leurs femmes et leurs enfants. Naseeba est tout excitée, elle agrippe mon poignet et ne le lâche plus pour couper le gâteau. Comme si elle cherchait innocemment à retrouver de la force par la main de sa mère devenue si faible.

Mustapha arrive à l'improviste. Du moins pour moi. Il s'approche, et nous nous saluons poliment. Puis, de plus près, il me demande :

– Tu veux venir en haut, il faut que je te parle.

Il y a beaucoup d'invités dans la maison, et pour l'anniversaire de ma fille je ne veux pas provoquer de scène. Je suppose qu'il n'osera pas me faire de mal avec tout ce monde autour de nous. Je le suis, nous entrons dans ce qui fut notre chambre, et je l'entends soudain verrouiller rapidement la porte dans mon dos. Il m'a piégée.

– Maintenant, tu ne peux plus t'enfuir. Tu vas vivre avec moi pendant deux mois, et d'ici là je me charge de te faire comprendre que tu dois rester pour toujours. Ta mère est de mon avis, je te ramène au village demain.

La panique m'envahit. Dans le passé il a déjà enlevé mes enfants. C'est à mon tour maintenant. Quand cette folie va-t-elle s'arrêter ? En essayant de dissimuler ma peur, j'affronte le tortionnaire :

– Ouvre cette porte ou je hurle à faire trembler la maison ! Tu oublies à qui tu as affaire ? Je ne ressemble à aucune autre femme, tu te rappelles ?

– Tu peux hurler ! Ameute le pays, si tu veux !

Le cri part du fond de ma gorge, profond, puissant, puis strident. J'appelle au secours. Il se jette sur moi à la seconde, m'attrape par les poignets, me pousse dans la salle de bains, claque la porte, et m'enferme à l'intérieur.

Je continue à hurler, en espérant que mes cris atteindront les oreilles et la conscience de quelqu'un, un domestique, des voisins, des amis, un membre de la famille. Marikha, la belle-fille de Mustapha, se précipite en haut, suivie par d'autres gens. Je l'entends crier :

– Papa ! Tu ne peux pas faire ça !

Il gronde :

– Sors de cette pièce ! Je ne permets à personne d'intervenir dans mes affaires privées !

J'entends Marikha détaler, et d'autres pas qui suivent, puis le silence. J'attends quelques instants, en essayant de reprendre mon calme, car la menace est sérieuse. Il peut me faire disparaître comme par enchantement dans ce pays sauvage, quelque part du côté de Kot Addu, m'enfermer comme une prisonnière. Pour toujours, peut-être. Personne ne viendra à mon secours, personne ne s'inquiétera de moi, à part Nuscie, Zarmina et Minoo. Mais que pourraient-elles faire ? Rien. Il y a tant de femmes qui vivent ainsi, emprisonnées, muettes à jamais. Et dans ce village qui lui appartient, dont il est le maître, il pourra faire ce qu'il veut, me contraindre par la force à renoncer au divorce.

J'essaie, à travers la porte, d'entamer un dialogue raisonnable, mais ferme. Je crie :

– Mustapha, tu ne peux pas me faire ça ! Mon avocat va te faire arrêter.

– Si, je peux ! Et je le fais ! Tes parents sont d'accord avec moi.

– Laisse-moi leur parler.

– Non.

L'après-midi s'écoule lamentablement. Enfermée dans la salle de bains, recroquevillée sur le sol, j'ignore tout ce qui se passe à l'extérieur. Le soir, comme je ne suis toujours pas rentrée de la fête anniversaire de Naseeba, mon oncle et ma tante ont téléphoné, et Mustapha leur a répondu :

– Tehmina ne reviendra pas. Elle a décidé de rester ici.

Mon oncle Akhtar a subodoré un sombre traquenard, et comme ma sœur Minoo téléphonait de Londres juste à ce moment-là, il l'a mise au courant.

Minoo n'a pas attendu. Elle a appelé le ministre, pour que le gouvernement intervienne, puis les journaux. Et bientôt, la nouvelle de mon « emprisonnement » est arrivée aux oreilles de mon avocate, Asma Jehangir. Elle est d'avis de repousser toute initiative jusqu'au lendemain, le temps d'obtenir contre Mustapha des mandats l'accusant de séquestration et de tentative d'enlèvement.

Bien entendu, toujours enfermée dans ma salle de bains, je n'ai alors aucune idée de ce qui se trame. Je ne suis au courant que des préparatifs de départ, dont Mustapha a chargé son fils. Je l'ai entendu crier des ordres.

Il ouvre la porte. Méfiante, terrorisée, mais m'efforçant de n'en rien laisser paraître, je le regarde faire. Il remplit un verre d'eau, ouvre le placard, prend un flacon de Valium 10, sort deux comprimés et me les tend.

– Avale !

J'essaie de résister, mais il utilise la même méthode qu'avec ses chiens. Il m'ouvre la bouche de force, enfonce les comprimés au fond de ma gorge, me pince les narines, fait couler l'eau en même temps, jusqu'à ce que j'étouffe, et que je sois obligée de déglutir. Puis il me jette à terre comme un paquet et s'en va en verrouillant la porte.

En fait, l'adrénaline a dû contrer le Valium, parce que je me sens plus remontée que jamais. Mais Mustapha doit avoir confiance dans ce médicament, car au bout d'un moment, m'estimant calmée, il revient pour m'autoriser à appeler ma mère.

– Tu lui dis que tu as décidé de rester, compris ?

J'acquiesce d'un signe de tête.

Dès que j'entends la voix de ma mère, j'explose :

– Si tu me forces à rester avec cet homme, je me suicide ! Quelle sorte de mère es-tu ? Je dirais à tout le monde que tu me pousses à la mort.

– Je ne sais pas de quoi tu parles, Tehmina... Que t'a-t-il dit ?

Mustapha m'arrache le téléphone :

– J'ai besoin de votre coopération, elle ira mieux quand je l'aurai emmenée loin d'ici.

Je n'entends pas la réponse. Il raccroche. À nouveau j'essaie de le raisonner avec fermeté :

– Écoute-moi, Mustapha, écoute-moi attentivement. Ne te sers plus avec moi de tes vieilles méthodes. Je les connais par cœur. Avec moi, ce jeu ne sert plus à rien. Va donc jouer avec quelqu'un qui ne connaît pas ta règle, là, tu seras maître.

Il secoue la tête en marmonnant :

– Qu'es-tu devenue, Tehmina ?

Je lui renvoie un sourire plein d'assurance :

– Je suis devenue toi, Mustapha.

Quelqu'un frappe à la porte. Mustapha ouvre et la pièce se remplit de frères et de belles-sœurs volubiles, venus le convaincre de me laisser partir. Il crie :

– Ne vous mêlez pas de mon mariage !

Je hurle :

– Quel mariage ? Ton mariage devant le Coran a pris fin il y a des années, quand tu as couché avec ma sœur ! J'ai dû vivre avec toi dans le péché. Le contrat est nul et non avenu depuis longtemps !

Dans l'effarement général, on appelle Mustapha au téléphone ; c'est un reporter, qui lui pose apparemment des questions compliquées. Personne, ici, ne sait que la nouvelle s'est répandue. Et moi, je veux désespérément filer. Plus rien dans cette maison, que j'ai décorée jadis avec amour, ne m'intéresse, tous ces objets rassemblés au fil des voyages, toutes ces choses chargées de souvenirs ne représentent plus rien. Et personne ne pourrait me retenir.

Comme cette maison, Mustapha n'a plus d'importance. Je me moque d'être une divorcée. Je me moque du dicton qui dit qu'il est plus facile de faire la vaisselle dans la maison de son mari qu'ailleurs. Il ne me reste rien de cet homme.

Je griffonne un numéro de téléphone sur un papier, je le glisse à Amna, la fille de Sherry et de Mustapha, qui a quinze ans maintenant.

– S'il te plaît, file, va dehors, et appelle ce numéro. Dis-leur de venir ici pour me sauver.

Amna n'a pas l'habitude des intrigues, elle trébuche vers la porte, raide et l'air affreusement coupable. Mustapha la croise dans le couloir, immédiatement soupçonneux.

– Qu'est-ce que tu caches ?

Le regard de son père la transperce. Il lui arrache le papier des mains, y jette un coup d'œil et se met à l'insulter. La pauvre se tourne vers moi, les yeux pleins de larmes, comme pour me dire : « Tu vois, j'ai quand même essayé. »

Maintenant, c'est mon père qui téléphone. Mustapha me tend l'appareil.

– Tehmina, il y a eu un terrible malentendu. Il nous a dit que si on lui donnait sa chance, il arriverait à te convaincre. Nous ne l'avons soutenu que pour cela.

Je hurle :

– Il veut me forcer à rester contre ma volonté !

– Passe-le-moi.

Mustapha prend l'appareil à son tour. J'entends la voix de mon père dire fermement :

– Laissez-la partir immédiatement !

Je suis sidérée d'entendre mon mari répondre :

– D'accord.

Je sors, pendant qu'il compose un autre numéro de téléphone, et que la famille l'entoure, silencieuse. Au milieu de l'escalier, je réalise que dans ma hâte, j'ai oublié mon sac. Je reviens au salon, et en ouvrant la porte j'entends Mustapha parler avec quelqu'un ; je m'arrête un instant, puis je comprends qu'il est maintenant avec ma mère.

– Elle a vraiment de sérieux problèmes avec vous. Elle se sent frustrée parce que je vous respecte. Pour elle, Adila et sa mère sont des monstres. Ça n'a rien à voir avec moi, vous savez...

J'interromps brutalement sa conversation en entrant bruyamment dans la pièce. Je ramasse mon sac, me tourne vers lui, et en m'assurant que ma voix porte suffisamment pour être entendue au téléphone, je lui dis méchamment :

– Tu es un homme dangereux, Mustapha. Un malade. Et en plus, tu te paies la tête de ma pauvre mère !

Mon père veut mettre fin légalement à notre mariage avant que cette histoire n'éclate à la face d'Adila. Mustapha exige la garde des aînés, et la propriété de tous mes biens : la maison de campagne en Angleterre et l'appartement de Londres, que nous avons en commun, plus la maison de Lahore, qui est au nom de mes filles.

Mon père accepte dédaigneusement :

– Vous pouvez la laisser sans un sou, elle n'a besoin de rien venant de vous. Je peux m'occuper d'elle.

L'autre condition jugée importante, par tous les hommes de mon entourage, est que je tienne une conférence de presse, en donnant comme raison à ce divorce l'incompatibilité d'humeur. Après quoi, nous signerons un accord mutuel dans lequel nous nous engagerons l'un et l'autre à ne plus faire état de ce sujet devant les journalistes.

Enfin, le dernier point concerne les enfants ; il me donne un droit de visite quotidien.

Le matin de la signature du contrat de divorce, Mustapha fait venir les enfants. Ce qu'il fait est monstrueux et dégoûtant. Les larmes aux yeux, il leur dit solennellement :

– Mes enfants, je veux que vous soyez témoins du fait que je ne désire pas que votre mère s'en aille. Je souhaite qu'elle reste ma femme. Je l'aime, mais vous voyez, c'est elle qui veut me quitter.

Il signe les papiers d'un air grave, puis me les tend. Bien entendu, il a réussi à ce que les enfants, bouleversés, éclatent en sanglots, et me supplient de ne pas partir. Il me faut un courage épouvantable pour rester impassible et signer les yeux secs.

Mais en même temps, je me sens libérée d'un lourd fardeau, et presque légère. Je ne suis plus Tehmina Khar. Je ne lui appartiens plus.

– Mustapha, tu m'as dépouillée de tout. Mais à partir d'aujourd'hui, tu ne pourras plus jamais dire que Tehmina est ta femme. C'est toi qui as perdu.

En fait, le divorce ne peut devenir effectif que dans trois mois. La loi islamique réserve ce délai, que l'on appelle *idat*, pour que les parties aient le temps de réfléchir et de revenir sur leur décision si c'est possible.

Mustapha utilise cette période de réflexion pour mener une campagne de pression systématique afin que je revienne. Il téléphone en implorant mon pardon.

– Je ne peux pas vivre sans toi. J'ai été fou de te laisser partir. Je n'ai rien oublié, ta patience, ton soutien. Ne me punis pas si sévèrement. Donne-moi une dernière chance.

– Non, Mustapha, c'est fini. Je ne suis plus la femme qu'il te faut. Je ne suis plus une victime. Je ne suis plus ta propriété !

Il arrive alors chez ma tante Samar en compagnie d'une armée de frères et de belles-sœurs, tous chargés de me faire fléchir pour le bien de mes enfants. Je le regarde bien en face :

– Si tu en as le courage, dis-leur la véritable raison pour laquelle je te quitte.

Il reste muet. J'entame alors le récit de son adultère, mais il m'interrompt méchamment :

– Ton imagination te joue des tours !

La fureur manque de m'étouffer, je lui montre la porte :

– Sors ! Et ne reviens que si tu as le cran de reconnaître chaque épisode, chaque détail de ta liaison avec ma sœur. Sinon, ne te remets pas en travers de mon chemin ! Parce que je t'écraserai, Mustapha, comme tu n'en as pas idée !

Et je rentre dans ma chambre, en le laissant, lui et son clan, bouche bée.

Malgré les précautions de la famille, la presse s'est emparée du roman haut en couleur de la liaison de Mustapha et d'Adila. Bien entendu, on m'accuse d'être la source de cette information. La mort dans l'âme, je m'oblige à un douloureux mensonge, en opposant un démenti public.

Mère est assaillie de tous les côtés et cherche avec frénésie à préserver la réputation de la famille. Elle voudrait me convaincre d'aller voir le mari d'Adila, ce pauvre Matloob, et toute sa famille, pour leur raconter que je désirais tant divorcer de Mustapha que j'ai inventé cette histoire avec Adila, et que je m'en suis servie comme prétexte. Elle me menace :

– Je te préviens, Tehmina, que si tu ne fais pas ce que je te demande, ton père et moi nous ne t'aiderons plus financièrement !

C'en est trop ! Je refuse de mentir davantage pour le bien de ma « pauvre petite sœur ».

Je me retrouve sans toit, répudiée, déshéritée, et morte de peur. Alors que je m'escrime à sortir de l'océan où je m'enfonce, Mustapha, lui, prend de plus en plus d'importance et de pouvoir. Benazir Bhutto tient solidement les rênes du pouvoir, mais son talon d'Achille est toujours le Panjab, sous contrôle de Nawaz Sharif et de la Ligue musulmane. Mustapha est le seul homme qui détient assez de pouvoir au Panjab pour espérer contrer Nawaz Sharif. Et l'occasion se présente sous la forme d'un siège vacant à l'Assemblée nationale. Une élection partielle est donc prévue. Le Parti populaire, voulant absolument que leur candidat remporte cette élection, courtise Mustapha pour qu'il le rejoigne, et prenne la campagne en main. Le message électoral sera clair : l'héritier de Bhutto, Mustapha Khar, est toujours vivant et bien placé au Panjab.

Mustapha a l'audace de me téléphoner depuis Islamabad, pour que je prie pour lui. Il est sur le point d'annoncer officiellement sa décision de rallier le Parti populaire.

– Tu devrais être à mes côtés en ce moment. C'est davantage ta réussite que la mienne.

Je ne lui ai pas répondu, mais je prie effectivement très sincèrement pour que Dieu lui montre le bon chemin.

Sa décision publique de rejoindre son ancien parti est accueillie avec enthousiasme. Les militants sentent à nouveau couler dans leurs veines le sang du Lion du Panjab. Mustapha est désormais le second leader politique, après Benazir. Il vient d'atteindre brillamment une position qui doit lui permettre d'accéder un jour au sommet du pouvoir.

Jatoi, qui occupe un siège à l'Assemblée nationale grâce à l'appui de Mustapha, est désigné comme chef de l'opposition. L'Alliance démocratique islamique tente de faire adopter une motion de censure contre Benazir Bhutto, ce qui aurait pour conséquence d'installer Jatoi au poste de Premier ministre élu constitutionnellement. Mais Mustapha se désolidarise de son vieil allié politique et participe activement à l'échec de la motion de censure, pour prouver sa loyauté à l'égard de Benazir, et son efficacité au Parlement.

Mon oncle Asad me pousse à rejoindre Mustapha :

– Tu as vécu avec lui les années difficiles. C'est à ton tour d'en récolter les fruits. Ne sois pas stupide. Fais-le pour le bien de tes enfants. Reprends ta place, puisque le pire est derrière vous.

J'avais trouvé jadis impossible d'abandonner en prison un homme qui continuait à lutter ; de la même manière, il m'est impossible de revenir à un homme libre et en pleine ascension. Question d'honneur personnel. En outre, ce mariage ne veut plus rien dire depuis longtemps. Je m'accroche à mes convictions profondes, je m'y cramponne alors que tous, autour de moi, s'acharnent à vouloir me les arracher.

Oncle Asad est victime de fortes pressions, il espérait obtenir un blanc-seing du Parti populaire pour se présenter à cette élection partielle. Le soutien qu'il m'apporte le gêne considérablement vis-à-vis de Mustapha. Il ordonne donc à sa sœur, ma tante Samar, de me faire quitter sa maison.

– Qu'elle aille chez son père, mais fais-la partir le plus vite possible.

Oncle Akhtar, lui, refuse de me mettre dehors. Oncle Asad change alors de tactique :

– Je vais te louer une chambre à l'hôtel. Il ne faut pas que ma famille ait affaire à toi en ce moment.

Pour ne plus embarrasser mes hôtes, je m'installe quelques semaines chez un autre oncle. Mustapha vient me voir à ce moment-là, pour, dit-il, avoir une conversation franche et honnête. Avec seulement Dieu, sa conscience et moi pour témoins, il reconnaît la vérité au sujet d'Adila. Enfin ! Il dit que le diable s'est emparé de lui, qu'il s'est laissé emporter par la luxure. Il pleure et supplie que je lui pardonne.

– Tu avais raison, c'était une mise à l'épreuve que Dieu m'a envoyée pour s'assurer de l'authenticité de ma foi en prison.

– Je t'ai pardonné, Mustapha.

– Alors reviens !

C'est extraordinaire comme il a toujours été facile pour lui d'effacer les drames qu'il provoque. Le schéma est simple : faire ses excuses, être pardonné, et recommencer avec une ardoise propre. Comme un gamin qui a fait une faute d'orthographe un coup de chiffon, pardon, madame l'institutrice, et je recommence.

L'ennui, c'est que les crimes qu'il a commis envers moi, et j'appelle cela des crimes, se sont amoncelés dans mon cœur, et qu'il n'y a plus de place pour en accueillir d'autres.

– Je ne reviendrai jamais, Mustapha. Je te le jure. Quoi qu'il arrive, jamais.

La ligne d'attaque suivante est dirigée contre ma personne.

Il rend visite à ma famille, à mes amis, en racontant que si je l'ai quitté, c'est que je voulais être une femme « libre ». Il continue à répandre le bruit que j'ai inventé l'histoire d'Adila comme prétexte pour divorcer.

Après la confession qu'il m'a faite, ce recul minable emporte avec lui les dernières bribes du résidu de respect que je pouvais avoir pour lui ! Mais je suis quand même en train de sombrer, je coule et me noie dans cette confusion qu'ils ont créée, ma famille comme Mustapha. Jusqu'au jour où, tout à coup, miraculeusement, ils n'ont plus d'importance. Je retrouve une force intérieure, la nécessité de me battre moi-même, puisqu'il est clair que personne ne le fera à ma place.

L'*ashura* est la célébration du dixième jour de la tragédie de Karballa, ou imam Husain, le petit-fils du Prophète, et sa famille ont été sauvagement massacrés par le tyran Yazid. Je choisis ce jour symbolique pour téléphoner à ma mère.

– Mère, il faut que tu saches : je remets cette bataille entre les mains de Dieu. L'islam ordonne d'aimer ses enfants et de respecter les devoirs que l'on a envers eux. Cette responsabilité s'applique aussi aux parents qui font subir à leurs enfants de véritables injustices. L'islam combat l'injustice. Si tu es honnête, ton âme restera blanche après cette bataille. Mais si ce n'est pas le cas, je ressusciterai de la tombe que tu auras creusée pour moi, je maudirai les gens qui ont été injustes avec moi. Et je prierai Dieu de m'accorder la vengeance, comme il l'a fait pour Yazid. Je ne veux plus voir la famille. Jamais.

Puis j'appelle Mustapha :

– L'engagement de divorce que t'a accordé mon père n'a plus de valeur. Je ne connais plus monsieur Durrani. J'ai renié ma famille. Toutes les transactions que tu as pu faire avec eux sont nulles et non avenues.

Là-dessus, je déménage. Un cousin me prête son

appartement vide, pour un mois, pendant qu'il est en voyage. Je vais vivre comme une bohémienne. Ni téléphone ni moyen de locomotion.

Shugufta, mon ancienne domestique, qui a été témoin des manigances de ma mère et d'Adila en vivant près d'elles, quitte son travail pour me rejoindre et s'occuper d'Hamza. Je ne m'y attendais pas ; muette de surprise, je la trouve devant ma porte un beau matin. Ma famille m'abandonne, mais une pauvre domestique renonce au confort et à la sécurité pour se placer du côté de la justice.

Le beau-père de Zarmina, oncle Sadiq, m'envoie 1 000 roupies pour subsister, quand il apprend le désastre de ma situation financière. Agenouillée sur mon tapis de prière, je remercie le ciel de cette compassion, comme une mendiante.

J'apprends maintenant que le mari d'Adila, ce « pauvre » Matloob, dit des horreurs sur moi, pour avoir créé tant de problèmes à son innocente épouse. Apparemment, Adila a dû lui raconter l'histoire à sa manière ; elle a trop peur du scandale qui la menace.

Ma famille tout entière prend ses distances avec ce qu'elle appelle une « relation trop explosive et trop coûteuse ». Moi. Ma mère étant furieuse contre moi, chacun doit se plier automatiquement aux conséquences de cette fureur.

Nerveusement, je suis à bout, mais je ne peux pas encore me permettre de prendre du repos. Je suis en plein cœur d'une bataille qui a commencé quinze ans plus tôt, et peut-être même à ma naissance.

Deux mois ont passé depuis mon divorce, lorsque par l'intermédiaire de mon oncle Sadiq, j'intime l'ordre à Mustapha de quitter la maison de Lahore. Mon ex-mari sait que sa position est faible, puisque j'ai contesté l'accord conclu avec mon père, alors, il tente de marchander. Il me céderait la maison de Lahore en échange de nos deux propriétés en Angleterre. Mais j'ai beaucoup appris de Mustapha, au fil des années. Alors, je joue le jeu en signant une procuration qui lui abandonne mes biens anglais. Avec une idée derrière la tête : nous n'avons pas le temps de faire enregistrer cet accord par l'ambassade britannique, donc il ne sera pas légalisé par un tribunal britannique. Méfiant, Mustapha demande la garantie d'oncle Sadiq, qu'il veut faire signer comme témoin. Oncle Sadiq est suspicieux :

– Elle n'honorera jamais cet engagement, elle a déjà renié celui de son père.

J'explique à mon oncle Sadiq que je ne mettrai jamais ma sœur Zarmina et sa belle-famille dans l'embarras, si je n'étais pas certaine de tenir mes engagements. Oncle Sadiq promet alors à Mustapha de le soutenir complètement si je manque à mon engagement. Il le rassure :

– Je suis personnellement impliqué dans cette histoire, je ne la laisserai pas me compliquer la vie.

Zarmina et son mari Riaz confirment la garantie prudente d'oncle Sadiq, jusqu'à ce que Mustapha, convaincu, finisse par accepter.

Il s'installe dans notre vieille et immense maison au bord du canal, et je rentre chez moi. J'adore ma maison, son décor, les objets que j'ai rapportés de nos voyages. J'ai un toit sur la tête, le mien, la sécurité. Quand je repasse cette porte avec ma sœur Zarmina, Shugufta et mon petit Hamza, j'éclate de bonheur.

Mustapha n'y est plus, mais sa présence est encore forte ; il m'arrive de sursauter au détour d'une pièce.

Et surtout mes autres enfants me manquent. Je me sens orpheline de mes trois grands. Je les vois partout courir comme de petits fantômes. Absents. Tellement absents.

L'*Idat,* les trois mois de délai avant le divorce, est achevé. Je suis divorcée, définitivement.

Mes enfants sont de plus en plus malheureux avec leur père. Mustapha a commis l'énorme erreur psychologique de les pousser à m'en vouloir d'avoir brisé notre foyer ; il leur a raconté que je l'ai calomnié, et eux aussi, par conséquent. Il impose des restrictions impossibles à mon droit de visite. Quand les enfants viennent me voir, un garde reste devant le portail pour empêcher les visiteurs d'entrer dans la maison. Une des domestiques est chargée de nous surveiller en permanence, de ne pas nous quitter, pour lui rapporter toutes nos conversations. Les enfants sont visiblement perturbés, et chaque fois j'ai le cœur brisé de les laisser repartir dans cette prison dont je me suis évadée. Mustapha me garde toujours enchaînée au travers de mes enfants. Il faudrait que j'arrive à échapper à ce contrôle permanent. Mais comment ? Je n'en sais rien encore. J'ai très peu d'argent, et ce peu sert à la nourriture. Shugufta travaille pour moi sans salaire. En fait, elle a même emprunté à sa famille, des ouvriers, un jour où j'étais vraiment dans le besoin.

Par l'intermédiaire de différents amis, j'essaie de faire comprendre à Mustapha que les enfants ont besoin de leur mère, et que nous devrions essayer de leur donner une vie plus équilibrée, sans cette perpétuelle inquisition. Certains de ses enfants issus de ses autres femmes ont eu des problèmes d'adaptation ; je le lui fais remarquer, mais il s'en moque. Il vient d'être privé de son autorité sur moi, il est hors de question pour lui qu'il ne l'exerce pas sur les enfants.

Le « pauvre » Matloob, tout de même piqué au vif dans son honneur par la conduite suspecte de son épouse, a mis sur écoute sa ligne téléphonique, et enregistré des heures de conversations fort explicites, et scandaleuses, entre ma sœur et Mustapha. Il les a écoutées dans sa voiture, effondré, en tournant en rond dans Karachi.

Le premier chagrin avalé, il a attendu que ma mère rentre de Londres. Il est allé la chercher à l'aéroport avec Adila et il leur a fait écouter les enregistrements, en guise d'accompagnement pour la route. J'imagine le choc épouvantable pour ma mère, et la tête de ma sœur.

Je n'apprends l'événement que lorsque Matloob

vient à Lahore pour me faire écouter les enregistrements, ainsi qu'à d'autres parents. Il tient sa preuve d'adultère. Il est armé, lui. Et moi, je peux faire enfin la preuve de ma santé mentale. Je ne suis pas folle, ni caractérielle ni hystérique, et je n'ai rien inventé.

Matloob est un seigneur féodal lui aussi, et la coutume voudrait qu'il commette l'horreur d'un crime passionnel pour retrouver son honneur perdu. Au contraire, il adopte une attitude moderne, en portant devant un tribunal la première affaire dans laquelle un seigneur féodal en accuse un autre d'adultère. Ce genre d'histoire est quotidien au Pakistan, tout le monde le sait, mais jamais personne n'a osé en étaler une au grand jour. C'est une première dans les annales juridiques.

Adila est envoyée à Londres par mes parents, pour l'éloigner de la tempête que le procès suscite dans les journaux, et surtout pour éviter son arrestation. La *charia,* la loi islamique, est applicable dans son cas, même si Benazir Bhutto s'y oppose de toutes ses forces. À Londres, Adila est à l'abri.

Malheureusement, l'affaire judiciaire tombe en pleine campagne électorale. Les partisans de Mustapha hurlent à la calomnie, au stratagème minable pour diminuer politiquement le Lion du Panjab. On se demande ouvertement à combien s'élève le pot-de-vin qu'aurait reçu Matloob des adversaires politiques de Mustapha ! Mustapha lui-même publie un communiqué : « Maintenant, je me battrai contre mes adversaires, comme le lion blessé. Je suis plus dangereux qu'avant. »

Dans notre pays, n'importe quel juge aurait jeté en prison toute personne soupçonnée d'un crime de cette nature. Mais Mustapha est laissé en liberté sous caution, ce qui, au Pakistan, revient, de fait, à l'acquittement. Et il sort du tribunal porté comme un héros sur les épaules des militants du Parti populaire qui scandent des slogans à sa gloire.

Le Parti populaire a remporté l'élection partielle, et le crédit en revient à Mustapha. Après cette victoire, sa prochaine étape est d'abandonner son siège à l'Assemblée nationale pour se présenter à un siège vacant de l'assemblée régionale. Cette tactique lui permettra d'entrer dans l'assemblée du Panjab, et de « prendre », comme il dit, son ennemi Nawaz Sharif en tenaille. Mustapha veut devenir ministre en chef du Panjab dans un gouvernement du Parti populaire.

De mon côté, je suis une proscrite sociale et politique. Les gens me tournent le dos. Je touche du doigt personnellement la terrible déchéance sociale qui attend une femme divorcée dans mon pays, et particulièrement si cette femme s'est séparée d'un homme important. Je comprends de mieux en mieux pourquoi les femmes de chez nous n'osent pas rompre, et ont si peur que leur mariage échoue. Je fais moi-même l'expérience de ce manque de confiance en soi, de ce mépris de soi-même qui les envahit, et qu'elles retrouvent dans le regard que toute notre société porte sur elles. L'image de la femme divorcée est peinte aux couleurs du mépris. Mais si je pleure le soir dans mon lit, le jour, je relève la tête.

Mustapha est quasiment au sommet de sa vie politique, il est, de l'avis général, le mieux placé pour renverser Nawaz Sharif et lui prendre son poste de ministre en chef.

C'est le moment qu'il choisit pour annoncer subitement son septième mariage avec une femme divorcée de vingt-deux ans, qu'il ne connaît que depuis un mois. Il a même l'audace de comparer ses nombreux mariages à ceux du Prophète.

Il m'annonce ainsi la nouvelle :

– Elle m'aime plus que tu ne m'as jamais aimé.

Or je l'ai aimé. En dépit de ce qu'il était. Je l'ai même suffisamment prouvé.

Je compare ses nombreux mariages à ses flirts politiques. Il a abandonné Bhutto, a filé en exil, a renié son accord avec les généraux, flirté avec les services secrets indiens, comploté contre l'armée de son propre pays, boudé Benazir Bhutto, puis accepté des compromis avec elle, et, pour finir, a accumulé une montagne de coups bas politiques.

Il enrobe ses trahisons d'une rhétorique creuse, qui ne tient que par son charisme. Ce qui passe chez lui pour de l'intelligence et de la perspicacité n'est que ruse et fourberie. S'il était resté en exil, ou en prison, sans renier ses principes et son idéal politique, je serais peut-être encore à son côté. Mais je l'ai trop vu prendre des raccourcis douteux en assoiffé du pouvoir. Son idéal lui sert d'hameçon à pêcher les naïfs.

Je commence à prendre conscience du fait que le Mustapha Khar que j'ai porté au pinacle n'existait que dans mon imagination. J'ai fabriqué l'homme qui correspondait à mon idéal. J'en ai fait une statue irréelle, un fantasme, qui n'a jamais eu de formes solides.

Il veut maintenant discuter avec moi des conséquences de son nouveau mariage pour les enfants, et m'invite à déjeuner. Je passe les grilles de l'immense et luxueuse résidence qu'il possède dans le quartier chic de la ville. J'en avais fait, des rêves, à propos de cette demeure ! Durant notre exil, les militaires l'avaient confisquée et elle tombait en ruine. Pendant qu'il était en prison, nous nous étions promis de vivre plus tard dans une petite maison, simplement, comme des citoyens ordinaires. Mais j'ai dû faire restaurer la résidence à la libération de Mustapha, et il a trahi cette promesse, comme tant d'autres. Il s'y est installé en grand seigneur. Il est libre et puissant. Il a seize domestiques, il a retrouvé son ancienne aisance matérielle, et sa puissance politique est plus forte que jamais. Il est le second du Parti populaire. Moi, j'ai tout perdu, et d'abord mes enfants.

En traversant les couloirs de notre ancienne demeure, je me rends compte qu'il m'a vraiment entièrement dépouillée. C'est une différence de plus entre les hommes et les femmes, dans mon pays ; aucune femme ne les dépouille, eux !

Il est au téléphone quand j'arrive, il plaisante, rit. J'attends. Quand il a terminé, il commande le déjeuner, et nous commençons par parler un peu politique. Puis j'aborde le sujet qui me ronge depuis mon arrivée dans la maison :

– Réalises-tu que tu m'as tout pris ? Des années de ma vie, ma famille, mes enfants, ma jeunesse, et tout ce que à quoi je croyais ? Tu sais que je repars de zéro ?

Il semble m'écouter attentivement, et je poursuis :

– Je ne sais pas quoi faire. Peut-être trouver un travail quelque part, un emploi d'assistante sociale. Comme ça, je ne gâcherai pas tout ce que j'ai appris, et compris.

Il s'étire, bâille, et me répond avec mépris :

– Tehmina, tu n'es plus rien. Autrefois, oui, tu étais la bégum Tehmina Mustapha Khar. Maintenant, tu n'es plus que Tehmina Durrani. Quand tu abordes des gens, il vaudra mieux te présenter comme mon ex-femme. Tu n'as pas d'identité propre. Personne ne te connaît. Les gens font ta connaissance parce que tu as des choses intéressantes à dire sur moi. Mais tu vas épuiser très vite ton petit stock d'histoires, et quand tu n'auras plus rien à raconter, tu perdras tous ces faux amis. Ils s'ennuieront avec toi ; les femmes ne t'inviteront plus chez elles, car tu représentes une menace pour leur couple. Et si tu espères travailler dans la politique, il va falloir que tu fasses le tour des salles d'attente. N'oublie pas que tu as remplacé mon nom par le tien !

Je ravale des larmes de rage, pour ne pas lui procurer le plaisir de me voir pleurer. En rentrant chez moi, les vers de notre poète Ghalib me traversent l'esprit :

Tes insultes se brisent sur mon identité,
Nul ne parle de moi avec une telle audace.

Mais les paroles de Mustapha m'ont mis le cœur à vif. Où est mon identité ? Qui suis-je ? Je ne suis plus madame Mustapha Khar. On m'a répudiée, congédiée, crachée comme un pépin trouvé dans la confiture. Il a fait tout ce qu'il pouvait pour me tuer, et il y a presque réussi. Quelques doses de Mustapha en plus, et mon esprit était mort, empoisonné.

Nombre de gens m'ont conseillé de garder mon nom de femme mariée, celui sous lequel j'étais connue, mais l'idée me répugne. Je refuse de m'appuyer sur un pilier qui s'est effondré au lieu de me soutenir. Mais si je ne suis pas madame Mustapha Khar, qui suis-je ?

La Tehmina Durrani de mon enfance est une étrangère pour moi, une petite fille perturbée, complexée, que j'ai perdue de vue en grandissant. Je ne peux plus m'apparenter à elle. Existe-t-il une nouvelle Tehmina Durrani plus vieille, plus triste, mais aussi plus sage ?

Je rumine cela, assise toute seule chez moi pendant que la nuit tombe sur la ville, et que les voix s'élèvent des mosquées. Je dois conjurer le mauvais sort qui m'a placée sur ce chemin de tortures. Et ce, pour une bonne raison : notre société fermée considère qu'il est obscène pour une femme de révéler ses pensées intimes. Mais le silence n'est-il pas un plus grand crime ?

Le silence absout l'injustice, engendre l'asservissement, nourrit l'hypocrisie. Mustapha Khar et les autres féodaux, nos seigneurs et maîtres, prospèrent et se multiplient dans ce silence. Les femmes musulmanes doivent apprendre à élever la voix contre l'injustice. Pour moi, la politique traditionnelle n'est plus une réponse à ce problème. Ici, le système ne sert qu'à voiler les yeux de ceux qui sont déjà aveugles et exploités.

Je viens de comprendre que je ne peux pas rendre de meilleur service à mon peuple qu'en dévoilant ce camouflage. Qu'en balayant les faux-semblants.

Je ne veux plus perdre ma vie.

Je veux jeter la pierre dans la mare de l'hypocrisie.

J'ai décidé d'écrire ce livre et de briser le silence de la tradition.

Épilogue

Matloob a échoué dans sa tentative pour faire condamner Mustapha par un tribunal. En noble seigneur féodal, il a repris le cours de sa vie normale, telle qu'il l'avait toujours vécue. Hypocritement. Il a rejoint Adila à Londres, s'est remis à vivre avec elle, comme si les bandes enregistrées n'avaient jamais existé. Mes parents lui ont « pardonné », s'accordant avec Adila pour considérer que le retour du mari trompé est la preuve de l'innocence de la fille et de la femme. Comme si rien ne s'était passé.

Notre mère a trouvé un jour le courage d'avouer à ses enfants que notre père faisait une réaction constitutionnelle à l'alcool, et qu'elle avait dû le surveiller étroitement depuis toujours. C'est pour cela qu'elle serait devenue dure, autoritaire, et impitoyable avec lui. En admettant que ce soit la vérité, alors, elle s'est effectivement sacrifiée pour l'honneur de la famille, mais le prix de ce sacrifice était beaucoup trop lourd pour les autres. Lorsque mon père l'a quittée pour une autre femme, elle avait soixante ans, il était trop tard pour qu'elle corrige ce désastre.

Mon père assume la responsabilité de deux foyers à Karachi, il s'efforce de partager équitablement son temps entre ses deux épouses. Ainsi que le veut le Coran.

Le Parti populaire a très mal accepté la décision de Mustapha de prendre une septième épouse, au lieu de « prendre le ministre Nawaz ». Son aura politique en a souffert, son étoile s'est éteinte, et pour un temps il a disparu du firmament politique.

Le gouvernement de Benazir Bhutto a été dissous le 6 août 1990, par Ghulam Ishaque Khan, devenu président. Mustapha Jatoi a été nommé Premier ministre du gouvernement provisoire du Pakistan.

J'ai suivi cela à la télévision avec une grande tristesse. C'était la mort de la démocratie, si fragile qu'elle venait de succomber à un coup d'État civil. Personne ne s'est soulevé pour défendre Benazir, dont l'image s'était ternie, en grande partie à cause de la corruption de son mari. On l'appelait monsieur 10 pour 100...

On dit aussi qu'elle n'a pas su s'entourer d'autres conseillers que ceux issus du milieu féodal, comme les précédents. On dit qu'elle a trop mis son nez dans les affaires des militaires, qu'elle était aux yeux des mollahs une dangereuse libérale. Parce qu'elle essayait d'empêcher que l'on coupe la main des voleurs, ou qu'on lapide les femmes...

On dit aussi qu'elle était arrogante et n'a pas su gérer son image durant les vingt mois de son gouvernement.

Quand la caméra de télévision a fait un panoramique sur les membres du nouveau gouvernement, elle s'est arrêtée un moment, de façon inquiétante, sur un visage. J'en ai eu des frissons dans mon fauteuil. Mustapha Khar venait d'être nommé ministre fédéral des Eaux et de l'Énergie. Cette fois, il avait poignardé dans le dos le Parti populaire. Fin de la danse du serpent.

Il m'a appelée plus tard, pour me gronder amicalement :

– Eh bien, Tehmina, tu ne m'as pas félicité ?

– Mustapha, si c'est cela que tu voulais obtenir, pourquoi n'as-tu pas commencé tout de suite avec le général Zia ? Au lieu de payer neuf ans d'exil et deux ans de prison pour un petit ministère minable, dans un gouvernement provisoire ? Tu viens de perdre ton atout le plus important, le soutien du Parti populaire et ta propre crédibilité. Je crois qu'il est temps de te présenter mes condoléances. Tu es mort politiquement.

Le processus de désagrégation était commencé. Mustapha se mit à commettre d'autres maladresses politiques, l'une après l'autre. De nouvelles élections l'ont amené à se représenter au Parlement, mais son ennemi, Nawaz Sharif, l'a emporté.

Cette même année a vu Mustapha Jatoi et Mustapha Khar défiler ensemble avec la foule qui acclamait Benazir Bhutto, et guider la longue marche vers Islamabad, dans une nouvelle tentative de renverser le gouvernement et de « prendre Nawaz Sharif ».

Nous est arrivée la nouvelle de la naissance du dernier fils de Mustapha, avec cette septième épouse. J'ai alors décidé de rebondir moi aussi de mon côté. J'ai fait à la presse une déclaration affirmant que Mustapha était un père irresponsable, incapable d'élever quatre enfants sans leur mère. J'ai expliqué aux journalistes que j'avais tenté de négocier en privé le retour de mes enfants, mais que mes tentatives pour régler discrètement le problème ne servaient à Mustapha qu'à faire régner sa loi, celle de la jungle.

J'amenais donc le conflit sur la place publique, j'étais prête à me battre pour la garde de mes enfants, sous le regard de tous. Et pour terminer : « En fait, j'ai la garde de mes enfants, puisque je suis leur mère unique. » Sous-entendu il est un père multiple.

J'ai enfermé les enfants chez moi, à la maison, renvoyé la domestique de garde, bouclé le portail et appelé Mustapha :

– Si tu nous fais encore des ennuis, je me battrai

contre toi, au risque de ma propre vie. Tu sais que lorsque je crois à quelque chose je vais jusqu'au bout, quel qu'en soit le prix. Et je te préviens : dans cette guerre, les forces ne sont pas équilibrées en ta faveur, parce que moi, je suis prête à mourir pour mes enfants, alors que toi, tu ne cherches qu'à vivre.

Mustapha a reculé sur le champ de bataille. Je n'ai pas entendu parler de lui pendant six mois. Puis il a téléphoné pour dire qu'il me laissait les enfants, et qu'il acceptait d'avoir un droit de visite à son tour. Il avait deux jeunes fils, dont s'occupait la pauvre dai Ayesha, qui n'avait pas le droit de venir voir les autres enfants qu'elle avait élevés, les miens.

J'ai refusé d'honorer mon engagement avec oncle Sadiq au sujet des biens de Londres. Oncle Sadiq, qui n'avait donné sa garantie que sous la pression, a tout de même compris que j'affrontais des difficultés financières énormes en élevant quatre enfants sans revenu ni aide sociale. Il a laissé Mustapha se débrouiller. Mon avocat de Londres lui a proposé un arrangement à l'amiable, et Mustapha n'a pas eu d'autre choix que de mettre l'appartement au nom des enfants. De mon côté, je lui ai restitué ma part sur la maison de campagne, qui a été transférée à son nom unique. En politique, on appelle cela une bonne négociation.

Ma fille aînée, Tanya, a obtenu aux États-Unis son diplôme d'études secondaires, et elle est revenue vivre au Pakistan. Enfin, j'avais la possibilité, la sécurité et la liberté d'accueillir chez moi ma propre fille. Elle s'est intégrée à notre foyer comme si elle ne l'avait jamais quitté. C'est une artiste talentueuse. Elle veut se consacrer à l'art graphique. Je suis une fan de ce qu'elle fait.

Naseeba est une jeune fille politiquement ambitieuse. Elle a l'intention de se présenter au Parlement, dans la circonscription de Mustapha, et de reprendre à son compte les promesses démocratiques que son père avait faites devant le peuple de Kot Addu, et qu'il n'a pas tenues.

Nisha parle d'étudier le droit criminel et de travailler pour aider les pauvres.

Ali, mon petit « seigneur féodal », montre de bonnes dispositions pour les mathématiques, et pour le tir de compétition.

Hamza, mon dernier fils, est le plus doux des petits seigneurs, il se souvient à peine de la vie avec Mustapha.

Ils sont devenus tous les cinq de fermes défenseurs de ma cause. Nuscie et son mari J.J. me soutiennent aussi. Cette cause est ma raison de vivre. Elle est simple. Je veux de toutes mes forces que ce pays anachronique, mais que j'aime et qui est le mien, accepte une nouvelle forme de rapport entre les hommes et les femmes.

Ce livre a d'abord été publié au Pakistan en 1990. Les premières critiques ont été extrêmement négatives. On a beaucoup prétendu qu'il était scandaleux, que ce n'était qu'un ramassis d'ordures pour me faire de la publicité. On l'a même qualifié d'obscène et de pornographique. Mais personne au Pakistan n'a mis en doute l'exactitude des faits qui y sont rapportés. Certains critiques ont supposé que j'avais reçu un pot-de-vin du grand rival politique de Mustapha, Nawaz Sharif. Dans un pays où la loyauté du Parlement est encore cédée au plus offrant, je ne pouvais guère m'en étonner. Ni blâmer ceux qui l'ont cru.

Mon père a fait publier dans la presse un encart par lequel il me renie, et me déshérite officiellement. Il m'a ordonné de ne plus me servir de son nom. J'ai répondu, par la même voie de presse, que j'acceptais d'être déshéritée. Que c'était la conséquence naturelle de mon comportement anticonventionnel. Qu'une telle mise à l'index est la raison du silence des femmes dans notre société. Mais j'ai refusé d'abandonner mon nom. Je ne suis pas née de père inconnu.

Mes parents ne m'ont jamais revue. En fait, la plupart des membres de ma famille ont disparu de mon horizon. Les seuls qui sont restés inamovibles pendant toute ma période difficile sont mes deux sœurs, Zarmina et Minoo, leurs maris, Riaz et Ali, ainsi que ma cousine Bina et son mari Aslam Quraishi.

Après la publication de ce livre, deux inculpations ont été lancées contre moi. La première pour avoir été complice de Mustapha dans ses rapports avec les services secrets indiens. Cette accusation a fait beaucoup parler dans les salons, mais pas plus. Je n'ai pas été interrogée par des inspecteurs du gouvernement, et Mustapha, dont l'implication était bien plus sérieuse, est resté membre du Parlement.

La deuxième inculpation est beaucoup plus grave. On m'accusait d'adultère sous prétexte que j'avais fréquenté des hommes qui n'étaient pas de ma famille durant ma courte période de liberté. C'est un délit passible de la peine de mort chez nous, par lapidation, sous l'ordonnance Hadood.

Jusqu'à maintenant personne n'a osé me jeter la première pierre, ni désigner nommément le bénéficiaire de ce prétendu adultère.

Petit à petit, la publicité négative autour de mon livre a cessé, et d'autres esprits ont perçu mon récit comme une lumière projetée sur le désordre sociopolitique du Pakistan. Je demeure une curiosité chez moi, mais je suis devenue acceptable. Et mon prénom est devenu une interpellation courante dans les ménages pakistanais. Maintenant un époux féodal s'en sert pour tancer sa femme : « Ne fais pas ta " Tehmina " ! »

Lorsqu'un article de presse a annoncé la publication internationale de *My Feudal Lord* – en français *Mon seigneur et maître* –, Mustapha m'a téléphoné, furieux, mais en se contrôlant tout de même. Il a demandé :

– C'est quoi cette sottise que j'ai entendue au sujet de ton livre ? Ça ne va pas sortir dans le monde entier ?

Si. Revanche... Un jour il m'avait dit :

– Tehmina, tu n'as plus d'identité, il faudra te présenter comme l'ex-femme de Mustapha Khar.

Je n'ai pas résisté à l'envie de lui répondre :

– Mustapha, le monde entier va bientôt faire ta connaissance, mais uniquement comme l'ex-mari de Tehmina Durrani.

Table des matières

Achevé d'imprimer en octobre 1995
sur les presses de l'Imprimerie Bussière
à Saint-Amand (Cher)

POCKET - 12, avenue d'Italie - 75627 Paris Cedex 13
Tél. : 44-16-05-00

— N° d'imp. 2535. —
Dépôt légal : octobre 1995.

Imprimé en France